文學新象 248

Interview with the Vampire
夜訪吸血鬼

安・萊絲
Anne Rice
張慧英——譯

高寶書版集團

第一部

「我懂了……」那位吸血鬼若有所思地說，接著慢慢越過房間走向窗邊。在狄維薩德洛街的黯淡燈光及往來車燈的映照下，他佇立良久。現在男孩能夠將家具看得比較清楚了，房內擺著圓橡木桌、椅子，牆邊還有附鏡子的洗手臺。他把手提箱放在桌上，然後等待著。

「可是你帶了多少卷錄音帶？」吸血鬼轉身問道，側面輪廓映入男孩眼中。「足夠容納一生的故事嗎？」

「當然，如果那是個精彩的人生。幸運的話，有時候一個晚上我可以訪問到三、四個人。但那必須是個好故事才行，這很公平，對不對？」

「很公平，」吸血鬼回答，「那麼我願意告訴你我一生的故事，十分願意。」

「好極了！」男孩說。他迅速地從手提箱裡拿出小型錄音機，檢查了一下錄音帶和電池。「我真的很想聽聽你為什麼會相信這個，為什麼你……」

「不行，」吸血鬼突然說，「我們不能這樣開始。你的機器準備好了嗎？」

「是的。」男孩說。

「那麼坐下來，我要把大燈打開。」

「可是我以為吸血鬼不喜歡燈光。」男孩說，「如果你覺得黑暗對氣氛有幫助……」

他閉上嘴。吸血鬼正背對窗戶注視著他，男孩看不清對方的表情，但那道靜止身形裡有某種東西讓他分了神。他開口想再說話，卻什麼也沒說出來。當吸血鬼走向桌子，朝正上方的大燈開關拉線伸手時，他解脫地嘆了口氣。

一瞬間，房間溢滿了強烈的黃色燈光。而男孩睜大眼，仰面望向吸血鬼，忍不住倒抽一口氣，縮回手指抓住桌沿。「上帝！」他喃喃自語，然後緊盯著吸血鬼，說不出話來。

吸血鬼看起來異常白皙無瑕，彷彿由漂白的骨頭雕製。他的五官也如雕像般毫無生氣，唯有朝下緊緊盯著男孩的雙眼例外。那雙綠眸璀璨奪目，宛如嵌在頭骨中的兩道火焰。不過，隨後吸血鬼露出了幾近悵惘的微笑，平滑雪白的面部質感彷彿卡通人物，挪動時的彈性極佳，卻幾乎看不見任何紋路。「你懂了嗎？」他輕柔地問道。

男孩顫抖著抬起一隻手，彷彿想遮蔽刺眼的強光。剛才在酒吧裡他只匆匆看了一眼，現在他的目光慢慢遊移在吸血鬼那身精工裁製的黑外套上，披肩的長褶，繫在喉嚨處的黑絲領結，微微反光的雪白衣領與吸血鬼的膚色相當。他盯著吸血鬼的茂密黑髮，髮曲的波紋掠過耳朵上緣向後梳理，髮梢剛好觸及白領的上端。

「現在，你還想要訪問我嗎？」吸血鬼問道。

男孩張嘴，但沒有聲音發出來。他點了點頭，然後才說：「是的。」

吸血鬼慢慢在對面坐下來，身體前傾，從容地柔聲開口：「不必害怕，打開錄音機吧。」

他伸手越過桌面，男孩嚇得向後一縮，汗珠從臉頰滑下。吸血鬼在男孩的肩上拍了拍，說道：「相信我，我不會傷害你的。我想要這個機會，這對我的重要性比你現在了解的還多得多，開始訪問吧。」他收回手，泰然地坐好，等著。

男孩花了點時間拿手帕擦拭前額及嘴唇、結結巴巴地測試麥克風、按下按鈕，然後說錄音機已經開了。

「你本來不是吸血鬼，對不對？」他開始了。

「不是，」吸血鬼回答道，「我在二十五歲的時候轉變成吸血鬼，那是一七九一年的事。」

男孩對如此精確的日期感到相當驚訝，覆述了一遍才繼續發問：「那是怎麼發生的？」

「這答案很簡單，但我不想給你簡單的答案，」吸血鬼說，「我想說一個真實的故事……」

「是的。」男孩迅速回道，同時不斷折疊他的手帕，現在又再次拿起來擦拭唇上的汗水。

「那是個悲劇……」吸血鬼開口，「我的弟弟……他死了。」然後陷入沉默。於是男孩清清喉嚨，再用手帕擦擦臉，最後幾乎是不耐地把手帕塞入口袋。

「那讓你痛苦嗎？」他怯怯地問道。

「我給你這種感覺嗎？」吸血鬼反問。「不，」他搖搖頭，「只是因為這個故事我只告訴過另外一個人，而且是在很久以前。不，那並不痛苦……

「那時我們住在路易安那，我們繼承了一塊土地遺產，在靠近紐奧良的密西西比河邊，建了兩座豌豆莊園……」

「啊，所以那種腔調……」男孩輕輕地說。

有片刻的時間，吸血鬼茫然地睜大眼。「我講話有腔調？」他開始笑了起來。

男孩有些緊張，迅速開口回答：「在酒吧裡我問你從事什麼職業時就注意到了，只是子音有一點尖硬，就是這樣而已，我沒猜到那是法國腔調。」

「沒關係，」吸血鬼安慰他，「其實我不像我假裝得那麼吃驚，只是我常常會忘記這件事，現在讓我繼續……」

「請……」男孩說。

「我剛剛提到莊園，說真的，我會變成吸血鬼與那裡脫不了關係，不過我之後會談到這段。我們在那裡的生活既奢華又落後，對我們來說非常有吸引力。你知道，我們在那裡過的生活，比在法國能過的要好太多了。也許只是路易安那的純然野趣使得生活如此美好，但當時確是如此。我記得家裡的那些進口家具。」

吸血鬼微笑了：「還有那臺大鍵琴，非常優美，我妹妹經常彈奏。在夏天的夜晚，她會坐在琴鍵前，背後是敞開著的法式長窗。我還記得那些清薄靈動的樂音，記得沼澤在她身後綿延，長著青苔的柏樹枝在天幕浮動的景象。還有沼澤的聲音，生物的合鳴，飛鳥的啼叫。

「我想我們都喜愛那裡，它使得花梨木的家具更形珍貴，音樂更精緻、更令人嚮往。即使後來紫藤扯開了閣樓窗戶的百葉窗，卷鬚伸進了粉刷過的磚牆，在不到一年的時間內……是的，我們深愛它。只有我弟弟除外，我想我沒聽過他抱怨什麼，但我知道他的感受。那時父親已經過世，我是一家之主，得經常保護他免受來自母親及妹妹的壓力。她們想帶他出外訪友，到紐奧良參加聚會，但他討厭這些事情。我想他早在不到十二歲時就不參加這些活動了，他重視的只有祈禱以及他那聖人般的刻板嚴謹生活。

「最後我在屋外為他建了一座小禮拜堂，他開始日復一日把大部分的時間花在裡面，更時常待到入夜。這實在很諷刺，真的，他和我們如此不同，跟其他所有人相比也是如此，而我是那麼平凡！我身上完全沒有任何不尋常之處。」吸血鬼微微一笑。

「有時我在晚上出去找他，會在靠近小禮拜堂的花園裡，看到他安然地坐在石牆上。然後我會向他傾訴我的煩惱，像是我和黑奴往來遇到的困難，我對工頭、天氣、或者對我的經紀商的不信任……那些構築了我的存在的一切問題。他則是傾聽，只作幾句評論，永遠充滿同情，以至於我在離開時，往往會留下他幫我解決了所有問題的清晰印象。我不認為我會反對他做任何事，而且我發誓，無論失去他會讓我多麼心碎，如果時機來臨，我還是會讓他從事神職工作。當然，我錯了。」吸血鬼陷入沉默。

有一段時間，男孩只是凝視著他，然後宛如從沉思中甦醒般開口，他啞口掙扎了一下，彷彿找不到正確的字眼。「呃……他不想當神父嗎？」男孩問道。吸血鬼研讀著男孩，似乎想了解他表情的含意，隨後他說：

「我是指我對自己的看法錯了——我以為不會反對他做任何事。」他的視線投向遠處的牆壁，停留在玻璃窗上。「他開始看見異象。」

「真的異象？」男孩問道，但是他的語調裡仍然帶著些猶豫，彷彿他正在思考其他的問題。

「我不這樣認為，」吸血鬼回答，「那是在他十五歲時發生的，那時他非常英俊，擁有最無暇的皮膚及最大的藍眼睛。他是個豐潤的孩子，不像我現在及當時那麼瘦……而他的眼睛……每當我望入他的雙眼，就彷彿獨自佇立在世界邊緣……在一座颳著風的海灘，除了輕柔的浪濤聲，其他什麼也沒有。然而，」視線仍停駐在玻璃窗上，他說：「他開始看見異象。起先他只有約略暗示過這件事，後來便徹底拒絕進食。他住進小禮拜堂，不論白天或是晚上，我都能看到他跪在神壇前的石板上。而禮拜堂裡完全沒有打理，他不再清理殘燭、更換神壇鋪布，或甚至掃除樹葉。有一晚我真的警覺了，我站在玫瑰架後面，足足看了他一個小時。在這段時間裡，他把身體伸展成一隻十字架，膝蓋不曾移動分毫，雙臂不曾下垂些許。黑奴們都認為他瘋了。」

吸血鬼驚嘆地揚眉。「我一開始相信他只是……過度熱忱了，他對上帝的愛也許使得他的行為過了頭。然後他將那些異象告訴我，說聖多明尼克和聖母瑪利亞都來禮拜堂找過他。他們要他變賣我們在路易安那的全部資產，把錢用來在法國為上帝盡力。我的弟弟將成為一名偉大的宗教領袖，讓這個國家回復以往的虔誠，扭轉無神論及革命的潮流。當然，他自己沒有錢，我得賣掉莊園及在紐奧良城裡的房子來提供他金援。」

吸血鬼再一次停下。男孩一動也不動地坐在那裡，驚愕萬分地看著他。「呃……抱歉，」他呢喃，「你剛才說什麼？你賣掉莊園了嗎？」

「沒有，」吸血鬼說，表情一如既往的平靜，「我取笑他，而他……他被激怒了，他堅持他的命令來自聖母聖喻，而我是什麼人，憑什麼置之不理？我是什麼人？」他輕聲問道，彷彿自己也正再次思考這個問題。「我是什麼人？他愈想說服我，我就笑得愈厲害。我告訴他，這是胡鬧，是一個不成熟、甚至是病態的心靈所捏造出來的幻想。我告訴他，建禮拜堂根本是個錯誤，我會立刻拆掉它，他要到紐奧良上學，把這些瘋狂的念頭趕出腦袋。我不記得我全部說的話，但我還記得當時的感受。在我輕蔑的回絕背後，是積壓的憤怒與失望，我失望至極，一點也不相信他。」

「但這是可以理解的，」男孩在吸血鬼停頓時迅速地說道，原先驚愕的表情已經開始放鬆，「我是說，誰會相信他呢？」

「這麼容易理解嗎？」吸血鬼望著男孩，「我想那也許該稱作惡毒的狂妄自大。讓我解釋一下，就如我所告訴你的，我深愛我的弟弟。有時我相信他是個活聖人，我鼓勵他祈禱及冥想，也如我所告訴你的，我也會同意讓他去當神父。如果有人告訴我亞耳或洛戴的聖人可以看見神奇的異象，我會相信。我曾是天主教徒，相信聖徒的存在，我會在教堂裡他們的大理石雕像前點蠟燭，我知道他們的畫像，他們的符號及他們的名字；但我不能、就是不能相信我的弟弟。神聖？也許，古怪？八成，但亞西濟的聖芳濟？不可能！那不會是**我的**弟弟，我的兄弟不可能是聖人。這就是狂妄自大，你懂了嗎？」

男孩在回答前思索片刻，然後點頭說懂了，他覺得他懂了。

「也許他真的看到了異象。」吸血鬼說。

「當時你……你說你不知道……現在……他到底有沒有？」

「沒有，但我知道他一秒也沒有動搖過自己的信念。現在及當時我都知道，即使他那晚離開房間時既瘋狂又悲傷，但從未有片刻的動搖。幾分鐘之後，他就死了。」

「怎麼死的？」男孩問道。

「他只是走出法式玻璃門，穿過二樓外廊，在樓梯頂端站了片刻，然後就摔下去了。我趕到階梯底部的時候，他已經死了，脖子折斷。」吸血鬼因愕然而搖頭，但面容依然平靜。

「你有看到他摔下去嗎？」男孩問道，「他是不是踩空了？」

「沒有，但有兩個僕人看到過程。他們說他先是抬頭向上看，彷彿在空中看到什麼，然後他整個身體猛然向前，像是被強風掃過。一個僕人說，在他墜樓前他正開口想說些什麼。我也認為他是想要說些什麼，但我就是在那時候轉身離開，撞擊聲響起時我背對著門。」他瞥了錄音機一眼，「我不能原諒自己，我覺得我必須為他的死負責。」他說，「而且其他人似乎也認為我應該要為他的死負責。」

「他們怎麼能這樣？你說他們看到他是自己摔下去的。」

「那不是直接的指控，他們只是知道我們之間有些不愉快，在他墜樓的前幾分鐘還爭吵過。僕人聽到我們的爭吵，我母親也聽到了。母親一直不停問我到底發生了什麼事，為什麼我弟弟那麼安靜的人會大吼大叫；接著我妹妹也加入了質問的行列，當然我什麼也不肯說。因為極度的震驚與悲傷，我當時對任何人都沒有耐性，只是有個模糊的決心，不能讓他們知道他的『異象』，不能讓他們知道他最後成了一個——不是聖人，只是個瘋子。」

「我妹妹在葬禮時臥床在家，我的母親告訴教區裡的每個人，我房間裡曾經發生可怕的事，但我不肯透露，因為我母親的話，警方偵訊我；最後神父來看我，而且命令我說出到底發生了什麼事。我說，那只是一段交談，並且抗議說，他墜樓時我根本不在外廊上；他們都好像我殺了他似地瞪著我，而我也真的覺得是我殺了他。

「在客廳靈堂他的棺材旁，我坐著想了兩天，覺得是我殺了他。我目不轉睛地盯著他的臉，直到眼前出現點點黑影，幾乎暈過去。他的後腦在地上砸破了，枕頭上的頭顱形狀變得很奇怪。但我強迫自己看著他，因為我幾乎無法忍受痛苦及腐爛的氣味，也一再地想去揭開他的眼睛，所以強迫自己細細研究他。這些都是瘋狂的念頭、瘋狂的衝動，而其中最揮之不去的想法是：我曾經取笑他，曾經不相信他，曾經對他毫不留情。他之所以會墜樓，都是因為我的緣故。」

「這些真的發生過，是不是？」男孩喃喃地說，「你告訴我的是一些……事實。」

「是的，」吸血鬼不感意外地望著他，「我想繼續對你說下去。」然而他的目光掃過男孩回到窗子上，看起來並不怎麼在乎對方。而男孩似乎陷入了某種無聲的內心掙扎。

「但你說你對那些異象一無所知，你，一個吸血鬼……沒辦法確定……」

「我想照順序，一個一個來，」吸血鬼說，「我想依照順序告訴你發生的事。不錯，我對那些異象一無所知，直到今天。」然後他再次沉默，直到男孩說了：「是的，請繼續。」

「我想賣掉莊園，我不想再看到那棟房子和禮拜堂。最後我把房子交給仲介商人，他們會替我處理房子，讓我永遠不必再去那裡。我把母親及妹妹遷到紐奧良。當然，我一刻也無法擺脫我弟弟。我的腦中只能想著他在地底下腐爛溶化。他埋在紐奧良的聖路易墳場，我盡一切可能地避免經過那些鐵門，可是我依然經常想到他。不論酒醉或清醒，我都看得到他的軀體在棺材裡腐爛，而我完全無法忍受。一遍又一遍地，我夢到他站在階梯頂端，而我抓著他的手臂，好聲好氣地對他說話，勸他回到房間裡，溫柔地告訴他我相信他，告訴他為了讓我擁有信心，他必須為我祈禱。

「在此同時，龐度萊——那是我的莊園——的奴隸間開始出現在外廊看到他的鬼魂的傳聞，連工頭也無法維持秩序。上流交際圈的人向我妹妹詢問一些有關那次事件的尖銳問題，她因而變得歇斯底里；她不是真的歇斯底里，只是認為她應該如此反應，所以她就這麼做了。我酗酒度日，盡可能少待在家裡，過得像一個想死又不敢自殺的人。我獨自走進黑街及小巷，我在酒館裡不醒人事；我取消過兩場決鬥，那是出自於無趣而不是怯懦，我真心地想被殺掉。然後我真的被襲擊了。襲擊者可能是任何人，我的邀請開放給水手、小偷、瘋子或任何人，但那卻是一名吸血鬼。某天晚上，他在離我家門幾步外的地方抓到我，然後把我丟在那裡等死，至少我猜是這樣。」

「你是說……他吸了你的血？」男孩問道。

「是的，」吸血鬼笑了起來，「他吸了我的血，那就是這麼進行的。」

「可是你活下來了，」年輕人說，「你說他讓你留在那裡等死。」

「他把我吸到了瀕臨死亡的臨界點，這對他來說是足夠了。我一被發現，就立刻被抬上床，當時我不但十分混亂，也不知道到底發生了什麼事。我大概是以為我終於把自己喝到中風了，我想就這樣死去，所以不願進食、喝水，也不願和醫生說話。我母親差人找來神父，當時我發著高燒，把全部事情都跟他說了，所有我弟弟看到的異象以及我做的事。我記得自己緊抓著他的手臂，要求他一遍又一遍地發誓不會告訴任何人。『我知道我沒殺他。』最後我對神父說，『只是我沒辦法在他死掉之後繼續活下去，沒辦法在我那樣對待他之後。』

「『這太荒謬了，』他回答我，『你當然能活下去，除了自我束縛之外，你什麼問題也沒有。你母親需要你，更別提你妹妹，至於你這個弟弟，他是被魔鬼蠱惑了。』當他這麼說的時候，我是那麼震驚，以至於完全無法抗辯。魔鬼製造了那些異象，他繼續解釋，魔鬼到處猖狂，整個法國都在魔鬼的淫威之下，而大革命就是它最大的勝利。除了驅魔、祈禱、禁食，以及當魔鬼在體內肆虐時以人力壓制之外，沒有其他方法能拯救我弟弟。

「『是魔鬼把他丟下去的，這太明顯了。』他這麼宣稱，『在那個房間裡，和你談話的根本不是你弟弟，你是在和魔鬼談話。』這激怒了我，之前我相信我已經油盡燈枯，但原來還沒有。他繼續大談魔鬼、奴隸的巫毒邪教，及世界其他地方的附身事件，然後我發狂了，我砸毀了房間，還差點殺了他。」

「但你的力量……是吸血鬼……？」男孩問道。

「我完全瘋狂了，」吸血鬼解釋道，「我做了我在健康時也無法做到的事，現在那些情景已經變得混淆、褪色而且怪誕，但我記得把他推出房子後門，越過庭院，頂在廚房的磚牆上。我在那裡痛揍他的腦袋，差點把他打死。當我終於被制伏，而且精疲力竭得快死掉時，他們還幫我放血，蠢貨。不過我要說的是其他事情，就在那個時候我認清了自己的狂妄自大，也許是因為我看到它反映在神父身上，他對我弟弟的輕蔑態度反映了我自己的，還有他對魔鬼立即及膚淺的批評，連稍微想像一下聖徒曾如此近地走過也不肯。」

「但他確實相信魔鬼附身。」

「那只是個十分世俗的想法，」吸血鬼立刻說，「人們不再相信上帝或良善時，仍然會相信魔鬼，我也不知道為什麼。不，我確實知道為什麼；邪惡永遠是可能的，而神聖終究是困難的。可是你必須了解，附身其實是形容一個人發瘋的另一種講法；我覺得對那個神父來說就是這樣。我相信他見過瘋狂的人，也許還站在瘋人面前指稱那是附身。驅魔時，你不需要看到撒旦出現，但站在一個聖人的面前……相信這個聖人看到了異象則相反。不，這就是自大情結，我們拒絕相信的癥結，可能就藏在我們心中。」

「我從來沒有這麼想過，」男孩說，「可是你後來怎樣了？你說他們為了治療而幫你放血，這一定幾乎讓你送了命。」

吸血鬼笑了。「是的，確實如此，但那個吸血鬼在當天晚上回來找我。你知道，他想要龐度萊和我，我的莊園和我的肉體。

「當時已經很晚了。我還記得一清二楚，就像昨天的事一樣。就在我妹妹睡熟以後，他從庭院出現，無聲無息地打開法式玻璃門。那是一名高大、皮膚光滑無瑕、留著一頭濃密金髮的男人，行動像貓科動物般優雅。他將一方圍巾輕輕蓋住我妹妹的眼睛，然後調暗檯燈。她那時在打盹，身旁是洗手盆及用來為我擦拭額頭的毛巾，而在圍巾之下，她直到早晨都沒有任何動靜。然而到了那時，我已經大不相同了。」

「有什麼不同？」男孩問道。

吸血鬼嘆氣，向後靠上椅背望著牆。「起先我以為他只是新的醫生，或家裡找來勸說我的人，但是這些猜想立即消逝。他走近我的床邊，俯下身來，臉部暴露在燈光下，而我看出他完全不是普通人類。他的灰色眼眸燃燒著白熱的光芒，身旁垂放的修長蒼白的雙手完全不屬於人類。我想，在那個片刻，我一切都懂了，他接著告訴我的只是後續補充而已。我的意思是，當我一看到他，見到他不尋常的氣質，就知道他不屬於任何我認識的生物。我那不肯接受不同尋常之人的自大之心早已被擊碎，所有的想法、甚至我的罪惡感及求死之心，似乎都不再重要。我完全忘卻了自己！」他握拳輕觸胸口。

「我徹底忘卻了自己，而同時也徹底了解了可能性的意義，從那之後，我只感到愈來愈驚奇。他滔滔不絕地說著我能夠成為什麼樣的存在、他至今的人生以及等待著他的未來，而我的過去漸漸縮小成餘燼。彷彿成為了旁觀者，我看著自己的一生，那些虛榮、自私、不斷地在渺小煩惱之間盲目奔走，以及對上帝及聖母的口頭信奉。即使侍奉聖人，也僅限於書寫在祈禱書上的名字，而那些聖人完全無法改善我這種狹隘、物欲及自私的存在。我看見心中真正的神……大部分人心中的神：食物、飲水，及依循陳規的安定生活。一切不過是灰燼。」

男孩的臉因為困惑與驚嘆而緊繃。「所以你決定成為吸血鬼？」他問道，吸血鬼沉默了片刻。

「『決定』，這似乎不是正確的字眼。然而我也不能說，從他進門的那一刻起這就是無法避免的結局。不，沒有錯，那並非不可避免，但我也不能說那是我的決定。讓我這麼說吧，當他說完時，除此之外的決定對我來說已經不可能了，而我毫無留戀地走上了這條路。除了一件事。」

「除了一件事？是什麼？」

「我的最後一次日出，」吸血鬼說，「那個早晨我還不是吸血鬼。我看到了最後一次的日出。」

「我清清楚楚地記得那一刻，但我不認為我記得以前的任何一次日出。我記得光線自法式玻璃窗的頂端綻放，從後方染白了蕾絲窗簾，接著那一抹微光愈來愈強，最後陽光穿透了窗戶，窗簾的蕾絲花影落在石板上，也圍繞著我妹妹沉睡的身姿，布滿覆蓋她頭肩的圍巾。當她覺得熱起來時，她在睡夢中掀開圍巾，陽光直接落在她的眼睫上，而她把眼睛閉得更緊。然後，光線移到她趴著的桌子上，並且在壺內的水面上燦閃躍動。我感覺得到陽光爬上床單上的雙手，接著是臉頰。我躺在床上，思索吸血鬼告訴我的那些話，於是我便向日出告別，成為一名吸血鬼。那就是……最後一次的日出。」

吸血鬼又看著窗外了，當他沉默時，寂靜是如此突如其來，男孩覺得自己彷彿聽得見寂靜本身。然後他聽到街上的吵雜聲響，一輛大卡車的聲音震耳欲聾，大燈的開關線也為之搖動，接著卡車走了。

「你想念日出嗎？」他小聲地問道。

「也不會，」吸血鬼說，「除此之外還有那麼多事情。但我們剛剛說到哪了？你想知道是怎麼回事，我是怎麼變成吸血鬼的。」

「是的，」男孩說，「你到底是怎麼變的？」

「我沒辦法告訴你到底是怎麼回事，」吸血鬼說，「我可以對你描述，可以用許多文字來形容，向你說明它之於我的意義，但我無法明確告訴你到底那是怎麼回事。就像如果你還沒有性經驗，我很難告訴你那究竟是什麼一樣。」

年輕人似乎突然想到了另一個問題，但吸血鬼在他開口前繼續說道：「就如我告訴你的，那個吸血鬼黎斯特想要那座莊園和我。當然是為了世俗的理由，而他願意給我與世界同壽的永生作為交換。但他不是個挑剔的人，他不認為世界上的少數吸血鬼人口應該是一批精挑細選的菁英。我可以這麼說，他也擁有人類的問題——一位雙目失明的父親，不知道兒子是吸血鬼，而且必須保持如此。因為他本身的需求以及必須照顧父親，住在紐奧良對他來說愈來愈困難，所以他要龐度萊。

「我們立刻在第二天晚上前往莊園，把他失明的父親安置在主臥室之後，我開始進行轉變。我不能說轉變只用了一個步驟——當然其中的一步開始了我的不歸路。總共有好幾項行動，首先是工頭的死亡，黎斯特在他睡覺時殺了他，而我在一旁觀看；親睹一條人命被取走，是我承諾成為吸血鬼的證明及我轉變的一部分。毫無疑問地，這個證明是最讓我感到困難的部分。我告訴過你，我不怕自己的死亡，只是難以自行了斷，但我極為重視他人的生命，最近還因為我弟弟而產生了對死亡的恐懼。我得目睹工頭驚醒，雙手試圖甩開黎斯特，卻失敗了。他躺在那裡掙扎，最後終於失去力氣，被抽乾了血液，步上死亡一途。他沒有馬上斷氣，我們在他狹窄的房間裡站了快一小時，看著他死去。如我剛剛說的，這也是我轉變的一部分，否則黎斯特不必留在那裡。

「然後我們必須處理工頭的屍體，我差點就吐了出來。我原本就虛弱，還發著燒，力量所剩無幾，而抱持這種目的處理屍體讓我反胃。黎斯特哈哈大笑，接著漠然地告訴我，一旦我成為吸血鬼，感覺便會大不相同，而到時我也會笑的。他這點錯了，我從來不訕笑死亡，不論我多麼經常且規律地造成它。」

「但讓我按順序來，我們駛過河堤路來到曠野，把工頭留在那裡。我們撕破他的外套、偷走他的錢、讓他嘴唇沾上酒漬。我認識他太太，她住在紐奧良。我知道他的屍體被發現後，他太太會在如何絕望的困境下受苦。但比起為她難過，我更為她永遠不知道真相而痛苦。她丈夫其實不是酒醉在路邊遇到搶匪。當我們捶打屍體，讓工頭的臉頰及肩膀瘀血時，我終於開始醒悟了。」

「當然，你必須了解，在這段期間，吸血鬼黎斯特一直是那麼非比尋常。對我來說，他不是人類，更像一名聖經裡的黑暗天使。然而在那種壓力下，我對黎斯特的著迷開始扭轉。我從兩種層面看待我成為吸血鬼的事：第一是純然的蠱惑，黎斯特在死亡邊緣迷惑了我；但第二是對自我毀滅的渴望，我渴望徹徹底底地受天譴。這兩種感受皆源自黎斯特。然而現在我毀滅的不是自己而是其他人，工頭、他太太、他的家庭。我退縮了，理智完全粉碎，如果不是黎斯特從不出錯的直覺感受到發生了什麼事，我肯定會轉身逃走。從不出錯的直覺……」吸血鬼沉思著。

「讓我這麼說吧，對吸血鬼的強大直覺而言，就算是人類臉上最細微的表情變化，都像肢體動作一樣明顯。黎斯特掌握行動的時機超越常人，他把我趕上馬車，驅馬返回家裡。『我想死，』我開始喃喃自語，『我受不了這個，我想死，你的能力足以殺死我，讓我死。』我拒絕看他，以免被他外表的純然美麗所迷惑。他輕柔地呼喚我的名字，笑著。如我所說，他決心擁有那個莊園。」

「但他會讓你走嗎？」男孩問道，「在任何清況下？」

「我不知道，就我現在對黎斯特的了解，我想他殺掉我的可能性更大於放過我。但那正是我想要的，你知道的，那已經無所謂了。不，那是我當時以為自己想要的。我們一到家，我就跳下馬車，像行屍走肉般走到我弟弟跌落的磚砌階梯前。那時房子已經幾個月沒人住了，工頭有他自己的小屋。在路易斯安那的溼熱天氣之下，階梯已經出現裂痕，一條條裂縫裡叢生著野草，甚至是小野花。我在臺階底層坐下，頭枕著磚塊，手指輕撫著花莖光滑如蠟的小花，憶起了過去在涼爽夜晚中感受到的溼氣。我從鬆土中拔起一搓雜草。『我想死，殺了我，殺了我。』我對吸血鬼說，『現在我因為謀殺而有罪，我無顏苟活下去。』」

「他以人們聽到明顯謊言時的不耐對我嗤之以鼻。接著下一瞬間，他一把抓住我，就像他對待我的工頭那樣。我猛烈地回擊，靴子抵著他的胸口使盡全力猛踹，他的牙齒刺痛我喉嚨，我的太陽穴鼓動著發燒的熱度。他整個人猛然退開，動作之快，等我看清楚時，他已經輕蔑地站在底端的臺階上。『我以為你想死呢，路易。』」

聽見吸血鬼說出了自己的名字，男孩突兀地低呼一聲。吸血鬼聽見了，他簡短地說：「是的，那是我的名字。」然後繼續。

「我躺在那裡，再次被自己的懦弱及愚蠢推入無助的境地。」他說，「也許如此直接地面對這一切，能讓我及時獲得自我了斷的勇氣，而不是苦苦哀求他人代勞。我看著自己自我折磨，因那些日復一日的痛苦煎熬而形銷骨立，認為這份痛苦就像懺悔告解般不可或缺，誠心期望著死亡能出其不意地為我帶來永恆的寬恕。我也看著自己站在階梯頂端，彷彿身處異象之中，我站在弟弟曾經立足的地方，然後朝磚地一躍而下。

「然而當下並沒有時間能凝聚勇氣。或者我該說，在黎斯特的計畫裡，除了他的計畫外不會有時間給任何其他事情。『現在聽我說，路易。』他說，接著在臺階上躺下，緊緊摟住我。他的動作是如此優雅親密，立即讓我想到情人的溫存。我向後一退，但他用右手環住我，將我壓上他的胸膛。我從來沒有和他這麼貼近過，在微光中，我能看到他眼中的奇妙光芒，以及僵白如面具般的皮膚。我試著移動，他把指尖按在我的唇上說：『別動，我會讓你失血到瀕臨死亡，而我要你保持安靜，安靜到你幾乎能聽見自己的血液在靜脈中流動，安靜到能聽見那些血液在我的靜脈中流淌。只剩你的知覺、你的意志維繫著你的生命。』我想掙扎，但他的手指緊緊扣著我，徹底壓制住我倒臥的身體。而我一放棄反抗，他的尖牙便埋入我的頸項。」

男孩眼睛漸漸瞪大。隨著吸血鬼的敘述，他在椅子上退得愈來愈遠，現在他的表情緊繃，雙眼半瞇，彷彿準備承受迎面而來的一拳。

「你有沒有大量失血過？」吸血鬼問道，「你知道那種感覺嗎？」

男孩擺出「不」的嘴形，但沒有發出聲音。他清了清喉嚨說：「不知道。」

「蠟燭在樓上的客廳燃燒著，我們在那裡計劃了如何殺死工頭。外廊上的油燈在微風中搖擺，燭光和燈光開始聚集閃爍，彷彿一隻在我上方翱翔的金色精靈，停在樓梯井中，如輕煙般盤旋飛舞。『聽話，張大你的眼睛。』黎斯特對我耳語，嘴唇貼著我的脖子。我記得他嘴唇的摩娑讓我全身汗毛悚立，激起一陣近似激情歡愉的強烈衝擊……」

他陷入沉思，右手虛握，食指輕敲下巴。「幾分鐘內我就虛弱得全身癱軟，恐慌得動彈不得，我發現我甚至發不出聲音。當然，黎斯特仍然抱著我，他的手臂沉重得像鐵枷。他拔出犬牙，那感受如此刻骨，劇痛讓兩處傷口感覺起來大得不得了。此時他把我無力的頭扳過來，右手自我身上移開，然後咬開自己的手腕，鮮血灑在我的襯衫及外套上。他瞇起一眼、目光閃耀地注視著血跡，似乎看了永恆那麼久，燈火燭光此刻懸在他的頭頂後方，宛如襯托幽魂的背景。

「我想我在他行動前就知道他要做什麼了，我在無助中等待，彷彿已經等待多年。他把血流如注的手腕壓在我嘴上，堅定並有點不耐地說：『路易，喝下去！』我喝了。『慢點，路易！』、『快點！』他不時在我耳邊低語。我吞嚥著，從傷口裡吸吮血液，自嬰兒時代以來，這還是第一次重新體驗吸吮營養的特殊歡愉，全身心投注在不可或缺的生命泉源之上。然後變化出現了。」吸血鬼往後靠，微皺眉頭。

「要描述這些無法真正形容的事物，實在是自不量力。」他的聲音低得像耳語。男孩僵坐著，彷彿凍結在原處。

「在吸血的時候，我的眼中只有那道幽光，接下來是……聲音。起先是沉悶的隆隆聲，接著宛如擂鼓一般，聲音愈來愈大，彷彿一頭巨大的怪物慢慢穿越黑暗詭譎的森林，沉重腳步宛如巨大的擂鼓聲。接著出現了另一道擂鼓聲，彷彿在那頭怪物之後幾碼又出現另一頭巨獸。兩頭巨獸各自鼓聲隆隆，不顧彼此的節奏。噪音愈來愈響，直到不只盈滿了我的聽覺，似乎也塞滿了我的知覺，在我的雙唇、指尖、太陽穴及血脈裡震動。尤其是，在我的血管中，兩道鼓聲相互交擊。黎斯特突然抽回手，我睜開眼，並且立刻制止自己想抓住他的手腕、不計代價地拉回嘴邊的衝動。我制止我自己，是因為我了解鼓聲就是我的心跳聲，而另一陣鼓聲則是他的。」吸血鬼嘆口氣，「你懂嗎？」

男孩搖搖頭。「不……我是說，我懂，」接著又說：「我是說，我……」

「當然。」吸血鬼移開目光。

「等一下，等一下！」男孩激動地開口，「錄音帶快跑完了，我得換另一面。」吸血鬼耐心地看他換面。

「然後發生了什麼？」男孩問道，他的臉溼透了，他迅速拿手帕擦了擦。

「我開始以吸血鬼的目光看待事物。」此時吸血鬼的聲音有些疏離，似乎分了神。接著他挺胸坐直。「黎斯特再次佇立在階梯底層，我以前所未有的方式看著他。以前我覺得他看起來非常慘白，因此在晚上好像會發光似的；然而當下在我眼中，他全身充斥著屬於他的生命及鮮血，他不是發光，而是輻射出能量。然後我看到，不只是黎斯特變了，一切東西都變了。

「那就像是我從來沒看過任何顏色或形體，我徹底被黎斯特黑外套上的鈕釦迷惑住，目不轉睛地盯著看。然後黎斯特開始發笑，我傾聽他的笑聲，彷彿過去從未聽過任何聲音。他的心跳在我耳中依然像擂鼓鳴擊，現在再加上金屬般響亮的笑聲。這真讓人困惑，聲音相互夾纏，像不同鐘聲響過後混合的餘音，我才剛區分開來，兩者卻再度彼此重疊，聲音輕柔但明顯不同，音量漸增但毫不協調，那些隆隆的笑聲，」吸血鬼愉快地微笑，「隆隆的鐘聲。」

「『別再看我的釦子了，』黎斯特說，『到樹林裡去，擺脫你體內所有的人類排泄物，記得別因太愛慕夜晚而迷了路。』

「當然，那是個明智的命令。當我看到石板上的月光，痴迷得在那裡至少待了一小時，我經過弟弟的禮拜堂，卻完全沒有想到他。站在棉花樹及橡樹之間，夜晚的聲響像一群女子的輕聲細語，邀請我倚向她們的雙峰。我的身體還沒有完全蛻變，才剛開始習慣全新的聲音及光線，身體便開始發痛。體內所有屬於人類的體液都被迫排出，我的肉身瀕死，卻將以吸血鬼之軀存活。我的感官逐漸覺醒，我必須以某種痛苦——最後是恐懼，才能克服死亡，重新掌控自己的軀殼。我跑上階梯回到客廳，黎斯特已經在研究莊園的文件，翻閱了去年的開銷與利潤。『你很有錢。』我進門後他對我說。『我出事了！』我大吼。

「『你快死了，就是這樣而已，別一副蠢樣。你沒有油燈嗎？有這麼多錢，結果除了那盞提燈以外你卻負擔不起鯨魚油嗎？把那盞提燈拿過來。』

「『快死了！』我大叫，『快死了！』

「『每個人終究會死。』他繼續說道，拒絕對我施以援手。即使現在回顧這件事，我仍然因此而輕視他。不是因為我害怕，而是他明明可以讓我以敬畏之心看待這些變化，他可以安撫我，告訴我，我能以與那天晚上同樣的奇妙感受來體驗我的死亡。但是他沒有，黎斯特和我是完全不同的吸血鬼，完全不同。」吸血鬼的口氣裡毫無自誇，反而像衷心地如此相信。

「上帝，」他嘆息，「我死得很快，這表示我害怕的能力也同樣迅速消失。我只遺憾自己對過程沒有更加注意。黎斯特是個徹底的蠢貨，『噢，看在地獄的份上！』他開始大吼，『你知道我什麼也沒有替你準備嗎？我真是個笨蛋。』我真想說：『是的，你是。』但我沒有開口。『你今天早上得和我一起睡，我還沒有幫你準備棺材。』」

吸血鬼笑了。「棺材這個詞在我心中激起恐懼的共鳴，我想它吸走了我所有剩餘的恐懼能力，以至於對與黎斯特共享棺材這件事，我只能感受到些許警覺。此時他在他父親的房間，與老人道晚安，說他早上會再回來。『你要到哪裡去，為什麼你要過這樣的生活？』老人要求答覆，而黎斯特變得不耐煩。在這之前，他一直對老人好得不得了，幾乎到了令人反胃的地步，現在他卻擺出欺壓的姿態：『我有好好地照顧你，不是嗎？

我給你的庇蔭比你給我的好多了！如果我想要整天睡覺整夜喝酒，我就會這麼做，去你的！』老人開始抱怨。因為我當時奇特的情緒狀況與極不尋常的精疲力竭，我才沒有出聲指責。我站在敞開的門外觀看這一幕，被拼花被面及老人臉上鮮明躍動的顏色迷住了，藍色血管在他粉紅灰暗的皮膚下律動，甚至是他牙齒上的泛黃都吸引了我，而且我幾乎被他嘴唇的顫動所催眠。『這種兒子，這種兒子！』他說，當然從未懷疑過他兒子的真正本性，『好吧！你走吧。我知道你在某個地方有個女人，她丈夫早上一離開，你就去找她。把我的玫瑰念珠給我，我的玫瑰念珠到哪去了？』黎斯特說了些褻瀆神的話，把玫瑰念珠遞給他……」

「可是……」男孩開口。

「嗯？」吸血鬼說，「恐怕我沒有讓你盡情地發問。」

「我想問，玫瑰念珠上面掛著十字架，不是嗎？」

「噢，那個十字架的傳言！」吸血鬼笑了起來，「你是指我們害怕十字架？」

「不能直視它——這是我以為的。」男孩說。

「胡說八道，我的朋友，那全是胡說八道。我可以看我想看的任何東西，而我倒是挺喜歡看著十字架的。」

「那鑰匙的傳說呢？你們真的能……變成輕煙穿過鑰匙孔？」

「我希望我能，」吸血鬼笑著說，「那肯定十分有趣。我真想穿過各種鑰匙孔，感受它們不同的形狀，但不對，」他搖搖頭：「這是，你們現在是怎麼說的……屁話？」

男孩忘形地笑了，接著又擺出莊重的表情。

「你不必這麼害羞，」吸血鬼說，「跟我說說你在笑什麼。」

「是那個用棍子刺穿心臟的說法。」男孩的臉頰微微發紅。

「一樣，」吸血鬼說，「屁話。」他仔細地發出兩字的音節，男孩因此而笑了。「沒有什麼神奇的力量。你為什麼不抽菸？我看到你襯衫口袋裡有菸。」

「噢，謝謝。」男孩說，好像那是個無與倫比的建議，但當他把菸擺在唇間時，他的手指抖得那麼厲害，把火柴都弄壞了。

「讓我來。」吸血鬼取過火柴，迅速一劃再點燃男孩的香菸。男孩吸一口菸，視線落在對方的手指上，吸血鬼在輕柔的衣物摩擦聲中退回桌子另一端。「洗手臺那裡有菸灰缸。」吸血鬼說。男孩緊張地起身去拿，他看了看裡面的幾個菸頭，然後發現水槽底下的小垃圾桶，他把菸灰缸倒乾淨，迅速擺在桌上。把香菸放在菸灰缸上時，他的手在菸上留下了潮溼的指印。「這是你的房間嗎？」男孩問道。

「不是，」吸血鬼回答，「只是一個房間。」

「然後怎麼樣了？」男孩問道。吸血鬼正望著輕煙在頭頂的燈泡下聚集。

「呃……我們盡快回到紐奧良，」他說，「黎斯特把他的棺材放在城牆附近的一個破房間裡。」

「然後你真的進到棺材裡去了？」

「我別無選擇，我哀求黎斯特讓我待在衣櫃裡，但他笑了起來，而且驚訝不已：『你不知道你是什麼嗎？』他問道。『可是這有魔法效力嗎？一定得是這種外型嗎？』我懇求道，卻只聽到他的笑聲再次響起。我無法忍受這種方式，但當我們爭辯時，我開始了解我並不是真的害怕。那是一種很奇怪的豁然開朗，其實我一輩子都畏懼密閉的地方，生長於擁有高聳天花板及長窗的法式房屋，我對於封閉的地方有種恐懼感。

「我甚至連待在教堂的小告解室也會覺得不舒服。那是種很常見的恐懼，現在當我向黎斯特抗議時，我開始了解到我已經不再有那種感覺了，只是還惦記著它，因為習慣、也因為遲遲反應不過來如今擁有的驚人自由而攀附著它。『你真是醜態百出，』黎斯特最後說，『而且已經快天亮了，我應該隨便你去死。你會死的，你知道，陽光會毀滅掉你每顆細胞、每條血管裡的那些我給你的血。但是你不應該怕成這樣的，我想你就像那種斷了手或腿卻依舊堅稱那些部位還會痛的人。』這應該是黎斯特在我面前所說過最聰明而且最有用的話了，馬上讓我清醒過來。」

「『現在我要進棺材了。』終於，他以他倨傲至極的口氣對我說，『你也要進來，睡在我上面——如果你知道怎樣才是對你有益的話。』我照做了，我面朝下趴在他身上。其實我並不害怕，只是這麼貼近他讓我既恐懼又反感——即使他是如此俊美誘人。這種複雜的感受讓我極為困惑。他閉上眼，我問他我是不是已經徹底死了。我的身體仍然到處刺痛發癢。『不，你還沒有。』他回答，『當你徹底死亡時，你會聽到及看到那些改變，不會有任何感覺。到了今天晚上，你應該會死透了，快睡吧。』」

「他說得對嗎？當你醒來時是不是……已經死了？」

「是的，不過應該說是轉化了，畢竟很明顯我還活著。我的身體死了，雖然還沒有完全清除掉不再需要的東西，但確實死了。了解這點之後，我與人類情緒的分離也進入了另一個階段。在黎斯特和我一起把棺材抬上靈車、以及及從停屍間再偷出另一副棺材的時候，第一件對我而言變得明顯的事，是我一點也不喜歡黎斯特。當時的我還遠遠比不上他，但絕對比身體死亡之前的我更接近。我無法為你說明清楚，因為你現在像身體死亡前的我，所以你不會懂的。但在死亡前，遇見黎斯特是我一生之中最特殊、最迷眩的**體驗**。你的菸已經變成菸灰棒了。」

「噢！」男孩連忙在菸灰缸裡按熄香菸，「你是說當你們之間的距離消失時，他也失去了……魔力？」他的視線迅速回到吸血鬼身上，取出香菸及火柴的雙手比剛才自在得多。

「是的，你說得沒錯。」吸血鬼顯然很高興，「返回龐度萊的路程十分奪目迷人，而黎斯特的喋喋不休則是我所經歷過最無聊、最煩悶的事情。當然，如我所說的，我還遠遠比不上他，必須和自己僵死的四肢奮鬥……這是在和黎斯特相較之下。當晚，就在我被迫進行第一次殺戮時，我了解了這個差距。」

吸血鬼伸手越過桌面，輕輕從男孩的衣領上拂掉菸灰，男孩警覺地盯著他縮回去的手。「抱歉，」吸血鬼說，「我無意嚇你。」

「是我該說抱歉，」男孩說，「我只是突然有種感覺，你的手臂……好像不尋常的長，坐著不動就能伸得這麼遠！」

「不，」吸血鬼再度把雙手擱在交疊的膝蓋上，「我的動作比你眼睛能看到的要快得多，所以那只是錯覺。」

「你有向前傾？可是沒有啊，你坐得跟現在一樣，靠著椅背。」

「不，」吸血鬼堅定地重複一遍，「就像我告訴你的，我有向前傾。來，我再做一次。」然後他再前傾了一次，男孩以同樣的困惑與恐懼睜大眼睛看著。「你還是沒看到，」吸血鬼說，「可是，你看，如果你現在看著我伸直的手臂，它一點也不會特別長。」接著他舉起手，手指向天，宛如即將傳遞箴言的天使。「你已經體驗了你我之間看事物的基本差異。對我來說，我的動作顯得緩慢甚至僵滯，而我手指刷過你外套的聲音清晰可聞。我真的無意嚇你，但也許你可以由此而了解，返回龐度萊的過程對我而言是一場新鮮體驗的盛宴，光是樹枝在風中的搖擺便是如此誘人。」

「是的。」男孩說，但看得出來他仍然在發抖。吸血鬼注視他片刻，然後開口：「我剛正談到……」

「你的第一次殺戮。」男孩說。

「是的，但我應該先從另一邊說起。那時莊園陷入了一團混亂，工頭的屍體被人發現了，主臥室裡瞎眼的老人也被發現，而沒人能解釋老人怎麼會在那裡。大家在紐奧良找不到我，我妹妹報了警，我回去時已經有幾個警察在龐度萊了。當時天色已深，黎斯特迅速向我說明，即使在微弱的光線下，也不能讓警察看到我，尤其是我現在身體有明顯變化的時候。所以我在莊園前的橡樹小徑上和他們談話，並且對他們進屋的要求置之不理。我解釋說我前一天晚上在龐度萊，瞎眼的老人是我的客人，至於那個工頭則不在這裡，他去紐奧良辦事了。

「這件事解決了之後——其間我的新軀殼對我大有幫助——我面臨了莊園本身的問題。我的黑奴們惶惶不安，整天什麼事都沒做。我們當時有間做豌豆染料的工廠，而工頭的管理非常重要，不過我有幾個特別聰明的黑奴可以承擔他的工作。其實他們早就能接手了，如果我能承認他們的智慧，同時不害怕他們非洲人的外表及舉止的話。我仔細觀察，然後把管理權交給他們，而且還承諾會把工頭的房子給他們；另外從田裡找來兩個年輕的女人，專門照顧黎斯特的父親。我告訴他們我希望盡量保持隱私，除了提供服務之外，如果能完全不打擾我和黎斯特，他們都會因此得到獎賞。當時我不知道這些奴隸會是第一個——也可能是唯一一個——懷疑我和黎斯特不是正常人類的人。我不了解他們對超自然的體驗遠超過白人，因為缺乏了解，我還以為他們只是剛被奴化馴養、就像小孩一樣無知的野蠻人。我犯了一個相當嚴重的錯誤，但讓我待會再告訴你，我正要說到我的第一次殺戮，黎斯特又再度以他無人能比的缺乏常識把它搞砸了。」

「搞砸了？」男孩問』。

「我根本不該從人類開始，但這是我後來才自己領悟的。在打發了警察和黑奴之後，黎斯特帶著我魯莽地鑽進了沼澤。當時已經很晚了，奴隸住的小屋一帶一片漆黑，我們很快就看不到龐度萊的燈光了，而我變得非常興奮浮躁。那種感覺又出現了——記憶中的恐懼與困惑。黎斯特如果有任何腦筋的話，應該就會先耐心溫和地跟我解說——我不必害怕沼澤，蛇和小蟲完全不能傷害我；而我必須全神貫注在新得到的力量上，才能在漆黑中視物。相反地，他不斷數落我，只關心我們的獵物，以及如何讓我完成啟蒙儀式，開始正式成為吸血鬼。

「而當我們終於碰上獵物時，他拚命催我行動。他們是一小群逃跑的奴隸，黎斯特已經拜訪過他們，在黑暗中等待有人離開營火或趁他們睡覺時下手，大概已經殺掉了四分之一的人數；而那些奴隸對黎斯特的存在一無所知。我們等了一個多小時，才等到有個男人——奴隸全都是男性——終於離開空地來到離樹林幾步之遙處。他解開褲子處理一個很平常的生理需求，當他轉身要走時，黎斯特搖搖我說：『殺了他！』」

吸血鬼對著男孩圓睜的眼睛微笑。「我想當時我的驚嚇程度和你可能會有的反應一樣，」他說，「但那時我還不知道我其實可以殺動物就好，不必殺人。我很快回說我不可能殺他，而那個黑奴聽到了我的聲音，立即身背對遠處的火苗，向黑暗中窺視，並從皮帶裡抽出一把長刀。除了長褲及皮帶之外，他身上沒有其他衣物，一個高挑、手臂粗壯而皮膚光滑的年輕人。他用法國方言說了些話，然後走上前來。我發現雖然我在黑暗裡能很清楚地看見他，他卻看不到我們。黎斯特閃到他身後，箝制住他的脖子和左臂，速度之快讓我愣了愣。那個黑奴驚喊一聲，想把黎斯特甩掉；他一口咬下，黑奴像被蛇咬到一般僵住了，然後跪倒。其他黑奴跑了過來，但黎斯特吸得很快。」

「『你讓我作嘔。』當他回到我身邊時，我這麼說。我們像是完全被夜色所遮蓋的黑色昆蟲，黑奴們的行動在我們眼裡一清二楚。他們發現了受傷的人，把他抱回去，成扇狀散開搜尋襲擊者。『快來，我們得在他們都回營地前逮到另一個。』黎斯特說。我們很快便追蹤到一個落單者，我還是很不安，相信自己沒法攻擊別人，也不想這麼做。

如我剛剛說的，黎斯特其實可以在事前多花點心思，讓我的初次經驗更具層次，但他沒有。」

「他能做什麼？」男孩問道，「你是指什麼？」

「殺戮不是平常的行動，」吸血鬼說，「不只是吸飽血而已。」他搖搖頭，「能肯定的說，那是體驗他人生命之舉，不過更常是透過鮮血體驗生命緩慢地消逝。那是一遍又一遍重演我失去生命的體驗，重溫當我啜飲黎斯特手腕中的血時、他的心與我的心一起跳動的感受。那是一遍又一遍地歡慶那一刻，因為對吸血鬼而言，那是最極致的體驗。」他非常嚴肅地說，彷彿在和意見不同的人爭辯。「我不認為黎斯特曾經正眼看待這件事，雖然我不知道他怎麼能毫無感覺。讓我這麼說吧，即使他會正眼看待某些事，肯定也相當罕見。在我抓住他手腕索求生命而不肯放手時，他可以先提醒我會有什麼感覺；或為我找尋恰當的地點，讓我能安靜而有尊嚴地體驗我的初次殺戮，這些對他來說都不困難。然而他魯莽行事，好像希望能盡快擺脫這件事，就像想盡快走完眼前的路一樣。他一抓到那黑奴，就箝住他的身體、勒住他的脖子。『來吧，』他說，『你現在已經不能回頭了。』

「我深感厭惡，又因挫折而軟弱，於是照做了。我在扭曲掙扎的人身旁跪下，雙手抓住他肩膀，尋找他的脖子。我的牙齒才剛開始變化，還不能直接刺進去，因此必須撕開他的皮肉。但一旦皮開肉綻，鮮血就汩汩流出。當我專注於鮮血、埋頭狂飲……其他的一切都消失了。

「黎斯特、沼澤、遠方營區的聲音全都失去意義，黎斯特就像隻小蟲，嗡嗡作響，螢光閃閃，隨即被人遺忘。啜飲迷住了我，那人溫暖的掙扎在我緊箍的雙手之間漸漸癱軟，接著擂鼓的鳴響再次出現，那是他的心跳聲——只是這次跳動的頻率和我的心跳完全一致，二者在我體內的每一寸血肉中合鳴，直到心跳聲愈來愈慢，直到成為輕柔不絕的隆隆悶響。我迷迷糊糊，飄飄欲仙，然後被黎斯特往後一扯。『他死了，你這個蠢貨！』他以他獨特的魅力及老練說道，『不可以在他們死掉以後吸血！記住這點！』一時間我陷入狂怒，不能自已地堅持此人的心臟還在跳動，心中滿是再次抓起他的衝動。我的手撫過他的胸膛，抓住手腕，如果黎斯特沒有把我拉起來且打我耳光的話，我會咬進他手腕的。這個耳光讓人錯愕萬分，不是尋常的痛，而是另一種知覺上的衝擊，重擊所有的感官。我在困惑中天旋地轉，背靠上一棵柏樹，茫然地睜大雙眼，夜晚與我耳中的嗡鳴同聲脈動。『你那麼做會丟掉小命，』黎斯特說，『如果在他死掉之後你還不鬆口，你會被一起吸進死亡之境。此外，你也喝太多了，你會不舒服的。』

「他的聲音刺痛我的感官，我突然想朝他撲過去，但他提到的身體異狀當時正好出現。我的胃灼熱地絞痛起來，好像裡頭有個漩渦吞噬著我的五臟六腑。這是因為吞下的鮮血太快融入我本身的血液，但當時我不知道。黎斯特穿越夜幕，動作如貓般優雅無聲，我跟著他，腦袋陣陣抽痛，當我們抵達龐度萊的主屋時，我的胃痛一點也沒有好轉。」

「我們在客廳桌邊坐下，黎斯特在上蠟的木桌上玩牌，我在一旁輕視地盯著他。他正喃喃地講些廢話，我會習慣殺人的，他這麼說，這會變得易如反掌，我不能讓自己動搖。我反應過度了，簡直像還沒擺脫掉那些『凡人的成分』一樣，我很快就會習慣這些事了。最後我終於開口問：『你這麼認為嗎？』其實我對他的回答根本沒興趣，我現在已經認清我們之間的差異。對我來說，殺戮的經驗簡直是災難，啜飲黎斯特的手腕也是。這些經驗如此懾人，大大改變了我對周遭事物的看法；從客廳牆上我弟弟的肖像，到高懸在法式窗格中的孤星，我無法想像另一名吸血鬼會把這些視為理所當然。我永遠地變了，我知道。而我對任何事——甚至紙牌一張張擺成一列的聲音——都心懷敬意。黎斯特卻相反，或者他對事物根本就沒有任何感受。他就是塊朽木，無法製成任何東西。他一面玩牌一面碎念，那行為就和凡人一樣無趣，和凡人一樣庸俗、充滿牢騷。他貶低我經歷的事情，卻對他可能有過的體驗隻字不提。

「到了早上，我發現自己的層次完全勝過他。他能夠成為我的指導者，完全是因為我被可悲地欺騙了。他必須一步一步指導我學習一些必要的知識——如果還有其他真正值得學習的知識，而我必須容忍對生命毫無敬意的他。我對他寒心，並不是因為比他優秀而輕視他，只是我渴求更多與以往不同的全新體驗，和我的殺戮一樣美麗卻同時充滿毀滅性的體驗。而我發現，如果想盡量擴大得到新體驗的機會，我必須主動去學習。黎斯特完全指望不上。」

「當我終於從椅子起身走到外廊上時，已經過了午夜。碩大的月亮懸掛在柏樹之上，燭光從敞開的門流瀉出來，房屋的柱子及牆壁才剛粉刷過，地板剛掃過，夏雨洗淨了夜晚，四處點綴著晶亮水滴。我靠在外廊最末端的柱子上，茉莉的卷鬚輕觸我的髮梢，種在廊底的茉莉與紫藤永遠處在交戰狀態。我想著在整個世界以及前方的未來中，究竟有什麼在等著我？我決定用謹慎且誠敬的態度面對，循序漸進地學習新事物。我當時並不確定這個決定意味著什麼。我不想魯莽地體驗這一切，身為吸血鬼的所知所覺是那麼強烈，不該囫圇吞棗地浪費，你了解我的意思嗎？」

「我懂！」男孩急切地說，「聽起來跟戀愛一樣。」

吸血鬼的眼睛發亮。「沒錯，那的確像是戀愛。」他笑了，「我跟你說說那天晚上我的心境，好讓你了解吸血鬼之間也是有很大的不同，以及我怎麼會採取不同於黎斯特的作風。你必須了解，我並不因為他對自己經歷的事物漫不經心而責怪他，我只是不了解那樣的感官體驗怎麼能不被珍視，但接著黎斯特做了件讓我找到學習之路的事。

「他相當享受龐度萊的財富。他父親吃晚餐時使用的美麗瓷器讓他心情愉悅，他也喜歡天鵝絨縵布的觸感，還用鞋尖描繪地毯的花紋。此時，他從瓷器櫃裡拿出一支水晶玻璃杯，然後說：『我真懷念玻璃杯。』他的語調中帶著促狹的愉快，我開始以嚴苛的眼光打量他。我真的非常討厭他！『我要為你表演一個小把戲，』他說，『如果你喜歡玻璃杯的話。』

「把杯子放在牌桌上之後，他走向站在外廊上的我，姿態再度轉變成一頭追蹤獵物的猛獸，眼睛刺探著燈光觸及不到的黑暗，窺視橡樹彎曲枝椏的下方。毫無預警地，他瞬間跳過欄杆，輕輕落在一樓的地面上，然後閃進黑暗之中，雙手抓住了某樣東西。當他回到我面前時，我驚訝地發現他手中的是隻老鼠。『別這麼愚蠢，』他說，『你沒見過老鼠嗎？』那是隻巨大、長尾巴而且正不斷掙扎的田鼠，他抓著牠的脖子，讓牠沒辦法咬人。『老鼠可以是很好的食物。』他帶著老鼠走向那支酒杯，扯開牠的喉嚨，杯子立即注滿鮮血。老鼠被丟過外廊欄杆，落到下方的泥地上。黎斯特勝利地將酒杯舉向蠟燭，『你恐怕不時得靠老鼠維生，所以拿掉你臉上的那種表情。』他說，『老鼠、雞、牛，如果你不想在船上引起恐慌，讓其他人來搜你的棺材的話，你最好清理一下船上的老鼠。』然後他優雅地啜飲鮮血，彷彿那是一杯紅酒，他微微皺臉。『涼得這麼快。』

「『那麼你的意思是，我們能靠動物過活？』我問道。

「『是的，』他一口喝光，然後隨意地把杯子丟進壁爐，我瞪著碎片。『你不介意吧？』他帶著諷刺的微笑指著碎片，『我真希望你不會，因為如果你介意的話，你也不能做什麼。』

「『如果我介意的話，我可以把你和你父親趕出龐度萊。』我說，我相信這是我第一次發脾氣。

「『你為什麼要這麼做？』他假意驚訝道，『你還沒學到每件事……對吧？』他大笑，然後慢慢在房裡踱步，手指撫過大鍵琴的絲墊。『你會彈琴嗎？』他問道。

我說了類似『別碰！』的話，於是他嘲笑我：『如果我喜歡我就碰！』他說，『你還沒學到——例如——所有會害死你的事。而現在死去豈不是一場慘劇，對吧？』

「『這世上一定有其他人可以教我這些事，』我說，『你當然不會是唯一的吸血鬼，你爸爸大概七十歲了，你變成吸血鬼的時間不可能很久，所以一定有人指導過你……』

「『所以你認為你可以自己找到其他吸血鬼？他們看得到你上門，但你可看不到他們。不，小朋友，我不認為你現在有很多選擇，我是你的主宰，而你需要我，對於這點你也同樣無可奈可。我們兩人都要供養別人，我的父親需要醫生，還有你的母親和妹妹，別動任何想告訴她們你是吸血鬼的這種凡人念頭，只管維持她們和我父親的生活。

所以明天晚上你最好殺快一點，然後專心處理你莊園的業務。現在上床吧，我們睡在同一間臥室，以降低危險。』

「『不，你自己關好你的臥房，』我說，『我不打算和你共處一室。』

「他生氣了。『路易，別做什麼蠢事，我警告你，一旦太陽昇起，你就沒辦法保護自己了，完全沒辦法。不同的房間意味著防禦被分割，需要雙倍的保衛措施，還有雙倍被發現的機率。』然後他說了一堆恐嚇我聽從的話，但效果幾乎等於對著牆壁說。我緊盯著他，但根本沒在聽。在我看來，他顯得懦弱而愚蠢，一個囉嗦的蠢男人。『我單獨睡。』我輕輕地逐一用手滅掉燭火。『快天亮了！』他堅持。

「『那麼鎖上門。』我抱起自己的棺材走下磚砌樓梯，樓上傳來法式玻璃門上鎖及幔簾拉上的聲音。天空已經發白，但仍見星辰閃爍，從河邊吹來的風帶起另一場微雨，點點灑在石板地上。我打開弟弟的禮拜堂門，拂開幾乎鎖住門的帶刺玫瑰枝椏，把棺材放在禱告臺前的石地上。牆上的聖人畫像隱約可見。『保羅，』我輕輕地向弟弟說，『在這一生中，我第一次對你毫無感覺，對你的死毫無感覺；而同時我也第一次充滿了對你的一切感覺，感受到你失落時的悲傷，彷彿我以前從來不懂得感覺一樣。』你看……」

吸血鬼轉向男孩。「那時我終於成為一個完完全全、徹徹底底的吸血鬼了。我關上小窗上的木條遮板，閂上門。黑暗中只能看到棺材內些微的綢襯光澤，我爬進棺材，然後把自己鎖上。我就是這樣變成吸血鬼的。」

「你就變成這樣了，」男孩停頓片刻，「還和一個你憎恨的吸血鬼在一起。」

「但我必須和他在一起，」吸血鬼回答，「就像我告訴你的，他抓住了我的弱點。他暗示我有很多必須懂的事情還不懂，而只有他能教我。可是事實上，他教給我的，大部分都是技術性的東西，而且我自己也不難領悟。例如我們如何搭船旅行，假裝棺材裡裝著心愛的人，要運到別處下葬，沒人敢打開這種棺材，我們可以在晚上出來清理船上的老鼠——或類似的事情。他還知道願意在營業時間之後做我們生意的店鋪及商人，提供了我們最好的法國時裝；以及願意在餐廳及酒店裡為我們處理財務事宜的經紀商。在所有這些世俗的事務上，黎斯特是個稱職的教師。他活著的時候是怎樣的一個人，我不知道也不在乎，但現在他從外表看來是和我完全一樣的階層。這對我來說並沒什麼意義，只是讓我們的生活變得比較平順一些。他的品味毫無瑕疵，雖然我的藏書對他來說是『一堆糞土』，而他也不只一次在看到我閱讀或書寫日記時顯得怒氣沖沖。『那些凡人的胡說八道。』他會這麼跟我說，而自己卻在採買奢華家具裝點龐度萊上大花我的錢，即使不在乎金錢的我，也不得不為之皺眉。

「對於接待龐度萊的賓客——那些騎馬或乘馬車從河堤路過來懇求借宿一晚的不幸旅客，或者拿其他莊園主人或紐奧良某官員的介紹信來碰運氣的人——他對他們是那麼溫和有禮，讓我輕鬆得多。我發現自己無法擺脫他，卻也不斷被他的惡毒惹怒。」

「他沒有傷害那些人吧？」男孩問道。

「噢，有的，而且經常如此。但我要告訴你一個祕密，這不但適用於吸血鬼，也適用於士兵、將軍及國王。我們大多數人都寧可看著其他人死亡，也不願見到那些人在我們的屋簷下受到無禮對待。這很奇怪……沒錯，但非常正確，我可以向你保證。黎斯特每晚獵殺人類，這我心知肚明。然而如果他曾經粗野或凶惡地對待我的家人、賓客及奴隸，我才會無法忍受。他並沒有這樣，而且似乎還特別喜歡訪客。

「他告訴我，我們不必節省對家人的開銷。在我看來，他已經讓他父親享盡種種奢華，幾乎到了荒唐的地步。失明的老人肯定不斷聽到他床單的布料是多麼精緻昂貴、床頂還裝飾著進口的幔簾、我們酒窖裡有什麼法國和西班牙的葡萄酒，以及即使在東岸盛傳將全面放棄豌豆改為生產糖的壞年份，我們莊園依舊能大豐收。

「然而有些時候，他會欺負那老人，如我之前說的。他會火冒三丈得讓老人像小孩一樣哭泣。『難道我沒有把你當成男爵般侍奉？』黎斯特對他大吼，『我沒有給你一切想要的？不要再對我抱怨要上教堂或者找老朋友了！胡說八道，你的老朋友都死了，你為什麼不一起死掉，讓我和我的錢清閒一點！』老人會輕聲哭道，這些東西在他垂垂老矣時毫無意義，一直以來他只要有他的小農莊就滿足了。

「在那之後，我常想問他：『他說的農莊在哪裡？你是從哪兒來到路易安那的？』藉以試探黎斯特可能知道的其他吸血鬼的所在地，但我不敢問，更別說是在老人開始哭泣而黎斯特變得怒火中燒的時候。不過這些情形並不常發生；較常出現的是，黎斯特以近乎諂媚的和藹為他父親端來晚餐盤，然後一面談天氣、紐奧良的新聞、我母親及妹妹的活動，一面耐心地餵他父親。那對父子之間差別極大，在教育水準及氣質上都是。但這是怎麼形成的，我無法猜測，而對這整件事，我一直保持疏離的態度。

「共同生活，如我剛剛說的，不是完全不可能。畢竟如此一來，我就有機會能得知那些藏匿在他促狹笑容背後的某些重要或可怕的事，或曾經與某種我永遠猜不到的黑暗打交道的過去。這段時間裡，他不斷地嘲諷及抨擊我對各種感知的熱愛、不願進行殺戮、以及殺戮讓我幾乎昏厥等事情。當我發現我可以在鏡子裡看到自己，以及十字架對我不起作用時，他放聲大笑，並且在我問到上帝及魔鬼時嘲弄地守口如瓶。『哪天晚上我倒想見見魔鬼，』有一次他帶著惡意的微笑說道，『我會從這裡追他追到太平洋的海岸。我就是魔鬼。』而當我對這句話驚愕萬分時，他爆出一連串的狂笑。

「最後因為我對他的不滿，我開始漠視他，也懷疑他，同時卻以一種疏離的著迷研究他。我有時會發現自己坐著紋風不動，盯著他讓我得到吸血鬼生命的手腕，好像心靈已經脫離了肉體，或者肉體變成了心靈；然後他會注意到我，頑固地漠視我的感受及渴望知道的一切，伸手粗暴地把我搖回神。

「我以一種毫無遮掩的疏離態度忍受這些。這種心情在我還是凡軀時從沒出現過，我開始了解這是吸血鬼天性的一部分：我可以在龐度萊的家裡坐上幾小時，思索著我弟弟的凡人生命，看到它有多麼短暫、多麼被黑暗的不可測包圍，了解我悲悼他的逝世以及像發狂動物般對其他凡人發作，其實都是如何徒然及無意義地浪費情感。所有那些混亂情景都像霧中狂亂的舞者，而現在，現在以這種奇異的吸血鬼性格，我感到一種深重的悲哀。不過我沒有陷溺在其中，不要讓我給你這種印象，因為陷溺對我而言將是最可怕的浪費。相反地，我環顧身邊所有認識的凡人，了解並且看到所有生命都是如此珍貴，所以我譴責所有毫無價值的罪惡感及狂熱情緒，那些只會讓生命如流沙般從指縫流失。

「一直到成為吸血鬼之後，我才真正了解我的妹妹，所以我不准她住在莊園，因為城市生活才是她真正需要的。如此她才有機會認識自己的人生、自己的美麗以及步入婚姻；而不是陷在失去弟弟、我離開家以及成為母親看護的抑鬱生活中。我滿足她們所有的要求及需求，即使是最瑣碎的請求也會立刻執行。在我們的夜間散步時間，我妹妹會取笑我的改變。我們的公寓位於狹窄的街道上，我會帶她出門，在月光下漫步於樹木拂徑的堤防之上，品味橙花的香氣與宜人的暖風。我們可以花上好幾個小時暢談她最祕密的想法及夢想，那些她不敢告訴任何人的小小幻想，那些甚至在我們坐在無人的陰暗客廳時，她都只敢在我耳邊低聲說出來的幻想。

「我眼前的她是如此甜美、如此觸手可及，一個閃閃發光的珍貴生命，很快就會衰老、很快就會死亡，擁有的時光稍縱即逝，而時光的不可捉摸卻錯誤地……錯誤地向我們承諾了永恆，彷彿那是我們與生俱來的權利。然而直到抵達人生的中途，前方的歲月和身後的一樣多時，我們才會了解每一寸光陰都該好好品嚐。

「造成我對生命觀感改變的是那種疏離，那是一種崇高的孤獨。黎斯特和我帶著這種疏離在凡人的世界裡穿梭，與所有物質性的困擾擦肩而過。讓我跟你說說這種疏離的實用之處。

「黎斯特熟知如何從華麗衣著及其他闊綽跡象選出受害者，再從對方身上偷取金錢。但居住及隱密的大問題，對他來說始終是一場可怕的搏鬥。我懷疑在那副紳士外貌的裝飾下，他恐怕就連最簡單的理財事務也一無所知。但我不一樣，所以他可以隨時得到現款，我則是藉此投資賺錢。如果他不是在暗巷裡偷取死人的皮夾，就是在城裡最貴的沙龍裡的某張輸贏最大的賭桌上，利用吸血鬼的敏銳觀察力，從被他的魅力誘惑及友詐欺騙的莊園小開身上吸走金銀、錢財及資產。但這樣從來沒有帶來他想要的生活，所以他引薦我進入超自然的世界，如此他便能得到一位投資人及經紀商，對他來說這些在重生後的生命裡是最具價值的俗世技能。

「但是，讓我說明一下紐奧良的過去以及後來的變化，這樣你才能了解我們當時的生活有多簡單。美國沒有其他城市像紐奧良這般，不只聚集許多各階層的法國人和西班牙人，形成了特殊的上流階級，後來又出現不同的移民，其中又以來自愛爾蘭及德國的占了多數。除了黑奴之外——當時尚未被白人同化，還保留著迷人的傳統裝扮與習俗，還有其他迅速增加的有色人口，包括混血及來自島嶼的人。他們形成了既龐大又獨特的階層，出產無數工匠、藝術家、詩人，以及著名的陰柔美感。

「然後是印地安人，夏天時他們布滿堤防，販賣藥草及手工藝品。而在這些混雜的語言及膚色中穿梭漂流的是港口居民與船上的水手，他們如潮水般湧來，把錢花在酒店裡，買下黑色或褐色皮膚女郎的夜晚，晚餐享用最好的西班牙或法國料理，並且喝世界最好的進口美酒。

「此外，在我轉化的幾年之後，美國人自舊法國區開始，以宏偉的希臘式房舍在河邊建立了城市，那些房子在月光下閃耀如神殿。當然，還有開墾者，永遠是那些開墾者。他們駕著發亮的馬車，帶家人進城買晚禮服、銀器和珠寶，他們擠滿了通往法國歌劇院、紐奧良劇院和聖路易大教堂的狹窄街道。在禮拜天，會從聖路易大教堂敞開的門中，傳出彌撒的聖詩，歌聲直達在普雷斯阿廣場上的群眾、直達法國市場上的吵鬧及熙熙攘攘、直達高起的密西西比河面上如幽靈般寂靜漂流的船隻。由於堤防的圍堵，河面高於紐奧良的地面，這些船看起來彷彿飄浮在空中。

「那就是紐奧良，一個神奇而偉大的居住之地。在這裡，一名吸血鬼，在夜間披著華裳優雅地走過一圈又一圈煤氣燈下的光柱，不會引起比對其他成千上百的異國風情之人更多的注意——如果他曾經引起注意的話。如果任何人曾經停步，並且在摺扇之後細語：『那個人……多麼蒼白，那樣地螢螢發光……那樣地行動，那不是普通人類！』在這座城市，話還沒離開雙唇，吸血鬼可能早已飄然遠去，尋找他能像貓一樣清楚視物的暗巷；陰暗的酒吧裡，水手頭靠著桌子睡覺；天花板挑高的旅館房間裡，可能有個獨坐的身影，她的雙腳擱在鑲花邊的軟墊上，腿上蓋著蕾絲被罩，頭在一根蠟燭的幽暗光暈下低垂，自始至終都沒有看到掠過天花板上花朵雕飾的巨大影子，也自始至終都沒有看到拈熄脆弱燭火的白皙長指。」

「如果不談其他目的，光是壯觀奪目，就足以讓那些不管因為什麼理由在這座城市定居的男男女女，在身後留下至今仍然屹立的紀念碑，以及各色大理石與磚石建築。即使後來煤氣燈熄滅、飛機出現、辦公大樓擠滿了康農街，某種不滅的美與浪漫仍然存在著。也許不是在每條街道，但有那麼多地方對我來說，景觀永遠停佇在那段歲月。現在漫步在星光閃爍的廣場及黃金區街道，我又再度回到了那些時光中。我想這就是紀念建築的本質，不論那是幢小屋或公寓或希臘風格的柱子配上鐵鑄鑲邊。這些建築並不代表這個人或那個人曾在這裡走過，不，而是某人在某時某地所感受到的事物仍然繼續存在。當時在紐奧良上空升起的月亮現在依舊升起，只要紀念碑存在，它就會繼續升起，帶給人的感覺，至少在這裡……和那裡……仍然是一樣的。」

吸血鬼面露哀傷，他嘆了口氣，彷彿懷疑自己剛才說的話。「後來是什麼事？」他突然問道，似乎有點累了。「對了，是錢，黎斯特和我得賺錢。我剛剛說過他會偷竊，但是其後進行的投資才是重點，我們得善加利用累積的錢財。不過我講得太快了，我殺的是動物，等等我會談到這裡，而黎斯特的獵物始終是人類，有時一個晚上兩到三人，有時更多。他會吸到剛好暫時止渴的地步，然後再去找其他對象。他會以他低俗的語調說，愈是優秀的人他就愈喜歡。鮮嫩年輕的女孩是他晚上最喜歡的第一道菜，但年輕男子對黎斯特來說才是勝利的獵殺。大約你這種年紀的年輕男人特別吸引他。」

「我？」男孩小聲地說。原先他支著手肘傾身偷偷望著吸血鬼的眼睛，現在他往後坐直。

「是的。」吸血鬼繼續說，彷彿沒看到男孩的表情變化。「你看，這些年輕生命代表了黎斯特最大的失落，因為他們正處於生命最大可能的臨界點上。當然，黎斯特並不自知，這是我領悟到的，黎斯特什麼都不懂。

「我給你一個最好的例子，說明黎斯特喜歡什麼。在我們的莊園旁邊，溯河而上坐落著法蘭尼爾莊園，土地廣大，很有在糖業上大賺一筆的希望，當時煉糖的方法才剛發明。我假設你知道糖是在路易安那提煉的，而我談到這點時的悲傷超過你的了解。這種精製的糖是種毒藥，就像紐奧良生活的精髓，甜蜜得致命，誘人得讓其他價值都被遺忘了……但如我剛才說的，我們上游住著法蘭尼爾一家，一個古老的法國家庭，這一代有五名年輕女人和一位年輕男人。其中三位女子註定不會結婚，但另外兩位還很年輕，她們全依靠著那個年輕人生活。他負責管理莊園，就像我從前為我母親及妹妹所做的，他要安排婚姻、必須在整個莊園的資產依賴下一年不確定的糖產量時張羅嫁妝，他必須去談判、爭鬥，讓法蘭尼爾與外在的現實世界保持一段距離。黎斯特決定要得到他，當命運幾乎捉弄了黎斯特時，他發狂了。即使冒著生命危險，他也要得到法蘭尼爾男孩。男孩當時被一場決鬥纏身，他在舞會裡侮辱了一個年輕的西裔法人。整個事件其實沒什麼大不了的，真的，但這人就像大多數年輕的法國移民後代，願意為雞毛蒜皮的事赴死，他們兩人都一樣。法蘭尼爾一家因此陷入混亂。你必須了解，黎斯特對這些情形瞭然於心，我們兩人都曾到法蘭尼爾莊園狩獵過，黎斯特是為了奴隸和偷雞賊，我則是為了動物。」

「你**只**殺動物嗎？」

「是的，但我等一下會說到這裡。我們都清楚那座莊園的情形，而且我還沉迷在吸血鬼最棒的享受之一——在不被查覺的情況下觀察別人。我了解法蘭尼爾姊妹，正如同我了解我弟弟那座禮拜堂周圍的瑰麗玫瑰叢一樣。她們是一群獨特的女人，每人都具備與其兄弟一樣的聰明之處。其中有一位，我暫且稱呼她為芭貝，不僅和她兄弟一樣聰明，而且更有智慧。然而她們當中沒有一位受過管理莊園的教育，甚至連最簡單的財務事情也一切不通，全都依賴著小法蘭尼爾，她們對此也都一清二楚。她們愛他，發自內心地相信他維繫了整個世界。她們對夫妻之情可能有的概念，其實不過是來自她們對他的愛的一種蒼白反射。除此之外，她們的絕望和求生欲一樣強大。如果小法蘭尼爾在決鬥中喪生，莊園會垮掉。靠著下一年收成不斷抵押的脆弱經濟及豪華生活完全靠他一手維持，所以你可以想像那孩子進城赴決鬥之約時，當晚法蘭尼爾一家的驚慌與悲慘。然後想像黎斯特像滑稽劇裡的惡魔般咬牙切齒的樣子，因為他眼看著殺不到小法蘭尼爾了。」

「你是說當時……你為法蘭尼爾的女人們難過？」

「我為他們一家難過，」吸血鬼說，「他們的處境艱難，同時我也為那男孩難過。

那天晚上他把自己關在父親的書房裡，寫了一份遺囑。他清楚地知道，如果第二天清晨四點他在長劍前倒下，他們全家也會隨他一起倒下。他悲嘆他的處境，卻無計可施；逃避決鬥對他來說，不但意味著社會地位的崩潰，也恐怕是不可能的。另外一位年輕人會不停追著他，直到他被迫進行決鬥。當他在午夜離開家時，面前只有死亡一條路，他表現得有如一個別無選擇的人，決心以堅強的勇氣來面對。他不是殺死那西裔男孩就是被殺，不論他的戰鬥技巧多好，結局都不可預測。他臉上流露出深刻的感情與智慧，我沒有在黎斯特手中任何抵死掙扎的受害者臉上看到過。就是在當時，我第一次和黎斯特搏鬥，幾個月來我一直在阻止他向那男孩下毒手，而現在他決定在西裔男孩下手前先殺掉小法蘭尼爾。

「我們騎著馬，追在小法蘭尼爾身後向紐奧良飛馳，黎斯特一心想抓住他，我則一心想阻止黎斯特。如我剛才告訴你的，決鬥是在清晨四點，地點是在城北門外的沼澤旁。當我們抵達時，已經接近四點，我們只剩下很少的時間可以返回龐度萊，這表示我們自己的生命正處於危險之中。我從來沒有對黎斯特這麼憤怒過，而他已經下定決心要得到那男孩。『讓他試試自己的機會！』我一面堅持，一面在黎斯特撲向那男孩前抓住他。那是隆冬時節，沼澤裡苦寒又潮溼，一陣又一陣的冰冷雨水掃過決鬥處的空地。當然，我不像你那樣地害怕那些外在條件，我不會被凍得麻木，也不會受到凡人之軀會出現的顫抖及病痛的威脅。但吸血鬼能清楚感受到寒冷，就和人類一樣，而殺戮的鮮血往往是豐富飽滿、充滿強烈感官刺激的祛寒劑。不過那天清晨我關心的並非我自身的不適，而是這些因素造成的絕佳黑暗遮蔽，使小法蘭尼爾對黎斯特的攻擊毫無防備能力。他只要離開來支援的兩個朋友走向沼澤，黎斯特就能逮到他，因此我和黎斯特扭打，緊緊抱著他。」

「但是對於這一切你仍然保持著疏離感，一段距離？」

「嗯……」吸血鬼嘆息，「是的，我保持著疏離，同時也感到強烈而堅決的憤怒。對我來說，輕描淡寫地吞噬某個家庭的生活，強烈地顯現出他對生命的輕視、不屑於以吸血鬼的深度來看事情，因此我在黑暗中緊抓著他。他向我吐口水，還詛咒我。小法蘭尼爾從朋友手中接過長劍，走過滑溜潮溼的草地與他的對手相見。在短暫的交談之後，決鬥開始了，片刻之間即告結束。小法蘭尼爾以迅速的當胸一劍給了另外那個男孩致命的一擊，後者跌跪在草地上，血流如注，垂垂將死，還朝小法蘭尼爾叫囂一些愚蠢的話。

「勝利者呆呆地站在那裡，每個人都看得出來，勝利的滋味毫不甜美。小法蘭尼爾望著死亡逼近，彷彿那是個令人厭惡的東西。他的同伴們舉著提燈上前來，催促他盡快離開，讓對方的朋友料理那個垂死的人。此時，那個負傷的人不讓任何人碰他，而當小法蘭尼爾與朋友轉身離開，步履沉重地走向他們的馬匹時，地上的人抽出了一隻手槍。我也許是唯一能在無邊黑暗中看到這件事的人，我一面跑向那把槍，一面向小法蘭尼爾大叫，黎斯特要的就是這個，我笨拙地既分散了小法蘭尼爾的注意力，又自己去阻止那把槍；黎斯特以他多年的經驗及高超的速度抓住了那年輕人，把他擄進柏樹林裡。我懷疑他的朋友知不知道到底發生了什麼事。手槍發射了，那個受傷的人隨即癱倒在地，而我則鑽進冰冷的沼澤裡高聲呼尋黎斯特。

「然後我看到了他，小法蘭尼爾倒在一棵柏樹的虯結樹根上，靴子深深埋在泥濘的水中，黎斯特還趴在他身上，一手箝住小法蘭尼爾猶抓著泥土的手。我上前把黎斯特拉開，他右拳擊來的速度有如電光火石，我連看都沒看到，跌進水裡時才知道自己被打了。而，當然，當我回神之後，小法蘭尼爾已經死了。我看到他躺在那裡，眼睛閉著，嘴唇一動也不動，好像只是睡著了一樣。

「『你該死！』我開始詛咒黎斯特，然後我嚇了一跳，因為小法蘭尼爾的身體開始逐漸滑下沼澤，水漫過他的臉，接著完全淹沒了他。黎斯特十分得意，他簡短地提醒我，我們只剩下不到一個鐘頭的時間回到龐度萊，還發誓要報復我。『若不是因為我喜歡南方開墾者的生活，今天晚上就會把你解決掉，我知道有個方法。』他威脅我。『我應該把你的馬趕進沼澤，你就得自己挖個洞鑽進去睡覺。』他策馬而去。

「即使經過了這麼多年，我對他的憤怒仍然像白熱的液體般充斥我的血管，那時我終於看出來，身為吸血鬼對他的意義是什麼。」

「他只是個凶手，」男孩的聲音反射出吸血鬼的部分情緒，「什麼都不在乎。」

「不，身為吸血鬼對他來說意味著報復，對於生命本身的報復，每一次奪走生命都是為了報復。因此難怪他什麼也不在乎，吸血鬼豐富多樣的存在對他來說甚至沒什麼用處，因為他只專注在瘋狂報復他已經離開的俗世生命之上。因為憎恨，他無法向前看；因為嫉妒，除非是從別人手上奪來，否則沒有什麼東西能取悅他；而一旦得到，他會立刻失去興趣、滿心挑剔，從不是真心喜愛那樣東西本身，所以又會開始尋找其他替代物。他一心只想報復，盲目、不事生產又可鄙。

「但我剛剛提到法蘭尼爾姊妹，當我回到她們莊園時已經接近五點半。黎明將在六點之後不久來到，不過我已經差不多到家了。我溜上二樓外廊，看到她們全聚在客廳，甚至根本沒換裝就寢。蠟燭燒得只剩下短短一截，她們已經像一群哀悼者般坐待著死訊，都穿著黑衣，好像那是她們在家裡的習慣一樣；黑暗裡她們的黑衣和黑髮糾結在一起，以至於在蠟燭的光暈下，她們的臉孔彷彿五縷輕柔、發亮的幽靈，每一位都非常哀傷，每一位都非常勇敢。

「芭貝的臉特別顯得堅決，彷彿已經下定決心，如果她的兄弟死掉，她就要接下法蘭尼爾一家的擔子。她現在臉上的表情，就和她弟弟上馬前往決鬥時一樣。擺在她眼前的幾乎是不可能度過的難關，擺在她眼前的是黎斯特造成的死亡，因此我做了一件很危險的事，我讓她看到我。我藉著光線的把戲引起她的注意。你也看得到我的臉有多白，而且有平滑反光的表面，好像打光過的大理石。」

「對，」男孩點點頭，顯得有些狼狽，「這樣其實很……美麗，」男孩說，「我很好奇……不過後來怎麼了？」

「你很好奇，我還活著的時候是不是很美。」吸血鬼說，男孩點點頭。「我是，我的身體沒有什麼結構性的改變，只是我過去從來不知道自己長得很俊美。當時生命中有太多瑣碎的事情繞著我打轉，而且我說過，我什麼都不看，甚至不看鏡子……尤其不看鏡子……。但當時事情是這樣的，我走近玻璃窗，讓光線接觸到我的臉，我在芭貝的眼睛轉向窗戶後才這麼做，然後很合宜地消失了。

「幾秒內，所有姊妹都知道外頭有個『奇怪的東西』，一個像鬼的東西，兩名奴隸佣人抵死不肯出來察看。我不耐煩地等待著，直到我希望的情形出現。最後芭貝自己從邊桌上拿了支燭臺，點燃蠟燭，數落了一下其他人的恐懼，然後一個人大膽地走到寒冷的外廊上察看。她的姊妹們在門口躊躇，像一群大黑鳥，其中一人哭叫道她的兄弟已經死了，她看到他的鬼魂了。

「當然，你必須了解，如此堅強的芭貝從未認為她看到的是幻覺或鬼魂。我等她走進外廊的陰暗中才對她說話，而且只讓她看到我在柱子旁的模糊身影。『叫妳的姊妹們回去。』我悄聲對她說，『我是來告訴妳有關妳兄弟的消息，照我的話做。』有片刻她完全沒動作，然後轉向我，勉力想在黑暗中看清我。『我只有一點點時間，我絕對不會傷害妳的。』我說，而她遵從了，告訴姊妹們外頭什麼也沒有，叫她們把門關上。她們乖乖地服從，彷彿絕望地渴求領袖的群眾。然後我走進芭貝的燭光中。」

男孩眼睛睜得大大的，手捂上嘴唇。「你注視她……就像你對我做的那樣？」

「你問得如此純真。」吸血鬼說，「是的，我想我確實這麼做了。只是在燭光下看起來我比較不會那麼不自然，而我也無意在她面前假裝是平常的造物。『我只有幾分鐘，』我立刻告訴她，『但我要告訴妳的事情非常重要，妳的兄弟勇敢地搏鬥而且贏了——但是等一下，妳現在必須知道，他死了。置他於死地的是來自夜晚的竊賊，他的美好及勇氣都無法讓他免於如此的命運。然而這不是我主要想告訴妳的事，我要告訴妳的是：妳可以管理這座莊園，而且能夠拯救它。妳要做的就是別讓任何人勸阻妳，妳必須接替他的位置，不管任何抗議，或種種有關風俗、規矩或常識的論調。妳必須充耳不聞，這塊妳兄弟昨日早晨還沉睡其上的土地，現在依舊在這裡，事情沒有任何改變。妳必須取代他的位置，如果妳不這麼做，妳會失去土地，也會失去家庭。妳們五個女人會住在小公寓裡，生活水準只有或甚至還不到人生應給妳們的一半，而且妳們註定要過這樣的日子。學習妳必須知道的知識，不得到答案絕不停止。而當妳猶豫的時候，把我的拜訪轉化為妳的勇氣。妳必須掌握自己的人生，妳的兄弟已經死了。』

「我可以從她臉上看出，她聽到了我的每句話，如果還有時間的話，她肯定會向我發問，但她相信我真的沒時間了。接著我用上一切技巧迅速離開，顯得像是憑空消失一般。從花園裡，我看到她的臉被燭光映照著，企圖在黑暗裡搜尋我，到處轉來轉去，然後我看到她在胸前畫了個十字，回到她姊妹那裡。」

吸血鬼露出微笑。「河岸地區從來沒有出現芭貝．法蘭尼爾見過奇異幽靈的傳說，可是姊妹們在第一次悲傷的討論之後，她成為鄰近地區的醜聞，因為她選擇自行經營莊園。她為她妹妹準備了一份豐富的嫁妝，次年自己也成婚了。而黎斯特自此和我幾乎從不交談。」

「他仍然繼續住在龐度萊嗎？」

「是的，我不確定他是否已經把所有需要知道的事都教給我了。同時我常常得做各種偽裝，例如我在我妹妹的婚禮中缺席，因為我得到了一種『疫寒』，而類似的疾病在我母親舉行喪禮的那天早上又把我擊倒了。在這段期間，黎斯特和我每天晚上都會和老人一起用餐，在老人叫我們吃光盤裡的食物、喝酒不要太快時，我們不過是用手中的刀叉發出聲音。因為劇烈的偏頭痛，我都在陰暗的臥室裡見我的妹妹，被子蓋到下巴，請她和她的丈夫擔待因為我眼睛不適而調整的微弱光線，所以我將大筆金錢委託給他們代為投資。幸運的是，她的丈夫是個白痴，無害，然而是個白痴，四代近親通婚的產物。

「雖然這些事情進展得很順利，我們卻開始面臨奴隸的問題。他們很多疑，而如我所指出的，黎斯特想殺誰就殺誰，所以在河岸地區總是不斷有神祕死亡的傳言。然而這些傳言是在他們看到我和黎斯特身上的不對勁之處後，才開始出現。某天晚上，我在奴隸木屋旁聽到了這個傳言。

「現在讓我先解釋一下這些黑奴的性格。那時大約是一七九五年，黎斯特和我安靜地在那裡住了四年，我把他弄來的錢拿去投資，擴大我們的土地，在紐奧良購進公寓及住宅再出租，莊園本身生產不多……對我們來說主要是為了掩飾而不是投資。我說『我們的』是不對的，我從來沒有簽字轉讓任何東西給黎斯特，而你了解，我在法律上還是活著的。但在一七九五年時，那些黑奴並沒有你在有關南方的小說及電影中所看到的性格。他們不是唯唯諾諾、膚色暗褐、穿著破衣服口操英文方言的人，他們是非洲人，而且他們是來自島嶼的人。其中有些是來自聖多明哥，他們非常黑，而且完全是異國人，說的是他們的非洲母語，也說法國方言。當他們唱歌時，他們唱的是非洲歌，讓田野變得詭異而奇特，在我還是凡人時總是讓我害怕。他們不但迷信，也有自己的祕密及傳統。簡單地說，他們的非洲文化還沒有被完全摧毀。淪為奴隸是對他們生存的詛咒，但他們的特色並沒有全部被剝奪。他們忍受法國天主教教律施加在他們身上的受洗及樸素衣著，但在晚上，他們把廉價的布料做成迷人的服裝，用動物骨頭和磨得像金子的金屬碎片做珠寶，而龐度萊的奴隸木屋區便成了異國，一個天黑之後出現的非洲海岸。連最冷漠的工頭也會想來瀏覽參觀，無懼於吸血鬼可能出現。

「直到一個夏天的晚上，在陰影下經過時，我從黑奴領班敞開的門裡聽到一段對話，讓我相信黎斯特和我正處於真正的危險中。黑奴們現在知道我們不是正常的人類，女傭們小聲地描述她們如何透過門上的縫隙，看到我們對著空空如也的餐具用餐，將空無一物的杯子舉到嘴邊，高聲談笑，臉部在燭光下顯得慘白及鬼魅，而那個瞎子是在我們淫威之下的無助傻瓜。她們曾經從鑰匙洞裡看到黎斯特的棺材，有一次他還因為其中一人在他房間窗邊的外廊上遊蕩而無情地責打她。『那裡面根本沒有床，』她們向彼此吐露，聽者點頭不已。『他睡在棺材裡，我知道。』那些奴隸已經肯定了我們是什麼。至於我，他們一晚又一晚地看到我從禮拜堂出現，那裡現在只剩下不成形的一大堆磚塊和藤蔓，被春天的紫藤、夏天的野玫瑰所覆蓋，青苔在油漆剝落的老舊遮板上閃耀，這些遮板從來沒有打開過，而蜘蛛在石拱門上打轉。當然我一直假裝是為了追念保羅而到那裡去，但奴隸們言詞間清楚地顯示，他們已經不再相信這種謊言了。現在那些奴隸不僅把在田地及沼澤中發現的奴隸屍體、死牛和偶爾出現的死馬歸咎到我們頭上，還把其他奇怪的事情都算上；甚至洪水和打雷都是上帝在與路易及黎斯特作戰時所用的武器。但更糟的是，他們並不打算逃跑。我們是魔鬼，我們的力量如影隨形、無處可避。不，他們必須摧毀我們。而在這個我成為隱形參與者的聚會中，還包括了幾位法蘭尼爾莊園的奴隸。

「這表示傳言將流傳至整個河岸地區，雖然我堅決地相信這不致於引發集體恐慌，我仍然不想冒險受到任何注意。我匆匆忙忙趕回莊園的主屋，告訴黎斯特我們客串農夫的遊戲已經結束了，他必須放棄他的奴隸鞭子及金餐巾環，搬到城裡去。

「自然，他拒絕了。他父親病得很重，恐怕沒辦法熬過去，他無意為了一些愚蠢的黑奴就逃跑。『我會殺光他們，』他平靜地說，『一次三個或四個，有些會逃掉，這沒關係。』

「『你在說瘋話，現在是我要你離開這裡。』

「『你要我走！你！』他如此嘲笑我。他正用一盒上好的法國紙牌在餐廳桌上搭建紙牌宮殿。『你這個哭哭啼啼的膽小吸血鬼，只會在夜裡殺些巷子裡的貓和老鼠來止渴；花上幾個小時傻瞪著蠟燭，好像那是人一樣；像殭屍似地站在雨中，直到衣服溼透而你聞起來像閣樓裡舊衣櫃的木頭，看起來像獸籠裡到處碰壁的蠢物。』

「『你已經沒有什麼可以教我了，而且你的魯莽已經危害了我們兩人。我本來可以一個人住在那座禮拜堂裡，讓這棟子傾頹崩解，我不在乎！』我這麼告訴他，因為這是實話。『但你卻非要得到所有你活著時得不到的東西，讓不朽成為一間垃圾店，而我們兩人在裡面都變得醜陋無比。現在去看看你父親，然後告訴我他還能活多久，因為那就是你能繼續待在這裡的時間，而且還得那些黑奴沒聚眾起來對付我們才行！』

「他要我自己去看他的父親，反正我是那種老愛看東看西的人。我去了，老人真的已經垂危。我沒有目睹我母親的死亡，因為她是在某天下午非常突然地過世。被發現時，她安靜地坐在田野裡，身邊是她的針線籃，彷彿沉沉睡去。可是現在我看到的是一個自然的死亡，在痛苦及知覺下進展得如此緩慢。我一直很喜歡那老人，他仁慈、單純，而且很少要求別人。白天他會坐在外廊的陽光下打瞌睡，傾聽鳥聲啁啾；晚上我們的閒談與他作伴。他會下棋，小心地摸索每一個棋子，而且以傑出的精確度記住整個棋局；雖然黎斯特從來不肯陪他下棋，我卻常和他下。現在他躺在床上拚命喘氣，前額既熱又溼，枕頭周遭都溼透了。而當他哀哀祈求死亡時，黎斯特在其他房間開始彈起琴來。我用力闔上琴蓋，只差一點就能夾到他的手指。『你不能在他臨終的時候還彈琴！』我說。『我想彈就彈！』他回答我，『如果我開心的話我還要打鼓呢！』然後從旁邊拿起一個銀托盤，一根手指鉤起把手，另一手用湯匙大敲特敲。

「我叫他住手，否則我會讓他住手。接著我們都停止我們的聲音，因為老人在叫他的名字，他說他必須在死以前和黎斯特談話。我叫黎斯特過去他那裡，他哭叫的聲音可怕極了。『我為什麼要去？我照顧了他這麼多年，這些還不夠嗎？』隨後他從口袋拿出一支指甲銼刀，在老人的床尾坐下，開始修他的長指甲。

「我該告訴你，我也知道當時奴隸已經聚在主屋的周圍，他們在觀望及聆聽。我真的希望老人能在幾分鐘內斷氣，過去我曾經處理過黑奴產生疑心的狀況，但從來沒碰過這麼多的人數。我立刻搖鈴呼叫丹尼爾，那個我將工頭的房子及職位交給他的黑奴。在等他過來時，我聽到了老人對黎斯特說的話。黎斯特蹺著腿，將指甲修了又修，一邊眉毛高高挑起，全神貫注在他完美無瑕的指甲上。『都是因為那間學校，』老人說，『噢，我知道你還記恨著……我能對你說什麼呢……』他大聲呻吟。

「『你最好說出來，』黎斯特說：『因為你活不久了。』老人發出了可怕的聲音，我懷疑自己也發出了同樣的聲音。我恨透了黎斯特，真想把他趕出房間。『你知道的，不是嗎？即使像你這樣的呆子也應該知道。』黎斯特說。

「『你永遠都不會原諒我，是嗎？現在不會，在我死了以後也不會。』老人說。

「『我不知道你在說什麼！』黎斯特說。

「我對他的耐心已經耗盡，而老人愈來愈激動，他懇求黎斯特以溫暖的心聆聽他說話，整個情形讓我渾身發抖。此時丹尼爾來到，我一看到他，就知道我已經徹底失去龐度萊了。如果我以前多注意點，會在這之前就看出事情不對勁。他以空洞的眼神看著我，顯然我對他而言是個怪物。

「『黎斯特先生的父親病得很重，快要嚥氣了。』我開口，無視於他臉上的表情。『我不要今天晚上有任何吵鬧的聲音，奴隸們都得待在屋子裡，醫生已經要來了。』他瞪著我，好像我在撒謊一樣；然後目光好奇而冷漠地離開我，轉向老人的房間，他的臉色突然大變，我立刻起身望向房間。那是黎斯特，在床尾彎著腰，背倚床欄，銼刀憤怒地動作著，表情扭曲，兩根巨大獠牙清清楚楚地露了出來。」

吸血鬼停下來，肩膀因為悶笑而顫動。他望著男孩，男孩則羞窘地看著桌面。他剛剛盯著吸血鬼的嘴巴，而且是目不轉睛地。他看到吸血鬼嘴唇的肌肉和其他部位的皮膚不同，像任何人的嘴唇一樣平滑而且線條細緻，只是顏色死白。他瞥到雪白的牙，然而吸血鬼的微笑方式幾乎不露齒，因此男孩直到現在才注意到。「你能想像得到，」吸血鬼說，「這代表了什麼——我必須殺掉他。」

「什麼？」男孩說。

「我必須殺掉他，因為他轉身逃跑，放任不管的話，他會叫醒所有人的。也許有其他的處理辦法，但我沒有時間了，因此我追過去制伏他。當我發現自己正在做一件已經四年沒做過的事時，我停了手。這是一個人。黑奴手持一把骨柄的刀子自衛，我輕易地奪過來，反手刺入他的心臟。他立即跌跪在地，手指抓緊刀刃，鮮血汩汩流出。看到鮮血及聞到它的氣味讓我瘋狂，我相信我因此大聲呻吟。但我沒有撲上去，我不讓自己屈服。然後我看到黎斯特的身影出現在櫥櫃上方的鏡子裡。『你為什麼這麼做！』他質問道，我轉身面對他，決心不讓他看到我的軟弱。他繼續說，老人已經精神錯亂了，他聽不懂老人在說什麼。『那些奴隸，他們知道了……你必須去木屋監視，』我勉強向他說，『我會照顧老人。』

「『殺了他。』黎斯特說。

「『你瘋了嗎？』我回答，『他是你的父親啊！』」

「『我知道他是我父親！』黎斯特說，『所以得由你動手，因為我沒辦法殺他！如果做得到的話，我早在很久以前就殺掉他了，他該死！』他絞著雙手。『我們得趕快離開，看看你做的好事，竟然殺了這個人。沒時間浪費了，他太太在幾分鐘內就會呼天搶地地跑過來……或者她會派更難纏的人過來！』」

吸血鬼嘆了口氣。「這些都是事實，黎斯特說得沒錯，我可以聽到黑奴聚集在丹尼爾的房子周圍等他回去，丹尼爾敢一個人進入鬼怪作祟的主屋實在勇敢；若是他沒回去，奴隸們會驚慌失措，變成一群歇斯底里的暴民。我叫黎斯特去安撫他們，運用一切他身為白人主人的力量，不要讓恐懼喚起他們的警覺。之後我踏進臥室關上門。不料在這個充滿震驚的晚上，我又經歷了另一次震驚，因為我從來沒有看過黎斯特的父親那副模樣。

「他現在坐起來了，身體向前傾，正向黎斯特說話，懇求黎斯特回答，說他了解黎斯特的苦楚，比黎斯特自己還清楚。他簡直是個活死人，只有強大的意志力才可能驅動那副萎縮的身體。因此，他發亮的眼睛在頭顱裡更顯深陷，嘴唇的顫抖讓他衰老發黃的嘴巴更加可怖。我坐在床尾，看到他這個樣子使我滿心悲苦，不禁伸出了手。我無法形容他的外表對我造成了多大的震撼，因為我帶來的死亡既迅速又無知無覺，留下的受害者彷彿只是陷入了沉睡。但在老人身上的是一種緩慢的崩解腐敗，身體拒絕向名為歲月的吸血鬼投降，徒勞地抵抗著其年復一年的吸食。『黎斯特，』他說，『只要一次就好了，不要對我這麼狠，只要一次就好了，再一次像你過去一樣，我的兒子。』他一遍又一遍地說著，『我的兒子，我的兒子。』然後他說了一些我聽不清楚的話，似乎是關於純真和純真被毀滅了。可是我看得出來，他並沒有像黎斯特以為的那樣喪失心智，而是處在一種可怕的清明狀態，過去的重擔全部壓在他身上，而現在——只剩下死亡，而他以全部意志來搏鬥——並不能減輕那些重擔。我知道如果用上所有技巧的話，我騙得過他。彎身靠近，我在他耳邊小聲地說：『爸爸。』那不是黎斯特的聲音，是我的聲音，一個小小的耳語，卻讓他立刻安靜下來。我以為他就要嚥氣了，但他卻緊緊抓住我的手，宛如即將被黑暗的浪潮吞噬，而我是唯一的浮木。他開始提到某位鄉下老師，講了一個含糊的名字，那人認為黎斯特是個聰明的學生，懇求將他帶到一間修道院接受教育。他詛咒自己把黎斯特帶了回來，還燒掉他的書本。『你必須原諒我，黎斯特。』他哭道。

「我緊抓著他的手，希望這能表達一些回應，但他又重複了一次：『你擁有你想要的生活，但你卻和我當時一樣冷漠粗暴，總是忙著工作，總是那麼冷漠、不知滿足！黎斯特，你必須記得，你是他們之中最溫和的！如果你能原諒我，上帝也會原諒我。』

「就在這個時候，那個真正的兒子進門來了。我示意他安靜，但他根本視而不見，所以我得趕快起身，以免那位父親聽到他的聲音從遠處傳來。原來奴隸們看到他就跑了。『可是他們就在外面，他們在暗處聚集，我聽到他們了。』黎斯特說，然後他凝視著老人。『殺了他，路易！』他的語氣裡帶著一絲我從未聽過的請求，接著他憤怒地說：『下手！』

「『靠過去，告訴他你都原諒他了，原諒他在你小時候把你從學校帶走！現在去告訴他。』

「『為什麼！』黎斯特的表情扭曲，看起來像個骷髏頭。『把我從學校帶走！』他揚起雙手發出可怕的絕望吼聲，『他該死！殺了他！』

「『不！』我說，『你原諒他，不然你自己殺了他，去啊，去殺你自己的親爸爸。』

「老人懇求我們告訴他我們在說什麼，他高呼『兒子，兒子。』而黎斯特則拚命跳腳，簡直要把地板踩穿了。我走到蕾絲窗簾邊，可以看到及聽到奴隸們圍繞在龐度萊主屋的四周，陰影中人影交錯，愈來愈接近。『你是兄弟裡最出類拔萃的，』老人說，『他們之中最好的，可是我怎麼知道呢？一直要到你離家以後我才知道。當那麼多年過去，而他們不能給我一點安慰的時候，你回來把我從農莊帶走，但那已經不是你了，不是原來的那個孩子。』

「我轉向黎斯特，硬是把他拖到床邊，我從來沒看見他這麼軟弱過，同時又如此憤怒。他把我甩開，接著在枕頭旁跪下，對我怒目而視。我堅決地站在那裡，小聲說：『原諒！』

「『沒關係了，爸爸，你必須好好休息，我對你沒什麼不高興的。』他的聲音在怒氣下顯得單薄而緊繃。

「老人的頭在枕頭上轉動，在解脫中輕輕說了些含糊的話，可是黎斯特已經離開了。他在門前停步，一手圈在耳後，『他們來了！』他小聲地說，然後轉身望著我。『殺了他，看在上帝的份上！』

「老人甚至根本不知道發生了什麼事，他從未自昏睡中清醒。我深深劃開他的傷口，讓他的血流到剛好致命的地步，讓他不必餵養我黑暗的饑渴就能死亡，因為那種想法讓我無法忍受。我現在知道，即使屍體這樣被發現也無所謂，因為我那時受夠了龐度萊和黎斯特和這個龐度萊富有主人的角色，我會放火燒掉主屋，轉往其他我用許多假名持有的財產，暫時得到安全。

「在此同時，黎斯特到處追殺奴隸。他造成了那般可怕的破壞與死亡，沒有人說得出那晚龐度萊究竟出了什麼事。我後來也加入了獵殺的行列。和以前一樣，他的殘忍簡直不可思議，可是現在我也對逃跑的人露出獠牙，穩定的步伐則凌駕了他們笨拙的可憐速度。死亡的帷幕掩蓋大地，或者那其實是瘋狂的帷幕。吸血鬼的力量與存在已經不容質疑，因此奴隸們四散奔逃，我回頭跑上龐度萊的階梯，舉起火把放火。

「黎斯特跳著腳跟過來：『你在幹什麼！』他大叫，『你瘋了嗎？』可是火勢已經無法撲滅了，『他們已經跑了，而你卻要毀掉這裡，全部毀掉！』他在華麗的客廳內轉來轉去，不顧他脆弱的風度。『把你的棺材拿出去，還有三個小時就天亮了！』我說，整棟房屋已經成為火葬場。」

「火會傷害你嗎？」男孩問道。

「絕對會。」吸血鬼說。

「你有回禮拜堂去嗎？那裡安全嗎？」

「不，一點也不。當時大概還有五十五名奴隸散布在田野上，大部分不想過逃亡的生活，很可能會直接跑到法蘭尼爾莊園或往南到下游的貝嘉汀莊園。我當晚不打算留在那裡，可是沒有多少時間可以去其他地方。」

「那個女人，芭貝！」男孩說。

吸血鬼笑了。「是的，我去找芭貝，她現在和年輕的丈夫住在法蘭尼爾莊園。我有足夠的時間把棺材放進馬車，然後去找她。」

「黎斯特呢？」

吸血鬼嘆了口氣。「黎斯特跟我一起去了，本來他想到紐奧良去，而且一直想說服我。可是當他看到我決定去法蘭尼爾時，他也做出了同樣的選擇。我們恐怕根本趕不到紐奧良，天色已經開始發亮了，還不到凡人目光看得出來的程度，但黎斯特和我看得到。」

「至於芭貝，我之前曾經拜訪過她第二次。如我告訴你的，她因為單獨留在莊園裡，沒有一個男人、甚至沒有一個年紀比較大的女人作伴，已經成了河岸地區的醜聞主角。芭貝最大的問題，是她可能在經濟上非常成功，卻會因為遭到孤立及被社會放逐而痛苦。她是如此敏感，以至於財富本身對她毫無意義，家庭以及人與人之間的聯繫……

這對芭貝才有意義。雖然她做到讓莊園屹立不搖，醜聞卻如附骨之蛆，她的內心其實已經投降了。有一晚我到花園裡找她，不准她看我，我用最溫柔的聲音告訴她，我就是她見過的那個人，我了解她的生活及苦楚。『不要期盼別人會了解，』我告訴她，『他們是愚人，他們要妳為了兄弟的逝世而隱居，他們指使妳的人生，好像那只是該放在適當的燈裡面的油一樣。妳必須反抗他們，但妳必須以純潔和信心來反抗。』她一直靜靜傾聽。

「我告訴她，她應該舉行一場舞會，還得是以宗教名義。她可以在紐奧良找一間修道院，任何一間，然後籌備一場慈善舞會。她可以邀請她母親生前最好的朋友陪伴她，而且要以絕對的信心來做這些事。最重要的，是絕對的信心，真正重要的是純潔及信心。

「芭貝認為這個主意簡直天才。『我不知道你是什麼，你也不會告訴我。』她說得沒錯，我不會。『但我只能認為你是一位天使。』然後她懇求著想看看我的臉。她是以像芭貝這種人的方式來懇求，這種人不會為任何事被迫懇求任何人。不是因為芭貝很驕傲，她只是堅強而誠實，這樣的個性通常會認為懇求是……我看到你想問問題。」吸血鬼停下來。

「噢，沒有。」男孩想要隱瞞。

「你不必害怕問我任何事，如果我對某件事過分保留的話……」當吸血鬼說這些話的時候，他的臉有一瞬間的陰暗，眉頭深鎖，左眉上方皺出一個小窩，好像有人拿手指壓著一樣，這讓他看起來特別苦惱。「如果我有什麼事情不願讓你詢問，那我一開始就不會提起來。」

男孩發現自己正注視著吸血鬼的眼睛，看著細緻眼皮上那排纖細如黑絲的睫毛。

「問吧。」他對男孩說。

「芭貝，你談到她的樣子，」男孩說，「好像你對她的感情相當特別。」

「我給你毫無感情的印象嗎？」吸血鬼反問。

「不，一點也不。顯然你對那個老人有感情，你在面臨危險時仍然留下來安撫他，還有當黎斯特想殺小法蘭尼爾時你的感受……這些你都解釋過，可是我很好奇……你對芭貝是不是有特別的感情？是不是打從一開始就是因為對芭貝的感情，讓你想保護法蘭尼爾？」

「你是指愛，」吸血鬼說，「為什麼猶豫不說？」

「因為你說過疏離。」男孩說。

「你認為天使也是疏離的嗎？」吸血鬼問道。

男孩想了一下。「是的。」

「可是天使不是也能愛嗎？」吸血鬼問道，「天使不是以完全的愛凝望著上帝的面容嗎？」

男孩又想了一下。「愛或仰慕。」

「有什麼差別？」吸血鬼沉思著問道，「有什麼差別？」顯然這不是給男孩的謎語，他是在問自己。「天使能感受愛，和傲慢……亞當及夏娃被逐出伊甸園的傲慢……及憎恨。這些情感十分強大，因為對疏離的人來說，情感和意志如出一轍。」他總結道，接著凝視桌面，彷彿對結論還沒有完全滿意，正重新從頭思索。「我對芭貝有一種……強烈的感情，不過那不算是我感受過的最強烈的情感。」他抬頭望著男孩，「但我對芭貝的感情依舊非常強烈。芭貝以她獨有的方式，成為了我心目中的理想人類……」

他變換坐姿，披肩隨之輕移，然後他面向窗戶。男孩俯身檢查錄音機，接著從手提箱拿出另一卷錄音帶，懇請吸血鬼稍等後迅速替換。「我好像問了一些太私人的問題，我不是有意……」他急切地對吸血鬼說。

「不，你沒有。」吸血鬼突然望向他，「這是一針見血的問題，我能感受愛，而我對芭貝確實有著某種程度的愛，雖然那不是我所感受過最強烈的愛。

「回到我的故事裡，芭貝的慈善舞會非常成功，肯定能讓她重回社交生活。她的錢慷慨地化解了受惠家庭對她的一切懷疑，接著她結婚了。在夏天的夜晚，我經常去探望她，從不讓她看見我或發現我的存在。她很幸福，而看到她幸福，也讓我覺得幸福。

「那時我和黎斯特一起去找芭貝。之前如果不是我阻止的話，他早就殺掉法蘭尼爾一家了，他還以為這就是我眼前打算做的事。『這樣能換來什麼安寧？』我問道，『你說我是蠢貨，你自己才一直是個蠢貨，你以為我不知道你為什麼要把我轉化吸血鬼嗎？因為你沒辦法自己生活，你連最簡單的事也不會處理。這些年來，在你假裝高人一等無所事事的時候，我處理了所有事情。你已經沒有什麼關於生存的事情能教我了，我不需要你，也用不著你，是你需要我。只要你碰了一個法蘭尼爾的奴隸，我就要甩掉你。那將是你我之間的戰爭，而我無須向你指出，我一根小指裡的智慧都比你整個身體裡的還多，現在照我的話做。』

「這番話讓他愣住了——雖然不應如此。他抗議說他還有很多可以教我，例如有些事情和幾種我可能下手的對象會讓我猝死，還有某些地方我絕對不能去等等，都是一些我幾乎無法忍受的胡說八道。可是我沒有時間浪費在他身上，法蘭尼爾莊園的工頭小屋的燈已經亮了，他正試圖壓制奴隸們的激動情緒，包括從我莊園裡逃跑的和他們自己的奴隸。這裡仍然看得到龐度萊的烈焰在天空下翻騰。芭貝衣著整齊地在處理公事，她已經派了馬車及黑奴前往龐度萊救火。嚇壞了的逃亡奴隸被隔離開來，那時大家都認為他們說的事情經過只是黑奴的愚蠢想法而已。芭貝知道發生了可怕的事，猜測是謀殺，一點也沒想到關於超自然的事。當我找到她的時候，她正在書房裡將火災記錄進莊園日誌。那時黎明已經幾乎降臨，我只有幾分鐘的時間說服她幫助我。

「我對她說話，拒絕讓她轉身看我，她平靜地聽著。我告訴她，我必須有一間能休息到晚上的房間。『我從來沒有給妳帶來傷害，現在我請求妳給我一把鑰匙，以及承諾在今晚以前不會有人進入那個房間，然後我會告訴妳一切。』

「此時我已經近乎絕望，天色開始轉亮，黎斯特帶著棺材等在幾碼外的果樹園。『可是你為什麼在今晚來找我？』她問道。『為什麼不來找妳？』我回答。『我不是在妳最需要指引的時候幫助過妳嗎？當妳鶴立雞群，在周遭處處依賴而軟弱的人當中屹立不搖時？我不是兩度提供妳良好的忠告？我不是自此一直關照著妳的幸福嗎？』我可以在窗戶上看到黎斯特的身形，他已經陷入慌亂了。『給我一間房間和鑰匙，不要讓任何人接近，直到今天晚上。我向妳發誓，我不會給妳帶來任何傷害。』

「『如果我拒絕呢？……如果我相信你是來自魔鬼那一方！』她說，並且想轉過頭來。我隨即伸手撲熄蠟燭，她看到了背對著灰暗窗戶的我。『如果妳不幫我，如果妳相信我是魔鬼，我就會死。』我說，『給我鑰匙，如果我想，我可以直接殺死妳，妳看得出來嗎？』於是我走近她，讓她可以更完整地看到我。她倒抽一口氣，身體後退抓住椅子的扶手。『但是我不會，我寧可死也不願殺妳。如果妳不給我鑰匙，我就會死。』

「最後終於成功了，我不知道她心底的想法，可是她提供了一間藏酒的地下儲藏室給我。我確信她看到黎斯特和我搬了棺材進去，我不但鎖上門，還拿東西堵住。

「晚上我醒來時，黎斯特已經起來了。」

「她信守了承諾。」

「是的，只是還更進一步。她不但尊重我們上了鎖的房門，甚至在外面又上了鎖。」

「那些奴隸的故事……她聽到了。」

「是的，她聽說了。無論如何，是黎斯特先發現我們被鎖住了。他火冒三丈，本來他打算盡快到紐奧良，現在他徹底懷疑我了。『我只在我父親還活著的時候才需要你。』他說，同時拚命尋找出口，可是這裡簡直就是座地牢。

「『現在我不會再忍受你了，我警告你。』他甚至不肯背對我。我緊張地坐在原地，努力聽上面房間的聲音，希望他能閉上嘴，也不想告訴他我對芭貝的感情或我的期盼。

「我同時也在思索其他問題。你問過我有關情感及疏離的問題，其中一個面向——帶著感情的疏離，我該這麼說——是你能夠同時思考兩件事，你能夠想著你命在旦夕，同時思索著某個既抽象又遙遠的事，而我無疑體現了這個面向。當時我正靜靜地沉思，黎斯特和我其實能夠產生多麼深厚的友誼，障礙是多麼少，又有多少事物能相互分享。

「也許是與芭貝的親近使我產生了這樣的感受，讓我想到自己怎麼可能真正了解芭貝。除了——當然——經由那最後的方法：奪走她的生命，讓我的靈魂與她的心臟在那死亡的擁抱中合而為一、獲得滋養。但我的靈魂想要在不需殺戮、不需奪走她每次呼吸與每滴鮮血的前提之下認識芭貝。可是黎斯特，如果他是個有格調的人，甚至是個有一點點頭腦的人，我們之間的相識又會是怎樣的情形？我想起老人的話，黎斯特曾是聰明的學生，熱愛著那些後來被燒燬的書。我只認識那個鄙視我的藏書、稱之為一堆糞土、無情地嘲笑我的閱讀和沉思的黎斯特。

「我注意到我們頭上的主屋逐漸安靜下來，不時有腳步走來走去，讓地板發出聲響，而光線從板縫裡昏暗不均地照進來。黎斯特在磚牆上摸索，他強硬堅毅的吸血鬼臉孔，變成一張布滿凡人挫折的扭曲面具。我馬上就確定我們必須分道揚鑣，如果需要的話，我會在我們之間隔上一座海洋；而我終於明白，我是由於自我懷疑才會容忍他這麼久。我讓自己相信我是為了老人、我妹妹和她丈夫才留下來。然而，其實我和黎斯特在一起，是因為我怕他真的知道我沒法自己發掘的重要祕密。更重要的，是因為他是我唯一認識的同類。他從來不曾告訴我他是怎麼轉化成吸血鬼，或者我也許可以在那裡找到同類。這個問題深深困擾著我，至今已經有四年之久。我恨他、想離開他，然而我能夠離開他嗎？

「正當這些思緒在我的腦海中起伏穿梭時，黎斯特繼續他的咒罵：他不需要我，他不會對任何事忍氣吞聲，更不會受法蘭尼爾的威脅，當門打開的時候，我們都得準備殺出去。『記住！』他最後對我說，『速度和力量，這兩者他們無法與我們匹敵；還有恐懼，永遠別忘了讓他們恐懼。現在不要感情用事了！你會讓我們賠掉一切。』

「『在這件事之後，你想自己生活嗎？』我問他，我想要讓他來說，我自己沒有勇氣說出來。或者更恰當的說法是，我不知道自己的感受。」

「『我想去紐奧良！』他說，『我只是警告你我不需要你，但想要離開這裡的話，我們需要彼此。你還沒開始了解如何使用你的力量！你對自己是什麼東西也沒有概念！當那女人進來的時候，對她運用你的說服之力；可是如果她和別人一起進來，那就準備照你的本性行動。』

「『那是什麼？』我問他，因為對我而言，這點從來沒有像那個時候那麼神祕，『我是什麼？』他一臉鄙夷，雙手向上抬起。

「『準備好……』他掀唇露出巨大的獠牙，『殺人！』突然他看向頭頂的木板，

『他們上面準備就寢了，你聽到了嗎？』接著是一段時間的沉默。黎斯特踱步走來走去，我坐著沉思，想著我會做些什麼或對芭貝說些什麼，甚至更進一步地思索一個更困難的問題——我對芭貝的是什麼樣的感情？過了良久，一道光線從門下透入，黎斯特渾身戒備，準備撲向任何開門進來的人。那是芭貝一個人，她拿著油燈走進門，沒看到站在身後的黎斯特，直接注視著我。

「我從來沒看過她那副模樣，頭髮為了就寢而放下，如浪的烏雲披散在她白色的睡袍背後，面容因為擔憂和畏懼而緊繃，這讓她的雙頰透出紅熱的光輝，褐色的大眼睛顯得更大。如我所告訴你的，我愛她的力量和誠實，以及她不屈的靈魂，而我對她不會感受到像你會有的那種激情。但我在那個當下發現，她比任何我身為凡人時認識的女人都還要誘人，即使在莊重的睡袍下，她的手臂及乳房仍然顯得渾圓柔軟。在我看來，她如同一個機敏的靈魂穿上了飽滿而神祕的血肉。而強硬、自制並一心一意的我，無法抗拒地被她吸引。深知這樣下去最後只會導致死亡，我立刻轉過身去。不知道她在注視我的眼睛時，有沒有發現它們已經死亡，並且失去了靈魂。」

「『你就是那個以前來找過我的人，』她開口，好像本來不確定似的，『而且你是龐度萊的主人，你就是！』一聽到這話，我知道她一定聽說了關於昨晚的可怕故事，而且沒有任何謊言騙得了她。我已經兩度以超自然的外表和她接觸並交談，現在我不可能隱藏或淡化這個形象。

「『我無意傷害妳，』我對她說，『我需要的只有馬車和馬匹……那些我昨晚留在牧場上的馬匹。』她似乎沒在聽我說話，直直走過來，決心把我罩在她手中的燈光下。

「然後我看見她身後的黎斯特，影子在磚牆上和她的影子融在一起。他已經心急如焚，而且可能會傷害芭貝。『妳會給我馬車？』我不放棄地再次詢問。她現在舉起油燈看著我，正當我打算轉頭時，我看到她的神情變了，變得完全靜止、空白，彷彿她的靈魂正失去知覺。她閉上眼搖搖頭，似乎我什麼也沒做就讓她陷入恍惚。『你是什麼?!』她喃喃地說，『你是來自魔鬼那一方，以前你也是從魔鬼那裡來找我的！』

「『魔鬼！』我覆述，這句話讓我痛苦得出乎意料。如果她這麼相信，那麼她會認為我之前的忠告也是不好的，她會對自己產生懷疑。她的生命如此豐富美好，我知道她不應該這樣想。像所有堅強的人一樣，她始終苦於某種程度的孤獨，她是個局外人，某種祕密的異端份子。如果她懷疑自己的美好，她賴以生存的平衡恐怕就會崩解。

「她以毫無遮掩的恐懼瞪著我，彷彿在恐懼中忘了自己的脆弱處境。就在那一刻，黎斯特——軟弱之人對他的吸引力就像清水之於乾渴之人——上前抓住了她的手腕，她尖叫起來，油燈落地，火焰在四散的油面上跳躍，黎斯特後退著把她拖向開啟的門。

『妳去弄馬車來！』他對她說，『現在就去，還有馬匹，妳現在就命在旦夕，不用談什麼魔鬼！』

「我在火舌上猛踏，隨即衝向黎斯特，高叫著要他放開她。她雙腕都被抓住，因此憤怒至極。『如果你不閉嘴的話，你會把整個房子的人都叫醒！我會殺了她！』他對我說。『去弄輛馬車來……替我們帶路，跟車夫說！』他對她說，一路把她推到外面。

「我們慢慢經過黑暗的庭院，我的痛苦幾乎不堪忍受。黎斯特走在我前面，芭貝在我們兩人之前，倒退著移動，雙眼在黑暗中緊盯著我們。突然她停下腳步，主屋樓上出現一道微弱的光線。『我什麼也不給你！』她開口。我抓住黎斯特的手臂，告訴他必須由我來處理。『她會把我們的事告訴每個人，除非你讓我來跟她說。』我向他耳語。

「『那就振作一下你自己，』他厭惡地說，『強硬起來，不要對她猶豫不決。』

「『我跟她說話的時候你別在旁邊……去馬房弄馬車和馬，可是不要殺人！』我不知道他有沒有照我的話做，但我走向芭貝的時候，他也迅速離去。她的面容此時是憤怒與堅決的混合，對我吐出一句經文：『退下，撒旦。』我無言地站在她面前，只以視線籠罩她，正如她的視線籠罩著我。即使她聽到了黎斯特製造的聲響，她也沒有任何反應，她對我的憎恨像火焰一樣焚燒著我。

「『妳為什麼對我說這些？』我問道，『我給妳的忠告是不好的嗎？我傷害過妳嗎？我幫助妳，給妳力量，當我根本不需要想到妳的時候，我想到的只有妳。』

「她搖搖頭。『可是為什麼，為什麼你要用這種方式跟我說話？』她問道，『我知道你們在龐度萊做了什麼，你們像魔鬼一樣肆虐！奴隸們說了一大堆故事！一整天男人們都在往龐度萊的河邊路上奔波，我的丈夫也去了！他看到主屋毀了，奴隸的屍體散布在果樹園和田地裡。**你到底是什麼？**為什麼你要這樣對我說話？你想要從我身上得到什麼？』她現在抓住門廊的欄杆，慢慢地往階梯的方向後退，樓上亮著燈的窗戶後方有個東西動了動。

「『我現在無法給妳答案，』我對她說，『請相信我說過的話，我來找妳只為了替妳做些好事。如果我有選擇餘地的話，昨晚我無論如何也不會給妳帶來煩惱和憂慮！』」

吸血鬼的聲音戛然而止。

男孩向前傾身，眼睛睜得大大的。吸血鬼彷彿全身凍結了，凝望遠處，迷失在思緒和回憶中。男孩突然垂下視線，彷彿這是應該表達的敬意。他瞥了吸血鬼一眼後又挪開，神情和吸血鬼一樣憂愁。他開口想說什麼，但又放棄了。

吸血鬼轉過頭來研究他，男孩因此滿臉通紅，不安地轉移視線。但接著他抬眼直視吸血鬼，吞了吞口水，但承接住吸血鬼凝視的雙眼。

「這是你想要的嗎？」吸血鬼喃喃地說，「這是你想聽的嗎？」

他無聲地將椅子往後推，起身走向窗戶。男孩彷彿受到驚嚇，目不轉睛地盯著他堅挺的肩膀及長長的披肩。吸血鬼微微轉頭說：「你還沒回答我，我給的不是你想要的東西，是嗎？你想要一場訪談，能夠在廣播裡播放的東西。」

「那無所謂，如果你想要的話我可以把錄音帶丟掉！」男孩起身，「我不能說我完全了解你告訴我的事情，如果我這麼說，你也知道我是在說謊。但我該怎麼請你繼續說下去？除了說我了解的……我了解的是我過去從來不曾了解的。」他朝吸血鬼走近一步。吸血鬼顯然正俯視著狄維薩德洛街，然後他緩緩轉頭，對男孩微微一笑，他的神情寧靜，甚至深情款款。男孩突然覺得不自在起來，雙手插進褲袋，轉身走回桌邊。然後他試探地望著吸血鬼說：「請你……繼續好嗎？」

吸血鬼雙手環胸，轉過身來背靠著窗。「為什麼？」

男孩茫然無措。「因為我想聽。」他聳聳肩，「因為我想知道後來怎樣了。」

「好吧。」吸血鬼說，那抹微笑仍然在他唇上駐足。他走回來，在男孩對面落座，稍稍轉動那臺錄音機，然後說：「偉大的設計，真的……那麼讓我們開始吧。」

「你必須了解，我對芭貝的感覺是一種對溝通的渴望，其強度超過當時我的任何渴望……除了生理上的渴望——鮮血。這種渴望在我內心是那麼強烈，讓我感受到自己承受孤獨的能力有多深。以前和她談話的時候，那是簡短但直接的溝通，單純而令人滿意，就像捧起別人的手，握住，再溫柔地放手。這些都發生在她有迫切需求及承受著壓力的時刻裡，可是當時我們卻處於敵對狀態。對芭貝來說，我是個怪物。這太可怕了，我願意盡一切努力來化解她的感受。我告訴她我給她的忠告是正確的，而魔鬼不可能做出正確的事，即使它想要。

「『我知道！』她回答我，可是她真正的意思是：她對我的信任不再比對魔鬼多。我走近她，她向後退；我伸出手，她畏縮著抓住欄杆。『那麼，好吧，』我感到極度的憤怒，『妳昨晚為什麼要保護我？妳為什麼要一個人來找我？』她的眼神閃爍，她有個理由，但不會向我透露。她已經不可能再自在、坦然地與我交談，提供我渴望的溝通。我身心俱疲地看著她，夜已經很深了，我看到、也聽見黎斯特潛進酒窖搬出我們的棺材。我必須離開了，我也還有其他事必須做……除了殺戮和狂飲之外。

「但那不是令我身心俱疲的原因，是其他的原因，更糟糕的原因。我感覺今晚彷彿只是無數夜晚的其中之一，似乎看到世界茫茫無涯，夜晚與夜晚交纏綿延不見盡頭，而我在這樣的黑夜裡，獨自徘徊在冰冷無心的星辰之下。我轉過身去，一手遮住雙眼，突然覺得消沉軟弱。我想我還不自覺地發出了一些聲音。接著，在這個我孤獨佇立、而芭貝只是個幻影的浩瀚荒涼黑夜大地，我突然看到一個從來沒想過的可能性，一個我以往逃避面對的可能性。如同之前全神貫注在世界萬物之上那樣，我沉浸在吸血鬼的感官中，戀慕著顏色、形狀、聲音、歌唱、柔軟和各種無窮的變化。

「芭貝在移動，但我完全沒注意。她從口袋裡拿出一樣東西，鑰匙環叮噹作響，她開始爬上門廊階梯。讓她走，我當時這麼想著。『魔鬼的產物！』我喃喃自語，『退下，撒旦。』我重複道。我回頭看著她，她圓睜著懷疑的眼睛在門廊上凍住了，她拿下掛在牆上的提燈，現在提著它瞪向我，雙手緊緊抓著，好像那是一個脆弱的錢包。『妳認為我是來自魔鬼那一方？』我問她。

「她的左手手指迅速扣住提燈的吊鉤，右手當胸畫了個十字。她念的拉丁禱詞小聲得我幾乎聽不見，而當完全沒有任何變化產生時，她的臉色轉為慘白，眉毛揚起。『妳期待我會化成一陣輕煙嗎？』我問她，一面走近她，剛才的思考讓我對她感到疏離。『我會到哪去呢？』我問她，『我會到哪去呢？去地獄？我是來自哪裡？魔鬼？』我站在階梯底部，『假如我告訴妳我對魔鬼一無所知，假如我告訴妳，我甚至不知道魔鬼存不存在！』那是我剛才在腦海裡的黑夜大地上所看到的魔鬼，也是我現在正在思索著的魔鬼。

「我轉身離開，不像你，她並沒有在聽我說話，她根本充耳不聞。我抬頭望向星光，黎斯特已經準備好了，我知道，彷彿他和馬車已經就緒了好多年，而她也已經在門廊上站了好多年。我突然感覺到——我弟弟也在那裡，而且已經在那裡待了好久。他正興奮地小聲對我說話，他說的話極為重要，可是一說出口就消散無蹤，如同寬大主屋的屋樑上老鼠發出的窸窸窣窣聲。此時出現一道粗糙磨擦的聲響，接著火苗乍現。『我不知道我是不是來自魔鬼那一方！』我向芭貝大吼，聲音震撼了我敏感的雙耳。『我會活到世界末日的那一刻，而我甚至不知道我是什麼鬼東西！』火光在我面前閃現，她用火柴點燃提燈，高舉著它讓我看不見她的臉。片刻間我除了那光線之外什麼也看不到，接著沉沉的提燈重量猛然擊中我的胸口，玻璃在磚地上四散，火焰在我的大腿及臉上怒吼。黎斯特在黑暗中高呼：『滅火，快滅火！蠢貨，你會被燒成灰燼的！』我在盲目中感覺到有個東西瘋狂地拍打我，那是黎斯特的外套，我無助地倒在欄杆上。因為火焰的攻擊、因為發現芭貝打算毀滅我而無助，也因為發現不知道自己是什麼而無助。」

「這一切都在短短幾秒內發生，火勢馬上被撲滅。我雙手扶地跪在黑暗中，黎斯特在階梯頂端再次抓住了芭貝。我飛奔過去掐住他的脖子，把他往後扯。他憤怒地轉過來踢我，但我緊緊抱住他，把他拖到階梯底部倒在我身上。芭貝已經嚇呆了，我仰頭看見她在天穹下的黑暗身形及炯炯雙目。『來吧！』黎斯特說，一面掙扎著爬起來。芭貝手摸著脖子，我受傷的眼睛因為要聚集光線看她而瞇緊，她的喉嚨流血了。『記住！』我告訴她，『我本來可以殺掉妳的！或者讓他殺掉妳！而我沒有。妳叫我魔鬼，而妳錯了。』」

「你及時阻止了黎斯特。」男孩說。

「是的，黎斯特可以像閃電一樣殺人及吸血。可是我只挽救了芭貝肉體上的生命，這件事我到後來才知道。」

「在一個半小時後，黎斯特和我到了紐奧良。馬匹幾乎力竭而死，最後馬車停在小巷裡，距離一間新蓋的西班牙式旅館有一街之遙。黎斯特找到一個老人，把五十塊錢放在他手裡。『幫我們訂一間套房，』他指示道，『還要叫一些香檳，就說是兩位先生要的，錢先預付了。你回來以後再給你五十塊錢，我會盯著你的，我保證。』他發亮的眼睛控制住了那個人，我知道等對方帶著旅館房間鑰匙回來，黎斯特就會殺了他，而他也確實這麼做了。我坐在馬車裡痛苦地注視著那老人愈來愈虛弱，最後斷了氣。黎斯特放手的時候，他的身體像一袋石頭般癱在地上。『晚安，甜美的王子，』黎斯特說，『這是你的五十塊錢。』然後他把錢塞進那老人的口袋，彷彿這是個絕妙的玩笑。

「我們溜進旅館的後院，上樓進入那間套房的華麗客廳，一瓶香檳在結霜的冰桶裡閃閃發光，銀盤上佇立著兩支玻璃杯。我知道黎斯特會注滿其中之一，然後坐在那裡凝望那淡金色的酒液。我則恍惚地躺在長椅上盯著他，似乎不管他再做出什麼事都不會讓我在乎。我得離開他，否則我會死，我這麼想著。是的，死亡，我以前曾經想死，那時則希望自己能死去，我以如此甜蜜的清明以及如此可怕的寧靜來看待死亡。

「『你有病！』黎斯特突然開口，『快天亮了。』他拉開窗簾，我可以看到暗藍天空下的屋頂，以及天上的獵戶星座。『去獵殺吧！』黎斯特推開窗戶，跨出窗臺，我聽到他的雙腳輕輕落在旅館隔壁的屋頂上。他是要去搬棺材，至少是搬他自己的。我的饑渴在體內如熱浪般升起，所以我跟著他。我想死的欲望始終持續，心無旁騖，不帶有任何情緒。然而我需要進食，我說過我當時不殺人類，我沿著屋頂尋找老鼠。」

「可是為什麼……你說黎斯特不應該讓你從人類開始下手，你的意思是……你的意思是，對你來說那是個品味方面的選擇，不是道德方面的？」

「如果你在那時問我，我會告訴你那是品味方面的問題，因為我想按部就班地認識死亡。因為動物的死亡帶給我如此愉快的體驗，對此我才剛開始領會而已，所以想把人類的部分留待我對死亡的理解更為成熟時。可是這仍然是合乎道德的抉擇，因為所有品味方面的抉擇都是如此，真的。」

「我不懂，」男孩說，「我以為品味方面的選擇也可以是徹底違反道德的，那些有關藝術家為了畫畫拋棄妻小的故事又怎麼說呢？或者羅馬被焚燬時尼祿還在彈豎琴的故事？」

「兩者都是合乎道德的決定，兩者都是為了藝術家心目中更崇高的目標。衝突存在於藝術家的道德和社會的道德之間，而不在品味和道德之間。可是世人時常不了解這點，才會產生浪費及悲劇。例如，一名藝術家從店裡偷走顏料，認為自己做了一個不可避免卻不道德的決定；然後他為此自責，隨之而來的是絕望，彷彿道德是個巨大的玻璃世界，一個動作就能讓它粉碎。不過這不是我那時最關切的問題，我當時還不懂這些事。我相信我只是因為品味而選擇殺動物，因此規避了那個最重大的道德問題：以我的本質，我是不是應該遭天譴？

「這是因為即使黎斯特從來沒有談過任何有關魔鬼或地獄的事，當我在決定追隨他的時候，就已經深信自己勢必遭受天譴。就像猶大把絞繩套在自己脖子上時所想的一樣，你懂嗎？」

男孩沒有說話。他張了張口，但還是沒說出來，臉頰一度紅如烈焰，最後終於悄聲問道：「你是嗎？」

吸血鬼沒有回答，一抹笑意如光線般在他的唇上舞動。男孩盯著吸血鬼，彷彿這是他第一次見到他。

「也許……」吸血鬼挺身坐直，雙腿交疊，「……我們應該循序漸進。也許我應該繼續說我的故事。」

「是的，請繼續……」男孩說。

「就像我剛剛說的，那天晚上我非常浮躁。我以前規避了這個身為吸血鬼的問題，而現在它完全襲捲了我，在那種狀況下我毫無生存的意願。這在我內心產生了一種渴望，這是凡人也會有的反應，我渴望能至少滿足生理上的欲望。我想我把這當成了藉口。我告訴過你殺戮對吸血鬼的意義，你可以從我說明的老鼠和人類的差異中想像得到。

「我跟著黎斯特走了好幾條街，當時的街道一片泥濘，簡直是水溝上的島嶼，而且與今天的市容相比，整座城市是如此黑暗。燈光彷彿是黑海裡的燈塔，即使黎明漸漸接近，那些房子只有屋頂上的小窗和突出的玄關隱約在黑暗中浮現。對凡人來說，我穿過的那些狹窄街道簡直伸手不見五指。

「我是不是受天譴之人？我是不是來自魔鬼那一方？我的本質是不是魔鬼？我一遍又一遍地自問。而如果真是如此，為什麼我要背道而馳？在芭貝將著火的提燈丟向我時渾身發抖，在黎斯特殺人時厭惡地轉過身去？成為吸血鬼之後我又有什麼轉變？我的未來又該何去何從？

「在此同時，雖然想死的念頭要我忽略我的饑渴，但饑渴的感覺卻愈來愈炙熱，血肉裡的血脈變成刺痛的線，太陽穴陣陣抽痛，最後我終於再也無法忍受。我在不採取任何行動──讓自己挨餓、在沉思中凋萎，以及被迫殺戮之間掙扎；最後我來到一條荒僻的街道，聽到有個小孩在哭泣。

「聲音來自屋內，我走到牆邊，在習慣性的疏離之下嘗試了解哭聲傳達的訊息。她既疲倦又不舒服，而且只有一個人；她已經哭了非常久，很快就會因為精疲力竭而停止。我伸手探進沉重的木質窗板下方，用力一拉，窗閂應聲斷開。那女孩坐在黑暗的屋裡，身旁有個死了好幾天的女人，室內塞滿了箱子和包裹，彷彿曾經有一群人在這裡打包準備離開。那個母親衣衫不整地躺著，屍體已經開始腐爛，除了那個小孩之外，裡面沒有其他人。

「她過了片刻才看到我，看到我的時候，她說我必須想辦法救她媽媽。她最多只有五歲，骨瘦如柴，臉上斑斑點點地都是塵土和淚水。她懇求我幫忙，她說她們得在黑死病過來之前搭船離開，她爸爸在等她們。接著她拚命搖晃她媽媽，又用最可憐最絕望的樣子哭了起來。她再度看著我，眼淚如泉湧。

「你必須了解，那時生理上的饑渴已經像火一般燒著我，如果不進食的話，我沒辦法活過一天。可是還有其他的選擇，街上多的是老鼠，附近有隻狗正無助地嚎叫，如果我想的話，我可以輕易地轉身去飽餐一頓再回來。可是那個問題在我心中不斷衝擊：我是不是天譴之人？如果是的話，為什麼我對她、對她瘦削的臉龐卻感覺到如此悲憫？為什麼我想摸摸她細小、柔軟的手臂，像我那時所做地把她抱在膝上，溫柔地撫摸她光滑的頭髮，感覺她將頭倚靠在我胸前？為什麼我會做這些事？如果我是天譴之人，我勢必會殺了她，勢必只會視她為食物。因為如果我真的受到了天譴，我一定會恨她。

「而當我想到這裡，芭貝又浮現在我眼前，她手持提燈準備點燃時，面容因憎恨而扭曲；黎斯特也出現在我的心中，我恨他，同時也覺得——是的——受天譴了，而且這裡就是地獄。在那個片刻，我彎下身來狠狠咬進她柔軟細小的脖子，聽到她小小的哭聲，感覺她的熱血沾在我唇上。我還悄聲對她說：『一下子就好了，就不會再痛了。』可是她被我緊緊咬住，很快我就無法說話了。我已經四年沒有品嘗過人類的滋味，四年來我並無自覺，現在我聽到她那可怕的心跳聲，這樣的一顆心臟——不是成人或動物的心臟，而是兒童急促、執拗的心臟，跳得愈來愈重，拒絕死去，像一隻在門上捶打的小拳頭，哭叫著：『我不要死，我不要死，我不能死，我不能死……』我想我站起來時仍然緊咬著她，她的心臟無休無止地拖著我的心臟飛奔，那些豐美的血液衝得太快，房間開始打轉。我茫然盯著她歪倒的頭、她張開的嘴，低頭看到她母親臉上的陰影，以及她半睜的眼皮下微微發亮的雙眼，彷彿還活著一樣！

「我丟下那孩子，她像個沒有關節的洋娃娃一樣躺在那裡。我突然看到窗子上出現一道熟悉的身影，那是黎斯特。現在他笑著後退，在泥濘的街道上手舞足蹈，甚至笑彎了腰。『路易，路易。』他嘲笑我，伸出一根纖瘦的修長手指對著我，彷彿在說他逮到我了。然後他翻進窗臺，把我推開，從床上抓起發臭的母親屍體，開始和她翩翩起舞。」

「上帝！」男孩小聲說。

「是的，我當下可能也是同樣的反應。」吸血鬼說，「他拖著那母親轉圈，一邊跳一邊唱，還踢到了那孩子。那母親編起來的頭髮落在臉上，腦袋猛然向後一折，一股黑色的汁液自她嘴裡湧出。他把她丟下，而我已經跳出窗子奔上街道，他也追了過來。『你怕我嗎？路易，』他大叫，『你怕嗎？那小孩還活著，你還給她留了口氣，要不要我回去把她轉化成吸血鬼？我們用得上她，路易，想想那些我們可以買給她的漂亮衣服。路易，等一下，路易！你只要說句話，我就回去找她！』他一直追到我回到旅館，一路都在屋頂上奔跑，因為我本來想在屋頂上甩掉他。最後我跳進客廳的窗戶，在憤怒中轉身猛然關上窗。他雙臂大張撞在窗戶上，像一隻想穿越玻璃的小鳥，窗框也為之搖撼。

「我已經完全失去理智，在房間裡轉來轉去，尋找能殺掉他的方法。我腦中想著他的身體在隔壁的屋頂上燒得粉碎，理性徹底離開了我，憤怒也達到極點。當他衝破窗戶進來後，我們前所未有地狠狠打了一架。最後讓我住手的原因是地獄——我想到了地獄，想到我們像是地獄裡兩個滿懷憎恨的幽魂。我已經失去了我的自信、目標和自我控制。於是我躺在地板上，他站著俯視我，雖然胸口起伏，卻目光冰冷。『你是個笨蛋，路易，』他的聲音非常平靜，讓我恢復了神智。『太陽快升起了。』他的胸口因打鬥而微微起伏，眼睛在看向窗外時瞇了起來。我從來沒有看過他像這個樣子，這場架——或別的東西——大大挫了他的氣焰。『進你的棺材去，』他對我說，不帶絲毫怒氣。『不過明天晚上……我們談一談。』

「我的驚訝可不只一星半點，黎斯特要談談！我無法想像，因為黎斯特和我從來沒有真正坐下來好好談過，我也很詳實地向你描述過我們相處過程中的互鬥與敵視。」

「他想要你的錢、你的房子，」男孩說，「或者他和你一樣害怕孤獨？」

「我也想過這些問題，我甚至還想到黎斯特或許是想用某種我不知道的方法殺了我。你知道，當時有件事我始終無法確定，每天晚上我醒來的時候，都不知道自己為什麼會醒。是不是和死去沒兩樣的沉睡一結束，我就會自動醒來？為什麼有時候我會比其他時候醒得早？這是黎斯特不肯說明的事情之一，而且經常都是他比我早醒來。我說過，他在各種機能上都比我優越。那天清晨我以一種絕望的心情蓋上棺材。

「我現在應該解釋一下，蓋上棺材這件事總是讓我感到不安。這種感覺很像躺上現代的手術臺接受麻醉，某個闖入者一個不經意的錯誤，就可能意味著死亡。」

「可是那時他要怎麼殺掉你呢？他不可能讓你暴露在陽光下，因為他自己也沒辦法忍受陽光。」

「你說得沒錯，可是比我早醒來的話，他可以把我的棺材釘死，或者放把火。主要的問題是，我不知道他可能做什麼，或者是不是知道什麼我還不懂的事。

「可是那時我也無技可施。腦中縈繞著那個死掉的女人和孩子，太陽緩緩升起，我無力和他繼續爭辯，於是我躺下迎接悲慘的夢境。」

「你會做夢！」男孩說。

「經常，」吸血鬼說，「有時我希望我不會。身為凡人時，我從來沒有做過如此漫長清晰的夢，也從來沒做過如此扭曲的惡夢。在早期，這些夢吞噬了我所有的注意力，我常常用盡全力拒絕醒過來。有時我會靜靜躺上幾小時，思索剛才的夢，直到夜晚過了一半。那些夢讓我迷茫昏沉，經常漫無目的地遊盪，希望了解其中的意義。那些夢和凡人的夢一樣難懂，例如我會夢到我弟弟，像我一樣介於生與死之間，不斷向我求救。我也經常夢到芭貝，而夢的背景經常——幾乎是每次——都是一片廣大荒地，就是那晚我被芭貝詛咒時腦中出現的荒地。好像所有的人物都在我孤獨的、受天譴的靈魂之家裡走動說話。我不記得那天夢見了什麼，也許是因為我對第二天晚上和黎斯特談話的記憶太深刻了。你似乎對這個也很好奇。

「我說過，黎斯特首次表現出來的冷靜與深思熟慮讓我倍感驚訝，可是第二天晚上，在我醒來後看到的他並非如此，一開始不是。客廳裡有兩個陌生女人，幾支燭光散置在小桌及雕花的餐櫃上。黎斯特擁著一個女人親吻，她醉得很厲害，也非常漂亮，像個神智不清的巨大洋娃娃，仔細包裹的頭紗緩緩滑落在赤裸的肩膀及半裸的雙峰上。另一個女人坐在杯盤狼藉的晚餐桌前，喝著一杯葡萄酒。我看得出來他們三人已經吃過晚餐——黎斯特是假裝用餐……你一定不會相信，一般人對吸血鬼假裝用餐這件事有多麼遲鈍。而那位坐在桌邊的女人顯然很無聊。

「這讓我不知所措，我不知道黎斯特的意圖。如果現在走進客廳，桌邊的女人會注意到我，屆時會發生什麼事，我無法想像，只知道黎斯特想要和我一起殺了她們。長椅上的女人已經開始取笑他的吻、他的冰涼體溫、他對她的缺乏欲望。而桌邊的女人靜靜旁觀，黑色杏眼似乎洋溢著滿意。當黎斯特起身走過去，將手放在她裸露的雪白手臂上時，那女人雙眼一亮。他彎下腰來吻她時從門縫間瞥見了我，他定定看了我一眼，隨後便繼續和女人調情。她彎腰吹熄桌上的蠟燭，『這裡太暗了。』沙發上的女人說。『別打擾我們。』另一個女人說。黎斯特坐下來，示意她坐在他腿上。那女人照做了，用左臂摟住他的脖子，右手將他的金髮往後梳。『你的皮膚好冰噢。』她稍微縮回手。『不是經常這樣。』黎斯特回答，然後將臉深深埋進她柔嫩的頸間。

「我無法移開視線。黎斯特是個絕頂聰明又極為惡毒的人，但直到現在我才了解他有多聰明。他咬進她的脖子，拇指壓在她的喉嚨上，另一隻手臂緊緊扣住她，在另一個女人毫無察覺的情形下飽飲一頓。

「『妳的朋友酒量太差了。』他滑下椅子，留下失去知覺的女人獨坐，臉趴在交疊的雙臂上。『她笨。』另一個女人說，她已經走到窗口遠眺燈火。也許你知道，紐奧良當時是一座布滿低矮建築的城市，在那樣一個清朗的夜晚，從這棟新建的西班牙旅館高樓窗戶看下去，街道上的燈火非常美麗。點點繁星低懸，襯得那片微弱燈光彷彿海面上映出的星光。

「『我比她更能溫暖你冰冷的皮膚。』她轉向黎斯特。我必須承認，他打算一起處理掉她，這讓我感到解脫。但是他的計畫可沒這麼簡單。『妳這麼認為嗎？』他對她說，一面握住她的手，她馬上說：『咦？你很熱嘛。』」

「你的意思是血溫暖了他。」男孩說。

「噢，是的，」吸血鬼說，「在殺戮之後，吸血鬼就和你一樣溫熱。」他想繼續，但看了男孩一眼後露出微笑。「我剛說到……黎斯特握著那女人的手，說著另外那個女人讓他渾身發熱。當然，他的面容已經因為臉頰泛紅而大有不同，他把她拉近，然後她吻上他，嬌笑著讚美他有如激情的烈焰。

「『啊，但代價很昂貴呢，』他以動人的哀傷語氣說，『妳的漂亮朋友……』他聳聳肩，『我累壞她了。』然後他退開一步，彷彿邀請那女人走向桌子那邊。她過去了，嬌小的身形擺出優越的樣子。她彎下腰來看她的朋友，很快就失去興趣準備走開，可是她突然看到一樣東西。那是一張餐巾，頸間傷口流出的最後一滴血落在上頭。她拿起餐巾，瞇著眼睛在黑暗中審視。『把妳的頭髮放下來。』黎斯特輕輕地說，於是她不在意地丟下餐巾，解下她的頭髮，波浪般的金黃秀髮披散在背後。『好軟，』他說，『這麼軟，我想像過妳這個樣子，躺在舖著綢緞的床上。』

「『你說什麼呢！』她笑罵道，作態地轉身背對他。

「『妳知道床上的禮儀嗎？』他問道。女人失笑，然後說如果是他的床，她想像得到。當他一步步走過來時，她回望著他。他的視線一刻也不曾離開她，卻同時輕推她的朋友，讓她從椅子上往後倒，眼睛圓睜地躺在地板上。

「那女人見狀倒抽一口氣，立刻跌跌撞撞地遠離屍體，差點撞翻一旁的小几，上面的蠟燭倒下來熄滅了。『把這盞燈熄掉……再把那盞燈熄掉……』黎斯特溫柔地說，然後雙手抱住她，像隻振翅的巨蛾，將牙齒埋進她的血肉。」

「可是你那時時候在想什麼？」男孩問道。「你想阻止他嗎？就像你想阻止他殺害小法蘭尼爾一樣？」

「不，」吸血鬼說，「我不可能阻止他。而且你必須了解，我知道他每天晚上都會殺人，動物完全無法讓他滿足，動物是在沒有其他辦法時的備案，從來不是他的選擇。即使我同情那兩個女人，這種感受也深藏在當時動盪不安的情緒之中。我胸中仍然感覺得到屬於那個營養不良的孩子的、那顆小鎯頭般的心臟，而內心依舊為了自己分歧的天性而痛苦。黎斯特刻意安排的這場戲讓我十分憤怒——他等到我醒來後才殺掉那兩個女人，同時，我也再度思考著自己能不能擺脫他，感覺到自己的憎恨與軟弱都更甚往昔。

「在此同時，他把她們惹人憐愛的屍體斜靠著桌子，點燃室內所有的蠟燭，讓房間閃耀得彷彿即將舉行婚禮。『進來，路易，』他說，『我本來打算幫你安排一個女伴，但是我知道在選擇女伴方面你是怎樣的一個人，可憐的法蘭尼爾小姐喜歡丟燒起來的提燈，這可是會讓宴會變得難以收拾，你不認為嗎？特別是在旅館裡？』他讓金髮女人坐下來，腦袋歪倒在緞面椅背上，然後讓黑髮女人趴在她身上，下巴靠在她的胸前。黑髮女人完全失去血色，身體開始變得僵硬，彷彿她是那種儀態一絲不苟的女人。但金髮女人看起來只像睡著了，我甚至不確定她死了沒有。黎斯特在她身上咬了兩處傷口，一個在喉嚨，一個在左胸上方，現在都還在汩汩流血。他舉起她的手腕，用刀劃開，注滿兩支玻璃杯，然後示意我坐下。

「『我要離開你，』我立刻對他說，『我想現在告訴你。』」

「『我想過你會想離開，』他回答道，身體在椅子上往後靠，『我還想過你會發表一篇華麗的宣言，告訴我我是一個怎樣的怪物，何等粗鄙的惡魔。』

「『我不會評判你，我對你沒什麼興趣。現在我只對自己的本質有興趣，而我開始認為你不會告訴我真相，你把知識當成個人的力量來利用。』我告訴他。就像許多人在放話的時候會做的那樣，我想我完全沒有看他，大部分注意力都在聽自己說話。隨後，我卻看到他的表情和他說我們來談談時的樣子如出一轍，他在認真聽我說話。我突然覺得失落，痛苦地感覺到那道鴻溝阻隔在我們之間。

「『你為什麼會成為吸血鬼？』我衝口而出，『你又為什麼會成為這種吸血鬼？充滿報復心、以取人性命為樂——即使在你不需要的時候。這個女孩……一個女人已經夠你喝的時候，你為什麼還要殺她？為什麼在殺她以前要故意嚇她？你又為什麼要把她擺成這個難看的樣子，好像想誘使上帝因為你不敬神的行為而給你天譴似的？』

「他一言不發地聽著，在那片刻的沉默中，我再次感到茫然。黎斯特張大的雙眼若有所思，我看過那種神情，可是想不起來是什麼時候。當然不會是在和我說話的時候。

「『你認為吸血鬼是什麼？』他誠懇地問我。

「『我不會假裝自己知道，是你假裝知道。吸血鬼是什麼？』我問道。他沒有回答，彷彿感覺到了字裡行間的不誠懇與敵意；他只是坐在那裡，以同樣平靜的表情看著我。然後我說：『我知道在離開你以後，我得自己去尋找答案。如果必要的話，我會到世界各地旅行，去找其他的吸血鬼。我知道他們一定存在，雖然我不知道他們為什麼數量不多，而且我有信心能找到比你和我有更多相同處的吸血鬼。像我一樣了解知識，並運用他們優越的吸血鬼本質來探索你甚至沒夢想過的奧祕。如果你沒有教我所有事，那麼我會自己去發掘，或者等我找到其他吸血鬼後，從他們那裡得知。』

「他搖頭。『路易！』他說，『你還愛著你的凡人本質！你在追逐你過去的幽靈。法蘭尼爾，他妹妹……對你來說，這些都是你過去的形象，以及你依舊渴望成為的模樣；而因為你對凡人生命的戀慕，你的吸血鬼本質死氣沉沉！』

「我立即反駁：『我的吸血鬼本質是我生命裡最大的探險，在那之前的一切全都令人困惑又模糊不清。在凡人的生命裡，我像瞎子一樣在實體與實體間摸索前進，直到轉化成吸血鬼之後，才第一次真正心存敬意，才真正看見生機勃勃的人類。我從來不知道什麼是生命，直到它鮮紅地在我的嘴唇上、我的雙手中汩汩流逝！』我發現自己正瞪著那兩個女人，黑髮那位的臉色已經呈現一種可怕的藍，金髮那位則還在呼吸。『她還沒死！』我突然對他說。

「『我知道，別管她。』他抬起她的手腕，在已經凝結的傷口旁又劃開一道，再度注滿他的杯子。『你說的都有道理，』他對我說，啜一口鮮血，『你是個知識分子，我從來不是。我是從別人的談話中學習，而不是從書本裡，我從來沒上過足夠久的學校。可是我不笨，而且你必須仔細聽我說的話，因為你現在有危險。你不懂吸血鬼的本質，就像一個已經成年的人，回顧童年時卻發現自己從來沒有珍惜過。作為成年人，你不能再回到育嬰室裡玩玩具，要求那些關愛和照顧再度施加在你身上，只因為現在你終於了解它們的價值了。你和你的凡人本質就是這樣，你已經捨棄他們了，你不再「透過一面髒玻璃」看東西，可是你卻不能用自己新的雙眼回到人類溫暖的世界。』

「『這我很清楚！』我說，『可是什麼是我們的本質呢？如果動物的血能讓我活下去，為什麼我不能靠動物的血過活，而要到世界各地為人類帶來悲慘和死亡？』

「『那能帶給你快樂嗎？』他問道，『你在夜裡遊盪，像乞丐一樣靠老鼠維生，然後像月亮一樣懸掛在芭貝的窗前，充滿了關懷，但也充滿了無能為力。就像愛上牧童恩狄米翁的月之女神，晚上來看他睡覺，卻無法擁有他。假設你能把她緊擁入懷，而她不會恐懼或厭惡地看著你，然後呢？不過是得到短短幾年，看她受苦於凡軀的衰老凋零，然後在你眼前死去？這能讓你快樂嗎？

「『這不理智，路易，這也沒有意義。你真正觸手可及的是吸血鬼的本質，也就是殺戮。我保證，如果你今晚到街上襲擊一個像芭貝一樣豐盈美麗的女人，啜飲她的鮮血直到她倒在你腳下，你就再也不會渴望看到芭貝在燭光下的面容，或在窗邊傾聽她的聲音。所有那些你能掌握的生命會讓你充實，路易，你本來就應該如此。當那種充實感消失時，你會渴求再一次、再一次、再一次。這支玻璃杯裡的血紅將會一樣鮮豔，壁紙上的玫瑰也仍然像剛細細畫上去的一樣。你會看到明月依舊、蠟燭的燭花如昔，而你珍視的那種多愁善感，會讓你看出死亡的各種美麗。你不懂嗎，路易？在所有生物中，只有你能置身事外地看待死亡，只有你能……在冉冉上升的月亮下……像上帝之手那樣出擊！』」

「他靠回椅背上，將杯子一飲而盡，視線移向那個失去知覺的女人。她的胸部起伏，眉頭糾結，好像快醒來了，一聲呻吟逸出她的雙唇。他以前從來沒有對我說過這些話，而我也沒想到他能說出這種話來。『吸血鬼都是殺手，』他說，『是掠食者，我們全能的雙眼本來就會帶來疏離感。我們能看到一個人類生命的整體，不是以哭哭啼啼的傷感情緒，而是以能成為其生命的終點，能在造物者的計畫裡插上一手的那種令人興奮至極的滿足。』

「『這是你的看法！』我抗議道。那個女孩又呻吟一聲，臉色變得非常蒼白，腦袋在椅背上轉動。」

「『事情本來就是這樣，』他回答，『你還說要去找其他吸血鬼！吸血鬼都是殺手！他們不想要你或你的多愁善感！他們會早在你看到他們以前就看到你靠近，他們會看出你的缺陷，因為不信任你，他們會企圖殺掉你。即使你像我一樣，他們也會企圖殺掉你，因為他們是獨行的掠食者，和叢林裡的貓一樣不需要同伴，他們對自己的祕密及領土的獨占心非常強烈。如果你發現有一個以上的吸血鬼膩在一起，那只會是出自安全考量，或者其中一個是另一個的奴隸，就像你和我一樣。』

「『我不是你的奴隸。』我對他說，但即使他話還沒有說完，我就意識到自己一直是他的奴隸。

「『吸血鬼是靠這樣增加人數的……經由奴隸制度，不然還有其他的嗎？』他問道。他再度抬起那女孩的手腕，當刀子割下去時她痛呼一聲。他把她的手腕舉到杯子上方，她慢慢地睜開眼睛，眨動著努力張開，彷彿有塊面紗罩在她眼前。『妳累了，不是嗎？』他問她。她茫然望著他，好像無法真切地看到他。『累了！』他傾身靠近並且凝望著她的雙眼，『妳想睡覺了？』『是的……』她輕輕地呻吟。接著他把她抱進臥室，裡頭有張裝飾著天鵝絨布幔的床，而我們的棺材擺在牆邊的地毯上。黎斯特並沒有把她放在床上，他慢慢彎腰把她放進他的棺材。『你在做什麼？』我走到門檻前問他。女孩像個嚇壞了的孩子般環顧四周。『不……』她在呻吟，然後，他關上棺蓋，她放聲尖叫，在棺材裡不停尖叫。

「你為什麼要這麼做，黎斯特？」我問道。

「『我喜歡，』他說，『這讓我樂此不疲。』他看著我，『我沒說你也要樂此不疲，把你的品味留給更純淨的東西吧。如果你想要，你可以迅速殺掉獵物。可是去動手啊！你是個殺手，要學會這點！』他在厭惡中抬高雙手。女孩已經停止尖叫，現在他把一張小圓腳椅拉到棺材旁，蹺著腳坐在上面，他望著棺材蓋。那是個黑漆棺材，不是你們現在用的那種長方形箱子，而是兩端較窄，在屍體雙手交疊在胸前的地方最寬，隱約是個人體的形狀。棺材打開了，女孩驚愕地坐起身，兩眼瞪得滾圓，嘴唇發青而且顫抖不已。『躺下來，愛人，』他對她說，一面把她推回去，她躺下去，接近錯亂地向上瞪著他。『妳死了，愛人。』他對她說，她放聲尖叫，像魚一樣在棺材裡絕望地扭動，彷彿她的身體能穿過木板逃走。『這是個棺材、棺材！』她大叫，『讓我出去！』

「『可是我們遲早都要躺進棺材。』他對她說，『躺好，愛人，這就是妳的棺材，我們大多數人都不知道那躺起來的感覺如何，妳現在知道了！』我看不出她有沒有聽到，或者只是嚇瘋了。可是她看到我站在門前，接著安靜躺下，看看黎斯特再看看我，『救我！』她對我說。

「黎斯特看著我。『我期望你會直覺地感受到這些事情，像我過去一樣。』他說，『當我教你進行第一次殺戮時，我以為你會渴求下一個、再下一個，會像我一樣，像走向一支滿滿的杯子那樣走向每個人類的生命。可是你沒有，而在這麼長的時間裡，我想我之所以沒有矯正你，是因為你軟弱一點對我比較好。我看到你在晚上玩影子遊戲，凝望雨水自天而降，然後我想著，他很容易控制，他很單純。可是你很軟弱，路易，你太容易被看穿了，現在對吸血鬼及對人類都是如此。芭貝的事情已經讓我們兩人暴露了身分，好像你想要我們兩個都被毀滅一樣。』

「『我沒辦法坐視你的行為。』我轉過身去。那個女孩的視線灼燒進我的身體，她在他說話的時候靜靜躺著，凝視著我。

「『你受得了！』他說，『我昨晚看到你和那個小孩了，你是個吸血鬼，和我一樣！』

「他起身走向我，可是那女孩又坐了起來，他回頭把她按下去。『你覺得我們應該把她轉化成吸血鬼嗎？與她分享我們的生命？』他問道，我立即說：『不！』

「『為什麼？因為她不過是個妓女？』他問道，『而且還是一個貴得要死的妓女。』

「『她還有救嗎？或者她已經失血過多了？』我問他。

「『真感人！』他說，『她活不了了。』

「『那麼殺了她。』她放聲尖叫，而他只是坐在那裡。我轉過身，看到他在微笑。女孩把頭轉向旁邊的綢襯開始哭泣，理性幾乎完全離開了她，她一面哭泣一面祈禱。她祈求聖母瑪利亞來拯救她，雙手蓋在臉上，又移到頭上，手腕的鮮血灑在她的頭髮和綢襯上。我彎向棺材，沒錯，她快死了，眼睛雖然燒著烈焰，但周圍的細胞已經開始發青。她露出笑容。『你不會讓我死的，是嗎？』她小聲地說，『你會救我的。』黎斯特過來捧起她的手。『可是已經太遲了，愛人，』他說，『看看妳的手腕、妳的胸口。』然後他碰碰她喉嚨的傷口。她也用手摸摸脖子，然後驚喘一聲，嘴巴張開，尖叫擠壓在喉嚨間。我瞪著黎斯特，無法了解他為什麼要這麼做。他的面容就和我現在一樣平滑，因為吸了血看起來比較有生氣，可是卻冰冷而不帶絲毫感情。

「他並沒有像舞臺上的反派那樣睨視，也沒有像殘酷可以餵養他一般渴望看她受苦，他只是注視著她。『我從來沒想過要學壞的，』她哀哀哭泣，『我只是做我不得不做的事。你不會這樣對我，是不是？你會讓我走？我不能就這樣死掉，我不能！』她開始抽噎，聲音乾澀又薄弱。『你會讓我走，我必須去找神父，你會讓我走。』

「『可是我的朋友就是個神父，』黎斯特笑著說，彷彿剛想出這個玩笑。『這就是妳的葬禮。親愛的，妳看，妳本來在一場晚宴裡，後來妳死掉了，可是上帝另外又給妳一個赦免的機會，妳懂嗎？把妳犯的罪告訴他。』

「她搖搖頭，然後再度用那雙哀求的眼睛望著我，『是真的嗎？』她小聲問道。

『那麼，』黎斯特說，『我想妳還沒有悔悟，親愛的，我必須關上棺蓋了。』

「『不要這樣，黎斯特！』我對他大吼。那女孩又開始尖叫，而我再也無法忍受這樣的情景。我彎腰握住她的手。『我不記得我犯的罪了，』她說，我正看著她的手腕，決定殺死她。『妳不必記得，只要告訴上帝妳覺得抱歉。』我說，『然後妳就會死去，然後這一切都會結束。』她躺回去，眼睛閉上，我把牙齒埋進她的手腕，一直吸到乾涸。她好像做夢似地顫了顫，呢喃著一個名字，然後，當我感覺到她的心跳接近那個催眠的緩慢頻率時，我從她身上離開，立刻覺得天旋地轉，神智不清了片刻。我的雙手摸索著門框，彷彿置身夢境。蠟燭在眼角閃耀，我看到她完全靜止地躺在那裡，而黎斯特平靜地坐在一旁，像個哀悼者。

「『路易，』他對我說，『你不懂嗎？只有在你今生的每一晚都能這麼做的時候，你才能得到平靜。沒有其他的方法，這就是一切！』他說話的聲音幾乎是溫柔的，接著他起身把雙手放在我的肩上。我在他的碰觸下退卻了，但還沒堅決到把他推開，於是我轉身走進客廳。『跟我來，到街上去，已經很晚了，你喝得還不夠，讓我告訴你你是什麼吧，真的！如果我搞砸了，請原諒我，因為我之前都交給你的天性自由發揮。來吧！』

「『我無法忍受，黎斯特，』我對他說，『你選錯同伴了。』

「『可是路易，』他說，『你還沒試過呢！』」

吸血鬼頓了頓，研究著男孩，驚愕的男孩則一言不發。

「他說得沒錯，我還沒喝夠，而且被那女孩的恐懼深深震撼了。我讓他帶著我走出旅館，步下後面的樓梯。人群從康德街的舞廳湧出來，狹窄的街道被擠得水泄不通。旅館裡正舉行著晚宴，許多開墾者的家族住進城裡，我們像夢魘般與他們擦身而過。

「我的痛苦已經無法忍受，作為凡人時，我從來沒感覺過如此的錐心之痛。這是因為黎斯特說的話對我而言都有道理，我只有在殺人時才能感到平靜，只有在那個片刻。而我的心中也毫無懷疑地了解，如果對象不是人類，殺戮帶給我的只會是一種模糊的渴望。那種不得滿足的感覺把我帶向人類，讓我從玻璃窗裡偷看他們的生活。

「因此我不是個真正的吸血鬼，而在我痛苦的情緒裡，我不理性地、像個孩子似地問：我不能回頭了嗎？我不能再當人了嗎？即使那個女孩的血在我體肉溫熱著，讓我感受到那種肉體上的刺激與力量，我仍然自問著那些問題。人類的臉孔像夜晚的燭火般飛越過我眼前，舞動著黑暗的波浪，我逐漸沉沒在那無邊無際的黑暗中。我因為渴望而疲憊不堪，在街上轉來轉去，仰望星辰反覆思索。是的，那是真的，我知道他字字屬實，如果我願意殺人的話就不會再這麼饑渴，而我無法忍受這個事實，我無法忍受。

「突然間，我們步入了一個迷人的時刻，街道一片寂靜，我們已經遠離了老城的鬧區，現在接近城牆。那裡沒有燈，只有一扇窗戶透出火光，遠處傳來人們的笑聲，我們的附近沒有半個人影。我突然可以感覺到從河面上吹來的微風，還有夜晚的灼熱空氣，以及在我身邊的黎斯特，他一動也不動，像一尊石雕。在一連串矮矮尖尖的屋頂後方，是橡樹林在黑暗中的碩大輪廓，低懸的繁星下，巨大搖擺的樹影之間隱藏著無數聲響。

「在那一刻，痛苦消失了，困惑也消失了。我閉上雙眼，聽到風聲，還聽到河裡流水輕快的流動聲。這就夠了，僅是片刻寧靜。我知道這不會持續下去，會像從我懷裡被扯走一樣地自我身邊飛走，而我會在後頭追逐，比任何上帝創造的生物都更加孤獨。然而我身邊有個聲音在夜晚的深處隆隆作響，宛如在這片刻寧靜結束時的一道鼓聲，說著：『照著你的本性去做，只是嚐一嚐滋味，照著你的本性去做。』霎時那片刻的寧靜已經消逝無蹤，我像旅館客廳裡的那女孩一樣呆站著，精神恍惚、隨時準備接受最輕微的暗示。當黎斯特對我點頭時，我也對他點頭。『痛苦對你來說太可怕了，』他說，『你的感受比其他生物都更加深刻，因為你是吸血鬼。你不想再痛苦下去了。』

「『不想。』我回答他，『我會再次體驗我和她共享的感受，水乳交融、渾身輕盈，好像翩翩起舞一樣。』

「『那種感受，再加上其他更多的。』他握緊我的手，『不要逃避，跟我來。』

「他迅速引導我走過街道。每次我猶豫時，他都會轉過頭來，伸手握住我的手，唇上帶著微笑。他的外表對我來說，就像那天晚上他來找還是凡人的我、告訴我我們要變成吸血鬼時那樣迷人。『邪惡與否只是角度不同，』他悄聲說，『我們是不朽之人，擺在眼前的是如此豐富的盛宴，但是良知無法欣賞這種盛宴，而凡人只會後悔參與其中。上帝殺戮，所以我們亦然；祂一視同仁地帶走最富有的人和最貧窮的人，所以我們亦然。因為上帝之下的萬物沒有一個像我們，也沒有一個如我們般像祂。我們是黑暗天使，不受地獄腐臭禁錮，在上帝的大地及王國中遊盪。我今晚想要一個小孩，我像個母親……我要一個小孩！』

「那時我就應該知道他想要做什麼，可是我沒有。我被徹底迷住了，像我還是凡人那時被他玩弄在股掌之間。他領著我前進，對我說：『你的痛苦會過去。』

「我們走到一條燈火通明的街道，那是水手和船夫寄宿的地方。我們越過一道窄門，踏進一條空洞的石路，我可以聽到自己的呼吸像風聲一樣。他躡手躡腳地沿著牆往前走，直到有扇門打開，燈光外洩，他的影子靠近對方的影子，兩人的頭湊在一起，耳語像枯葉般沙沙作響。『什麼事？』他回來時我走近他，害怕體內的這種興奮感會突然消失。再一次，我的眼前出現那片與芭貝談話時見到的夢魘荒地，我感覺到孤寂的寒冷，以及罪惡的寒冷。『她在這裡！』他說，『你傷了的那個，你的女兒。』

「『你說什麼？你在說什麼？』

「『你救了她，』他小聲說，『我就知道，你打開了那扇對著她和她死掉的母親的窗戶，街上路過的人把她帶來這裡了。』

「『那個小孩，那個小孩！』我驚呼，可是他已經帶著我進了門，最後站在有許多木床的長病房前。每張床上都躺著一個窩在窄小白毯下的小孩，病房底端點著一支蠟燭，一名護士伏在一張小書桌上。我們穿過病床中間的走道。『挨餓的小孩、孤兒，』他說，『染上黑死病和發燒的小孩。』他停下腳步，我看到那個小女孩躺在床上。然後那個人又過來和黎斯特悄聲交談，在其他病房裡有孩子哭了，護士立即起身匆匆離去。

「接著醫生彎下腰，把小孩用毯子包起來。黎斯特從口袋裡掏出錢放在床尾，醫生說他真高興我們來找她。他們大多數是孤兒，都是搭船過來的，有的孤兒小到說不出哪具屍體是他們的母親，他以為黎斯特是她的父親。

「不久後，黎斯特帶著她在街上飛奔。白色的毯子襯在他黑暗的大外套和披肩上非常耀眼，我跑在他後面，即使以我絕佳的視力，有時毯子看來仍然像自己在黑夜裡飛翔一樣。一個在風中移動的不穩定形狀，像一片倒過來的樹葉在人行道上翻滾，努力想乘風起舞。在接近普雷斯阿姆的路燈時，我終於追上他。小孩蒼白地倒在他肩上，雖然失血過多而且垂危，她的臉摸起來仍然像李子般鮮嫩。她張開眼睛，或者只是眼皮拉開了一些，在長長捲捲的睫毛下，我看到一線眼白。『黎斯特，你在做什麼？你要把她帶到哪裡去？』我質問道。可是我太清楚答案了，他一路朝旅館的方向走，顯然打算把她帶回我們的旅館房間。

「那兩具屍體還保持著我們離開時的樣子，一具好端端地放在棺材裡，彷彿葬儀社已經處理過了，另一具則坐在桌旁的椅子上。黎斯特視而不見地從旁經過，而我迷惑地望著他。蠟燭都燒完了，只剩下月亮和街燈的光線，當他把那孩子放在枕頭上時，我可以看到他冰冷而發亮的五官。『過來，路易，你還沒有喝夠呢，我知道你沒有。』他用平靜、深具說服力的聲音說道，整個晚上他一直有技巧地使用這種聲音。他拉著我的手，他的手很溫暖，握得很緊。『看看她，路易，看起來多麼豐潤甜美，好像連死亡也不能奪走她的鮮嫩一樣，她求生的意志太強了！上帝也許能雕琢出她的小嘴唇和圓滾滾的雙手，可是不能讓她消逝！你還記得，當你第一次看到她的時候，你是多麼想要她。』我不想過去，我不想殺她，昨晚我也不想殺她。我突然回想到兩件矛盾的事情，立即感到痛苦不堪：我想起她有力的心跳與我的相互呼應，而我是如此渴望它，渴望到我強迫自己背對躺在床上的她。如果不是黎斯特緊緊抓住我，我已經衝出房間了。接著我又想起她母親的臉，以及黎斯特出現之後那段恐怖的時刻。

「可是他現在並沒有嘲笑我，而是讓我困惑不安。『你想要她，路易，你看不出來嗎？一旦你取了她的性命，你就能取任何人的性命了。昨晚你想要她，可是你手軟了，所以她現在還沒死。』我可以感覺到他說的是對的，我可以再度感覺到緊壓住她時的目眩神迷，她小小的心臟一下又一下地搏動。『她對我來說太強悍了……她的心臟不肯放棄。』我對他說。『她這麼強悍嗎？』他笑了，把我拉到他面前。『要了她，路易，我知道你想要她。』

「我照做了。我走到床邊呆呆地看著她，她胸膛的起伏幾乎看不見了，一隻小手纏在長長的金髮裡。站在這裡看著她，希望她別死又想要她，這讓我無法忍受。而我看得愈久，就彷彿愈能嚐到她的皮膚，感覺到我的手臂伸進她的背後把她抱向我，感覺到她柔軟的脖子。柔軟，柔軟，這就是她的滋味，如此柔軟。我試著告訴自己，死亡對她是種解脫——不然她還會有什麼下場呢？——但這些只是自欺的想法，我想要她！因此我把她抱起來，臉靠著她火熱的臉頰，她的頭髮垂落在我的手腕上、輕拂我的眼皮，屬於幼童的天然香味濃烈而勃勃跳動著，絲毫不受疾病和死亡的影響。她呻吟一聲，在睡夢中顫了顫，而這已經讓我無法忍受。必須在她清醒過來前殺掉她，於是我咬進她的喉嚨，同時聽到黎斯特莫名其妙地說：『別咬太大力，那只是個小小的脖子。』而我服從他的指示。

「我不會對你重複那是什麼感覺，除了那像上次一般讓我沉醉，就如同殺戮一直以來帶給我的感受，而且更加強烈。我的膝蓋一軟，半撲在床上，把她吸到乾竭。那個心臟仍然不肯放慢、不肯放棄地跳動著。我吸了又吸，心中屬於直覺的那部分等待著，等待意味著死亡的心跳減速出現。突然，黎斯特把我從她身上拉開。『可是她還沒死。』

我小聲地說。然而已經結束了，房裡的家具從黑暗中浮現，我愣愣地坐在床上盯著她，虛弱得無法移動。我的頭往後靠在床頭板上，雙手抓住天鵝絨的床罩。黎斯特捧起她，對她說話，叫了個名字：『克勞蒂亞，克勞蒂亞，聽我說，醒來，克勞蒂亞。』他把她抱到客廳去，說話聲音輕得我幾乎聽不見。『妳生病了，妳聽到了嗎？妳必須照我的話做才會好。』然後，在接下來的停頓裡，我終於恢復了神智，才意識到他在做什麼。他割開自己的手腕伸到她嘴邊，而她正在啜飲。『這就對了，親愛的，多喝點，』他對她說，『妳要喝這個才會好起來。』

「『你該死！』我大叫，而他用發亮的眼睛斥責我。他坐在長椅上，她則緊抓著他的手臂。我看到她雪白的手抓著他的袖子，也看到他的胸膛因喘息而上下起伏，還看到他的表情扭曲成我從沒見過的樣子。他發出一聲呻吟，接著再次小聲地要她繼續，而當我從門檻走進客廳時，他又瞪了我一眼，好像在說：『我會殺了你！』

「『可是為什麼呢，黎斯特？』我小聲地對他說。現在他想推開她，而她不肯放手，手指絞住他的手指和手臂，還把他的手腕舉到嘴邊，並且發出一聲咆哮。『停止，停止！』他對她說，明顯地處於痛苦之中。他抽身而起，用雙手抓住她的肩膀。她拚命將牙齒伸向他的手腕，可是做不到，最後她抬起頭，用最天真的驚愕望著他。他往後退，手仍向前伸以免她有其他動作，接著把一塊手帕放在手腕上。他倒退著離開她，走向服務鈴的拉繩，猛力一拉，視線仍然緊緊鎖定她。

「『你做了什麼呢？黎斯特。』我問他。『**你做了什麼？**』我瞪著她。她泰然地坐著，復甦了，再度生機勃勃，沒有任何蒼白或虛弱的跡象。她的雙腿平放在長椅的緞面上，白色的睡衣柔軟而單薄，在她嬌小的身體上好像天使的長袍。她正看著黎斯特。『不是我，』他對她說，『絕對不可以再找我，妳懂嗎？可是我會教妳怎麼做！』

「我想讓他看著我，回答我他到底在做什麼，他狠狠地把我甩開，我撞上牆壁。有人在敲門，我知道他想做什麼，我再次伸手想抓他，可是他的動作那麼快，我根本沒看到他出手。等視線恢復的時候，我已經仰天倒在椅子上，而他正在開門。『是的，請進來，發生了一件意外。』他對一個年輕的黑奴男孩說，然後關上門從後方咬住他，男孩自始至終都不知道發生了什麼事。

「他一面跪在男孩的身體上吸吮，一面向那孩子示意。她立即從沙發上滑下，跪下來接過送上來的手腕，把襯衫袖口用力往上推。她先用咬的，彷彿要吃掉他的肉，然後黎斯特指導她該怎麼做。他放開男孩，讓她負責剩下的部分。他的眼睛盯著男孩的胸口，當時候到了，他傾身說：『不要再喝了，他快死了……妳絕對不能在心臟停止以後繼續喝，不然妳又會生病，病到死掉，懂嗎？』可是她已經喝飽了。她坐在他旁邊，他們的背靠著長椅的椅腳，腿平放在地板上，男孩則在幾秒內斷氣。我覺得既疲憊又難過，這個晚上漫長得彷彿持續了一千年。我坐在那裡看著他們。小孩現在挨近黎斯特，他伸手攬住她，冷淡的目光卻仍然專注在屍體上，最後他抬眼看我。

「『媽媽在哪裡？』小孩輕輕地問道。她的聲音匹配美麗的外表，清脆得像小銀鈴。那聲音十分美好，她能給你美好的感覺，眼睛像芭貝一樣又大又清澈。可是你知道，我幾乎無法理解這代表了什麼，我知道它可能意味著什麼，但我嚇傻了。

「黎斯特起身，把她從地板上抱起來，接著走向我。『她是我們的女兒，』他說，『現在妳要和我們住在一起了。』他對她笑笑，但目光冰冷，好像那是個可怕的笑話。然後他望著我，臉上流露出堅持。他把她推向我，我發現她坐在我的腿上，我的手臂圍繞著她，再度感覺到她有多柔軟、她皮膚有多鮮嫩，好像溫暖水果的外皮——被陽光晒熱的李子。她大大發亮的眼睛充滿信賴，但是又好奇地盯著我。

「『他是路易，而我是黎斯特。』他在她身旁蹲下來說。她環顧四周，然後說這是個很漂亮的房間，非常漂亮，可是她想要她媽媽。他拿出梳子替她梳理頭髮，抓住打結的地方以免被梳子扯到，她的頭髮逐漸梳開，變得像絲緞一樣。她是我見過最美麗的小孩，現在她因為吸血鬼的冷火而散發出光輝。我已經看得出來，她的眼睛是女人的眼睛，她會變得像我們一樣蒼白發亮，但是不會失去她的外形。我現在終於了解，黎斯特說的關於死亡那些的話有何涵意。我摸摸她脖子上還有點滲血的兩處紅色傷口，從地板上拾起黎斯特的手帕，放在她的脖子上。『妳媽媽把妳交給我們照顧了，她希望妳幸福快樂。』他以同樣的那種絕對自信說道，『她知道我們能讓妳非常快樂。』

「『我還要。』她轉身看向地板上的屍體。

「『不，今晚不要了，等明天晚上。』黎斯特說。然後他走進臥室把那個女人從他的棺材裡抱出來。小孩滑下我的腿，我跟著她過去。她站在那裡，看黎斯特把那兩位女士和那個黑奴男孩放在床上，被子拉到下巴蓋好。『他們生病了嗎？』小孩問道。

「『是的，克勞蒂亞，』他說。『他們生病了，而且死掉了。妳要知道，我們喝他們的血，他們就會死。』他走過去再度抱起她，我們站在那裡，她則在我們之間。我被她迷住了，她的轉化、她的每個姿態都令我著迷。她不再是一個小孩，而是個吸血鬼小孩。『路易本來打算離開我們，』黎斯特的眼睛從我的臉移到她的臉上，『他本來想一走了之，可是現在他不走了，因為他想留下來照顧妳，讓妳快快樂樂的。』他望著我，『你不走了是嗎，路易？』

「『你這個混蛋！』我小聲地怒斥，『你這惡棍！』

「『在你的女兒前面講這種話？』他說。

「『我不是你的女兒，』她用銀鈴般的聲音說，『我是我媽媽的女兒。』

「『不，親愛的，再也不是了。』他對她說，向窗外瞥了一眼，然後關上我們身後的臥房門，並鎖上門鎖。『妳現在是我們的女兒，路易的女兒和我的女兒，妳懂嗎？現在，妳要跟誰睡呢？』然後他看著我說，『也許妳該和路易一起睡，畢竟，當我累了的時候……我不怎麼慈祥。』」

吸血鬼陷入沉默。男孩無言地坐著，最後喃喃自語：「一個吸血鬼小孩！」

吸血鬼突然抬眼，似乎嚇了一嚇——雖然他的身體毫無動作。他瞪著錄音帶，彷彿那是什麼妖異的東西。

男孩看到錄音帶快用完了，他迅速打開手提箱，拿出一卷新的錄音帶，笨手笨腳地替換，按下錄音機開關時他望向吸血鬼。吸血鬼的臉龐看起來顯得疲倦、瘦削，顴骨異常突出，炯炯發光的綠色眼睛大得驚人。他們在日落之後開始訪問，舊金山的冬季天色暗得早，現在還不到十點。吸血鬼挺直上身露出笑容，平靜地說：「我們可以繼續了嗎？」

「他這樣對那個小女孩，只是為了把你留在他身邊？」男孩問道。

「這很難說，這是一種說法。我相信黎斯特是那種不去思考或談論他的動機或信仰的人，即使是對他自己。他是那種行動派，這種人一定要受到很大的壓迫，才會敞開心胸承認他的生活方式裡有某些方法和想法。那天晚上黎斯特就是這樣，他被逼迫到不得不去發掘他為何如此生活。想把我留下來，無疑是逼迫他的力量之一。但是我認為，在回顧過去時，他也想知道自己殺人的理由，想檢視自己的一生。當他告訴我他相信的是什麼時，他自己也在發掘。可是他確實希望我留下來，和我在一起的話，他可以過著與單獨一人時截然不同的生活。同時，如我告訴你的，我謹慎地從來不簽讓任何資產到他名下，這讓他氣得快發瘋。只有這件事，他沒辦法說服我去做。」

吸血鬼突然放聲大笑。「看看他說服我做的其他事情！多奇怪啊，他可以說服我殺掉一個小孩，可是不能叫我和我的錢分開。」他搖搖頭。「然而，」他說，「其實那不是因為貪婪，你可以看出那是因為他的恐懼，他才要緊攀住我。」

「你的說法好像他已經死了一樣，他死了嗎？」男孩問道。

「我不知道，」吸血鬼說，「我想也許是的，不過我等一下會談到這裡。我們剛才說到克勞蒂亞，不是嗎？關於黎斯特那天晚上的動機，我還想說些其他的。你知道，黎斯特誰也不信任，他就像一隻貓，有自己的領域，一個獨行的掠食者。可是那天晚上他和我溝通了，僅僅因為說出了一些事實，他已經某種程度地暴露了他自己。他丟掉了他的嘲諷、他的惺惺作態，他暫時忘卻了他永不休止的憤怒，而這對黎斯特來說就是一種暴露。當我們單獨站在黑暗的街道上時，我在他身上感覺到從我死亡以後就沒有得到過的誠懇情誼。因此我寧可猜想，他把克勞蒂亞轉化成吸血鬼是為了報復。」

「報復，不只是對你，也是對全世界。」男孩試探地問道。

「是的，如我之前說的，黎斯特對所有事情的動機都圍繞著報復。」

「是不是都因為他父親？為了上學的事？」

「我不知道，我懷疑，」吸血鬼說，「不過我想繼續我的故事。」

「噢，請繼續，你必須繼續！我是說，現在才十點鐘。」男孩出示他的手錶。

吸血鬼看看它，然後對男孩露出笑容。男孩的臉色變了，彷彿受到驚嚇般呆愣空白。「你還怕我嗎？」吸血鬼問道。

男孩沒有回答，可是略微從桌邊後退，身體挺直，兩腿交疊。

「如果你不怕，我會認為你非常愚蠢。」吸血鬼說，「可是不要怕，我們可以繼續了嗎？」

「請繼續。」男孩比了比錄音機。

吸血鬼開始說：「如你能想像的，我們的生活因為多了克勞蒂亞而有大大的不同。她身體死亡了，但感覺卻和我一樣地覺醒過來。我珍視她的這些跡象，可是直到過了好幾天，我才知道我有多想要她，想要和她說話、和她在一起。一開始，我只想到要保護她不受黎斯特的侵擾，每天早晨我把她帶進我的棺材，而且盡可能不讓她與黎斯特在一起時離開我的視線。這就是黎斯特想要的，同時他也沒有什麼會傷害她的跡象。『一個饑餓的小孩是個可怕的景象，』他對我說，『一個饑餓的吸血鬼則更糟。』他還說，如果他把她鎖起來讓她死掉的話，連巴黎都可以聽到她的尖叫聲。可是這些話都是說給我聽的，用意在於把我牢牢地留在他身邊。我不敢一個人逃跑，又不願帶著克勞蒂亞冒險，她只是個孩子，她需要照顧。

「此外，照顧她帶給我相當大的樂趣。她立刻忘掉了她五年的凡人生活，或者至少看來是這樣，因此她很奇怪地非常安靜。我甚至經常害怕她已經失去神智，凡人時患的疾病加上嚴重的吸血鬼驚嚇，可能奪走了她的理性；可是事實證明並非如此。她只是和黎斯特及我有那麼大的不同，以至於我無法理解她。雖然她是這麼小的孩子，但現在也是個凶猛的殺手，能夠無情地追逐鮮血——以小孩所需要的數量。雖然黎斯特仍然以危害她來威脅我，但他從來不威脅她，反而對她關愛，以她的美麗為榮，熱心地教導她我們必須靠殺戮來生存，而我們自己永遠都不會死。

「當時城市裡黑死病猖獗，如我所指出的。他把她帶到腐臭的墳墓，那裡黃熱病和黑死病的受害者堆積如山，鏟子的挖墓聲夜以繼日。『這就是死亡，』他指著一個女人腐爛的屍體告訴她，『我們不會受到這種苦，我們的身體會永遠保持現在這樣，新鮮而生氣勃勃。可是我們對替別人帶來死亡這件事絕對不能猶豫，因為這就是我們的生活方式。』而克勞蒂亞以深不可測的晶瑩雙眼望著這一切。

「如果最初那幾年她還聽不懂，她也不懂得害怕。她沉默而美麗地和洋娃娃玩耍，花幾個小時為娃娃穿衣服、脫衣服。她沉默而美麗地殺人。我在黎斯特的指導下已經轉變，現在也開始獵殺人類，原先的痛苦為之減輕。可是並不只是殺人這件事減輕了我的痛苦——那個在龐度萊黑暗安靜的夜裡揮之不去、當我身邊只有黎斯特和那老人陪伴時的痛苦。而是在街上到處流動的大量陌生人，永遠不會安靜下來的人群，永遠不關門的酒店，通宵達旦的舞會，音樂和笑聲從敞開的窗戶裡傾瀉出來，生機勃勃的獵物包圍著我。我看著他們的時候，不會感覺到我對我妹妹和芭貝的那種至愛，而是帶著某種新的疏離和需求，於是我開始殺人。

「殺戮的情形有很多種，當我以吸血鬼的視力和輕巧動作走過這個豐富、成長中的城市時，我的受害者圍繞著我，引誘我，邀請我到他們的晚宴、他們的馬車、他們的妓院裡。我只待了一下子，夠讓我得到我需要的了。我的感傷得到緩和，因為這個城市給了我滿載著美妙陌生人的列車，而且這個列車永不終止。

「就是這樣，我靠著陌生人過活。我只接近到可以看見那個脈搏不斷跳動的人，那獨特的表情，新鮮而激情的聲音，然後在我內心厭惡的感覺還沒抬頭以前就動手，在那種恐懼、那種哀傷揚起以前。

「克勞蒂亞和黎斯特則獵殺和引誘兼施，和受害者處得比較久，享受對方渾然不知死之將至的絕妙趣味。可是我仍然無法忍受這些，所以對我而言，迅速膨脹的人口是一項恩典，如同一座大森林，我在其中迷失，無法阻止自己，在思緒或痛苦中飛快旋轉，一次又一次地接受死亡的邀請，而不是拖延它。

「當時我們住在我在羅雅路的一棟新蓋的西班牙房子，一間長形、華麗的樓上公寓，樓下的店我租給了一名裁縫，後面有一個隱藏的祕密花園，對著街道有很好的保護，有木質百葉窗和裝了欄杆的門——是一個比龐度萊更豪華安全的地方。我們的奴隸都是有色的自由人，在黎明時離開我們各自回家。黎斯特買來許多剛從法國和西班牙進口的東西，水晶吊燈和東方地毯、畫著天堂小鳥的絲幕、在大大的金色圓頂籠子裡唱歌的金絲雀、精緻的希臘大理石神像和繪著美麗圖案的中國花瓶。我不比我以前更需要這些奢侈品，可是我發現自己被藝術、工藝及設計的新洪流給迷住了，我可以盯著地毯的複雜花樣看幾個小時，或者凝望燈光如何改變一幅荷蘭繪畫的陰暗色彩。

「所有這些克勞蒂亞都覺得不可思議，她以沒被寵壞的小孩的驚訝——無聲地——來看它們。而當黎斯特雇了一名畫家，把她的房間牆壁畫成一片有獨角獸、金色小鳥、果實纍纍的樹木和晶亮小溪的神奇森林時，她高興得蹦蹦跳跳。

「一個接一個的服裝師、製鞋匠和裁縫不斷進入我們的公寓，為克勞蒂亞裝點最時髦的童裝，因此她永遠是一幅美景，不只是孩童之美——捲捲的睫毛和金黃的秀髮，還有精緻的小帽、小小的蕾絲手套、搖曳的絲絨外套與披肩、繫著發亮藍色腰帶的純白蓬袖禮服。黎斯特把她當成一個美麗的娃娃，我也把她當成一個美麗的娃娃。是因為她的請求，才迫使我丟掉陳舊的黑衣服，換上時髦的外套、真絲領帶、柔軟灰大衣、手套和黑披肩。黎斯特認為最適合吸血鬼的顏色永遠是黑色，這也許是他唯一堅持的審美原則，不過他可不反對任何花俏和花錢的事。他喜歡我們的漂亮外形，以及我們三人出現在新法國歌劇院或紐奧良劇院包廂裡的漂亮組合，所以我們有機會就去那裡。黎斯特熱愛莎士比亞，這讓我相當意外——他經常在整場歌劇裡打瞌睡，最後才及時醒來邀請一些可愛的女士去吃宵夜。在劇院裡，他會運用一切技巧來讓對方死心塌地地愛上他，然後粗暴地將她送到天堂或地獄，還把她的鑽石戒指帶回來送給克勞蒂亞。

「這段時間我一直在教育克勞蒂亞，向她小海貝般的耳朵輕訴，如果我們不能看出周圍的美與各處生命的造物，我們不朽的生命對我們便毫無用處。當她以輕柔而自信的鋼琴聲伴隨著她奇特而和諧的歌聲時，我不斷從她專注的凝視中，探測她內心深處。她可以花幾個小時看著書裡的圖畫，聽我念書，直到她完全靜止不動的樣子讓我覺得不舒服，讓我把書放下，在亮著燈的房間裡回視她，然後她才會移動，像個活起來的娃娃，用最輕柔的聲音要我再多念一些。

「後來開始發生奇怪的事。雖然她很少說話，而且依舊是最圓滾滾的小孩，我會看到她縮在我椅子的扶手角落裡，讀著亞里斯多德或波愛修斯，或剛從大西洋彼岸送來的新小說，或者彈出我們前一晚才聽過的莫札特樂曲——藉著精確無誤的聽覺及專注。當她一小時又一小時地坐在那裡摸索出樂曲——先是主旋律，然後是低音部、最後合奏在一起——時，她看起來甚至有些鬼魅。

「克勞蒂亞神祕莫測，別人不可能知道她知道什麼或不知道什麼，而看她殺人則令我毛骨悚然。她會一個人坐在黑暗的廣場上，等待好心的先生女士上鉤，眼中的空洞無情更甚於我在黎斯特眼中所見過的。她會像個嚇壞了的小孩，向和善又親切的好心人小聲求救。而當他們抱她離開廣場時，她的手臂會牢牢鎖住他們的脖子，舌頭夾在兩排牙齒間，目光因噬人的饑渴而變得呆滯。

「最初那幾年，她會迅速殺死獵物，後來她學會玩弄他們，帶他們到娃娃店或咖啡館，到了那裡，他們會給她叫一杯熱騰騰的巧克力或茶，來讓她蒼白的臉頰再現紅潤。她會把杯子推開，耐心地等待著、等待著，彷彿正安靜地享受他們可悲的仁慈。

「可是在殺人以後，她又是我的同伴、我的學生了。在她陪著我的漫長時間裡，她汲取知識的速度愈來愈快，與我分享一些黎斯特不能介入的無聲共識。到了黎明，她會和我躺在一起，她的心臟在我的心臟旁跳動，當她專注於音樂或圖畫而不知道我站在房裡看著她時——我經常會想到我殺她的那次體驗，奪走她的生命，在致命的擁抱裡飲盡她生命中的每滴血。我嘗過那麼多其他的人，他們現在都躺在潮溼的土壤裡腐朽，但是她卻活著，活著將她的手臂勾住我的脖子，把她小小的上唇壓在我嘴唇上，把她亮晶晶的眼睛對著我的雙眼，直到睫毛相抵，然後我們哈哈大笑地在房間裡轉圈，彷彿在跳著最瘋狂的華爾滋。父女，愛人。

「黎斯特並不忌妒我們，只是在遠處微笑著等她去找他。他會帶她上街，他們在窗戶下方向我揮手，然後出發去分享他們共有的部分：狩獵、引誘和殺戮。

「歲月就像這樣過去了，年復一年。可是直到經過了相當一段時間，我才注意到克勞蒂亞身上的明顯事實。看你的表情，我想你已經猜到了，而你奇怪為什麼我會沒猜到。我只能告訴你，時間對我來說和從前截然不同，對我們來說都是。一天與一天之間並不緊密連結成一條鍊子，反倒像波濤上的月光，粼粼點點。

「她的身體！」男孩說，「她永遠不會長大！」

吸血鬼點點頭。「她永遠得做個魔鬼小孩，」他的聲音輕柔，好像連自己也感到好奇。「就像我一直是我死去時的那個年輕人。黎斯特呢？他也一樣。可是她的心智卻是吸血鬼的心智，而我接著發覺她逐漸轉變成女人。她的話開始說得比較多，雖然依舊乖巧順從，能不插嘴地耐心聽我高談闊論，但是她娃娃般的臉蛋，愈來愈常露出完全成年的眼神。被忽略的玩具與漸漸消磨的耐心，似乎也顯示了童稚的消失。

「當她穿著小小的蕾絲鑲珠睡袍倚在長椅上時，竟然有一種可怕的感官誘惑。她變成了怪異但魅力無邊的引誘者，聲音和往昔一樣清晰甜蜜，其中卻夾雜了成熟女人的共鳴，有時甚至明顯得嚇人。在幾天的慣常沉默後，她會突然嘲笑黎斯特對戰爭的預測，或一面喝著小水晶杯裡的鮮血，一面說房裡都沒書了，我們即使去偷也要再去找些來。接著冷冷地告訴我，她聽說在法堡聖瑪麗的一座宏偉宅邸裡有間藏書館，有個女人像收藏石頭或蝴蝶標本般收藏書本，她問我是不是可以帶她到那女人的臥室裡。

「這種時候我都會驚慌失措，她的心靈是如此無法預料，也難以理解。可是接下來她又會坐在我的腿上，手指捲著我的頭髮，靠在我的胸口打盹，同時輕聲說道，在我了解殺戮是件比書本、比音樂更嚴肅的事情以前，我永遠不會和她一樣成熟。『老是音樂……』她喃喃地說。

「『娃娃，娃娃。』我呼喚她。她就是個娃娃，一個神奇的娃娃，笑聲和智慧和圓嘟嘟的臉龐和花蕾般的小嘴。『讓我替妳打扮，讓我替妳梳頭。』我照著老習慣說，但了解在她的微笑仰望之上覆著一層厭煩的薄薄面紗。『你想做什麼就做吧，』我彎下來幫她扣珍珠釦子時，她對著我耳朵說。『可是今天晚上和我一起殺人，你從來不讓我看你殺人，路易！』

「而後她想要自己的棺材，這大大傷了我的心，但我不讓她知道。於是在紳士地同意後，我走了出去。我已經記不得我和她一起睡了多少年，彷彿她已經成為了我的一部分。然後我在俄蘇林修道院附近看到她，像一個在黑暗裡迷途的孤兒，她忽然向我飛奔而來，像人類般不顧一切地抱住我。『如果這會讓你傷心的話，我就不要它了。』她說得那麼輕，即使有個人抱住我們兩人，也不能聽到她的話或感覺到她的呼吸。『我會一直和你在一起，可是我一定要看到它，你懂嗎？一個給小孩的棺材。』

「她要我們到棺材店去，去演一齣獨幕的悲劇：把她留在棺材師傅的小客廳裡，然後避到前廳裡告訴師傅她快死了，說我是多麼地愛她，說要讓她擁有最好的東西，可是絕不能讓她知道。而受到這個悲劇衝擊的師傅得替她製作棺材，我一想像到她躺在白色綢襯上便不禁輕拭眼角的淚珠……」

「『可是，為什麼呢？克勞蒂亞……』我請求她回答，我討厭這麼做，討厭對無助的人類玩貓捉老鼠的遊戲。可是深愛她的我完全不能抗拒她，最後我還是帶她去了。我把她放在沙發上，她雙手交疊放在腿上，小帽低垂，好像完全不知道我們在大廳裡悄悄說著什麼。

「殯葬師是個年長而高尚的有色人種，他很快地把我拉到一旁，以免『那孩子』聽見。『她為什麼一定得死呢？』他懇求我告訴他，好像我是造成這個命運的上帝。『因為她的心臟，她沒辦法再活下去了。』我說，這些話居然對我產生一種奇怪的衝力，一種令人困擾的共鳴。他狹窄多皺的臉上流露出同情，這困擾了我，我的腦海中突然浮現一樣東西，一種光線、一種姿勢、某種聲音……有個小孩在惡臭的房裡哭泣。

「他打開一間間狹長的房間，向我們展示他的棺材，她要那個黑漆加銀的。突然間，我不由自主地步步後退，急急忙忙牽著她的手想離開這個棺材屋。『已經訂好了，』我對她說，『這快把我逼瘋了！』我拚命呼吸著街上的新鮮空氣，彷彿剛才差點窒息。然後發現她不帶一絲同情的臉蛋正凝視著我，戴著手套的小手伸進我的手掌。

『我要它，路易。』她耐心地解釋。

「然後，某天晚上，她爬上了棺材店的樓梯，黎斯特陪著她。她去拿棺材，並且讓不知情的師傅死在他書桌上布滿灰塵的紙堆上。棺材放在我們的臥房，當它還簇新的時候，她常常盯著看上幾小時，好像那玩意兒會動或擁有生命，或正一點點地對她揭露一些神祕的事情，像是某種會變化的東西。可是她沒有睡在裡面，她還是和我一起睡。

「她還有其他的變化，我沒辦法舉出日期或列出順序。她並沒有胡亂殺人，而是有一定要求。當貧窮吸引她時，她會請黎斯特或我帶她乘馬車經過聖瑪麗區來到移民住的河岸地帶，她似乎被那些女人和小孩迷住了。黎斯特覺得很有趣地告訴我這些事，而我則很討厭去那裡，有時甚至抵死不從。

「在那裡有一家人，克勞蒂亞把他們一個接一個地殺掉。她還要求進入法拉葉市的墳場，在高聳的大理石墓碑間遊蕩，尋找那些沒其他地方可睡、把擁有的一點點錢花在酒精上、然後爬進一個發爛地洞的那些絕望的人。

「黎斯特對此非常欣賞，甚至自嘆不如。在他的形容中，他叫她死亡娃娃、死亡妹妹、甜蜜的死神；至於我，他嘲諷地讚美為：『仁慈的死神！』語氣就像一個女人興奮地拍著手說著八卦：『噢！仁慈的老天哪！』這讓我想掐死他。

「可是我們並沒有爭吵，大家各行其事，彼此作了調整。我們的公寓從地板到天花板擺滿了一排排封皮發亮的書，克勞蒂亞和我繼續追尋我們自然的品味，黎斯特則賞玩他華麗的收藏，直到她開始問一些問題。」

吸血鬼陷入沉默，男孩看起來還是如此急切，好像耐性是最花力氣的事。可是吸血鬼自顧自地將修長的蒼白手指靠攏，形成個教堂的尖頂，然後緊緊地交握，彷彿全然忘卻男孩的存在。

「我早該知道，」他說，「那是難免的，而我早該看出跡象。我和她那麼契合、那麼全心全意地愛她，她是我清醒時分的唯一同伴，也是我除了死亡之外的唯一伴侶。我早該知道的，可是我內心隱隱感覺到一個巨大的黑暗深淵就近在咫尺，好像我們一直走在一個高聳的懸崖邊，如果我們轉錯了彎或過分沉浸在思緒裡的話，就可能會踩空而萬劫不復。有時候，除了那個黑暗深淵之外，周圍的外在世界對我來說似乎反而是不真實的。如同地面上一個即將裂開的縫隙，而我看到這個裂縫摧毀了羅雅路的房子，所有的建築都在轟隆聲中灰飛煙滅。但更可怕的是，這些都是透明的，如同一層輕紗，像舞臺上薄絲做的背景。……啊，我有點心不在焉，我剛說什麼？對了，我忽略了她表現出的一些跡象，我緊緊依附著她帶給我的快樂，而忽略了所有其他的事情。

「那些跡象包括：她對黎斯特變得冷淡，經常長時間瞪著他看。當他說話的時候，她常常不回答，別人也說不出是因為輕蔑還是她根本沒聽見。他為此火冒三丈，打破了我們家裡脆弱的寧靜。他不必被愛，但無法接受被忽視，有一次甚至衝向她，怒吼著要打她耳光，而我則像多年前她初來時那樣辛苦地與他搏鬥。『她已經不是小孩子了，』我小聲對他說，『我不知道是怎麼回事，但她現在是個女人了。』我要他心平氣和地接受這件事，而他以輕蔑與忽視來回敬她。可是有一晚他慌張地跑來告訴我，她在跟蹤他——雖然她拒絕再和他一起出去殺人，她卻隨後跟蹤他，『她是怎麼搞的？』他質問我。好像我給了她生命，就一定會知道一樣。

「然後某天晚上，我們有兩個傭人失蹤了，那是一對母女，也是我們所雇用過最好的女傭。我們派車夫去她們家查問，結果回報說她們在那裡也不見蹤影。接著女傭一家的父親來到我們門前敲門，他站在磚舖的人行道上，以深深懷疑的眼神看著我。所有認識我們夠久的凡人，遲早都會露出這樣的懷疑表情。那是死亡的先兆，就像臉色發白可能是致命高燒的先兆一樣。我試著向他解釋，她們沒來過這裡，不論是母親還是女兒，而我們必須開始尋找她們。

「『是她！』我關上大門後，黎斯特在陰影裡悄聲說道，『她對她們出手，讓我們大家陷入危險，我會讓她招認的！』然後他從庭院裡飛奔至旋轉梯。我知道她已經走了，在我應門時就溜出去了。而且我還知道一些其他的事：從庭院那頭封閉不用的廚房，傳來一絲絲的惡臭味，有一種惡臭不自然地與忍冬的香味混雜在一起——這就是墓穴的惡臭。

「我走近那些被折彎的遮板時，聽到黎斯特也走下來的聲音。小磚房上的遮板蓋滿了鐵鏽，這間廚房從來沒煮過食物，也根本沒有使用過，以致於它就像一個藏在忍冬枝葉下的老舊磚砌地窖。遮板被打開了，上面的釘子已經粉碎。我們走進發臭的黑暗中，我聽到黎斯特驚喘一聲，接著赫然看到她們就躺在磚地上，母親和女兒都在。母親的手臂緊緊圍著女兒的腰，女兒的頭向前靠在母親胸前，兩人都因為體液瀉出而骯髒不堪，身上還爬滿了小蟲。遮板打開時，一大群蚊蚋像黑雲般飛起，我厭惡萬分地揮手驅趕。螞蟻則無動於衷，繼續在兩人的眼皮和嘴巴上爬行。月光下，我可以看見蝸牛畫出來的一大片銀線地圖。『她該死！』黎斯特暴跳如雷，我用盡全力抓住他的手臂。『你想對她怎樣？』我加重語氣，『你能做什麼？她不再是乖乖聽話的小孩了，我們必須教導她。』

「『她都知道！』他退後一步拂拭他的外套，『她都知道！幾年來，該怎麼做她都知道了！什麼可以冒險，什麼不可以。我不會讓她不經我許可就這麼做！我不會容忍的。』

「『你是我們的主人嗎？你沒教她這麼做，難道她是從我沉默的讚美中學會的嗎？我不這麼想。現在她認為她和我們是平等的，而且我們兩人之間也是平等的。我告訴你，我們必須和她講道理，指導她尊重我們所共有的東西，而這也是我們每人都應該做的。』

「他大步走了出去，顯然聽進了我剛才說的話——儘管他不會對我承認的。他到城裡去實現他的報復，可是當他疲倦而飽足地回家時，她還是沒回來。他靠在天鵝絨沙發的扶手上，將長腿伸長擱在沙發上。『你把她們埋了嗎？』他問我。

「『她們不在了。』我回答。我連對自己也不想說出，我已經用那個廢棄廚房的爐子毀屍滅跡了。『可是我們還要應付那位父親和弟弟。』我對他說。我害怕他的脾氣，希望能立刻想出一個盡快解決全部問題的辦法來。可是他說那些父親弟弟也都不在了，他們在靠近城牆的小房子裡吃晚飯的時候，死神上門來找他們。『酒，』他一面說，一面用手指撫摸嘴唇，『他們兩個都喝了太多酒，害得我後來竟然拿著棍子敲欄杆奏樂。』他笑了起來，『可是我不喜歡那種昏眩的感覺，你喜歡嗎？』當他望著我的時候，我不得不對他報以笑容，酒精正在他體內發揮作用，他因此興高采烈。就在他的表情顯得溫暖而理性的此時，我靠過去說：『我聽到克勞蒂亞上樓的聲音，對她溫柔一點，事情都解決了。』

「接著她進來了，小帽的緞帶鬆開，小靴子上蓋滿了泥。我緊張地看著他們兩人。黎斯特唇上浮現出嘲諷，她依舊對他視若無睹，好像他不存在一樣。她捧著一束白菊花，巨大的花束讓她看起來更加嬌小。她的小帽掉下來了，先在在肩上頓了頓，然後跌落在地毯上。我看到菊花細細的花莖穿過她的金色頭髮。『明天是聖徒節，』她說，『你知道嗎？』

「『知道。』我對她說。在紐奧良，所有信教的人在這天都要到墳場去，替他們所愛的人掃墓。他們粉刷墳窖的牆壁，清洗大理石墓碑上刻的名字，最後用花朵裝飾墳墓。在距我們房子很近的聖路易墳場——所有路易安那的大家族都葬在那裡，我弟弟也葬在那裡——墳墓前還設有小鐵椅，家人可以坐在那裡接受其他掃墓人家的致意。在不了解的遊客眼中看來，這是紐奧良的一個節日，是對死亡的慶祝，但其實這是在慶祝來世。『這些是我向小販買的。』克勞蒂亞說，聲音輕柔而不可測，陰暗的雙眼不帶絲毫感情。

「『至於妳留在廚房的那兩個人……』黎斯特尖銳地開口。她首次面對他，但一語不發，只是站在那裡盯著他，彷彿從來沒有見過他。然後她朝他走了幾步，緊緊盯著他，依舊彷彿在檢查他一樣。我走上前，可以感覺到他的憤怒和她的冰冷。現在她轉頭面向我，接著來回看著我們兩人，她問：『是誰做的？是誰把我變成這樣的？』

「不論她說什麼或做什麼，都不會比這句話更讓我吃驚，然而無可避免地，她終於開始追究這件事了。她顯得對我毫不在意，眼睛只鎖定黎斯特。『你提到我們的時候，好像我們一直是現在這樣。』她的聲音輕柔謹慎，小孩的音調包裹著女性的嚴肅。『你叫外面的那些人凡人，而我們是吸血鬼。可是並不是一直如此，路易有個凡人的妹妹，我還記得她，他皮箱裡有一張她的照片，我看過他在看那張照片！他曾經和她一樣是個凡人，我也是，可是為什麼會是這樣的體型和外貌呢？』她張開手臂讓菊花掉落在地板上。我輕喚著她的名字，我想我是希望轉移她的注意力，但這是不可能的，事情已經一發不可收拾。一種深刻的震懾與不懷好意的竊喜正在黎斯特的眼中燃燒。

「『是你把我們變成這樣的，對不對？』她對他提出指控。

「現在他的眉毛在充滿嘲諷的驚異中揚起，『妳是什麼東西？』他問道，『妳有可能不是現在這副模樣嗎？』他縮回膝蓋，身體前傾，眼睛瞇了起來。『妳知道自己成為這副模樣有多久了嗎？妳能想像出妳原來的樣子嗎？我是不是得找一個巫婆來讓妳看看妳凡人的面貌，看看如果我當初不管妳的話妳現在會是什麼樣子？』

「她轉過身，靜靜地站著，彷彿不知道自己該做什麼。然後她走向火爐旁的椅子，爬上去，像個最無助的孩子般縮成一團。她曲起膝蓋，凝望著爐床裡的灰燼，天鵝絨的外套敞開，絲綢的洋裝緊緊繃在膝蓋上。可是在她的眼底，找不到任何無助的痕跡，她的眼睛裡有著獨立的生命，好像身體是被蠱惑了一樣。

「『如果妳是凡人的話，現在可能早就死了！』被她的沉默激怒，黎斯特堅持地說。他收起腿，將腳放在地板上。『妳聽到我說的話了嗎？為什麼現在問我這個？為什麼要把它看得這麼嚴重？妳一輩子都只知道自己是個吸血鬼。』接著他再度開始長篇大論，說的無非是對我一再嘮叨過的：要知道妳的本性，殺人，做妳自己之類的。可是這些都奇怪地偏離了重點，因為克勞蒂亞對殺人不會感到任何不安。現在她往後靠，慢慢地轉過頭來看他，再度凝神研究他，好像當他是個吊著絲線的傀儡一樣。『是你對我做的嗎？怎麼做的？』她問道，黎斯特瞇起雙眼，『你是怎麼做的？』

「『我又為什麼要告訴妳呢？那是我的力量。』

「『為什麼只能是你一個人的？』她的聲音冰冷，目光無情。『那是怎麼做的？』她突然憤怒地質問。

「電光火石間，他自沙發上躍起，我立刻起身面對他。『阻止她！』他絞著雙手對我說，『想想辦法！我無法忍受她了！』於是他大步走向門口，可是又轉身走到克勞蒂亞身邊，站得很近，像一座高塔般，將她籠罩在深暗的陰影裡。她無懼地回望他，徹底的疏離目光在他的臉上遊移。『我可以取消我做過的事，對妳或對他都可以，』他指著我對她說，『要感謝我把妳變成現在這樣，』他輕蔑地說，『否則我會讓妳粉身碎骨！』

「就這樣，家裡的平靜被毀了——雖然安靜還在。日子一天天地過去，她不再問問題，轉而埋首於有關玄奇事物——女巫、巫術和吸血鬼——的書本中。那些大部分都是虛構的，你知道，神話、傳說、有時只是浪漫的恐怖故事。但是她全都讀了，到黎明還手不釋卷，以致於我得去叫她睡覺。

「此時，黎斯特僱了個管家和女傭，並且找來一組工人，在庭院裡建了一座大噴水池——石頭雕的仙女捧著一個張開的貝殼，裡頭源源不絕地湧出水來。他在噴泉裡養金魚，還種了水生百合，讓百合露出水面，在不斷波動的水中輕顫。

「有個女人在奈德路上看到他殺人，嚇得跑到卡羅頓城去，於是報上登出了報導，把他和一間在奈德和梅波曼附近的鬼屋牽扯在一起。這些都讓他覺得很有趣，他當了一陣子的奈德路之鬼，可是新聞逐漸被丟到後面的版面。於是他在另一個公共場所又扮演了某個凶殘的殺人犯，讓紐奧良的想像力再度馳騁。但這一切都隱藏著某種恐懼，他變得很焦慮、多疑，不斷跑來問我克勞蒂亞在哪裡、去了什麼地方和她在做什麼。

「『她沒問題的。』我向他保證。雖然我和她其實也已經變得疏遠，而且對此感到苦悶——好像她曾經是我的新娘似的。她現在難得看我一眼，就像她以前不看黎斯特一樣，而且還會在我對她說話時揚長而去。

「『她最好沒問題！』他惡狠狠地說。

「『如果她不是的話，你又能怎麼樣？』我問他，話中的恐懼多於指責。

「他冰冷的灰色眼睛抬起來望著我。『是你負責照顧她的，路易，你得和她談談！』他說，『本來每件事都很圓滿，現在卻搞成這樣，沒有必要這樣的。』

「可是我決定等她來找我，而她也確實來了。某天剛天黑時，我醒過來，房間裡很黑，我看到她站在法式窗前，穿著有蓬蓬袖和粉紅腰帶的衣服，從低垂的睫毛下望著羅雅路的熙來攘往。我可以聽到黎斯特在他房裡的活動，水從水壺裡倒出的聲音，他古龍水淡薄的氣味在空氣中流動，就像隔鄰咖啡屋傳來的隱約音樂聲。『他什麼也不會告訴我的。』她輕輕地說。我還不曉得她已經知道我張開眼睛了，我走過去在她身旁跪下，『你會告訴我的，對不對？那是怎麼做的。』

「『妳想知道的就是這個嗎？』我審視著她的表情問道，『還是為什麼要選擇妳……妳以前又是什麼？我不懂妳說「怎麼做的」是什麼意思，如果妳的意思想知道怎麼做，才能如法泡製……』

「『我連那是什麼都不知道，你在說什麼？』她的話裡有一絲冰冷，接著她轉過來雙手捧著我的臉。『今晚和我一起殺人，』她像戀人般溫柔細語，『再把所有你知道的都告訴我。我們是什麼？我們為什麼和他們不一樣？』她低頭望著街道。

「『我不知道答案。』我對她說。她的表情突然扭曲，好像正奮力在突如其來的噪音中聽我說話，接著她搖搖頭。可是我繼續說道：『我對妳想知道的事也很好奇，可是我不知道我是怎麼變成這樣的。我能告訴妳的只有……是黎斯特把我轉化成吸血鬼，但我不知道實際上的「方法」！』

「她的臉仍然保持著原來的緊繃表情，我在上面首次看到恐懼的痕跡——或者是某種比恐懼更嚴重更深藏的東西。『克勞蒂亞，』我喊她的名字，一面雙手覆上她的手，輕柔地握著。『黎斯特說過一些忠告——別問這些問題。在我不斷從凡人的生活與生命的創造中學習時，妳是我多年來的伴侶，現在不要和我一樣好奇這件事，他不會給我們答案，而我則沒有答案。』

「我看得出來她並沒有接受我的勸說，可是我沒想到她會突然粗暴地拉扯自己的頭髮，卻又瞬間住了手，彷彿認為這種姿態既無用處又愚蠢，這讓我充滿了不安。那天晚上有些薄霧，不見星光，雲朵自河的方向迅速飄來。她的嘴唇突然動了，好像在咬著自己的嘴唇。她轉向我輕聲說：『那麼是他製造了我……是他做的……你沒做！』她的表情如此可怕，讓我不自覺地退開。

「我站在火爐前，點燃大鐘子前的一根蠟燭，突然被一樣東西嚇了一跳。起先那在陰暗中像一張恐怖的面具，接著變成立體的實體——一個刻滿風霜的骷髏頭。我瞪著它，它仍然有淡淡的泥土氣味，可是已經很光潔了。『你為什麼不回答我？』她問道。我聽到黎斯特的門打開了，他會馬上出去殺人，至少會去搜尋，而我不會這麼做。我會讓晚上剛開始的幾小時在寂靜中累積，正如饑餓在我的體內累積，直到那種欲望增強到我忍受的邊緣，讓我能完全地、盲目地滿足它。

「我再度清楚地聽到她的問話，彷彿語句一直在空中飄浮，彷彿鐘聲的餘音嫋嫋……同時我也感覺到我的心臟重捶著胸膛。『他製造了我，當然！他自己這麼說的，可是你隱瞞了某件事，某件我問他時他暗示過的事，他說沒有你就不能完成！』

「我發現自己瞪著那個頭顱，她的話彷彿鞭打著我，要我轉過去面對攻擊。我突然想到，我現在的身體其實只剩下那顆頭顱了，這個想法瞬間通過我的血肉，不像個念頭，倒像陣厲寒。我終於轉過身來，就著街上的燈光，看到她的眼睛在蒼白的臉上像兩簇黑暗火焰，一個被人殘忍地挖去雙眼換上惡魔之眼的娃娃。我發現自己正走向她，輕喚她的名字，有一些思緒在我的唇上成形，卻隨即夭折；我走近她，但馬上走開了，心慌意亂地找尋她的外套和帽子。我看到地板上躺著一隻小手套，在陰影中發出幽光，有一瞬間，我竟以為那是一隻被切斷的小手。

「『你怎麼啦？』她靠近過來，仰視著我的臉，『你到底怎麼啦？你為什麼要這樣瞪著那顆頭？還有那隻手套？』她溫柔地問道。可是……還不夠溫柔。

「她的聲音帶著一點輕微的算計，一種無法接觸的疏離。

「『我需要妳，』我對她說——雖然並不想說出來，『我無法忍受失去妳，妳是我在不朽之中唯一的同伴。』

「『可是一定還有其他人！我們一定不會是世界上唯一的吸血鬼！』我聽到她說出我曾說過的話，聽到我自己的話乘著她自我覺醒與追尋的浪潮又回來了。可是其中沒有痛苦——我突然發覺——而是急切，無情的急切。我低頭看她。『你和我是一樣的嗎？』她望著我，『我知道的一切都是你教的！』

「『教妳殺人的是黎斯特，』我拿起手套，『來……我們出去吧，我想出去……』我講話變得結結巴巴，笨拙地替她戴上手套，然後撩起她濃密捲曲的頭髮，輕輕放在大衣外面。『可是你教我怎麼看事情！』她說，『你教我吸血鬼的眼睛這句話，』她說，『你教我啜飲這世界，不要只滿足於……』

「『我從來不是那種用意，吸血鬼的眼睛，』我對她說，『妳說這句話的時候有著不同的涵義……』她拉拉我，想要我看著她。『來吧，』我對她說，『我有個東西要讓妳看。』接著我迅速帶著她穿過走廊，步下旋轉梯，越過黑暗的庭院。可是除了知道我要去那裡之外，我不知道我能給她看什麼，真的。我以精確而宿命的直覺朝著那裡走去。

「我們穿過剛入夜的城市，天空是淺淺的紫羅蘭色，雲朵都不見了，星辰細小而模糊，我們周圍的空氣帶著鹹味與香氣。即使我們離開了廣大的花園來到小巷裡，石縫裡仍然長滿了小花，花莖粗滑的高大夾竹桃則怒放著白色與粉紅花朵，像在地裡猖獗的野草。

「我聽到克勞蒂亞走在我身邊時的清脆腳步聲，一次也沒有要求我放慢步伐。最後我們終於在一個黑暗狹窄的街上停下來，她無盡耐心地注視著我。這裡在西班牙式房子之間夾雜著幾間老舊尖頂的法式房子，古老的小房子，灰泥在傾頹的磚塊下閃爍著。

「我用直覺找到那棟房子，心中明瞭我其實一直知道它在那裡，而且一直避著它，總是在走到這個陰暗無燈的角落前先轉開，不想經過那些我第一次聽到克勞蒂亞哭泣的矮窗。房子還佇立在那裡，比以前低了一些，巷道裡交錯著晒衣繩，小噴泉裡野草長得很高，殘破的兩面小窗用布補上。我摸摸遮板，『我最早是在這裡看到妳的，』我對她說。想把這些告訴她，讓她了解，可是同時也感受到她凝視中的嚴寒與距離。『我聽到妳在哭，妳和妳媽媽在那個房間裡。妳媽媽已經死了，死了好幾天，而妳不知道，妳還抓著她、嗚嗚咽咽……可憐地哭著，妳的身體又蒼白又發燒又饑餓，妳想要把她從死亡中喚醒，妳抱著她想取暖——也因為害怕，那時已經快天亮了……』

「我把手放在太陽穴上。『我打開遮板……進入房間，我很可憐妳，可憐，可是……還有其他的。』

「我看到她的嘴巴垮下來，兩眼圓睜。『你……吸了我的血？』她輕聲說，『我是你的受害者！』

「『是的！』我對她說，『是我做的。』

「接下來的時間如此漫長痛苦，簡直無法忍受。她僵直地站在陰影中，大大的眼睛目光炯炯，溫暖的空氣突然發出細微的聲音上升。然後她轉身跑掉了，我可以聽到她鞋子的卡嗒聲。她一路飛奔而去，我呆呆地站在那裡，耳中聽見腳步聲愈來愈小。最後我也轉身追過去，內心無法平息的恐懼已經變得強大而無法克服。

「我無法想像我怎能不去攔住她，不立刻趕上她告訴她我愛她、必須擁有她、必須把她留在身邊。可是我在黑暗街道上追逐的每一秒，都好像她正一點一滴地從我身邊遠離。我的心臟在狂跳，還沒得到餵食，它用力跳動，反抗如此的壓力。最後我突然來到一條死巷，她站在路燈下沉默地凝望著我，彷彿不認識我。我雙手圈住她小小的腰，把她舉到光線中。她仔細研究著我，表情扭曲，側著頭彷彿不肯正眼看我、彷彿必須轉移掉一些強大的厭惡。『你殺了我，』她喃喃地說，『你奪走了我的生命！』

「『是的！』我對她說，同時抱著她，讓我感覺她心臟的跳動。『或者應該說——我嘗試奪走，啜飲到妳的生命終止。可是妳的心臟是我從來沒見過的，跳了又跳，直到我不得不放手、不得不擺脫妳，以免妳加快我的脈搏讓我步向死亡。此時黎斯特發現了我——嘲笑地說路易是個浪漫派、是個傻人、享用一個金髮小孩、一個蒙難的聖嬰、一個小女孩。他把妳從醫院裡帶走，我完全不知道他想做什麼，除了要讓我知道我的本性之外。「吸她的血，完成它。」他說，而我再度感受到對妳的饑渴。噢！我知道我已經永遠失去妳了，我可以從妳的眼裡看出來！妳看我就像看凡人一樣，高高在上地、一種我始終無法了解的冰冷自滿。可是我做了，我又對妳產生那種感受，一種對妳的心臟、這個臉頰、這個皮膚邪惡而未得滿足的饑渴。妳像凡人小孩一樣地粉嫩香潤，因為沾了鹽和灰土而甜美。我再度抱起妳，再度吸妳的血。當我以為妳的心臟快要殺了我而我無所謂時，他把我們拉開，然後割開自己的手腕餵妳，而妳喝了，喝了又喝，直到妳幾乎吸乾了他的血，讓他眼冒金星步履蹣跚。可是妳就這樣轉化成吸血鬼了，當天晚上妳就吸了一個人的血，從那之後的每天晚上都是如此。』

「她的表情沒有變化，皮肉就像白色的蠟燭，只有兩眼顯露出生氣。我已經沒有其他可以告訴她的了，於是我把她放下。『我奪走了妳的生命，』我說，『他又把它還給了妳。』

「『所以就變成現在這樣，』她低沉地說，『我恨你們兩個！』」

吸血鬼陷入沉默。

「可是你為什麼要告訴她？」在一陣帶著敬意的停頓後，男孩發問。

「我怎麼能不告訴她呢？」吸血鬼有點吃驚地抬起視線，「她必須知道！她必須自己衡量事情。黎斯特並不是像對我那樣地奪走她全部的生命，是我先襲擊了她，她本來會死的！她已經沒有未來的生命了，可是又有什麼差別呢？對我們所有人來說不過就是那幾年而已，不過就是走向死亡！所以她看得比所有人都清楚：死亡是不可避免的，除非有人選擇了這個！」張開蒼白的雙手，他凝視著掌心。

「你失去她了嗎？她走掉了嗎？」

「走！她能去哪裡？她看起來只是個小孩，誰會保護她？難道她要找個地窖，像傳說裡的吸血鬼，白天和爬蟲昆蟲躺在一起，晚上起來在小墳場和附近的地區作祟？然而這不是她沒走的原因，她內心有一點和我完全相像，就如黎斯特的內心一樣，我們無法忍受單獨生活！我們需要我們的小團體！而外面則有無盡的凡人包圍著我們，他們不斷在人海中摸索，盲目地一心向前。其實都不過是死神的新娘和新郎罷了。

「『在憎恨中相互束縛。』後來她平靜地對我說。我在家裡空盪盪的爐床邊發現了她，她正從一根長莖的薰衣草上摘下小小的花朵。我是那麼高興看到她，恐怕什麼話都說得出來，什麼事也都做得出來。接著我聽到她低聲問我，可不可以把所有知道的告訴她。我欣然照辦，因為其他的事情實在比不上那個古老祕密——我奪走了她的性命。我告訴她有關我自己——像我告訴你的，有關黎斯特怎麼找上我，還有他把她從醫院抱走的那天晚上發生了什麼事。她沒有發問，只偶爾從花朵上抬起視線。最後當一切結束時，我坐在那裡，再度凝視著鏡中那個可憐的頭顱，聽著花瓣在她衣服上滑落的細碎聲音，感覺四肢和心靈都充滿了一種沉重的悲苦。

「『我並不輕視你！』我聞言清醒過來，她從高高的緞面靠墊上滑下，渾身包裹著花朵的香味，她手捧花瓣走過來。『這是人類小孩的香味嗎？』她喃喃細語，『路易，愛人。』我記得我抱住她，把頭埋進她小小的胸膛，擠壓著她像小鳥一樣的肩膀，她的小手伸進我的頭髮，安撫我，抱著我。『對你，我曾經是個凡人。』她說，我抬頭，看到她在笑，可是她唇角的溫柔很快消逝，片刻之後她的目光便穿越了我，像在傾聽含糊而重要的音樂。『你給了我致命的吻，』她說——可是不是對我，而是對她自己，『你是以你吸血鬼的本性來愛我。』

「『我現在是以我凡人的本性來愛妳，如果我曾經有的話。』我對她說。

「『啊，是的……』仍然在沉思的她回答道，『是的，而這就是你的缺陷。為什麼我像凡人一樣對你說「我恨你」時，你的表情會那麼悲慘？你現在又為什麼這樣看著我？凡人的本性，我沒有凡人的本性，也沒有什麼母親屍體、旅館房間、小孩遇見惡魔的小故事，我什麼也沒有。在我對你說這話的時候，你的眼睛已經因為恐懼而變冷。可是我承襲了你的腔調、你對真理的熱情、你對於將心靈探針伸進所有事物核心的渴望。你的心像蜂鳥的尖嘴，它振翅的速度如此之快，凡人可能以為它沒有腳，所以不能駐足，必須從一個追尋轉到另一個追尋，一次又一次地探索核心。比起你自己，我更是你的吸血鬼自我，而現在六十五年的睡眠已經結束了。』

「六十五年的睡眠已經結束了！我聽到她這麼說，卻不敢相信，也不願相信她清楚地知道她在說什麼。因為就是在六十五年前的那天晚上，我想離開黎斯特而失敗，接著愛上她，忘了我博聞的頭腦和偉大的探索。現在是她在詢問那個重大的問題，而且必須得到答案。她慢慢走到房間中央，將已經皺巴巴的薰衣草撒在她四周，弄斷脆弱的花莖，讓它輕拂過她的嘴唇。在聽了全部的故事之後，她說：『那麼他製造了我……來作你的同伴，沒有鍊子能鎖住孤獨的你，而他又什麼都不能給你。他什麼也沒給我……我曾經覺得他很迷人，我喜歡他走路的樣子，他用手杖敲石板和把我抱起來的樣子，還有他殺人時的肆無忌憚，這也同樣是我的感覺。可是我不再覺得他迷人，你則從來不這麼覺得。我們一直是他的傀儡，你和我，你留著照顧他，我則是你守護的同伴。現在是結束這一切的時候了，路易，現在是離開他的時候了。』

「離開他的時候了。

「這麼久以來，我沒有考慮過或夢過這個念頭，我已經逐漸習慣了他，彷彿他是生命存在的環境之一。現在我可以聽到一些雜亂的聲音，意味著他已經走進馬車道，很快就會登上後梯。我想起我平時聽到他回來的感受——一種模糊的焦急、一種模糊的需求；接著，永遠脫離他的念頭沖刷過我，像已經被我遺忘了的水流，一波又一波清涼的水。我站起來，小聲告訴她他回來了。

「『我知道，』她笑了，『他轉過遠處那個轉角的時候我就知道了。』

「『可是他永遠不會放我們走的，』我小聲地說。當然我領會到她話中的涵義——她的吸血鬼感知非常敏銳，有絕佳的戰鬥能力。『可是如果妳以為他會放我們走的話，妳就還不了解他。』我對她說，她的自信引起我的警覺，『他不會放我們走的。』

「而她——臉上仍然掛著笑容——回道：『噢……真的嗎？』」

「我們那時約定要立刻研究出個計畫來。第二天晚上我的經紀商來看我，照舊抱怨他只能靠一隻破蠟燭的亮光辦事情，接著記下我要越洋旅行的指示。克勞蒂亞和我要到歐洲去，搭乘最快可以出發的船，不論其登岸的港口是哪裡。重點在於還有個很重要的木箱也要一起運過去，木箱得在白天小心地從我們的房子運到船上，不放在貨艙，而是要放在我們的艙房裡。

「此外，還有為黎斯特所做的安排。我打算把幾間店鋪和房子的租金留給他，加上在法柏馬瑞尼的一間小建築公司。我爽快地在這些文件上簽下名字，我想買回我的自由；讓黎斯特相信我們只是想一起去旅行，他則可以維持他習慣了的生活方式，他會有自己的錢用，不必再來找我要。這麼多年來，我讓他依賴我；當然，他向我要錢就當我只是他的銀行一樣，而且用最嚴厲的命令言詞來向我表示謝意，可是他討厭他的依賴狀況。我希望藉著玩弄他的貪欲，來轉移他的疑心。由於我相信他能從我的臉上讀出情緒，我害怕得不得了。我不相信我們可以逃脫魔掌，你了解我的意思嗎？我表現得好像我相信，可是我並不。

「在此同時，克勞蒂亞卻戲弄著可能的災難。在讀著她的吸血鬼書和問黎斯特問題時，她的鎮靜深深震懾了我。她對他刻薄的怒斥無動於衷，有時會一再以不同的方式問同樣的問題，然後仔細地思索他可能不小心洩漏出來的些許訊息。『製造你的吸血鬼是怎樣的人？』她問道，連目光都沒從書本上抬起來，眼簾在他發火時始終低垂。『你為什麼從來不談他？』她繼續問道，好像他嚴厲的抗議不過是稀薄的空氣一樣，她似乎對他的憤怒有免疫力。

「『妳太貪心了，你們兩個都是！』第二天晚上，他在陰暗的房間中央來回踱步時說出這句話。他充滿報復的眼睛掃向克勞蒂亞，她卻自在地坐在她的角落，在蠟燭的光圈裡，書本成堆地圍在四周。『不朽對妳還不夠！不，如果妳得到上帝送的馬，妳還會把牠的嘴打開看個究竟！我可以把不朽送給街上的任何人，他都會高興得又蹦又跳……』

「『你又蹦又跳過嗎？』她輕輕地問，嘴唇幾乎沒有移動。

「『……可是妳，妳卻要知道不朽背後的道理，妳想要結束不朽嗎？我可以給妳死亡，比給妳生命還要容易！』他轉向我，微弱的燭光將他投影在我身上，在他的金髮上形成光環，讓他的臉除了發亮的顴骨外陷入一片陰暗。『妳想死嗎？』

「『自覺不是死亡。』她小聲說。

「『回答我！妳想死嗎？』

「『而你能授予所有這一切，它們都自你開始，生命和死亡。』她輕聲嘲諷他。

「『沒錯，』他說，『我能。』

「『你什麼也不知道，』她鄭重地對他說，聲音低得街上最輕微的噪音也可以干擾、帶走她的話，因此頭靠著椅子坐的我必須費力聽她說話。『假設製造你的吸血鬼也是什麼不知道，而製造那個吸血鬼的吸血鬼也什麼都不知道，在他之前的那個吸血鬼同樣什麼都不知道。這樣一個個追回去，最後是什麼都沒有！而我們必須抱著我們其實根本沒什麼奧祕的認知活下去。』

「『沒錯！』他突然大吼，雙手一揮，聲音裡迴盪著某些憤怒以外的東西。

「他沉默著，她也沉默著。接著他轉過身來，動作緩慢，彷彿我做了什麼引起他警覺的舉動，彷彿我在他背後站了起來。這讓我聯想到凡人突然察覺到我的呼吸時的那種轉身，在他們看到我以前的那個疑懼的片刻。他現在正看著我，我幾乎看不出他嘴唇的動作，然後我感覺出來了，他在害怕，黎斯特在害怕！

「而她仍然以相同的平穩視線凝望著他，不顯露一點感情、一點思緒。

「『你讓她變成了這樣……』他喃喃地說。

「他猛然咔嚓一聲劃著火柴，點燃火爐架上的蠟燭，然後舉起冒著煙的燈架，走遍房間點燃其他的燈；直到克勞蒂亞的小火焰變得勢單力薄，而他站在大理石的火爐架前，從一盞燈看到另一盞燈，彷彿它們帶回了一些平靜。『我要出去。』他說。

「他一走上街，她就立刻跳起來，突然走到房間中央伸懶腰。她小小的背朝後仰，兩手握拳舉得高高，眼睛緊閉，接著大大地張開，彷彿從夢裡醒過來。她的姿態裡有些邪惡的意味，房間似乎因為黎斯特的恐懼而閃爍、與他最後的反應相呼應——要求她的注意。我一定不由自主地作出了想轉身離開的動作，因現在她正站在我椅子的扶手旁，手壓住我的書，一本我已經幾個小時都沒看的書，『和我一起出去。』

「『妳說得沒錯，他什麼也不知道，他沒有什麼可以告訴我們。』我對她說。

「『你過去真的認為他知道嗎？』她以同樣的小小聲音問我，『我們會找到同類的。』她說，『我們會在歐洲中部找到他們，他們在那裡的人數很多，以致於流傳著無數吸血鬼的故事——不論虛構或事實。我相信所有吸血鬼都是來自那裡，如果他們真的是從某地發源的話。我們被他耽擱太久了，走吧，讓血肉指引心靈。』

「她說這些話的時候，我感受到一陣愉快的顫抖，讓血肉指引心靈。『把書放下，來殺人。』她在我耳邊悄悄地說。我跟著她走下樓梯，穿過庭院，從一條狹窄的巷子走到另外一條街道。然後她轉過來伸出手臂，要我抱她起來。她當然並不累，她只是要靠近我的耳朵，摟住我的脖子。『我還沒告訴他我的計畫，關於那趟旅行，還有金錢方面的安排。』我對她說。但也感覺到身輕如燕地乘坐在我手臂上的她，在某些方面其實超前於我。

「『他殺了另一個吸血鬼。』她說。

「『不會吧，妳為什麼這麼說？』我問她。可是並不是這句話困擾了我，我的靈魂彷彿渴望平靜的池水，現在卻被攪動了。真正困擾我的是：我覺得她好像在驅使我逐漸走向某個地方，好像她才是我們在黑暗街道上這個緩慢行程的舵手。『因為現在我知道了，』她權威地說，『那個吸血鬼把他當成奴隸，他和我一樣不願意當奴隸，所以他殺了他，在他知道那個吸血鬼還知道什麼以前就殺了他。然後在慌亂裡他又把你變成他的奴隸，於是你就一直是他的奴隸。』

「『這從來不是真的……』我悄聲對她說，感覺到她的臉頰貼著我的太陽穴，她渾身冰冷而且需要殺人。『不是奴隸，只是一個神智不清的共犯。』我向她坦承，也向自己坦承。我可以感覺到殺戮的饑渴在體內升起，內部有個饑餓的死結，大陽穴不斷悸動，好像血管正彼此糾纏，身體快要變成一張布滿痛苦航線的扭曲地圖。

「『不，是奴隸。』她持續她嚴肅的獨白，彷彿在大聲地思考，這些口喻的啟示宛如拼圖的碎片。『而我將解放我們兩人。』

「我停下腳步，她的手壓著我要我繼續。我們正經過大教堂旁的長巷，眼前是傑克森廣場的燈光，巷子中的水溝流水湍息，在月光下閃耀著銀輝。她說：『我要殺了他。』

「我呆呆地站在巷子的盡頭，感覺到她在我手臂裡扭動著，好像可以不需我笨拙的手協助就能下來一樣。我把她放在石板舖的人行道上，搖頭對她說不。我又有那種我剛才形容的感覺，四周的建築——大教堂、沿著廣場的公寓——這些都成了薄絲與幻影，在一陣狂風下便會搖曳生波，而真實的是地上將會出現一條裂縫。『克勞蒂亞。』我倒抽一口冷氣，背轉過身。

「『為什麼不殺他！』她開口了，聲音逐漸揚起，從清脆轉為令人不寒而慄。『他對我沒有用處！我從他那裡也得不到任何東西！而且他讓我難受，我不會忍耐的！』

「『如果他們對我們這麼沒用處！』我回道，可是我的激動是偽裝的，事實上我覺得完全無望。她現在與我隔了距離，小小的肩膀挺直而堅決，步伐快速，彷彿小女孩在禮拜天和父母一起出門時，想要走在前頭，假裝自己是單獨出門。『克勞蒂亞！』我呼喚著大步追上她，接著伸手環住她的腰，卻發現她僵硬得像鋼鐵。『克勞蒂亞，妳不能殺他！』我喃喃地說。她向後躍，快步跑向大街，腳步在石板上清脆作響。一輛馬車帶著突然湧來的笑聲與馬匹木輪的轆轆聲駛過我們，之後街道突然沉靜下來。經過了無限遠的距離，我終於發現她站在傑克森廣場的大門前，雙手抓著鐵欄杆。我低下來靠近她，『我不管妳的感受是什麼，妳說什麼，妳不可能真的要殺他。』我對她說。

「『為什麼？你認為他真的那麼厲害嗎？』她說，眼睛注視著廣場上的雕像，和兩個巨大的光暈。

「『他比妳知道的還厲害！比妳想像的還厲害！妳怎麼能想殺他呢？妳無法想像他的技巧，妳根本不知道！』我懇求她，可是卻看得出來，她完全無動於衷，像個著迷地盯著玩具店櫥窗看的小孩。她的舌頭突然自兩排牙齒中伸出，在奇怪的顫動中碰到下唇，讓我全身起了一陣輕微的戰慄。我聞到了血的味道，雙手感覺到一種澄澈與無助，我想要殺人。我可以聞到、聽到人類在廣場的路上、在市場上走動、在堤防上遊盪。我本來準備要抓住她、要她看我、如果必要的話還搖晃她、來讓她聽話，而她卻在此時轉過來，用她亮晶晶的大眼睛望著我，『我愛你，路易。』她說。

「『那麼聽我說，克勞蒂亞，我求求妳。』我抱著她輕輕地說。附近一陣突然的耳語讓我嚇了一跳，在夜晚混雜的聲音中傳來人類的說話聲，『如果妳試圖殺他，他會毀掉妳的。妳沒有肯定能成功的辦法，妳不知道要怎麼做，而與他作戰會讓妳失去一切。克勞蒂亞，我受不了這樣。』

「她的唇角出現一抹幾乎不可見的微笑，『不，路易，』她輕聲說，『我能殺掉他，而且我還要告訴你一件事，這是我們之間的祕密。』

「我搖搖頭。可是她靠得更近，眼瞼低垂，濃密的睫毛幾乎刷到圓潤的臉頰，『這個祕密就是：路易，我想要殺他，而且還會樂在其中！』

「我跪在她身邊，一句話也說不出來。她的眼睛像往常那樣地打量著我，然後說：

『我每天晚上都殺人，我引誘他們，讓他們靠近我，我有一種貪求無厭的饑渴，無止境地追尋某個東西……某個東西，我不知道那是什麼……』她的手指按著嘴唇，嘴巴因此微張，讓我看到她牙齒的光澤。『而我一點也不在乎他們，不在乎他們從哪裡來，也不在乎他們要到哪裡去——如果沒有在街上碰到我的話。可是我討厭他！我要他死而且會讓他死，我會很樂於這麼做。』

「『可是克勞蒂亞，他不是生命有限的凡人，他不會死，沒有疾病能染上他，歲月也對他完全沒有影響，妳現在威脅的是一個可以活到世界末日的生命！』

「『啊，是的，完全正確！』她帶著敬畏說道，『一個可以持續幾個世紀的生命，如此的血，如此的力量；你想我殺了他之後，會不會擁有他的力量？』

「我已經生氣了，我突然站起來轉過身去，同時我也可以聽到附近的耳語。他們在嘀咕著什麼父親和女兒的，什麼常看到這種摯愛的情景，我發現他們談的是我們。

「『沒有這個必要，』我對她說，『這已經完全超越了一切必要、一切常識、一切……』

「什麼！人道嗎？他是一個殺手！」她嗤之以鼻，『獨行的掠食者！』她覆誦他的用語，嘲笑它，『不要干涉我或想知道我動手的時間，也不要想介入我們之間……』她的手如鐵掌般緊抓住我，小小的手指掐進我緊繃痛苦的肉體，『如果你這麼做的話，你的干涉會為我帶來毀滅，你不能澆我冷水。』

「在小帽的緞帶飛舞與清脆足聲中，她飄然遠去。我轉過身，茫然地走著，希望這個城市會將我淹沒。饑餓的感覺現在已經凌駕了理性，我幾乎不願結束它，我需要讓那種饑渴和興奮有所知覺，一遍又一遍地，我想像著殺戮。我慢慢地從這條街走到另一條，冷酷地朝著殺戮邁進。我對自己說，有根繩子正拉著我走迷宮，而不是我在拉那根繩子，是那根繩子在拉我……最後我在康提路停下來，傾聽一個沉悶喧囂而熟悉的聲音。那是在沙龍裡的擊劍者，他們在空曠的木板地上前進、後退、快跑的聲音，還有鈍劍所發出的清脆碰撞聲。

「我背靠著牆，從高處的窗戶可以看到他們。幾個年輕人到晚上還在練習，左手臂擺出像舞者的姿勢，優雅地向前進，優雅地刺向心臟，像小法蘭尼爾的身影現在正將銀色的刀刃推前，然後又被拉向地獄。有人從往街道的窄木梯上走下來了，是一個年輕的男孩，年輕的臉頰還像小孩般光滑圓胖。他的臉是粉紅色的，因為練劍而通紅，在他時髦的灰外套和發皺的襯衫下，是古龍水和鹽分的甜味。當他從樓梯井的陰影中出現時，我可以感覺到他的熱氣，他正笑著，以幾乎連自己也聽不到的聲音自言自語，行進間棕色的頭髮垂落在眼睛上。他自顧自地搖搖頭，說話聲一陣高一陣低。

「然後他看到我，立刻訝然停下腳步。他凝神望著我，接著眼睛眨了眨，馬上緊張地笑了起來，『對不起！』他用法語說，『你嚇了我一跳！』就在他向我誇張地一鞠躬，正打算繞過我時，他僵住了，驚嚇覆上他通紅的臉，我可以在他臉頰粉紅的嫩肉上看到心跳的搏動，聞到他年輕緊繃的身體突然冒出的冷汗。

「『你在燈光下看到我的臉，』我對他說，『而在你眼中，我的臉就像死神的面具。』

「他張開嘴，牙齒格格碰在一起，不由自主地點了點頭，眼神裡一片空白。

「『走！』我對他說，『快點！』」

吸血鬼陷入沉默，然後動了動好像要繼續，但又把長腿在桌子底下伸直，身體往後靠，雙手壓住頭，彷彿在自己的太陽穴上貫注壓力。

男孩把自己縮成一團，雙手交錯抱住手臂。現在他慢慢地放鬆，望了錄音機一眼，再看看吸血鬼。「可是你那天晚上還是殺了人。」

「每天晚上。」吸血鬼回答說。

「那你為什麼放過了他？」男孩問道。

「我不知道，」吸血鬼說，可是語氣不是那種「我真的不知道」，而比較是「管他的」。「你看起來很累，」吸血鬼說，「你看起來也很冷。」

「沒關係，」男孩很快回道，「房間裡是有點涼，不過我不在乎。你不冷，是嗎？」

「不。」吸血鬼微笑了，肩膀因為沒有發出的笑聲而震了震。

一段時間過去了，吸血鬼似乎陷入沉思，男孩則研究著他的臉。現在吸血鬼的視線移到男孩的手錶上。

「她沒有成功，對嗎？」男孩輕聲問道。

「你是這麼想的嗎？」吸血鬼問道。他已經恢復坐姿，若有所思地望著男孩。

「她……像你說的——被毀滅了。」男孩彷彿感同身受，在說出「毀滅」後嚥了嚥口水。「對嗎？」

「你不認為她做得到？」吸血鬼問道。

「可是他那麼厲害，你說你自己從來不知道他有些什麼力量、有些什麼祕密，她怎麼可能知道要怎麼殺他？她是怎麼做的？」

吸血鬼盯著男孩看了好久好久。男孩無法讀出他的表情，因此移開視線，彷彿吸血鬼的視線是灼人的光線。「為什麼你不把口袋裡的酒瓶拿出來喝一點？」吸血鬼問道，「那會讓你溫暖一點。」

「噢，那個……」男孩說，「我本來想這樣，只是……」

吸血鬼笑了。「你認為這樣不禮貌！」他突然拍了一下大腿。

「對。」男孩聳聳肩露出笑容。接著從外套口袋裡拿出小酒瓶，旋開金色瓶蓋，淺啜了一口，然後持酒瓶望著吸血鬼。

「不。」吸血鬼笑著舉手婉拒。

然後他的表情又嚴肅起來，身體往後一靠，繼續講他的故事。

「黎斯特有個音樂家朋友住在度邁路，我們是在李克萊夫人家的演奏會裡認識他的，那裡是當時一條很熱鬧時髦的街道。而這個李克萊夫人——黎斯特自己也經常逗她作樂——在附近一座公寓替他找了個房間，黎斯特時常到那裡去看他。我告訴過你，他喜歡玩弄他的受害者，和他們交朋友，誘使他們信賴他、喜歡他、甚至愛上他——在他殺掉他們以前。所以他顯然是在玩弄這個年輕男孩，不過時間已經比其他我看過的類似友誼要長得多。年輕人作的曲非常好，還常把剛出爐的曲譜帶回家，在我們客廳的琴上彈奏。那個男孩很有天賦，可是你可以看得出來，這些音樂是賣不出去的，因為風格太令人不安了。黎斯特拿錢給他，一晚又一晚地與他共度，還不時帶那男孩到他永遠去不起的餐廳去，而且替他購買所有作曲需要的紙筆。

「如我剛才說的，這已經比黎斯特以前所建立的友誼都要長久得多。而我也說不出來，到底黎斯特是終於不由自主地喜歡上了一個凡人，還是只想來一次最極端的背叛與殘酷。有好幾次，他向克勞蒂亞和我表示，他要直接去殺掉那男孩，可是結果都沒有。當然，我從來不問他的感覺，因為不值得為此激起他必然的暴跳如雷。黎斯特迷上了一個凡人！他可能會惱羞成怒地把客廳裡的家具全部砸毀。

「在我剛才說的第二天晚上，他要求我和他一起去那男孩的公寓，這讓我覺得很不舒服。他顯得很友善，正處於需要我陪伴的情緒裡，享樂能夠激起他這種情緒，例如想要看場好戲、歌劇和芭蕾時，他總是要我一起去。我想我一定和他看過十五次的馬克白，每次有演出，我們都會去捧場，甚至是那些生手演的。然後黎斯特會一路散步回家，向我覆誦那些戲詞，甚至指著路過的人叫道：『明日，明日，以及明日！』直到他們紛紛走避，好像他是醉漢一般。

「可是這種興奮卻是狂熱而且可能在一瞬間消失的，只要我表達出些微親切的感受，一點點我覺得他的陪伴令人愉快的暗示，就可以讓這種事件消聲匿跡幾個月，甚至幾年。而現在他便以這樣的情緒來找我，要我去男孩的房子，態度相當強硬。苦悶不已的我給了他一些悲慘的遁詞——只想著克勞蒂亞、加上經紀商的事，和迫在眉睫的危機，我可以清楚地預感到，而且奇怪他怎麼沒感覺到。最後他從地板上抓起一本書丟向我，大吼著：『讀你該死的詩吧！爛人！』然後一躍而去。

「這讓我很困擾，我沒辦法告訴你這怎麼會讓我困擾，我希望他的反應會冰冷無情，也希望他能離開，我也決心懇求克勞蒂亞放棄這個計畫，可是是又覺得自己軟弱無力，而且無望地疲憊不堪。問題是她的門在她離開以前一直是鎖著的，我只在黎斯特說話的時候瞥到她一眼——她穿上外套時的可愛景象，又是蓬蓬袖，配上胸前的紫羅蘭色緞帶，白色蕾絲長襪在小晚禮服的裙襬下露出，白色的皮鞋光潔無瑕。走出去的時候，她向我投注了冰冷的一眼。

「過了會兒我回到家裡，吃得肚子飽飽，好一陣子全身懶洋洋的，連我的思緒也不想來打擾我。可是逐漸地，我開始感覺到就是今天晚上，她會在今天晚上動手。

「我沒辦法告訴你我是怎麼知道的，房子裡有些東西困擾了我，引起我的警覺。我聽到在緊閉的門後面，克勞蒂亞在後廳活動著，我猜想我聽到別的聲音——一聲耳語。克勞蒂亞從來不帶任何人來我們家，除了黎斯特之外沒有人這麼做，他會把阻街女郎或男妓帶來。我知道那邊還有別人，可是我感覺不到足夠的氣味或聲音；接著空氣裡飄來食物和酒的氣味，還有鋼琴上的銀瓶裡佇立著菊花——這種花對克勞蒂亞來說代表著死亡。

「然後黎斯特也回來了，低聲唱著歌曲，手杖在旋轉梯的欄杆上奏出答答的聲音。他走過長長的大廳，臉因為殺人而通紅，嘴唇是粉紅色的，他走到鋼琴旁彈出他剛才哼唱的音樂。『我殺了他還是沒殺他？』他把手指對著我問道，『你猜呢？』

「『你沒有，』我麻木地回答，『因為你邀請我一起去，而你絕對不會邀請我分享你的殺戮。』

「『啊，可是，我是不是因為你不肯跟我一起去，而生氣地把他給殺了？』他說道，同時把琴蓋掀開。我可以看得出來，他可以就這樣一直扯到天亮，因為他的情緒非常亢奮。我看著他彈奏音樂，一面思索著，他會死嗎？他真的會死嗎？她真的要這麼做嗎？突然，我想去找她，告訴她我們必須放棄所有計畫，甚至那個旅行，像以前那樣地過下去。可是我又有一種感覺，即現在已經沒有退路了，自她開始質問他的那天起，這——不論是什麼——都是無法避免的。我覺得身上有千鈞重擔，把我沉沉地壓在椅子上。

「他用雙手彈了兩個和弦，他的手能彈到極廣的音域，即使在還是凡人時也可能是個優秀的鋼琴家。可是他彈琴時毫無感情，永遠置身於音樂之外，彷彿藉著魔法將音樂從鋼琴中引出，也藉著吸血鬼的感覺及控制力量；音樂並不流經他，也並不由他這個人的自我彈出。『怎樣，我有沒有殺他？』他又問我。

「『不，你沒有。』我又說了一次。雖然我可以輕易地說出相反的答案，但此時的我正專心於讓我的臉像個面具一樣毫無表情。

「『你猜對了，我沒有。』他說，『我接近他，一遍又一遍地想著：我能殺他，我也會殺他，可是不是現在，這讓我覺得很興奮。然後離開他，去找一個和他長得愈像愈好的人，如果他有兄弟的話……還用問嗎？我會一個一個地殺掉他們，他們一家會在一種神祕的熱病下喪命，這種熱病竟然燒掉了他們體內的所有血液！』他說道，一面故意彈出嘈雜的聲響。『克勞蒂亞對家族情有獨鍾。說到家族，我想你已經聽說了，法蘭尼爾的莊園據說在鬧鬼，他們沒辦法留住工頭，而且奴隸也一個個跑了。』

「這是我特別不想聽到的事。芭貝很年輕就發瘋而死，她一直想要到龐度萊的廢墟去，堅稱她看過那裡的魔鬼，一定要去找到他。我從流言中聽到這件事，後來便是葬禮的通知了。以前我曾經偶爾想去看她，試著補救我所做的，其他時候我則認為這一切都會自行痊癒。而在我夜行殺戮的新生活中，我已經脫離了對她或我妹妹或任何凡人的依戀。到了最後，我看著這齣悲劇，就像一個人從劇院的包廂裡看戲，不時受到感動，卻永遠不會感動到跳下欄杆加入舞臺上的演出。

「『別提她。』我說。

「『很好，我只是要談那個莊園，不是她！你摯愛的夫人，你的夢想。』他對我露出笑容，『你知道，最後我都以我的方式達到目的了，不是嗎？不過我剛才正要告訴你，我的年輕朋友和……』

「『我希望你能繼續彈琴。』我輕聲地說，語調很客氣，但盡可能地充滿說服力。

有時候這招對黎斯特會有用，如果我說的正是他在做的事情。現在他正是如此，小小地咆哮一聲，彷彿說了：『你這個小笨蛋。』接著他又彈起琴來。

「我聽到後廳的門打開了，克勞蒂亞的腳步走向大廳。不要過來，克勞蒂亞，我在腦海中叫著，走開，在我們兩人都被毀滅以前。可是她步伐穩健地走到大廳的鏡子前，我可以聽到她拉開小抽屜，接著是她梳子的聲音。她灑著花香調的香水，出現在門口，我慢慢轉過來面對她，還是一身的白，靜靜走過地毯來到鋼琴邊。她站在琴鍵旁，雙手交疊在琴鍵板的木頭上，下巴壓在手上面，眼睛注視著黎斯特的臉。

「隔著距離，我可以看到他的側面，和她小小的臉蛋仰視著他，『現在又怎麼啦！』他說，同時翻過一頁樂譜，然後把手放在大腿上。『妳讓我生氣，妳光是在這裡就讓我生氣！』他的眼睛移到樂譜上。

「『是嗎？』她用她最甜蜜的聲音說。

「『是的，沒錯。我還要告訴妳其他事情，我已經遇到一個人，可以成為一個比妳更好的吸血鬼。』這讓我驚愕萬分，可是我不必催促他繼續講。『妳懂我的意思了嗎？』他對她說。

「『這是要嚇我的嗎？』她問道。

「『妳被寵壞了，因為妳是獨生女。』他說，『妳需要一個哥哥，或者應該說，我需要一個弟弟。我對你們兩個厭煩透頂了，一堆貪心的吸血鬼，只會對自己人作祟，討厭死了。』

「『我想我們可以把全世界的人都變成吸血鬼，我們三個。』她說。

「『妳這麼想？』他笑著說，聲音裡有一點勝利的味道，『妳以為妳做得到？我想路易告訴過妳那是怎麼做的，或他以為那是怎麼做的，可是妳沒有那種力量，妳們兩個都沒有。』他說。

「這似乎讓她感到困擾，這是一件她沒有辦法證明的事。現在她專注地研究他，我可以看出她並沒有完全相信他。

「『那又是什麼給你力量呢？』她輕輕地問，可是帶著一絲嘲諷的語氣。

「『那個，我親愛的，是妳永遠不會知道的事情之一。因為即使在我們生存的陰陽魔界中，也有貴族的存在。』

「『你是個騙子。』她笑了一聲，而當他的手指碰到琴鍵時，她說：『可是你打亂了我的計畫。』

「『妳的計畫？』他問道。

「『我是來和好的，即使你是謊言之父，你也還是我的爸爸，』她說，『我想跟你和好，我想要恢復過去的狀況。』

「現在輪到他不相信了，他瞥了我一眼，然後盯著她。『可以，只要不再問我問題，不再跟蹤我，不再到每條小巷裡尋找其他吸血鬼。沒有其他吸血鬼！這是妳住的地方，也是妳要長留下來的地方！』有片刻的時間，他顯得困惑，彷彿提高音量會讓自己困惑，『我會照顧妳，妳不需要其他的東西。』

「『而你什麼也不知道，所以你討厭我的問題。現在一切都說清楚了，讓我們和平相處吧，因為我們不會再擁有其他的東西了。我有個禮物給你。』

「『而我希望那是個美麗的女人，有妳永遠不會擁有的天賜胴體。』他上上下下地掃視她的身體。她的臉色變了，彷彿幾乎要前所未有地失去所有控制，可是她只是搖搖頭，然後伸出一隻小小圓圓的手臂，拉扯著他的衣袖。

「『我句句實話，我已經厭倦和你吵架了。仇恨就是地獄，地獄裡的人共同生存在永遠的憎恨中，我們又不是在地獄。你可以決定要不要那個禮物，我無所謂，這沒有關係，只要我們趕快和好，在路易因為厭惡而離開我們以前。』她催促他離開鋼琴，放下琴蓋，把坐在琴凳上的他轉過來，讓他的視線跟著她走到門口。

「『妳是說真的，禮物？妳是指什麼禮物？』

「『你還沒吃夠呢，我可以從你的膚色、你的眼神看得出來，在晚上這幾個小時裡，你的饑渴是填不飽的。不妨說我可以給你一段珍貴的時刻，**受折磨的孩子啊，到我**

這裡來吧。』她輕輕地說道，接著就離開了。他看看我，我一言不發，簡直就像被下了藥，我可以在他臉上看到好奇和懷疑。他跟著她走過大廳，然後我聽到他發出一聲長長的、但神智清楚的呻吟，交纏著饑渴和欲望。

「我花了點時間走到門口時，他已經向長椅彎下身去了。那裡躺著兩個小男孩，窩在柔軟的天鵝絨枕頭裡，像所有孩子那樣沉沉地陷入夢鄉。他們粉紅的小嘴張開了，小圓臉光滑無比，他們的皮膚柔潤而且發出光澤，兩人中黑髮的那個鬈髮貼在前額。從他們可憐而明顯的衣著狀況，我馬上看出他們都是孤兒，而且他們曾經對擺在我們最好餐具裡的食物狼吞虎嚥一頓，桌布上沾著酒漬，一小瓶半空的酒佇立在油膩的盤子和叉子間，可是房間裡有一種我不喜歡的氣味。我走近一些，好看得更清楚。我看到他們的喉嚨都光裸但沒被碰過，黎斯特在黑髮男孩的旁邊蹲下來。他非常漂亮，甚至可以放到教堂彩繪的圓頂上。他不會超過七歲，有一種不屬於任何性別，只屬於天使的絕對美麗。

「黎斯特溫柔地把手放在他蒼白的喉嚨上，然後撫摸那光滑如絲的嘴唇，他發出一聲嘆息，其中藏著又一次升起的渴望，那種甜蜜、痛苦的期待。『噢……克勞蒂亞……』他嘆了口氣，『妳做得太好了，妳是在哪裡找到他們的？』

「她一句話也沒說。這時她已經坐在一張暗色的椅子上，背靠著兩個大枕頭，兩腿擺在一個圓墊上，腳踝低垂，所以你看不到她白鞋的鞋底，而只能看到弓起的腳背和精緻的小扣帶。她盯著黎斯特。『被白蘭地灌醉了，』她說，『只是那麼一點點！』同時指向桌子，『我看到他們的時候就想到了你……我想著，如果我和他分享這兩個，即使是他也會原諒我的。』

「她的諂媚讓他感到窩心。他看著她，接著伸手握住她的腳踝。『真好！』他小聲笑著對她說，然後又閉上嘴，彷彿不願吵醒那兩個必死的孩子。他親切而誘惑地向她招手。『來坐在他旁邊，妳吸他，我吸這一個，來。』她走過去窩在另一個男孩身旁時，他還摟了她一下。

「他梳理著男孩潮溼的頭髮，手指撫過圓圓的眼皮及睫毛，然後用輕柔的手掌撫摸男孩的臉，太陽穴、臉頰、下巴，揉搓著毫無瑕疵的肌膚。他已經忘了我還在那裡，或者她還在那裡，可是接著他收回手靜坐片刻，彷彿他的欲望讓他昏眩。然後他抬頭瞥了天花板一眼，視線再落回眼前的完美夜宴。他慢慢轉動男孩枕在椅背上的頭，男孩的眉毛皺了皺，一聲呻吟逸出唇間。

「克勞蒂亞的眼睛緊緊盯著黎斯特，雖然她同時也舉起左手，慢慢地解開躺在她身旁男孩的鈕釦，接著手伸進破舊的小襯衫裡撫摸赤裸的肌膚。黎斯特也在這麼做，可是突然間，他的手好像有了自己的生命一樣，把他的手臂拉進襯衫裡，緊緊抱緊男孩的小胸膛。黎斯特從椅墊上滑下，親吻男孩在地板上的腳踝，手臂則鎖住他的身體，把他拉近胸前，再把臉埋進他的頸彎。黎斯特的嘴唇在男孩的脖子、胸膛和小小的乳頭上移動，另一隻手臂也伸進敞開的襯衫裡。男孩無助地被兩隻手臂緊緊箝住，黎斯特抱起男孩，將牙齒咬進他的喉嚨。

「男孩被舉起時頭往後仰、鬈髮散開，又一次發出小小的呻吟，眼皮掀動著——可是始終沒有睜開。黎斯特跪著抱緊男孩，用力吸吮，背部弓起，抱著男孩前後搖晃，在緩慢的搖擺中，他長長的呻吟此起彼落。突然他整個身體緊繃，雙手舞動著似乎想推開男孩，彷彿無助的熟睡男孩正抓著黎斯特。最後他再度慢慢將那男孩擁入懷中，身體前傾把他放在枕頭間，吸吮的動作已經趨緩，現在幾乎聽不見聲音了。

「然後他退後，雙手放下男孩，仍然跪在那裡。他頭往後仰，鬈曲的金髮亂蓬蓬地散開，接著他慢慢萎頓到地板上，背靠著沙發椅腳。『啊……上帝……』他喃喃地說，眼睛半閉著。我可以看到顏色衝上他的臉頰和雙手，兩手擱在他曲起的膝蓋旁，顫了顫，然後靜靜躺著。

「克勞蒂亞都沒有動，像波提且利畫的天使一樣倚在毫髮無傷的男孩身旁。黑髮男孩的身體已經萎縮了，脖子像殘破的花莖，沉重的頭顱在枕頭上倒成一種奇怪的角度——死亡的角度。

「可是有件事不對，黎斯特直勾勾地瞪著天花板，我可以從他的齒縫中看到舌頭。

他躺得太安靜了，舌頭似乎想從嘴裡跑出來，想越過牙齒的阻隔碰觸嘴唇。他開始發抖，肩膀震動不已……然後沉沉地放鬆，可是他並沒有動，有一片無形的黑紗罩上了他清澈的灰色眼睛，他凝神望著天花板。接著他發出了一個聲音，我從走廊的陰影裡舉步向前，但克勞蒂亞發出了尖銳的喝斥：『回去！』

「『路易……』他喃喃說道，我現在可以聽見他說的話了。『……路易……路易……』

「『你不喜歡嗎，黎斯特？』她問他。

「『不太對勁。』他喘著氣，眼睛睜得大大的，彷彿光是講話就用盡了全力。我看出他已經不能動了，一點都不能動。『克勞蒂亞！』他又喘了一口氣，眼睛轉向她。

「『你不喜歡小孩鮮血的滋味嗎？』她溫柔地問道。

「『路易……』他小聲地叫我，終於勉強把頭抬起片刻，然後又跌回沙發上。『路易，那是……那是苦艾！太多的苦艾！』他喘息著，『她用苦艾對他們下毒，她對我下毒，路易……』他想舉起手，我走過去，隔著桌子看他。

「『回去！』她又說了一次，然後滑下沙發走向他，凝視著他的臉，就像他剛才凝視那孩子一樣。『苦艾，爸爸，』她說，『還有鴉片酊！』

「『惡魔！』他對她說，『路易……把我放到我的棺材裡！』他嘶啞的聲音幾乎不可聞，手抖了抖舉起來，又跌落在地。

「『我會把你放在你的棺材裡，爸爸。』她說，彷彿是在安撫他一般，『永遠放在裡面。』接著她從沙發枕頭下面抽出一把刀。

「『克勞蒂亞！別這麼做！』我對她說。可是在她瞥向我時，我從來不曾在她臉上看過那種惡毒。我麻痺地站在原地，她一刀切開他的喉嚨，他發出一聲尖銳、嗆咳的怒吼。『上帝！』他大吼，『上帝！』

「鮮血自他的傷口泉湧而出，流過他的襯衫前襟，流過他的外套。鮮血大量地冒出，人類絕對不會那樣，那是所有他從小孩身上、以及更早以前從別人身上吸食的血。他的頭不斷轉動，身體扭來扭去，讓傷口咕嚕咕嚕地張開。接著她又把刀插進他的胸膛，他猛然向前曲，嘴巴張得大大的，長牙露了出來，兩手顫抖地抓向刀子，圈著刀柄顫抖，最後滑下刀柄。他抬眼看著我，頭髮掉進眼睛裡。『路易！路易！』他再發出一聲喘息，接著側身倒在地毯上。

「她站著俯視他，鮮血像水一樣到處流淌。他還在呻吟，努力想爬起來，一隻手臂撐在胸前，另一隻在地板上碰撞。突然，她跳到他身上，雙臂鉗住他的脖子，無視他的掙扎深深咬進去。『路易，路易！』他一聲又一聲地喘息著，拚命掙扎著想擺脫她。可是她騎在他身上，身體被他的肩膀舉起來，舉起又墜落，直到她被甩開。然而她迅速站穩腳步，接著逐漸後退，雙手按在嘴唇上，眼底暗了暗，之後便轉回清澈。我轉過身去，身體被剛才看到的情景深深震撼，我不能再看下去了。『路易！』她叫我，可是我只是搖搖頭。一瞬間，整棟房子好像在搖晃，可是她說：『看他發生了什麼事！』

「他已經靜止不動了，現在仰躺著，整個身體都在收縮、乾枯，皮膚變厚而發皺，而且透明得看得到所有的細小血管。我嚇得倒抽一口氣，可是無法將目光移開。接著骨骼的形狀開始顯露，他的嘴唇從牙齒上往後縮，鼻子乾癟成兩個洞。可是他的眼睛仍然保持原狀，狂亂地瞪著天花板，瞳仁從一邊舞動到另一邊。即使血肉消盡，成為一張包裹著骨骼的透明羊皮紙，那雙眼睛仍然瞪著，衣服在殘餘的骷髏上顯得空盪鬆弛。最後，瞳仁終於轉到頭部上方停下來，眼白部分變得混濁。那東西一動也不動地躺在那裡，一大把鬈曲的金髮、一件外套、一雙發亮的皮靴。這可怕的東西曾經是黎斯特，而我站在那裡，無助地望著它。」

「有很長一段時間，克勞蒂亞只是靜靜站著。血浸溼了地毯，上面的花環變暗，在地板上顯得又黏又黑，血也沾滿了她的衣服、白鞋和臉頰。她用一塊發皺的餐巾擦拭，抹了抹衣服上頑強的汙漬，然後她說：『路易，你必須幫我把他弄出去！』

「『不！』我轉過身背對著她，背對著她腳邊的屍體。

「『你瘋了嗎？路易，這不能留在這裡！』她對我說，『還有這兩個男孩，你必須幫我！另外那個已經因為苦艾中毒死了！路易！』

「我知道這是對的，是必要的，可是又似乎是不可能的。

「因此她必須對我下指令，幾乎是一步步地引導我。我們發現廚房的爐子裡還塞滿了她殺掉的母女骨骸——一個危險的紕漏、愚蠢的行為。於是她把它們掃進一個袋子，拖過庭院放在馬車上。我自己駕車，不打擾醉醺醺的車夫，然後駕著這輛靈車出城，向著聖珍河口的方向飛奔，打算到龐加湍湖旁的沼澤。她沉默地坐在我身邊，我們一路奔騰，通過亮著煤氣燈、有著零星幾間房舍的城門後，碎石路變得狹窄而泥濘，沼澤在我們兩邊浮起，眼前是一片無法透視的柏樹林和蔓藤巨牆，我可以聞到臭味，聽到動物活動的沙沙聲。

「克勞蒂亞已經先把黎斯特的屍體用床單包起來，之後我才肯碰他。可是更讓我覺得恐怖的，是她把長莖的菊花撒在屍體上，我把屍體從馬車上舉起時，有一種葬禮的甜甜香味飄出。當我把它擱在肩上走向黑暗的沼澤時，覺得它幾乎輕得沒有重量，鬆垮得像繩索做成的東西。

「泥水升起，灌進我的靴子，我的腳在泥濘中尋找道路。我放下那兩個男孩後，帶著黎斯特的遺體繼續深入沼澤，雖然我不知道為什麼要這樣做。最後，當我只能依稀看到蒼白的道路，同時發現天空已經危險地接近黎明時，我放開手，讓那具屍體滑入水中。

「我渾身發抖地站在那裡，看著混濁水面下白色床單的不定形狀。自馬車駛出羅雅路便保護著我的麻木感此時威脅著要撤離，要讓我突然赤裸裸地面對眼前的情景。我凝視著，思索著：這就是黎斯特，這就是一切的變化及神祕，死了，消逝在永遠的黑暗中。我突然感到一種拉力，彷彿有某個力量催促我和他一起下去，消失在黑暗的水中，一去永不復返。這種感覺如此明確強烈，讓清楚的聲音比較起來只不過是竊竊私語而已，它不用語言地說道：『你知道你必須做什麼，下到黑暗裡來，讓一切都遠去。』

「可是就在這時候，我聽到了克勞蒂亞的聲音，她呼喚著我的名字。我轉身走過糾纏的蔓藤，看到她又遠又小地站在那裡，像曚曨瑩亮的碎石路上燃燒著的一簇白色火焰。

「那天早上，她在棺材裡抱著我，將頭放在我胸前，喃喃地說她愛我，我們已經永遠擺脫黎斯特了。『我愛你，路易。』她一遍又一遍地說，直到黑暗終於來襲，仁慈地阻隔了一切知覺。

「當我醒來的時候，她正在搜查他的東西，她一件又一件地、靜靜地、自制地、但充滿強烈憤怒地搜尋著。她拉出櫥櫃的抽屜，將裡頭的東西統統倒在地上，從他的衣櫃裡拿出一件件的外套，把口袋逐一翻出來，銅板、戲票和紙張則丟到一邊。

「我站在他房間門口驚愕地望著她，他的棺材躺在那裡，上面堆著圍巾和錦緞。我突然有想去打開的衝動，希望看到他在裡面。『沒有！』她最後終於憎惡地說，把衣服塞進火爐的鐵柵裡。『沒有一點他從哪裡來、誰製造了他的線索！』她說，『連一點蛛絲馬跡也沒有。』她望著我，彷彿在爭取同情。我轉過身去，無法再看著她。我走回自己專用的臥房，房裡擺滿了我的書，還有屬於我母親和妹妹的紀念品。我在床上坐下，聽見她來到門口，可是我不願看她。『他死有餘辜！』她對我說。

「『那麼我們也死有餘辜，我們每天晚上都過著同樣的生活，』我回道，『走開。』我的話彷彿成了我的思想，而我的心靈則是一團混亂。『我會照顧妳，因為妳沒辦法照顧自己，可是我不想讓妳靠近我。睡到妳為自己買的盒子裡去，不要靠近我。』

「『我告訴過你我要這麼做的，我告訴過你……』她的聲音從來沒有這麼脆弱，從來沒有這麼像個小銀鈴。我抬眼望著她，十分驚訝，但仍然不為所動。她的臉好像已經不是她的臉了，從來沒人會把如此強烈的焦躁放進一個娃娃的身形裡。『路易，我跟你說過了！』她雙唇顫抖地說，『我是為我們兩人做的，讓我們都能得到自由。』我受不了她在我眼前，她的美麗，她似真還假的天真，還有這可怕的焦躁。我越過她衝了出去，也許還把她撞退了一步？我不知道，我一路走到樓梯的欄杆，卻突然聽到一個奇異的聲音。

「在我們相處的這麼多年裡，我從來沒聽過這種聲音，自從好久以前我發現她的那天晚上——一個凡人的小孩，緊緊抓著媽媽——之後從來沒有。她在哭！

「哭聲想把我拉回去，我並不想回去。可是它聽起來那麼失神，那麼無助，好像她不想讓別人聽到，但又根本不在乎讓全世界都聽到。我發現她躺在床上我常坐著讀書的位置，膝蓋縮起，整個身體因啜泣而顫抖。她的哭聲比凡人時的哭泣還要打動人心，還要悲慘。我輕柔地在她身邊慢慢坐下，把手放在她的肩膀上。她驚訝地抬起頭，眼睛睜得大大的，嘴巴不住顫抖。她的臉沾著眼淚，沾染血色的眼淚，她的眼眶盈滿淚水，淡淡的紅漬染上了她的小手。她似乎對此並無知覺，對此視而不見。她將額上的頭髮往後撥，身體因為一聲長長、低低、懇求的抽噎而顫抖。

「『路易……如果我失去了你，我就一無所有了。』她喃喃地說，『我願意收回我做的一切，只要能讓你回來，可是我不能收回我做過的事。』她伸出雙臂圍繞著我，爬到我身上，靠著我心口啜泣。我不願碰她，可是雙手卻自行移動，它們抱著她，還撫拍她的頭髮。『沒有你我活不下去……』她輕聲說，『我寧可死掉也不要過著沒有你的生活，我會死得和他一樣，我受不了你看我的那種眼神，我受不了你不再愛我！』她哭得愈來愈狠，愈來愈淒苦，直到我終於傾身親吻她柔軟的脖子和臉頰。冬天的李子，生長在一座蠱惑的森林裡，那裡的果實從來不會自樹枝上落下，那裡的花朵從來不會凋零死亡。『好了，我親愛的……』我對她說，『好啦，我的愛……』同時抱著她慢慢、輕輕地搖晃，直到她開始發睏，含糊地念著一些我們會永遠快樂、永遠脫離黎斯特、開始我們一生之中的偉大探險的話。」

「我們一生之中的偉大探險。當你能活到世界末日時，死亡代表了什麼？除了一個名詞外，『世界末日』又是什麼？誰又知道世界本身究竟是什麼？我現在已經活了兩個世紀，目睹一個幻影被另一個幻影粉碎。我永遠年輕，同時永遠蒼老，不懷有任何幻想，活在一段又一段的時光中，讓我聯想到一座在虛無之中滴答作響的銀鐘：彩繪的表面與精雕細琢的指針，沒有人看，也看不到人，被一種不是光線的光線照耀著，就像上帝在製造光線以前製造世界所用的光。滴答、滴答、滴答，在一間和宇宙一樣廣大的房間裡，銀鐘分秒不差地走著。

「我又漫步在街上，克勞蒂亞已經出去進行她的殺戮了，她頭髮和衣服上的香味縈繞在我的指尖和外套上；我的目光遙望著遠處，像提燈蒼白的光束。最後我發現自己來到了大教堂前。當你能活到世界末日時，死亡又是什麼意思？我想到我弟弟的死，還有焚香和玫瑰念珠。我突然很想再回到那間葬禮堂，聽著女人起起落落的祈禱聲和念珠的滴答聲，還有蠟燭的氣味。我能清清楚楚地記得那些哭泣，歷歷在目，有如昨日，有如近在門後；恍惚中我想像自己快步走過走廊，輕輕地推門。

「大教堂的正面在廣場那頭形成個大黑影，可是它的門敞開著，我可以看到裡面溫柔閃爍的光線。那是禮拜六傍晚華燈初上的時候，眾人正要去為禮拜天的彌撒及聖餐式告解。吊燈上的蠟燭發出微弱的光芒，在本堂的尾端，祭壇從陰影裡隱約浮現，上面裝飾著白色的花朵。我弟弟就是在以前位於這裡的舊教堂舉行葬禮前儀式的。而我突然想到，自從那時候起，我就沒再走進過這個地方，從來不曾踏上這些石階、經過玄關或進入這敞開的大門。

「我一點也不害怕，也許我希望某些事情會發生，例如在我進入陰暗的走廊，看到遠處祭壇上的神龕時，石頭會開始顫抖。我現在想起來了，以前我曾經經過這裡一次，當時窗戶大放光明，唱詩聲流瀉到傑克森廣場上。當時我想進去卻一再猶豫，擔心是不是他有什麼祕密沒告訴我，是不是我一進去就會有東西來毀滅我。當時我覺得好像有力量在拉我進去，可是我刻意將這個念頭趕出腦海，擺脫對那開放大門的著迷，就在那個時候，我耳中聽見裡面一群人發出齊一的祈禱聲。

那天我為克勞蒂亞準備了一個禮物，從一間陰暗的玩具店櫥窗找到的新娘娃娃，現在用紙巾和緞帶包在大盒子裡。一個給克勞蒂亞的娃娃，我記得我抓住它邁步向前時，聽到身後傳來管風琴的強大震波，而蠟燭的強烈光線刺得我的眼睛瞇了起來。

「現在我又憶起了那個時候，當時我看到祭壇的恐懼，和聖詩的歌聲。然後我又不斷想到我弟弟，我可以看到棺材在中央走道裡運過來，哀悼者的隊伍跟在後面。然而，現在我並不感到恐懼，當我慢慢經過黑暗的石牆時，我腦海中渴望的是某種恐懼、某種讓我恐懼的理由。雖然那是夏天，裡面的空氣卻寒冷潮溼，我又想到克勞蒂亞的那個娃娃，那個娃娃到那裡去了？克勞蒂亞玩了那娃娃好多年。突然間，我看到自己正在尋找那個娃娃，粗魯而無意義的動作就像一個人在找惡夢裡的東西一樣，拚命想打開封死的門或關上的抽屜，一遍又一遍地與同一件毫無意義的東西搏鬥。連自己也不知道，為什麼要拚命做這件事，為什麼突然看到椅子上擺了一條披肩時，會感到不寒而慄。

「我真的進入大教堂了，一個女人步出告解室，走過等待告解的長長行列，後面應該接著進去的男人並未移動。即使在如此軟弱的時候，我的眼睛也敏感地注意到這點，於是我轉身看他。他正盯著我看，我很快地背轉過去，接著聽到他進入告解室關上了門。

「我沿著走道走下去，然後在一列空的長椅上坐下，原因主要是疲倦而不是信仰，幾乎要照著老習慣跪下去。我的心靈混亂痛苦得像任何凡人一樣，雙眼緊閉，嘗試封鎖所有思緒。我對自己說，只要聽和看；而在這個刻意的動作下，我內心深處的感覺從苦惱中逐漸浮現。在陰暗的周圍，我聽到喃喃的禱告聲，玫瑰念珠的細微滴答聲，在十二天使祭臺前有個跪著的女人輕輕嘆了口氣，從像海洋一樣的一排排長椅之中傳來老鼠的氣味，有一隻老鼠在祭壇附近移動，另外一隻則在旁邊巨大的木雕聖母祭壇上，金色的燭臺在祭壇上發光，一朵怒放的白菊花枝幹突然折斷，水滴在擁擠的花瓣上閃爍，有一種帶著酸味的香氣從眾多花瓶裡、從主祭壇和側祭壇、從聖母和基督和聖徒的雕像裡浮出。

「我凝視著那些雕像，突然被那些毫無生氣的輪廓、凝視的眼睛、空舉的雙手和凍結的衣褶給完全蠱惑住了。我的體內發生強烈的震撼，不由得向前彎曲，手抓住前面的長椅。這裡一切只是死亡的形象、葬禮的肖像和石雕天使的墳場。我抬起頭來，腦海中突然清楚看到自己走上祭壇臺階，打開小小神聖的神龕，伸出屬於怪物的手拿起裝著聖體的聖器，取出基督的聖體，將白色的碎屑撒在地毯上。然後我在碎屑上來回踩踏，在祭壇前走來走去，將聖餐化為塵土。我從長椅上站起身，瞪著這幕景象，完全明白了其中的意義。

「上帝並不存在於這座教堂裡，這些肖像只是虛無的形象。我才是這個教堂裡真正超自然的存在，我是在這個屋頂之下，唯一有知覺的超自然存在！寂寞啊，寂寞到了瘋狂的地步！接著教堂在我的眼中粉碎，聖徒的雕像紛紛倒下，老鼠啃嚙著聖餐麵包並且在窗臺上做窩。一隻有巨大尾巴的大老鼠扯咬著破爛的祭壇舖布，直到燭臺跌落下來，在布滿泥土的石塊上滾動。而我一直站在那裡，不受影響，不死。突然我伸手握住聖母瑪利亞泥塑的手，看到它在我手中斷掉，接著在我拇指的重壓下變得粉碎。

「然後，從教堂廢墟敞開的大門，我突然看到四周有一個空曠的荒野，連大河也冰凍了，河裡堆滿了船隻的殘骸。而現在從廢墟之中，出現了一個送葬的隊伍，一個蒼白的隊伍，由慘白的男人和女人組成，像怪物一樣地有發亮的眼睛和舞動的黑衣服。棺材擺在隆隆轉動的木輪上，老鼠在破碎龜裂的大理石上飛奔。隊伍走過了，我看到克勞蒂亞也在裡面，眼睛在薄薄的黑紗後凝望著，一隻戴著手套的手緊緊抓住一本黑色的祈禱書，另外一隻則扶著旁邊的棺材。而在那個棺材的玻璃蓋下，我驚恐地看到黎斯特的骷髏，皺縮的皮膚緊緊附在骨頭上，眼睛只剩下兩個空洞，金色的頭髮在白色綢襯上翻出波浪。

「隊伍停下來了，那些哀悼者安靜地移到兩旁的長椅上落座。克勞蒂亞抱著祈禱書轉過來，接著翻開書，掀起面紗，手指落在書頁上時眼睛望著我。『現在被大地詛咒的你們，』她輕聲說，聲音在廢墟中傳出回音，『而現在被大地詛咒的你們啊，那些張開嘴從你的手中喝下你兄弟鮮血的人啊，即使你們埋入地下，力量也不因此屈服，你們大地上善變的流浪者……那些傷害你們的人，將受到七倍的報復。』

「我對她大吼，吼聲來自我的體內深處，像某種黑色的力量，穿過我的嘴唇，違反我的意志，讓我的身體天旋地轉。哀悼者齊聲發出可怕的嘆息，聲音愈來愈大。我回過頭來，看到他們包圍著我，把我推向走道盡頭的棺材。我轉身維持平衡，竟然發現兩手正扶在棺材上，我低下頭，看到的竟然不是黎斯特的遺體，而是我那凡人弟弟的遺體。

「一陣死寂襲來，彷彿有塊紗幕將他們的形體罩在無聲的皺褶中。那是我弟弟，金髮、年輕、甜美得如在生之時，如此地真實溫暖，我已經好多好多年記不起他這個樣子了。他重現得如此完美，所有細節都如此完美。金髮自前額向後梳，眼睛彷彿熟睡般緊閉，光滑的手指護持著胸前的十字架，嘴唇如此紅潤光滑，讓看著他的我幾乎無法不去摸摸他。而正當我伸手要去碰觸他柔軟的皮膚時，景象消失了。

「我仍然坐在禮拜六晚上的大教堂裡，凝滯的空氣裡有濃濁的蠟燭氣味，使徒臺前的女人已經離開了，黑暗正開始集結——在我身後、在我面前、在我上方。一個穿著黑法衣的男孩出現了，他手持一根長長的金色熄火棍，逐一把上面的小漏斗罩在蠟燭上。我已經茫然失神，他瞥了我一眼便走開，好像不想打攪一個正深深祈禱的人。然後，當他走向下一個吊燈時，我感覺到一隻手落在我的肩膀上。

「這兩個人類居然在我完全沒聽見、甚至也毫不在意的情況下這麼接近我，我內心某處已感覺到自己處於危險狀態，可是我不在乎。我抬起頭，看到一個白髮的神父。

『你想告解嗎？』他在厚厚的鏡片後面瞇起眼睛。現在唯一的光線，是來自聖徒像前的小蠟燭，影子在高聳的牆壁上跳躍。『你很苦惱，是嗎？我能幫助你嗎？』

「『太晚了，太晚了。』我輕輕地回答他，然後起身想離去。他向後退開，顯然還沒發現我的外表有值得警覺的地方，他慈祥地向我保證：『不，還很早，你想到告解室來嗎？』

「片刻間，我只是瞪著他。我想笑，也真的露出了笑容。不過即使在我跟著他穿過走廊進入前廳的陰影之下時，心底也知道這既徒勞無功又瘋狂。無論如何，我在小木亭裡跪了下來，雙手交疊在禱告臺上，他則坐進旁邊的亭子，打開拉門，讓我看到他側面的陰暗輪廓。我凝視著他，接著舉手劃了一個十字，然後開口：『保佑我，神父，因為我犯罪了，次數這麼多、橫跨了這麼長久的犯罪，以致於我不知道如何去改變，也不知道如何在上帝面前說出我所做的事。』

「『孩子，上帝寬恕的能力是無窮的，』他輕聲對我說，『盡你可能地發自內心告訴祂。』

「『殺戮，神父，一個接一個的死亡。兩夜前在傑克森廣場死掉的那個女人，是我殺了她。還有在她之前的成千上萬的人，一晚一個或兩個人，神父，這七十年來都是這樣的。我像冷酷的死神一樣走過紐奧良的街頭，以人的生命餵養我自己的存在。我不是凡人，神父，而是被詛咒的不朽之身，像被上帝放逐到地獄的天使。我是吸血鬼。』

「神父轉過頭來。『這是什麼，你的消遣？一個玩笑？你欺負一個老人！』他說，啪一聲關上拉門。我迅速開門走出來，看到他站在那裡。『年輕人，你到底害不害怕上帝？你知道褻瀆是什麼意思嗎？』他怒視著我。我開始靠近他，緩慢地，非常緩慢地。起先他只是火冒三丈地瞪著我，然後他遲疑了，往後退了一步。黑暗的教堂裡空無一人，看守已經離開了，蠟燭在遙遠的祭壇上投出蒼白的光線，在他灰白的頭髮和臉孔周圍形成輕柔的金黃光暈。

「『那麼就沒有什麼好慈悲的了！』我對他說。突然伸出雙手抓住他的肩膀，以超自然的強大力量鉗住他，讓他動彈不得，我把他拉近我的臉，他的嘴巴在恐懼中張開。『你看到我是什麼了嗎？當然，如果上帝存在的話，也是他讓我在這個世界上受苦的！』我對他說，『你提到褻瀆！』他的指甲嵌進了我的手，試圖掙脫，他的彌撒書掉在地板上，玫瑰念珠在聖袍的衣褶裡敲擊作響，他也有可能是在和活起來的聖徒塑像作戰。我掀起嘴唇露出邪惡的牙齒。『他為什麼讓我存在著受苦？』我問道。他的臉激怒了我，他的恐懼，他的輕蔑，他的憤怒，在其中我看到了芭貝臉上的憎恨。而他接著以純粹的凡人式驚慌斥責我：『放開我，惡魔！』

「我放開他，以邪惡的迷惑望著他跌跌撞撞地走過中央走道，彷彿他是在雪地裡犁田。然後我追過去，快速得在一瞬間便用雙臂將他環繞住，我的披肩把他罩在黑暗中。他的腿還在發抖，一面詛咒我，一面向祭壇上的上帝呼叫。然後我就在聖餐式欄杆前的臺階上抓住他，把他拉到我面前，然後把牙齒埋進他脖子裡。」

吸血鬼陷入沉默。

不久前的某個時候，男孩本來打算點菸，現在他就一手拿火柴一手拿香菸地坐著，像店裡的假人一樣呆呆瞪著吸血鬼。吸血鬼凝視著地板，突然轉過來從男孩手上取走火柴，劃燃它，再伸出去。如夢初醒的男孩彎下來點香菸，吸了一口，然後很快把煙吐出。他打開酒瓶蓋，深深喝了一口，眼睛始終不離吸血鬼。

他又恢復耐性了，靜靜等到吸血鬼繼續說下去。

「我不記得小時候住的歐洲，甚至連移居到美洲的航行也記不起來。在那裡出生，對我而言只是一個抽象的概念，可是它對我的影響，就像法國對其殖民地的影響一樣強大。我會說法文、讀法文，還記得等待有關大革命的報導，和閱讀巴黎報紙有關拿破崙勝利的消息，記得他把路易安那的殖民地賣給美國時我如何憤怒。我不知道那個法國在我心中活了多久，它現在已經不在了。這是真的，可是我渴望去看看、去了解歐洲，這種渴望不僅來自我所有閱讀的文學和哲學作品，還因為感覺到歐洲對我的塑造比對其他美國人更深入強烈，我想去看看源頭是從哪裡開始的。

「所以現在我把思緒轉移在這個層面，將一切不必要的投資撤回。而對我來說，必要的東西其實非常少，大部分是那些城裡的房子。我相信我遲早會回來，即使只是為了將我的資產移轉到另一個名下，好讓我開始在紐奧良的新生活。我沒辦法想像永遠離開紐奧良，也不願意，可是現在我把頭腦和心都放在歐洲。

「這個可能性首度變得具體，如果我要的話，我甚至可以去看這個世界，我——就像克勞蒂亞所說的——自由了。

「在此同時，她擬訂了一個計畫。我們先去歐洲中部絕對是她的主意，那裡吸血鬼似乎很普遍。她相信我們可以在那裡找到某些可以指引我們、解釋我們源頭的東西。可是讓她熱切的似乎不只是答案本身，而是一個和她同類的族群。她一遍又一遍地提到這件事，『我的同類。』她是用一種我不會如此使用的讚美語氣來說這個名詞，讓我感受到分隔我們的那道鴻溝。在我們共處的這麼多年裡，我第一次覺得她像黎斯特，吸收了他殺戮的直覺——雖然她在所有其他事情上都與我有相同的品味。

「現在我終於了解，她比我們任何一人都更不像人類，比我們所能想像的都更不像人類。她沒有一點點觀念會讓她同情人類的生存，也許這能解釋為什麼——儘管我做了那些也許不算成功的努力——她要緊緊依附著我，我不是她的同類，只是最接近的東西而已。」

「可是可不可能……」男孩突然問道，「像你教她所有其他事情一樣，教她學會人心？」

「有什麼益處呢？」吸血鬼坦率地問道，「讓她像我一樣痛苦？我覺得我倒應該在早些時候好好教她，阻止她想殺死黎斯特的欲望。為了我自己，我應該這麼做。可是，我對其他的事情都沒有信心，一旦我在她心中的形象破滅，我就對一切都失去信心了。」

男孩點點頭，「我不是故意要打斷你的，你剛才好像正要談到某件事。」他說。

「我正要談到，把我注意力轉向歐洲，尋找可能會讓我忘卻黎斯特的事件；去找其他的吸血鬼的念頭也鼓舞了我。我從來不曾懷疑上帝的存在，只是迷失了道路，以超自然之身在自然世界裡流浪。

「可是在出發赴歐以前，我們面臨了另外一個問題。噢，真的發生了很多事，這都是從那個音樂家開始的。他在我去大教堂的那天晚上來拜訪，第二天晚上他又來了，我遣開佣人，自己下去見他，他的樣子立刻讓我嚇了一跳。

「他比我記得的要瘦很多，而且非常蒼白，臉上潮溼的光澤顯示發燒的跡象。他完全陷入一片愁雲慘霧中。我告訴他黎斯特離開了，起先他根本不肯相信我，然後堅持說黎斯特一定會留給他一些訊息，或某個東西。接著他喃喃自語地走出羅雅路，恍惚得彷彿對四周的人毫無所覺。

「我在一盞煤氣燈下追上他。『他確實有留一樣東西給你。』我說，一面急急忙忙地搜索著我的錢包。我不知道裡面有多少錢，但我打算把錢都給他，裡面大概有幾百塊錢，我把錢放在他手中。他的手是那麼瘦，我可以看到藍色的血管在透明的皮膚下跳動。他歡喜若狂，我立刻感覺到那不是因為錢的緣故。『那他是有提到我了，他告訴你把這個給我！』他說，彷彿那是遺物般緊緊抓住。『他一定還對你說了些其他的話！』他用備受煎熬的浮腫雙眼望著我。我沒有馬上回答他，因為此時我看到他脖子上的咬痕，脖子右邊有兩個像刮傷的痕跡，剛好在骯髒的衣領上面。鈔票在他手中翻飛，他正朝著夜晚街上的車水馬龍走過去，『把它收好。』我小聲對他說，『他確實有提到你，他說你應該繼續在音樂上努力，這很重要。』

「他一直看著我，好像在期待其他的東西。『是嗎?他還有沒有說什麼其他的?』他問我。我不知道要告訴他什麼，我可以捏造出任何話出來，只要能安慰他而且讓他走開。談黎斯特對我來說是很痛苦的事，那些話在我的唇間消失，而那兩個傷口讓我驚異不已，我完全想不通這件事。最後我乾脆對那男孩胡扯一番——黎斯特希望他一切平安，他要搭汽船到聖路易去，他還會回來，戰爭迫在眉睫，而他在那裡有生意要處理……男孩饑渴地聽著每個字，彷彿永遠也無法滿足，而且不斷渴求他所希望的東西。他渾身顫抖，站在那裡逼迫我繼續說時，汗珠一顆顆從他額頭冒出。突然他猛力咬著自己的嘴唇說：『可是他為什麼要走呢？』好像沒有任何理由是夠充分的。

「『怎麼回事？』我問他，『你需要他給你什麼？我相信他會要我……』

「『他是我的朋友！』他突然轉向我，聲音因為壓抑的憤怒而變得低沉。

「『你人不舒服，』我對他說，『你需要休息靜養，在你的喉嚨上……』我指著那兩個傷口說，同時注意他的每一個動作，『有傷口。』他甚至不知道我是什麼意思，他的手指摸索著那個地方，發現之後，他揉一揉它們。

「『這有什麼關係？我不知道，小蟲吧，它們到處都是，』他說，同時轉過身去，

『他還有沒有說什麼其他的？』

「我看他走過羅雅路，看了好久，一個穿著暗灰衣服的瘋狂瘦長人形，夾雜在忙亂的人潮車潮中離去。

「我立刻告訴克勞蒂亞有關他喉嚨傷口的事。

「那是我們在紐奧良的最後一夜，我們明天午夜以前就要上船，以備在清晨啟航。我們講好一起出門，這些日子裡，她一直非常興奮，但她的臉上仍然帶著一抹深深的哀愁，自從那次哭泣之後，這抹哀愁便不曾離開過她的臉。『那傷口可能代表什麼？』她

問我，『他在那男孩睡覺的時候吸他的血嗎？男孩同意他這麼做？我無法想像……』

「『對，一定是這樣。』可是我不確定，我想起黎斯特對克勞蒂亞說的話。他知道有個男孩可以變成一個比她更好的吸血鬼，他打算這麼做嗎？打算再製造一個我們的同類？

「『現在無所謂了，路易。』她提醒我。我們今晚要向紐奧良告別，現在我們正慢慢離開羅雅路的人群，我的感知對周圍的一切異常敏銳，而且緊抓不放，不願言明這就是最後的一夜。

「大部分的舊法國區在很久以前就被燒燬了，所以當時的建築像今天一樣是西班牙式的，這表示當我們漫步在小馬車必須錯車而過的狹窄巷道時，會經過刷白漆的牆壁和高聳的庭院大門，裡面遠遠露出亮著燈如天堂般的庭院，就像我們家的一樣，只是它們每個都似乎蘊藏著某種許諾、某種誘人的神祕。高大的香蕉樹葉拍打著內院旁的走廊，而小徑上擠滿了羊齒植物的花朵。在更高的暗處，有人影坐在陽臺上，背對著敞開的門，他們悄悄的說話聲和褶扇的輕拍聲，在溫柔的河邊微風中幾乎可聞。牆上長著紫藤和西香蓮，茂密得我們在隨意停下來摘朵晶瑩的玫瑰或忍冬蔓藤時必須把它們拂開。從高聳的窗戶裡，我們看到一家家的燭光在繁麗浮雕的天花板及水晶吊燈的燦爛花冠上舞動。偶爾一個穿著晚禮服的身影會在欄杆旁出現，頸間的珠寶閃耀著光芒，她的香水為空氣裡的花香增添了一股醉人但易逝的風味。

「我們走過了我們最喜歡的街道、花園和角落，然而不可避免地，也來到了舊城的邊緣，看見沼澤的浮現。從河口路進城的馬車一輛輛從我們身邊駛過，要到劇院或歌劇院去。城裡的燈光已經在我們身後，這裡混亂的氣味帶有沼澤腐爛的惡臭。高大而搖擺的樹幹上長著青苔，這個景象讓我作嘔，讓我想起黎斯特。想到我弟弟的屍體時我也想到了他，看見他深深沉入柏樹和橡樹根裡，那個可怕的東西在白床單的布褶裡枯萎。我不知道黑暗世界裡的東西是不是也會躲著他，也會立刻直覺到那個乾巴巴的東西曾經如此邪惡，還是它們會在惡臭的汙水裡聚集在他身上，從他的骨頭上啄食蒼老乾枯的皮肉。

「我轉身離開沼澤，走回到舊城的中心區，克勞蒂亞的手輕捏著我，讓我得到些許撫慰。她從所有我們經過的花園牆邊採集了一把天然的花束，把它壓在胸前，臉埋進它的香氣裡。接著她小聲地對我說話，我必須彎下腰來把耳朵湊過去。『路易，那件事讓你十分苦惱，可是你知道該怎麼解決，讓血肉……讓血肉指引心靈。』她放開我的手，我看著她離開我身邊，一度回頭向我說出同樣的指示，『忘掉他，讓血肉指引心靈……』這讓我想起她第一次對我說這些話的景象。我正拿了本詩集，在裡面看到如下的詩句：

她的雙唇鮮紅，她的形貌自由，
她的鬈髮如黃金，
皮膚雪白如痲瘋，
夢魘中的活死人就是她，
以徹骨寒慄，使人血凝結。

「她站在遠方的轉角微笑著。矇矓的黑暗中，只見到一抹稍縱即逝的金絲，我的伴侶，我永遠的伴侶。

「我轉向度邁路，走過一扇扇黑暗的窗戶。看見在一片厚重的蕾絲窗簾之後，一盞油燈正慢慢遠去，磚地上的蕾絲花影逐漸擴張，逐漸模糊，最後消失在黑暗中。我繼續前進，來到李克萊夫人家的附近，聽見樓上客廳傳來遙遠但誘人的小提琴聲，接著是賓客們尖銳的笑聲。我站在房子對面的陰影裡，看到一小群賓客在燈火輝煌的房間裡活動。有個客人從一個窗口走到另一個窗口，再走到下一個窗口，手上冒著氣泡的杯子裡，是一種淡檸檬色的酒。他抬頭望著月亮，好像在尋找最好的視野，卻發現自己已經到了最後一個窗口，現在他把手放在黑暗的簾幕上。

「在我前方的磚牆上有扇開著的門，深處有光線延伸到人行道上。我靜靜越過狹窄的街道，迎面而來的是廚房濃郁的香味，有點讓人反胃的燒肉味。我走上人行道，有人正快步通過庭院，關上後門，然後我看到了另一個人影。

「她就站在火爐邊，一個黑膚的女人，如獅鬃般的頭髮包圍著她的腦袋，身材精雕細琢，在火光中如翡翠人像般閃耀。她正在攪拌鍋子裡的東西，我聞到調味料和新鮮的薄荷與肉桂味，然後一陣熱氣傳來燉肉的可怕味道，血肉在沸騰的湯汁中溶解。我走近一些，看到她把長長的鐵調羹放下，雙手擱在豐滿玲瓏的臀部，圍裙白色的腰帶勾出她的纖纖細腰。鍋子裡的泡沫逸出鍋緣，濺到下面光亮的煤炭上。她陰暗的氣味向我襲來，一個沉鬱的香水味，比鍋子裡奇妙的混合氣味還要強烈，如此地撩撥人。

「我走得更近，背靠著成片的蔓藤望著她。樓上單薄的小提琴聲奏起華爾滋，樓板開始為一對對的舞者呻吟起來。牆上茉莉的香味突然擁抱了我，接著又飄然遠去，像潮水離開了被襲捲一空的沙灘；而我又聞到她帶著鹽味的香氣。

「她已經走到廚房門口這邊，當她向窗戶下的陰影探視時，長長的黑色頸項優雅地向前彎。『先生！』她走出來，站在廚房照出的昏黃光線裡，光線照耀在她碩大渾圓的胸部和光滑如絲的修長手臂，又照上她瘦長清冷的美貌五官。『你是在尋找舞會的地點嗎，先生？』她問道，『舞會在樓上……』

「『不，親愛的，我不是在尋找舞會，』我從陰影中走出來，『我是在找妳。』」

「第二天晚上我醒來時候，一切已準備就緒：衣箱已經和裝著棺材的木箱一起運往船上，傭人都走了，家具用白布蓋起來，船票、一疊銀行的信用狀和其他文件都在黑皮夾裡，此情此景讓這趟旅程終於在真實的光輝下堂堂浮現。如果可能的話，我不想殺人，可是因為不可能，所以我很早就把這件事處理掉了，克勞蒂亞也是這樣。

「但是，已經接近我們出發的時候了，我卻還是一個人在公寓裡等她回來。對我緊張的心情來說，她實在已經離開了太久。我深深為她擔心——雖然如果離家太遠，她可以誘使任何人幫助她，而且也有過幾次說服陌生人帶她回家，而她父親則慷慨地報答那些替他送回走失女兒的好心人。

「她終於出現了，卻是飛奔著回來。我放下書時還猜想她是忘了時間，以為自己遲到了；我的懷錶告訴我，我們還有一小時的時間。可是她一到門口，我就知道我猜錯了。『路易，門！』她氣喘吁吁，胸膛劇烈起伏，一手抓住心口，她往回跑下走道，我也跟了過去，她焦急地向我打手勢，於是我迅速關上外廊的門。

「『怎麼了？』我問她，『是什麼在追妳？』可是她已經跑向前面的窗戶——高高的法式窗朝著向街的狹窄陽臺打開。她掀開油燈的罩子，迅速吹熄火焰，室內瞬間陷入黑暗，然後逐漸被街上的陰冷光芒照亮。她仍然站在窗邊喘氣，手放在胸口上，接著伸手把我拉到她身旁。

「『有人在跟蹤我，』她小聲地說，『我可以聽到他一段路又一段路地跟著我。起先我以為沒什麼，』她停下來喘氣，小臉在窗外照進的泛藍光線下顯得一片蒼白，『路易，是那個音樂家。』她悄悄地說。

「『可是這又有什麼關係呢？他一定看過妳和黎斯特在一起。』

「『路易，他已經到這裡了，看看窗外，試著找找看。』她似乎受到強烈的震撼，幾乎顯得害怕了，彷彿她無法承受在門檻前曝光。我走到外廊上，雖然我握住她的手，而她則躲在窗簾旁邊，她還是緊緊抓著我的手，好像替我感到害怕一樣。

「那時是十一點鐘，羅雅路一帶已經一片寂靜了，店鋪打烊，劇院四周的車水馬龍剛散去。我右邊有扇門啪一聲關上，接著看到一對男女出現，匆匆走向轉角，那個女人的臉藏在一頂大白帽的後面，接著他們的腳步聲逐漸消失。我一個人也沒看到，一個人也沒感覺到，聽到的只是克勞蒂亞費力的呼吸聲，房子裡有個東西動了動，害我嚇了一跳，然後認出那是小鳥的聲響，才提醒我，我們完全忘了小鳥的事。可是克勞蒂亞嚇得比我還厲害，立刻靠了過來。『外面沒有人，克勞蒂亞……』我小聲地對她說。

「然後我看到那個音樂家了。

「他在家具店門口，一動也不動地站著，我剛才完全沒注意到他，而他一定也希望這樣。他抬起臉對著我，在黑暗中像白光一樣螢螢發亮。挫折與關切已經完全從他僵硬的姿勢中抹去，他大大的黑眼在慘白的皮膚上窺視著我。他已經轉化成吸血鬼了。

「『我看到他了。』我悄悄對她說，嘴唇盡可能保持不動，視線鎖定住他的眼睛。我感覺到她靠得更近，手在顫抖，彷彿手掌中有一枚心臟在跳動著。她看到他時發出了一聲驚喘。就在那個時候，就在我看著他而他紋風不動的時候，我突然渾身不寒而慄，因為我聽到下面走道上出現了一個腳步聲。我聽到大門的鉸鍊嘰軋了一聲，然後是那個腳步聲，明確地、響亮地在馬車道的拱門下發出回音，明確地、熟悉地。腳步聲走到了旋轉梯，克勞蒂亞發出細細的一聲尖叫，然後她立刻用手捂住。在家具店前的吸血鬼並未移動，而我認識那個在樓梯上響起的腳步，我認識那個走到玄關的腳步聲，那是黎斯特。黎斯特拉著門，接著捶打、用力搖晃，彷彿想把門從牆上拔下來。

「克勞蒂亞躲到房間的角落，身體縮了起來，彷彿有人狠狠打了她一拳。她的眼睛狂亂地在街上的那個人影和我之間移動。門上的捶打聲愈來愈響，接著我聽到他的聲音，『路易！』他叫我，『路易！』他在門後大吼。然後傳來後廳窗戶破碎的聲音，我可以聽到門鎖從裡面轉動。我連忙抓起油燈，用力劃了根火柴，卻在慌亂中折斷它，但終究還是點著了火，然後我拿著小小的油燈罐準備著。『離開窗戶，關上它。』我對她說。她乖乖照我的話做，好像突然來的明確命令解除了她恐懼的症狀。『點燃其他的油燈，現在，馬上。』她劃火柴時我聽到她在哭，而黎斯特已經從外廊過來了。

「他在門口出現了。我倒抽一口冷氣，不由自主地倒退了幾步，並且聽到克勞蒂亞的尖叫。這毫無疑問的是黎斯特，恢復原狀、四肢俱全地掛在門口。他的頭向前伸，眼睛大大地突出，彷彿喝醉了酒，需要門柱扶持才不會一頭跌進來。他的皮膚上布滿傷痕，包裹著受傷的血肉，好像他『死亡』的每一個皺紋都在他身上留下了記號。他渾身都是烙印與傷痕，好像被一隻燙烙鐵痛打全身，而他曾經清澈的灰色眼睛，現在則完全被血絲遮蔽。

「『退回去……看在上帝之愛的份上……』我輕輕地說，『我會把燈丟到你身上，我會活活燒死你。』就在這個時候，我聽到左邊有動靜，有個東西在抓著房子外面，是另外那個吸血鬼。我看到他的兩隻手抓住了陽臺的鐵欄杆，當他整個身體撞向玻璃門時，克勞蒂亞發出了一聲刺耳的尖叫。

「我沒辦法告訴你所有發生的事，甚至我自己也無法完全回溯。我記得把油燈丟向黎斯特，它砸在他腳上，火焰立刻在地毯上竄起。當時我手上拿了一支火把——一大團從沙發上扯下來點燃的布。可是在那之前我已經跟他搏鬥了起來，他的力量驚人，但我仍然粗暴地和他踢打拉扯。身後傳來克勞蒂亞驚慌的叫聲，有另一盞油燈打破了，窗吐出火舌。我記得他的衣服上都是煤油味，他一度瘋狂地拍打火苗。他的動作笨拙、遲緩、重心不穩，可是當他抓住我的時候，我甚至要用牙齒扯開他的手指才能脫身。

「街上吵雜的聲音逐漸升高，有人在高聲呼叫，鐘聲大響，房間裡很快變成了煉獄。而在一聲火光的爆炸裡，我清楚地看到克勞蒂亞正和那個剛入門的吸血鬼搏鬥。他似乎無法抓住克勞蒂亞，像個笨手笨腳追逐著小鳥的人類。我記得我和黎斯特在火焰上滾來滾去，臉上感覺到令人窒息的熱氣，當他翻到我身上時，我可以看到火苗在他背上燃燒。然後克勞蒂從困惑中清醒，用撥火棒拚命擊打他，直到他的鐵掌放鬆，我掙扎著擺脫了他。接著看到撥火棒一下又一下地落在他身上，還聽到克勞蒂亞揮舞時發出的咆哮聲，像一隻失去理性的動物。黎斯特抱著他的手，臉部因為痛苦而扭曲。而在另一邊，另外那個吸血鬼則趴在冒著煙的地毯上，血從他的頭上泉湧而出。

「後來發生了什麼事，我的記憶不很清楚。我大概是從她手上搶過撥火棒，對著他的頭側狠狠揮了一下，我記得這一擊似乎並沒有阻止或傷害他。可是此時熱度正燒灼著我的衣服，火苗也捲上了克勞蒂亞的薄紗長袍，因此我抱起她跑下外廊，想用身體壓熄她身上的火苗，我記得到了外面，我還脫下外套拍打火焰。

「一些人從我身邊衝上樓去，圍觀的人群從外廊膨脹到庭院裡，有人還站在磚砌廚房的斜屋頂上看熱鬧。我手裡抱著克勞蒂亞，匆匆穿過他們，對迎面而來的詢問置若罔聞，用肩膀擠進他們之間，迫使他們讓開一條路。最後我和她終於脫身了。我耳中聽見她的喘息和哭泣，一面盲目地跑過羅雅路，鑽進眼前的第一條窄巷。我跑了又跑，直到四周除了我的腳步和她的呼吸外，再也沒有其他的聲音。最後，我們呆呆地站在那裡。一個男人和一個小孩，渾身灼炙而發疼，在寂靜的午夜裡沉重地喘著氣。」

第二部

「整個晚上，我都在法國船瑪麗亞的甲板上監視出入的踏板。長長的堤防上擠滿了人，宴會在豪華的頭等艙中通宵達旦，甲板上來來往往，淨是旅客和送行的人。可是，隨著黎明逐漸接近，宴會一個接一個結束，馬車紛紛離開了狹窄的河邊路。少數晚到的旅客趕上了船，另外有幾位在附近的欄杆處徘徊流連好幾小時。可是黎斯特和他的徒弟——如果他們安然逃過火勢的話，而我相信他們會——並沒有找到這裡來．我們的行李當天就運出公寓了，就算還有留下任何線索，我相信也已經被燒了。但我仍然監視著入口，克勞蒂亞在上鎖的頭等艙裡安全地坐著，眼睛緊緊盯著舷窗，可是黎斯特並沒出現。

「最後，如我期待的那般，準備啟航的騷動在天亮前開始了。一些送行的人在碼頭和堤防長著雜草的土丘上揮著手。巨大的船身先是一陣顫抖，然後猛然傾向一邊，接著在劇烈的震動中滑進密西西比河的水脈。

「紐奧良的萬家燈火漸漸變小變弱，最後看起來只是襯著發亮雲朵的一抹瑩白。記憶裡我從來沒像現在這樣疲憊，可是我仍然強打精神站在甲板上遠眺，心中知道自己可能無法再看見那些燈火了。片刻後，我們便順著河流航向下游，經過法蘭尼爾和龐度萊的碼頭，我可以看到棉花樹匯成的巨牆，柏樹在河岸的漆黑中青翠茂盛。我知道快天亮了，太危險地接近日出了。

「當我把鑰匙插進門鎖時，我感覺到前所未有的精疲力竭。在我們這個小家庭共同生活的這些年裡，我從來不知道有像今晚所經歷的恐懼，那種脆弱，那種極端的恐怖。而這不會有立即的紓解，不會有立即的安全感。要等到疲憊終於襲來，當心靈與身體都不能再忍受那種恐懼時才能舒解。因為即使黎斯特此時遠在千里之外，他的復活在我內心已經喚醒了一種無可逃避的複雜恐懼；克勞蒂亞也對我說：『我們安全了，路易，安全了。』我對她輕聲說出『是的。』但卻仍然可以看見黎斯特掛在門口，圓突的眼睛向外，和他傷痕滿布的皮肉。

「他是怎麼回來的，他怎麼戰勝死亡的？怎麼有任何生物變成像他那樣的乾屍後還能生存？不論答案是什麼，這不只對他、也對克勞蒂亞和我意味了什麼？對他，我們現在是安全了；可是對自己，我們安全嗎？

「這艘船遭到一種奇怪的『熱病』侵襲，小動物驚人地不見蹤影，雖然偶爾會發現牠們的屍體，又輕又乾，彷彿已經死亡多日。這種熱病後來傳染到旅客身上，症狀先是虛弱和喉嚨痛，有時在脖子上會有痕跡，有時痕跡是在其他地方，或者有時根本沒有明顯的外傷，只有某個舊傷口再次裂開發疼。有時候染病的旅客會愈來愈嗜睡，熱度也不斷持續，最後在睡眠中死去。因此在我們橫跨大西洋的途中，船上舉行過好幾次喪禮。

「當然由於害怕染上熱病，我避開其他旅客，不願在吸菸室與他們共處，聽他們的故事、他們的夢想與期待，所以我一直單獨用『餐』。但克勞蒂亞喜歡觀看這些旅客，當黑夜剛剛來臨時，她會站在甲板上看他們來來去去，接著等我在舷窗前坐下後，再輕輕對我說：『我想把她變成犧牲品……』

「我會把書放下，在大海溫柔的搖晃中望向窗外，看到天空繁星點點，比在陸地上更清晰燦爛，低垂著輕觸萬頃茫然。當我單獨坐在黑暗的艙房中，有時突然會覺得，天空彷彿俯下身來與大海交會，那場會談將揭露某個重大的祕密，兩者之間的巨大鴻溝會奇蹟似地永遠閉合。可是當海天合一時，當各自不再有風雨狂濤時，誰要來揭露這個祕密？上帝，還是撒旦？我猛然想到，如果能和撒旦見面，看著他的臉——不論那有多麼可怕，知道我完全屬於祂，因此永遠結束這種無知的折磨，我會有多麼平靜？如果能走出某種紗幕，永遠將我和被我稱為人性的東西一刀兩斷的話呢？

「我覺得船愈來愈接近這個祕密了，天空一望無際，以令人屏息的美麗與寂靜籠罩我們。可是接著『永遠結束』這個字眼卻讓我覺得可怕萬分，因為詛咒沒有終結，不會有安息，這種折磨和地獄的無盡之火比起來，又有什麼不同？大海在亙古的星辰下搖晃著。大海、星辰，又與撒旦有什麼關連？在小時候，當我們還充滿了世俗凡人的狂熱時，那些不朽的形象在我們聽來是多麼一成不變，我們很少渴望變成祂們：永遠凝望著上帝的天使——還有上帝的面容——但這才是永遠的安息，相較之下，眼前溫柔輕搖的大海只給予最含糊的允諾。

「即使是在這些時刻，當整艘船和整個世界都沉沉入睡，天堂與地獄都不過是折磨人的幻想時，不論是對天堂還是對地獄，去探知、去相信，也許是我能夢想的唯一救贖。

「克勞蒂亞和黎斯特一樣喜歡光亮，醒來後便把燈都點著了。她有一盒很漂亮的牌，從船上一位女士那裡得來的，有圖畫的牌是仿照瑪麗安東尼的衣飾，在牌的背面，發亮的絲絨上是金色的法蘭西王室紋章。她玩著單人牌戲，紙牌照著時鐘的數字排列，她一直問我黎斯特怎麼辦到的，直到我終於開口回答。她已經不再害怕了，即使她還記得她在火場裡的尖叫，她也無意思考它。如果她還記得在火的面前，她曾經在我的臂彎中流下真正的淚水，這也未曾讓她產生改變。她和以前一樣，是一個很少會猶豫不決的人。對她這樣的人而言，習慣性的沉默並不代表焦慮或後悔。

「『我們應該放火燒他的，』她說，『我們真是笨蛋，看到他那樣子就以為他死了。』

「『可是他怎麼可能撐過來呢？』我問她，『妳也看到他了，妳知道他變成了什麼樣子。』我對這個問題沒有興趣，真的，我很樂於把它拋在腦後，可是我的腦子不允許我這麼做。她現在給了我她的答案——這段話其實只算是她對自己說的。『假設，他只是暫停和我們戰鬥，』她解釋說，『他其實還活著，鎖在那個無助的乾屍裡面，可是仍然有知覺而且還在算計著……』

「『在那種狀況下還有知覺？』我輕輕地說。

「『然後假設，當他掉進沼澤以後，聽見我們馬車離開的聲音，也許他還有足夠的力量移動身體。黑暗裡，他周圍有那麼多的動物，我有一次看見他把一隻小蜥蜴的頭摘掉，看著鮮血注入玻璃杯。你能想像他的求生意志有多頑強、雙手在水裡捕捉任何會動的東西嗎？』

「『求生的意志？頑強？』我喃喃自語，『假設是因為別的……』

「『接著，當他感覺力量已經開始恢復了，也許剛好夠讓他爬到馬路上，在路上他找到了某個受害者。也許他縮成一團，等待一輛經過的馬車；也許他在路旁窺視，同時盡一切可能地吸血，直到他找到那些移民的帳篷或分散的村落人家，想想他會是如何恐怖的一個模樣！』她凝望著吊燈，眼睛瞇起，聲音裡不帶一絲情緒。『然後他做了什麼？我很清楚，如果他不能及時回到紐奧良，他絕對可以抵達河口墳場，那裡的慈善醫院每天都會送來新鮮的棺材。我可以看見他在潮溼的土地上爬行，尋找這樣的棺材，把裡面剛入斂的屍體丟到沼澤裡，然後自己在那個淺淺的墳墓裡安身，沒有人會來打攪他的，等到第二天晚上他再出來。是的……他就是這麼做的，我很肯定。』

「我想了很久，想像整個過程，看出事情經過一定就是如此。我看著她攤下牌，沉思地看著國王橢圓形的臉，同時說：『我也會這麼做。』

「『那，你為什麼用那種眼神看我？』她聚攏手上的紙牌，小小的手指努力把紙牌疊成一堆，然後刷刷地洗牌。

「『可是妳相信……如果我們把他的屍體燒掉，他就會真的死掉？』

「『當然我相信，如果沒有可以復活的東西，就不能復活了，你想要說什麼？』她開始發牌，在小橡木桌上擺了幾張牌給我。我望著那些牌，可是沒有碰。

「『我不知道……』我輕輕對她說，『只是也許他並沒有求生的意志，也不頑強……只是因為沒有這兩種需要。』

「她的眼睛直直地注視著我，完全看不出她的想法，或她是否了解我的想法。

「『因為也許他根本就「無法」死亡……也許他、還有我們……是真正不朽的？』

「她坐在那裡看了我好久好久。

「『在那種狀況下還有知覺……』我終於補充道，同時將目光移開，『如果是這樣的話，那麼難道其他東西不會也有知覺？火、陽光……這有什麼意義呢？』

「『路易，』她溫柔地叫著我的名字，『你害怕了，你在面對恐懼時並不勇敢，你不了解恐懼本身的危險。等我們找到那些可以告訴我們的吸血鬼，我們就會知道這些問題的答案了。那些吸血鬼擁有這些知識，已經有好幾個世紀了，從我們這種東西在地球上活動開始。那些知識是我們的天賦權利，而他剝奪了我們的這項權利，他死有餘辜。』

「『可是他沒有死……』我說。

「『他死了，』她說，『沒有人能從那房子裡逃生，除非和我們同時跑出來。不，他已經死了，還有那個發抖的唯美主義者，他的朋友。知覺，這又有什麼關係？』

「她把牌收好放在一邊，向我打手勢。要我把她擱在床邊的書遞給她。那些書她一上船就打開了，幾本有關吸血鬼資料的記錄，她把它們當成指南。裡面沒有英國充滿想像力的羅曼史，沒有愛倫坡的故事，沒有幻想傳奇。只有幾個東歐吸血鬼的事件記錄，這些已經變成她的聖經了。

「在那些國家裡，當吸血鬼被發現時，他們確實會焚燬吸血鬼的屍體，用棍子刺入心臟，砍掉頭顱。她會花上好幾個小時讀這些古老的書，她在橫越大西洋前已經一讀再讀，裡頭包括了旅行者的故事、牧師和學者的說法。她不用紙筆計畫我們的行程，只在她的腦海中構思。她計畫的行程是立刻離開歐洲閃耀的首都，前往黑海，然後我們在法那登岸，在喀爾巴阡山落後鄉村地區開始搜尋的工作。

「對我來說，前景並不光明。雖然我正向它邁進，心中卻有對其他地方與其他知識的渴望，而這些克勞蒂亞還無法領會。這些渴望的種子，在許多年前即深植在我的心田。當船穿過直布羅陀海峽，進入地中海時，這些種子終於綻放出苦澀的花朵。

「我期待看到地中海的海水是藍色的，但結果不是，它們是黑夜的海水。我非常難過，努力想從記憶中喚回當年那個未經滄桑的年輕人視為理所當然的蔚藍汪洋，但不嚴謹的記憶卻已讓它流逝於永恆中。地中海是漆黑的，義大利的海岸是漆黑的，希臘的海岸是漆黑的，永遠不變的漆黑，在黎明前的那幾個淒冷小時裡依舊漆黑一片。此時克勞蒂亞睡了，一方面是因為看書，一方面是因為謹慎地控制她吸血的饑渴，以致於進食不足。

「我垂下一盞提燈，低到穿過氤氳霧氣，直接照在層層波浪上。可是除了那道光本身外，漆黑的水面下沒有浮現任何東西。那束光的倒影一直跟隨著我，彷彿是大海深處一隻固定不變的眼睛，望著我說：『路易，你的追尋只會得到黑暗。這座海不是你的海，人的祕密不是你的祕密，人的寶藏是不屬於你的。』

「噢！那時尋找歐洲吸血鬼讓我充滿了苦楚！那種苦楚我只能咬牙品嚐，好像連空氣都已經失去了清爽。那些妖魔般的暗夜生物會給我們什麼祕密、什麼事實呢？如果我們真的能找到他們的話，他們可怕的極限又是什麼？這是我們必須探究的。但被詛咒之人又會對其他被詛咒之人說出什麼真話？

「我從來沒有在比雷埃夫斯上岸，可是在我的想像中，我在雅典的衛城徘徊，望著月亮從巴特農神殿殘破的屋頂升起，以那宏偉的柱子來丈量我的身高，走過在馬拉松戰役中殉難的希臘人所住的街道，聆聽古老橄欖樹梢的風聲。那些才是不死之人的紀念碑，不是活死人的石碑，這裡的祕密曾經歷經歲月的沖刷，而我才剛開始領會其皮毛。

「然而，沒有事情能讓我們的追尋中止，也沒有事情能讓我回頭。雖然如此執著，我也一遍又一遍地思索，我們在追尋答案時會遇到什麼可怕的風險，因為答案必然有無法估計的代價，某種可怕的危險。誰比我更了解呢？我曾經經過自己身體的死亡，看著被我稱為人的東西凋萎斷氣，這卻只形成了一個無法掙脫的鎖鍊，將我和這個世界緊緊綁在一起，但也永遠被它放逐，成為一個有著一顆跳動心臟的怪物。

「大海讓我憶起惡夢與其他鮮明的記憶。在紐奧良的某一個黑夜，當我漫步在聖路易墳場時，我看到了我妹妹，又老又駝，臂彎抱著一束白玫瑰，尖刺小心地用一張舊羊皮紙包起來。她灰白的頭向前彎，腳步穩定地穿過危險的黑暗，來到她哥哥路易的墳前——就在他弟弟墳墓的旁邊……路易，死於龐度萊的一場大火，將龐大的遺產留給一個孩子，還有一位她從來不知道的同名人。

「那束花是給路易的，好像他不是死了已經半世紀一般，好像她的回憶一如路易的回憶，不讓她有片刻平靜。悲傷讓她灰白的美麗光彩益發鮮明，悲傷也折彎了她狹窄的背脊。而我遠遠地望著她，不願上前撫摸她銀白的髮絲，不願向她傾訴我的摯愛，以免這份摯愛為她的餘生留下恐懼，而非哀傷。我將悲傷留給她咀嚼，一遍一遍又一遍。

「現在我的夢又多又長，在這艘船的與世隔絕中，在我有形軀體的禁錮中，那些夢似乎變得太多、太長了。一想到東歐的山脈，一想到我們可能在那原始的鄉間找到答案，我的心跳便為之加快。希望這個答案能告訴我，為什麼我所受到的折磨會存在於上帝的國度中？它是怎麼開始的？同時，又如何才能結束？我知道，在得到答案以前，我不會有勇氣結束自己的折磨。漸漸地，我們的船所行駛的水域，從地中海變成了黑海。」

吸血鬼嘆了口氣。男孩右手托著臉頰，熱切的表情和發紅的眼睛不太搭調。

「你覺得我在耍你嗎？」吸血鬼問道，黑色的眉毛一時間打起結來。

「不，」男孩很快地說，「我知道不必再問你問題了，你會照自己的進度告訴我每件事。」他閉嘴望著吸血鬼，彷彿已經準備好繼續。

遠處傳來動靜，來自附近舊維多利亞建築的某個地方。自從今晚他們同坐以來，第一次聽到這種聲音。男孩抬頭望向通往走道的門，彷彿原本已經忘了這棟建築的存在。有人沉重地走過老舊的樓板，可是吸血鬼完全沒受到干擾，目光移向遠方。他好像又再度把自己與現在分隔開來。

「我沒辦法告訴你那座村莊的名字，因為我已經想不起來了。無論如何，我記得那裡距離海岸幾哩遠。我們一直單獨乘馬車旅行，而且是那樣的一輛馬車！這是克勞蒂亞的傑作，我早該想像得到，但是當時事情經常在我不知不覺中發生。從我們抵達法那的那一刻起，我就在她身上發現了若干改變，讓我了解她不僅是我的女兒，也是黎斯特的。她從我這裡學會金錢的價值，可是從黎斯特那裡，她卻繼承了對揮霍的熱愛。她非要我們弄到最奢侈豪華的黑車廂才肯出發，裝配上足足可供一隊旅客乘坐的真皮座墊，更別提一個男人和一個小孩竟要使用這麼精工雕琢的橡木車廂，後面還縛著兩大箱當地商店所能提供的最好衣服。我們一路飛奔，輕靈巨大的輪子配上最好的彈簧，以驚人的輕易平穩馳騁在山路上。即使在這陌生的鄉間沒遇到什麼事，只有馬匹的飛奔和馬車些微的傾斜，但這一切還是很令人屏息。

「而那是個奇特的地方，孤寂、黑暗——一如原始鄉村總是黑暗的。當月亮躲至雲層後面時，城堡和廢墟便常隱而不見。因此在那時，我會感覺到一種在紐奧良從來沒體驗過的焦慮，而那裡的人並沒有化解我這種焦慮，在他們的小小村莊裡，我們覺得毫無屏障而且茫然失措，身處他們之中，我們總是有陷身重大危險的感覺。

「在紐奧良時，我們殺人從來不需要偽裝。熱病、黑死病和犯罪，這些和我們競爭的凶手永遠存在，而且比我們還心狠手辣。可是在這裡，我們要走到很遠的地方去殺人，才能不受注意。因為這些單純的鄉下人，儘管可能覺得紐奧良擁擠的街道很嚇人，卻完全相信死掉的人會起來走動而且喝活人的血。他們知道我們的名字：吸血鬼、魔鬼。而擔心引起一丁點流言的我們，在任何狀況下都不希望由自己製造出流言。

「我們奢華而迅速地在他們之中來去，在光鮮之下盡量保持低調，可是發現在旅館火爐邊閒話的吸血鬼傳說都太荒誕不堪。我的女兒安祥地睡在我胸前，我呢，總會在那群鄉下人或客人中，找到德語足夠流利的人，有時甚至還有人可以用法語和我聊聊耳熟的傳說。

「最後，終於來到成為我們旅途轉捩點的那座村莊。我不曾放鬆享受那趟旅程的任何部分，不論是清新的空氣，或是涼爽的夜晚。即使到了現在，我在談到它的時候，仍然無法免除那種模糊的戰慄。

「前一天晚上我們住在一間農舍裡，所以沒聽到任何可以讓我們先有心理準備的消息，只是覺得這地方的外觀讓人隱約感到不安。因為我們抵達的時刻並不太晚——還沒晚到那條小街的所有門窗都應該緊緊關上，或晚到旅館的拱道上掛起一盞暗淡的提燈。

「所有的門都閂緊了，還有其他跡象顯示這裡出了某種問題。例如在一間門窗緊閉的店鋪窗前，擺了一個裝滿枯萎花朵的小盆子；有個桶子在旅館院子中央滾來滾去，這地方像一個被黑死病擄獲的城鎮。

「可是當我把克勞蒂亞放在馬車旁乾裂的地上時，我在旅館門下看到一陣光線。『把你披風的兜帽戴好，』她很快地說，『他們來了。』房裡有人正把門閂拉開。

「一開始我只看到她打開的狹小門縫露出的光亮，那光亮是來自她的身影之後，然後看見馬車提燈的光線在她眼中閃爍。

「『我要一個房間過夜！』我用德語說，『還有，我的馬非常需要照料！』

「『晚上不應該趕路……』她用一種奇特平板的聲音對我說話，『而且還帶個孩子。』她說這話的同時，我注意到她身後的屋裡還有人。我可以聽到他們的竊竊私語和火焰燃燒的劈啪聲。在我的目力所及，聚集在火邊的大都是農民，但是有一人穿得比較像我——訂製的外套、肩膀上加一件小披風，可是他的衣服卻又皺又亂。他的紅髮在火光中閃耀，和我們一樣，他是個外國人，也是房裡唯一沒有看我們的人。他的頭輕輕搖擺，好像喝醉了一樣。

「『我的女兒累了，』我對那女人說，『除了這裡，我們找不到歇腳的地方。』然後我把克勞蒂亞抱起來。她的臉轉向我，我聽到她的細語。『路易，門上面有大蒜和十字架！』

「我剛才沒看到這些東西，那是個小十字架，木架上嵌有銅雕的基督像，大蒜環繞在它周圍，一個新鮮的大蒜環纏繞在舊的上面，舊的大蒜都已凋萎乾枯了。那個女人順著我的目光看過去，然後目光銳利地看著我，我看得出她已經疲憊不堪了。她的雙眼赤紅，抓著胸前圍巾的手如此地顫抖，黑髮亂如飛蓬。我走到門檻前，她突然把門打開，彷彿到那時才決定讓我們進來。我經過時，她念了一句祈禱文。雖然我不懂斯拉夫語，但我能確定。

「又小又矮的房間裡擠滿了人，粗糙而鑲著木條的牆邊、長凳，甚至地板上盡是男男女女，好像整座村子都在這裡集合了。有個小孩睡在一個女人的腿上，另一個小孩睡在樓梯上，包裹在毯子裡，他的膝蓋窩在一個臺階上，手臂在另一階上彎成枕頭。到處都是掛在釘子和鉤子上的大蒜，其間夾雜的是鍋子和大酒瓶，火是唯一的光源，在他們注視著我們的木然臉孔上投下扭曲的陰影。

「沒有人示意我們坐下或給我們任何東西。最後，那女人用德語對我說，如果我要的話，我可以把馬牽到馬廄裡去。她用那雙帶點瘋狂、泛著紅絲的眼睛瞪著我，然後表情放鬆下來。她告訴我她可以拿盞提燈在旅館門口等我，可是我動作一定要快，而且得把孩子留在這裡。

「可是另外有個東西吸引了我，我在燃燒的木柴和酒的濃烈香味下偵測到另一種味道，那是死的味道。我可以感覺到克勞蒂亞的手壓著我胸口，看到她小小的手指向樓梯下面的一扇門，那股味道就是從那裡傳出的。

「當我再回來時，那女人已經準備好一杯酒和一碗湯。我坐了下來，克勞蒂亞則坐在我膝上，她的頭自火爐轉向那扇神祕的門。和剛才一樣，所有的眼睛都盯在我們身上，除了那個外國人之外。此時我可以把他的輪廓看得更清楚了，他比我剛才想得年輕得多，因為情緒的關係，看起來十分憔悴。事情上，他有一張瘦削但非常討人喜歡的臉，白皙帶雀斑的皮膚讓他像個男孩，大大的藍眼凝視著火焰，彷彿在和它交談。他的睫毛和眉毛在火光下是一片金黃，讓他有一種非常天真坦率的樣子。可是他現在卻是非常悲慘、愁苦而且酩酊大醉。突然他轉向我，我看出他曾經哭泣過，『你會說英文嗎？』他的聲音撼動了寂靜。

「『是的。』我對他說。然後他勝利地瞥向其他人，他們像一堆石頭似地瞪著他。

「『你會說英文！』他大叫起來，嘴唇延伸成一個苦澀的微笑，目光在天花板上移動，然後鎖住我。『離開這個國家，』他說，『現在就離開，帶著你的馬車、你的馬，跑到牠們倒下來為止，但求離開這裡！』接著他彷彿快吐了，肩膀抖動，一手捂住嘴巴。那女人現在靠著牆站在一邊，雙臂交疊在骯髒的圍裙裡，她用德語溫柔地說：『到天亮你就可以走了，到天亮。』

「『這是怎麼回事呢？』我輕輕問她，然後看看他。他正望著我，雙眼晶亮而發紅。沒有人說話，一塊木柴沉重地跌進了火裡。

「『你能告訴我嗎？』我溫和地問那個英國人，他站了起來，有一瞬間我以為他要倒下來了。他站在我面前，比我高得多，腦袋向前伸，直到他伸手抓住桌緣穩住身子。他黑色的外套沾滿了酒漬，襯衫領子上也是。『你想看嗎？』他喘著氣，深深凝視我雙眼，『你真的想親眼看看嗎？』他說這些話時，聲音裡有種輕柔悲傷的語調。

「『把小孩留在這裡！』那女人突然以一種專制的姿態很快地說。

「『她睡著了。』我回答，同時起身跟著那英國人走向樓梯下的那扇門。

「在一陣騷動中，靠進那扇門的人讓了開來，接著我們一起進入了一間小客廳。

「只有一隻蠟燭立在旁邊餐具櫃上發光，因此我第一眼看到的是架子上一排精工描繪的盤子。小窗上有窗簾，牆上有發亮的聖母聖嬰畫像，但牆和四周的椅子幾乎圍不住中央的一個大橡木桌。桌上躺著一個年輕女人的屍體，蒼白的雙手交疊在胸前，褐色的頭髮蓬亂地塞在瘦削慘白的頸子旁與肩膀下。她漂亮的五官已經因為死亡而發硬，琥珀的玫瑰念珠在她的腰際與暗色羊毛裙上熠熠生輝。她身邊擺著一頂非常漂亮的紅色羊毛帽，有寬而軟的緞帶和面紗，還有一雙暗色的手套。這些東西都擺在旁邊，好像她很快就會起身穿戴上。那個英國人走了過去，小心地拍拍那頂帽子，他已經到了全面崩潰的邊緣。他從外套裡抽出一塊大手帕按在臉上，『你知道他們想要對她怎麼樣嗎？』他望著我喃喃地說，『你知道嗎？』

「那女人現在來到我們身後，伸手扶住他的手臂，可是他粗魯地甩開她。『你知道嗎？』他眼神凌厲地質問我，『野蠻人！』

「『你別說了！』她沉聲說道。

「他咬牙搖搖頭，鬆散的紅髮掉進了眼睛，『妳離我遠點。』他用德文對那女人說，『離我遠點。』有人在別的房間悄聲交談，英國人再度望向那個年輕女人，淚珠盈眶。『如此天真無瑕，』他輕輕地說，抬頭瞥了天花板一眼，然後右手緊握成拳，喘著氣吼道：『該死的……上帝！祢該死！』

「『老天。』那女人喃喃自語，馬上當胸劃了個十字。

「『你看到這個了嗎？』他問我。同時很小心地窺視那個死去女人的喉嚨，彷彿他不能、也不願，去觸摸她發硬的肌膚。沒錯，她喉嚨上有兩個扎進去的傷口，像我在成千人身上見過成千次的一般，深深刻在變黃的皮膚上。他把雙手遮在臉上，高瘦的身體搖擺著，『我想我快發瘋了！』他說。

「『別這樣。』那女人說，抓住掙扎中的他，她的臉突然紅了。

「『別管他，』我對她說，『別管他，我會照顧他的。』

「她嘴唇扭曲起來，『如果你不停止的話，我會把你們都趕出這裡，趕到黑漆漆的外面。』這些事已經讓她太疲倦、太接近崩潰了。然而，她還是轉過身去，將圍巾緊緊包住身體，輕手輕腳地走出去，聚在門口的男人讓出了一條路。

「那個英國人哭了起來。

「我看得出來我該做什麼，可是，雖然我很想聽他說下去，雖然我的心因為無言的興奮而狂跳，但看到他這樣也讓我難過，命運殘酷地讓我們這麼接近。」

「『我會陪你。』我說，同時把兩張椅子搬到桌子邊。他重重坐下，眼睛盯著旁邊的蠟燭。我關上門，四壁似乎往後退縮了，蠟燭的光暈在他低垂的頭周圍變得明亮起來。他往後靠在餐具架上，用手帕擦臉，然後從口袋裡拿出一個皮製的酒瓶伸向我，我婉拒了。

「『你想告訴我發生了什麼事嗎？』

「他點點頭，『也許你能讓這個地方恢復些理性，』，他說，『你是個法國人，對吧？你知道，我是英國人。』

「『是的。』我點頭。

「然後他熱切地緊抓住我的手，酒精讓他的感覺麻痺到完全沒發現我皮膚的冰冷。他告訴我他的名字叫摩根，而且他非常非常需要我，比他這輩子對任何人都還要需要。就在此時此刻，握著那隻手，感覺它傳來的熱流時，我做了一件奇怪的事，我告訴他我的名字，以前我幾乎從不告訴人的。可是他呆呆望著那死去的女人，彷彿沒聽見一樣。他的嘴唇浮出一絲淡到無法捉摸的微笑，淚珠在眼眶中打滾。他的表情可以感動任何人，甚至讓人無法承受。

「『這是我做的，』他點著頭說，『我帶她來這裡的。』接著揚起眉，好像自己也在納悶不已。

「『不，』我很快地說，『不是你做的，告訴我是誰做的。』

「可以他似乎有些困惑，迷失在自己的思緒中。『我從來沒離開過英國，』他開始說，『我是個畫畫的，你知道……好像現在這件事還很重要一樣……畫畫，畫！我以為這裡很特殊！適合入畫！』他四下打量，聲音尾隨著視線。然後他又凝視她好久，最後輕輕地呼喚她：『愛美莉！』我想我瞥見了他內心深處非常寶貴一個珍藏。

「接著故事逐漸揭露了，那是一趟蜜月旅行，從德國進入這個國家。他們隨興地旅行，但看有什麼可以搭乘的定期馬車，也看摩根在哪裡找到作畫的風景。最後他們會來到這個偏僻的地方，是因為聽說附近有個廢棄的修道院是個保存得不錯的古蹟。

「可是摩根和愛美莉沒能抵達那座修道院，悲劇就在這裡等著他們了。」

「原來是他們發現定期馬車不走這條路線，所以摩根花錢雇了個農人，用兩輪的小馬車送他們來。可是他們在那天下午抵達時，看到城外的墳場十分熱鬧，那個農人看了一眼後，便拒絕下車再多看一眼。

「『那看來像是送葬的祈禱隊伍，』摩根說，『所有人都穿上最好的衣服，有些還帶著花。事實上，我當時覺得這個情景挺迷人的，我想看看，而且急切到同意讓那傢伙離開，留下我們的行李。當然，其實是我想留下來看，可是你知道，她總是那麼百依百順。最後我讓她坐在我們的皮箱上休息，我則獨自上山去參觀。你來的時候有沒有看到那座墳場？沒有，你當然沒有。感謝上帝，你的馬車把你安全帶到這裡，雖然，如果你能一直繼續下去的話，不管你的馬有多累……』他閉上嘴。

「『有什麼危險呢？』我溫和地催促他。

「『啊……危險！野蠻人！』他咕噥著，瞥了瞥門口，接著喝了口酒，再蓋好酒瓶蓋。

「『後來我看出那不是個祈禱隊伍，』他說，『那些人甚至不肯跟我說話——你知道他們是怎樣的人，可是他們並不反對我旁觀。事實上，你不要以為我站在那裡對他們有影響。等告訴你我看到了什麼，你絕對不相信的。你一定要相信我，因為如果你不信，我就會發瘋的，我知道。』

「『我會相信你的，說下去。』我說。

「『嗯，我立刻發現墳場裡都是新的墳墓，有的豎起簇新的木製十字架，有的只是一坏黃土配上仍然鮮嫩的花朵。而那些鄉下人手裡拿著花，彷彿要來掃墓，可是他們全都像木頭人一樣站著，有兩個人牽著一匹白馬，其他人的眼睛都盯著他們。那匹馬真是漂亮！它踢踢蹬蹬地躲到一邊，好像一點也不想來湊這個熱鬧。可是它非常美麗——一隻純白如雪的種馬。我不能告訴你他們是怎麼決定要做什麼的，因為沒有人開口說一個字，可是後來有個人——我想是帶頭的——用鏟子的柄狠狠打了那匹馬一下，它發狂地奔上山坡，你可以想像那樣子。我以為會有一陣子看不見那匹馬了，可是我錯了，在幾分鐘內，狂奔變為小跑，而且它在舊墳塌轉頭，跑下山坡朝向這些新墳而來。那些人都站在那裡屏息以待，沒有人發出一點聲音。它則跑過土墩，跑過鮮花叢，沒有人做出要抓住轠繩的動作，然後它突然停下來了，就在其中一個墳墓上。』

「他擦擦眼，可是淚水已經幾乎乾了。他似乎被自己的故事給迷住了，像我一樣。

「『然後，』他繼續說下去，『那匹馬就一直站在那裡，突然人群裡發出一個哭叫聲。不，那不是哭叫聲，而是好像所有人都發出驚叫和嗚咽，接著一切又歸於平靜。那匹馬仍然站在那裡，上下點著它的頭。最後那個帶頭的人衝出來，還高聲叫喚其他幾個人。其中一個女人突然尖叫了起來，衝過去趴在那個墓地上，幾乎就在馬肚子下面。我當時已經盡可能地靠近，所以我可以看見這個死者的墓碑。那是個年輕的女人，才死了六個月，死亡的日期就刻在墓碑上。而那個悲慘的女人則跪在地上，雙臂環抱著墓碑，彷彿要把它硬生生拔出來一樣，其他人則七手八腳地想把她扶起來帶走。

「『我幾乎想回頭了，可是我不能，我想看他們到底要做什麼。當然，愛美莉現在很安全，這些人完全沒注意到我們。最後有兩個人終於把那女人架起來了，其他人則拿鏟子挖墓，很快地，有人已經陷入地下了，旁觀的人如此死寂，你可以聽到任何最輕微的聲響——鏟子在那裡挖掘和泥土被堆成土丘的聲音。

「『我沒辦法告訴你當時的情景，太陽高高掛在空中，空中沒有一朵雲，他們所有人都站在周圍，緊緊抱住彼此，連那個可憐的女人……』他閉上嘴，視線再度落在愛美莉身上，我靜靜坐著等待。當他再次舉起酒瓶時，威士忌流動的聲音清晰可聞。我為他高興，因為裡頭有那麼多酒，他可以用酒來麻痺心中的痛苦。」

「『那也可以是午夜，』他看著我說，聲音非常低微，『至少那是我的感受，接著我聽到挖墓的人用鏟子捶打棺材蓋！然後破裂的木板被丟了出來，他正把它們或左或右地丟出來。」

「『突然，那人發出一個可怕的叫聲，其他人靠過去看，因此一時間大家都衝向那座墓。接著全都倒退一步，像浪潮一樣，所有人都驚叫起來，有些還轉身想擠開一條出路。而那可憐的女人則像發狂了一般，蹲下來試圖掙脫那些抓住她的男人。

「『我自然也上前去看了。我想沒有東西能阻止我，這是我第一次做這種事，而，上帝救我，這是最後一次了。你一定要相信我，你一定要！可是那裡，就在那棺材裡，是那個死掉的女人，腳邊的破木板上站著那男人。我可以告訴你……我告訴你她像是還活著，紅潤得……』他的聲音嘶啞，眼睛睜得大大地坐在那裡，手僵直地伸出，好像抓著一個隱約的東西，懇求我要相信他。『紅潤得像是還活著！埋了六個月！她就那樣躺在那裡！壽衣已經被扯到身後，雙手放在胸前，好像只是睡著了而已。』

「他嘆了口氣，手垂落在膝蓋上，搖搖頭。他沉默片刻，呆呆地瞪著前方。『我向你發誓！』他說，『然後那個在墓穴裡的人彎下去，舉起那女人的手。我告訴你，那雙手和我的手一樣靈活柔軟！然後他拉著她的手，好像在看她的指甲一樣。接著他大叫一聲，而那個在墳墓旁的女人則瘋狂地用腳踢那些抓著她的人，腳在地上猛踹，以至於泥土紛紛落在屍體的臉和頭髮上。而且，她好漂亮，那個死掉的女人，噢，如果你能看到她的話，還有他們後來做了什麼！』

「『告訴我他們做了什麼。』我輕輕對他說，可是他還沒說，我就已經知道了。

「『我跟你說……』，他說，『這種事情如果不是親眼目睹的話，我們是不會了解它到底是怎麼樣的！』他望著我，眉毛高高揚起，彷彿正在透露一個可怕的祕密，『我們就是沒辦法了解。』

「『是的，我們沒辦法。』我說。

「『我會告訴你的。他們拿來一根棍子，注意，那是一根木頭棍子。在墓裡的那個人接過那根棍子和一把鏟子，把棍子放在那死掉女人的胸口。我簡直無法相信！然後全力一擊，他把那棍子打進了那人的胸膛。我告訴你，即使我想動，看到這個我也動不了了，我簡直像兩腳都釘死了一樣。接著那個野獸般的傢伙拿起他的鏟子，兩手抓它，猛然插進那女人的喉嚨，那顆頭就這樣被切下來了。』他閉上眼，表情扭曲，他把頭靠向一邊。

「我看著他，卻完全視而不見。我看到的是那女人的斷頭躺在墳墓裡，同時內心感覺到前所未有的強烈憎惡，好像有隻手正扼著我的喉嚨，讓我反胃而且無法呼吸。然後我的手腕感覺到克勞蒂亞嘴唇的碰觸，她正凝視著摩根，而且顯然已經有段時間了。

「慢慢地，摩根抬起眼來望著我，眼神已經發狂了。『他們就是想這樣對她，』他說，『對愛美莉！我不會讓他們這麼做的。』他僵硬地搖搖頭，『我不會讓他們這樣，你必須幫助我，路易。』他的嘴唇在顫抖，表情在焦急與絕望中突然強烈地扭曲，幾乎讓我不由自主地退縮。『我們血管裡流的是同樣的血，你和我。我是說，法國人、英國人，我們是文明人，路易，他們是野蠻人！』

「『冷靜一點，摩根，』我伸手向他，『我要你告訴我後來發生了什麼，你和愛美莉……』

「他正掙扎著想拿出酒瓶，我把它從他口袋裡取出，他立刻打開了瓶蓋。『真是個好人，路易，真是個朋友，』他鄭重地說，『你知道，我很快回頭想把她帶走，他們準就在墳墓那裡燒掉那個屍體，不可以讓愛美莉看到這一幕，不可以當我在……』他搖搖頭，『我們找不到一馬車帶我們離開這裡，沒有一個人願意現在離開，花上兩天的時間帶我們到一個比較像樣的地方！』

「『他們是怎麼向你解釋的，摩根？』我繼續追問，我可以看出他已經沒有多少時間了。

「『吸血鬼！』他爆出這個名字，威士忌噴到他的袖子上。『吸血鬼，路易，你相信嗎？』然後他用酒瓶指指門口。『一種吸血鬼瘟疫！這些話還只敢小聲地說，好像魔鬼本人就在門後面偷聽一樣！當然，上帝是仁慈的，讓他們制止悲劇的發生，那個在墳墓裡的不幸女人，他們已經讓她無法再在晚上爬起吃掉我們其他人！』他把酒瓶湊近嘴唇，『噢……上帝……』他呻吟著。

「我看著他喝酒，耐心地等待。

「『至於愛美莉……』他繼續說，『她覺得這裡很迷人，房裡有火爐，一餐豐盛的晚餐，還有一杯宜人的美酒。她沒看到那個女人！她沒看到他們做的事，』他絕望地說，『噢，我想馬上離開這個鬼地方，我還用錢來說服他們，「如果這件事結束了，」

我一再對他們說，「你們之中總有人需要這筆錢，只要我們離開，就可以發一筆小財。」』

「『可是還沒有結束……』我喃喃地說。

「接著我看到淚水在他的眼眶裡浮現，他的嘴巴因為痛苦而扭曲。

「『怎麼會發生在她身上呢？』我問他。

「『我不知道。』他搖頭喘了一口氣，把酒瓶壓在前額上，彷彿把它當成涼爽提神的東西，但它不是。

「『它到旅館裡來了嗎？』

「『他們說她是出去找它。』他的眼淚滑下臉頰。『所有的出入口他們都確定鎖上了，所有的門和窗戶！然後到了早上，他們大叫說她不見了，窗戶開得大大的，而她不在房裡。我甚至沒浪費時間穿睡袍，一路狂奔，結果在旅館後面找到她。我的腳軟了下去……她就躺在桃樹下，手裡拿著個空杯子，緊緊抓住它，一個空杯子！他們說它把她騙出去……她想拿水給它……』

「酒瓶從他手裡滑落，他用兩手捂住耳朵，身體向前彎，頭低低垂下。我坐在那裡看了他好久好久，一句話也說不出口。然後他輕輕地哭著說，現在他們想褻瀆她的遺體，他們說她、說愛美莉已經變成吸血鬼了。我輕聲向他保證說她沒有，雖然我不認為他有聽到我說的話。

「最後，他身體向前傾，好像快跌倒了一樣，看來是想去拿蠟燭。他的手臂還沒擱到餐具櫥上，手指就碰到蠟燭了，使得燭淚澆熄了小小的火焰。於是我們陷入黑暗中，他的頭則跌入他的臂彎中。

「那個房間的光線都集中到克勞蒂亞的眼睛去了，沉默持續著，我坐在那裡希望摩根不會再抬起頭。然而那個女人又來到門口，她的蠟燭照亮了他，他醉了，也睡了。

「『你現在離開吧，』她對我說，身邊圍繞著陰暗的人影，古老的木屋旅館因為男男女女的穿梭而生氣盎然。『從火爐邊離開！』」

「『你們想做什麼？』我要求她回答，一面抱起克勞蒂亞，『我要知道你們打算做什麼！』

「『從火爐邊離開。』她命令我。

「『不，別這樣，』我說。可是她瞇起眼睛露出牙齒，『滾出去！』她發出咆哮。

「『摩根。』我叫他。可是他沒聽見，他根本聽不見。

「『別吵他。』那女人嚴厲地說。

「『可是你們要做的事太愚蠢了，妳不懂嗎？這個女人已經死了！』我向她懇求。

「『路易，』克勞蒂亞小聲地說，以免被他們聽到，她的手臂隔著我帽子的皮裘緊抱住我的脖子。『別管這些人了。』

「現在其他人也走進這房間了，他們圍繞在桌子四周，望著我們的表情是如此陰森。」

「『可是這些吸血鬼是從哪裡來的？』我輕聲說，『你們已經找過墳墓了！如果這是吸血鬼作祟，它們還能躲到哪裡去？這個女人不會傷害你們，去找真正的吸血鬼，如果非這樣不可的話。』

「『等到白天。』她嚴肅地說，目光閃爍，慢慢點點頭。『等到白天，我們會逮到它們，等到白天。』

「『哪裡？在墳場裡挖你們自己村人的墳墓？』

「她搖搖頭，『那個廢墟，』她說，『一直是那個廢墟。我們一開始就弄錯了，在我祖父的時候就是那個廢墟，現在又是那個廢墟裡在作怪。如果必要的話，我們會一個石頭一個石頭地把它拆掉。可是你……你出去吧，因為如果你不離開這個房間，我們現在就會把你們趕到黑漆漆的屋子外面！』

「然後，她從圍裙後面伸出拳頭，手裡緊抓著一根木棍，在燭光中高高舉起。『你聽見我說的話了，快離開！』她說，那些男人靠過來站到她身後，他們的嘴唇緊抿著，眼睛在燭光中閃耀。

「『好……』我對她說，『出去外面，我倒寧可這樣，出去外面。』然後我衝過她身邊，差點把她推到一旁，他們倉皇地讓出一條路。接著我抓住旅館大門的門閂，迅速打開。

「『不要！』那個女人用德語嘶啞的喉音叫道，『你瘋了！』接著她衝過來，啞口無言地瞪著那個門閂。她把手舉起擋住大門的門板，『你知道你在做什麼嗎？』

「『那個廢墟在哪裡？』我平靜地問她，『有多遠？在路的左邊還是右邊？』

「『不，不。』她猛烈地搖頭。我打開門，冷冽的風吹拂著我的臉，牆邊有個女人尖銳而憤怒地罵了一句，一個孩子在睡夢中發出含糊的囈語。『我走了，我只有一件事有求於妳，告訴我那個廢墟在哪裡，我才能避開它們，告訴我。』

「『你不知道，你不知道。』她說。我伸手握住她溫暖的手腕，慢慢把她拉到門外，她的腳在地板上磨蹭、眼神狂野渙散。那些男人靠近過來，可是當她被迫站到門外時，他們就停步了。她甩甩頭，頭髮掉到眼睛裡去，她盯著我的手腕，然後是我的臉。

『告訴我……』我說。

「現在她看的不是我，而是克勞蒂亞。克勞蒂亞已經轉過來對著她了，火爐的火光照在她臉上。我知道，那女人看的不是圓滾滾的臉頰和圓嘟嘟的小嘴，而是克勞蒂亞的眼睛，它們正以陰暗、惡魔般的慧黠望著她。那女人的牙齒突然咬住嘴唇。

「『往北還是往南？』

「『往北……』她喃喃地說。

「『左邊還是右邊？』

「『左邊。』

「『多遠？』

「她的手拚命掙扎。『三英里。』她喘著氣。然後我放開她的手，她往後倒在門口，眼睛因為恐懼與困惑而睜得大大的。我轉身要走，突然她在我身後高叫要我等一下。我轉回頭，看見她正從頭上取下一個十字架，將它伸向我。記憶中那個黑暗夢魔的荒野又浮現了，我又看到芭貝像多年前那樣瞪著我，說著那些話：『退下，撒旦！』可是那個女人的表情卻焦急萬分，『拿去，拜託，看在上帝的份上。』她說，『而且跑快點。』然後門關上了，把我和克勞蒂亞留在無邊的黑暗中。

「在幾分鐘之內，夜幕便包圍了我們馬車無力的提燈，彷彿那座村莊從來不曾存在。我們踉蹌前行，轉彎時馬車的彈簧嘰嘰尖叫，暗淡色的月光偶爾照出松樹林後蒼白的山脈輪廓。我不斷在腦中想著摩根，在耳中聽到他的聲音，這些都和我自己的可怕想像糾纏在一起。我想像與那個殺了愛美莉的東西會面，那無庸置疑地是我們的同類。克勞蒂亞則興奮得不得了，如果她會駕馬車的話，現在韁繩一定是在她手上。她一次又一次地催促我揮鞭子，有幾次她粗暴地打掉突然伸到我們面前的低枝，而在顛簸的路面上，她緊抱住我腰際的手臂就像鋼鐵一樣堅定。

「我記得當時有個彎路轉得很急，提燈碰碰撞撞，克勞蒂亞在風中叫了起來：『那裡，路易，看到沒有？』於是我猛力拉緊韁繩。

「她跪著抱緊我，馬車像海上的船隻一樣劇烈搖晃。

「月亮從一大團鬆散的雲層中露出光芒，而就在我們上方，那座高塔的輪廓隱隱浮現。一扇長窗露出後面的蒼白天空。我坐在那裡抓住凳子，當馬車在它的彈簧上安靜下來時，我也在試圖安撫我腦中奔騰的念頭。有匹馬低鳴了一聲，然後一切歸於平靜。

「克勞蒂亞說：『路易，來……』

「我喃喃說了些什麼，短短一聲毫無道理的反對。我有一種直覺而可怕的感覺，覺得摩根就在我身邊，用他在旅館裡懇求我的那種低沉狂熱聲音對我說話。我們周圍的黑夜裡沒有一個生物在活動，只有風和樹葉輕輕的沙沙聲。

「『你想他知道我們來了嗎？』我問道。在這風中，我的聲音聽在我耳中也有些陌生。我好像又置身那個小客廳裡，好像無法從那裡逃出，好像眼前這個濃密的森林不是真實的，我想我發抖了。然後我感覺到克勞蒂亞的手極其溫柔地撫摸我遮住眼睛的手，稀疏的松林在她身後如波浪般擺動，而樹葉的沙沙聲愈來愈響，彷彿有隻大嘴巴吸進微風形成氣旋。『他們會把她埋在十字路口？他們會這麼做嗎？一個英國女人！』我喃喃自語。

「『如果我有你的體型……』克勞蒂亞感嘆地說，『而如果你有我的心靈。噢，路易……』現在她的頭靠向我，因為這個動作如此類似於吸血鬼彎下來要親吻人，所以我退縮了；可是她的嘴唇只是輕輕碰碰我的，當我的雙臂環抱著她時，她只是從我的唇間吸走一些我的呼吸，再讓它流回我體內。『讓我帶領你……』她請求我，『已經沒有回頭路了，抱我起來，』她說，『然後把我放在地上。』

「可是好像過了永恆那麼久的時間，我只是坐在那裡，感覺她的嘴唇在我的臉頰和眼簾上游移。然後她移動了，柔軟的小身軀突然自我身邊離開，動作如此優雅迅速，彷彿漂浮在馬車旁的空中。她的手抓住我的手，一下就放手了。接著我低下頭來，看到她正站在地上抬頭望著我，置身在提燈顫抖的光線裡。她一面向後退，一隻小靴子退到另一隻小靴子之後，一面向我打手勢，『路易，下來……』直到她快要消失蹤影時，我才連忙從掛鉤上解下油燈，走到她身邊，站在高高的野草中。

「『妳感覺不到危險嗎？』我悄悄對她說，『妳不能像聞氣味一樣聞到危險嗎？』在她轉向斜坡時，某種一閃即逝的難解微笑在她的唇上舞動。提燈在高聳的森林裡照出一條小徑，一隻小小白白的手抓緊羊毛披風，她向前邁進。

「『等一下……』

「『恐懼是你的敵人……』她回答我，但並未停下腳步。

「她順著光線前行，腳步堅定，連高高的野草也逐漸變為碎石地面，而森林益發濃密，遠處的高塔在月光陰暗及樹枝搖擺時隱而不見。很快地，馬匹的聲音及氣味在微風裡已經不可聽聞。『勇敢一點。』克勞蒂亞輕輕地說，一面勇往直前，只在糾纏的藤蔓和石塊偶爾遮住路時才停下來。那個廢墟非常古老，我們不知道到底是瘟疫、火災還是外敵，使得這個城鎮荒廢，但是那個修道院真的還留存著。

「黑暗裡，有個既像風又像樹葉的聲音發出，可是都不是。我看到克勞蒂亞的背挺直了，看到她放慢腳步時雪白手掌的揮舞。然後我發現那是流水的聲音，慢慢蜿蜒流下山坡。在黑暗樹幹的間隙裡，我們看到遠處有一條筆直而閃著月光的瀑布，注入一個翻騰的水池中。

「克勞蒂亞的剪影出現在瀑布前，她的手抓住潮濕土壤裡一段裸露的樹根，接著我看見她慢慢爬上斷崖，手臂幾乎不曾顫抖，小小的靴子晃盪著，然後踩進使力，接著再度騰空。池水十分涼冽，使得四周的空氣芳香清新，因此我暫時休息了一下。周圍森林裡沒有任何東西在活動，我仔細傾聽著，靜靜區分出樹葉的音調，可是沒有其他的東西在活動。然後我逐漸警覺起來，像一陣寒氣從我的手臂逐漸爬上我的脖子，最後到達我的臉；這裡的夜晚太孤寂、太缺乏生氣了，彷彿連小鳥都和其他無數應該活躍在河岸的生物一樣躲避著這個地方。可是在我上方，已經到懸崖上的克勞蒂亞正伸手向我要提燈。她的披風輕拂我的臉，我舉起它，她突然出現在光圈裡，像個詭異的天使。她向我伸出手，彷彿雖然她體型嬌小，卻可以拉我上崖壁。片刻之後，我們便又繼續前進，越過小溪走上山坡。『妳感覺到了嗎？』我悄聲說道，『太安靜了。』

「可是她捏捏我的手，彷彿在說：『安靜。』山坡漸漸變得陡峭，而那種死寂則讓人緊張。我努力望著光線的盡頭，辨識矇矓中出現眼前的樹枝。有個東西真的動了起來，我立刻抓住克勞蒂亞，幾乎猛力把她拉過來。但那只是隻小蜥蜴，揮舞著如鞭的尾巴飛越過樹葉間，然後樹葉安靜下來了。克勞蒂亞向後靠到我身上，在我披風的衣褶下，一隻手堅定地抓住我的外套，似乎在催促我向前，我的披風罩著她寬鬆的衣服。

「很快地，流水的味道也消失了。突然，當月光清晰地灑下來時，我看到我們前方的森林出現了個開口。緊握著提燈的克勞蒂亞突然關了提燈上面的小鐵門，我想去阻止，手和她的手纏鬥起來，接著她平靜地對我說：『把眼睛閉上，然後慢慢張開，這樣你就看得到了。』

「我抓住她的肩膀照著做的時候，心底升起一陣寒意。可是當我張開眼睛時，我真的在遠方的樹枝後看到修道院長長矮矮的圍牆，還有巨大高塔方形的頂端。更遠處，在一大片黑暗的山谷上，閃耀著帶雪的山峰。『來，』她對我說，『輕點，就好像你的身體沒有一點重量。』然後她毫不猶豫地向牆邊走去，向任何可能在遮蔽中等待的東西走去。

「片刻之後，我們就找到了可以進入的缺口。這個大開口比旁邊的牆更為陰暗，藤蔓嵌入邊緣，彷彿在綁牢石塊。在我們上方的高處，敞開的房間裡傳出石頭強烈的潮溼味道，鑽進我的鼻孔，我看到雲隙裡有朦朧的星光閃爍。一座巨大的樓梯向上蜿蜒，從一個角落盤旋到另一個角落，一直到那個可以鳥瞰山谷的窄窗；而在第一個臺階下面隱隱浮現的，是通往修道院房間的巨大黑暗開口。

「克勞蒂亞一動也不動，彷彿變成了石頭，在這潮溼的地方，她連一小綹髮髮也不曾飄動。她在傾聽，於是我也和她一起凝神傾聽，可是只聽見四周的低沉風聲。接著她緩慢而誇張地動了，一隻腳尖慢慢清除前方一塊潮溼的土地，我看到一塊石板，她輕輕地用鞋跟踩踏時，發出了空洞的聲音。然後我看出它相當大，而且在遠處的角落有些高起。我心中出現一個鮮明得可怕的影像：那些村裡的男女圍繞在它四周，用巨大的槓桿把它撬起來。克勞蒂亞的視線掃過樓梯，接著停留在那扇破破的門上。月光一度從高處的窗子裡照下來，然後克勞蒂亞動了，瞬間不發出一點聲音就站在我身邊。『你聽到了嗎？』她悄悄說，『聽。』

「那個聲音低得沒有凡人能聽見，它不是自廢墟裡發出的，而是來自遠方。不是我們從斜坡上來的漫長曲折山路，是從另一邊的稜線，自村莊的方向而來。現在聽見的只是一點沙沙聲、一點磨擦聲，可是很規律；逐漸地，輕緩的腳步聲開始現形。克勞蒂亞的手緊緊握住我的手，並且在輕壓下，將我靜靜拉到樓梯的下面，我可以看到她衣服的裙襬在披風下緣微微飄揚。腳步聲愈來愈大，我發現有一步很急促，另一步慢慢在地上拖過。這是跛行的腳步，在低沉的風聲裡愈來愈接近。我的心狂跳不止，感覺到太陽穴裡的血管繃緊了起來，四肢傳來一陣戰慄，以至於我能清清楚楚地感覺到襯衫的纖維、領口的挺硬和鈕釦在我披風上的磨擦。

「然後，隨風傳來一陣模糊的氣味，是血的氣味。它立刻違反我意志地挑動了我，溫暖甜美的人血氣味，正在汩汩流出的鮮血。接著我聞到生人血肉的味道，夾雜在腳步間的是乾燥重濁的喘息聲。隨之而來的又是另一個聲音，當腳步聲逐漸接近時，它含糊地與前一個聲音糾纏在一起——另一個生物克制、緊張的呼吸聲。我可以聽到一個生物的心跳，跳得很不規律，是一種畏懼的悸動。但在它之下是另一顆心臟，一個愈來愈大聲的穩定心跳，這個心臟堅強得和我自己的一樣！然後，從那個我們剛才經過的缺口，我看到了他。

「他非常高大，先出現的是寬闊的肩膀，和一隻放鬆垂下的長手臂，手指捲曲著。

然後我看到他的頭，另一隻肩膀上扛著一具人體。他那個缺口站直，調整一下負重，直直地透過黑暗望向我們。我看著他時，身上每塊肌肉都變得像鐵般僵硬，看著他的頭隱約映在天穹下；可是我還看不見他的臉，只有他眼中反映出些微月光，彷彿眼睛是由玻璃碎片製成。然後我看到月光照耀在他的鈕釦上，聽到他們再度向前，他的手臂又放了下來，一條長腿抬起，對著塔直直地向我們走來。

「我緊抓住克勞蒂亞，立刻準備好將她拉到身後，然後讓我出去面對他。可是我驚訝地發覺，他的眼睛並沒有像我看到他一樣看到我，而且人體的重量使得正走向修道院門口的他步履蹣跚。月光現在照在他低垂的頭上，照在一大堆鬈曲的及肩黑髮上，也照在他外套的黑色袖子上。我看到他外套的口袋蓋已經撕毀，袖子心扯開了，我幾乎要想像從肩膀處可以看到他的皮膚。在他手臂裡的人動了起來，悲慘地呻吟著，那個人影頓了頓，顯然是捶了那人一拳。就在這時候，我自牆邊跨出，朝他走過去。

「我的嘴唇沒有說任何話，因為我不知道要說什麼。我只知道我出現在他面前的月光下時，他黑而捲曲的頭髮猛然抬了起來，然後我看見了他的眼睛。

「有片刻的時間，他只是瞪著我。我看到光線在那對眼睛裡閃耀，然後在兩枚尖銳的犬齒上熠熠生輝。接著，從他喉嚨深處發出一種低沉、彷彿被勒住脖子般的叫聲，有一瞬間我還以為是我自己發出這個聲音的。那個被扛著的人跌落在石地上，一聲令人戰慄的呻吟逸出了他的唇間。突然，那名吸血鬼撲向我，當他令人作嘔的惡臭衝進我的鼻孔、像爪子一樣的手指嵌進我披風的皮裘時，剛才的叫聲再度傳出。

「我往後倒下去，頭撞在牆上，我抓著他的手，另一隻手還抓著一大把糾纏的髒東西——那是他的頭髮。在我的撕扯下，他外套潮溼腐爛的織線裂開了，可是抓住我的手臂卻有如鐵鑄。而當我掙扎著想把他的頭往後拉時，他的長牙碰到了我的皮膚。克勞蒂亞在他身後尖聲大叫，某樣東西重擊他的頭，讓他突然停了下來，然後他又被打了一下。他轉身，似乎想回擊，於是我盡全力一拳揍上他的臉。一塊石頭又砸了他一下，克勞蒂亞靈活地躍開，我接著用盡全身的力量撞向他，感覺到他跛著的那隻腳彎了下去。我記得我不斷捶打他的頭，手指把他骯髒的頭髮連根拔起。他的獠牙向我伸來，雙手刮著我、抓著我。我們在地上滾來滾去，直到我再度壓制住他。

「此時月光清晰地照在他臉上，而氣喘如牛的我猛然發覺我抓住的是什麼：兩顆大大的眼珠從光禿禿的眼眶裡凸出來，兩個小小醜陋的孔洞就是他的鼻子，一身腐臭厚皺的皮肉包裹著他的骨骼。而那套穿在他身軀上發臭破爛的衣服，則沾滿了泥土、黏液和血漬。我只是在和一具毫無智慧的活屍搏鬥，如此而已。

「從他上方，一顆尖銳的石頭擊落在他額頭，他雙眼中間迸出了鮮血。他拚命掙扎，可是另一顆石頭又落下，力量如此強大，我竟然聽到骨頭碎裂的聲音，鮮血從他淩亂的頭髮裡湧出，流進石頭和草叢裡。他的胸口在我身體下面跳動，可是手臂顫抖了一陣便靜止不動。我站起來，喉頭糾結，心頭如火燒，體內的每束肌肉都因為搏鬥而發痛。有一瞬間，那個巨塔般的身體似乎要翻身而起，但是緊接著又倒了回去。我背靠牆瞪著那個東西，血液在我的耳朵裡流動。漸漸地，我才發覺克勞蒂亞正跪在他胸前，檢視曾經是他頭顱的凌亂頭髮和骨頭，她把他頭顱的碎片散放在地上。我們終於見到了歐洲的吸血鬼，那個舊大陸的生物，而他已經死了。

「我在寬大的階梯上躺了好久，完全不在乎上面厚厚的泥土，枕著泥土的頭覺得非常清涼，我一直呆呆地望著他。克勞蒂亞站在他腳邊，兩手無力地垂落身旁。我看到她閉了閉眼，兩顆小小的眼睛，讓站在那裡的她像個小小、浸著月光的白色雕像，接著她的身體開始慢慢地移動。『克勞蒂亞。』我喊她，她回過神來，我從來沒有見過她這麼憔悴。她指指躺在牆角的那個人，他還是沒有動靜，可是我知道他並沒有死。我已經完全忘掉他了，因為我渾身疼痛，所有感覺依舊被那流血屍體的臭味縈繞。可是現在我看到那個男人了，我心中隱約知道他的命運會如何，而我毫不在乎，我知道離天亮最多只有一個小時。

「『他動了。』她對我說。於是我試著想從臺階上起來，我想說：最好他不要醒來，最好他永遠都不要醒來。她正走向他，視若無睹地經過那個剛才差點殺了我們兩人的死東西。我看到她的背，以及那個人在她面前動了起來，腳在草中扭動。我走過去時並不知道會看到誰，某個嚇慌了的鄉下人或農夫，或某個悲慘的可憐蟲，已經被那個東西的臉嚇壞了。我沒有馬上認出躺在那裡的是誰，結果竟然是摩根。蒼白的臉現在顯露在月光下，脖子上有吸血鬼的記號，藍眼沉默而毫無表情地瞪著前方。

「可是當我靠近，那雙眼睛突然睜得大大的。『路易！』他驚訝地輕聲叫道，嘴唇掀動著，好像想說話卻做不到。『路易……』他又叫了一聲，然後我看到他笑了。他掙扎跪起時發出乾啞的聲音，將手伸向我。他蒼白扭曲的臉因為發不出聲音而緊繃，只好拚命點頭，紅髮鬆散蓬亂，掉進了他的眼睛裡。

「我轉身就跑，克勞蒂亞馬上趕過來抓住我的手臂。『你看到天色了嗎？』她嚴厲地斥責我，她身後的摩根往前一倒，雙手撐地。『路易。』他再次呼喚，眼中射出光芒。他似乎對這個廢墟、這個夜晚和所有事情都視而不見，除了一張他認得的臉，那個名字又從他口中傳出，我雙手捂住耳朵，一步步退開。他舉起鮮血淋漓的手，我可以聞到和看到那些血，而克勞蒂亞也同樣能聞到。

「她很快跨到他身上，把他推倒在石地上，白色的手指梳過他的紅髮。他試圖抬起頭來，並伸出雙手捧住她的小臉，接著輕撫她金黃的鬈髮。她突然把尖牙插進他的脖子，他的手立即無力地跌落身旁。

「她追上我時，我已經跑到森林的邊緣了。『你得去吸他的血。』她命令我。我可以聞到她唇上的血，看到她臉頰的溫暖色澤，她抓住我手腕的手灼炙著我，可是我紋風不動。『聽我說，路易，』她的聲音立即充滿焦急與憤怒，『我留了一部分給你，可是他快要死了……沒有時間了。』

「我把她抱起來，開始走下那條漫長的下坡路，不需要小心翼翼了，不需要偷偷摸摸了，沒有來自魔界的主人在等著我們，通往東歐祕密的大門在我們面前關上了，我步履沉重地穿過黑暗走向馬路。『你聽我說好不好，』她叫了起來。可是我沒理她，照舊向前進，她的手抓著我的外套，然後是我的頭髮。『你看到天色了嗎？你看到了沒有！』她氣得罵人。

「水花四濺中，我走過冰冷的小溪，一路尋找路上馬車的燈光，此時她只能在我胸前哭泣。

「我找到馬車時，天空是暗藍色的。『把那個十字架給我，』我揮鞭時向克勞蒂亞叫道，『現在只有一個地方可以去了。』馬車急轉向村莊時，她重心不穩地倒在我身上。

「我可以看見暗褐色樹林升起的霧氣，同時有一種奇特至極的感覺，空氣寒冷清爽，小鳥已經開始啁啾，彷彿太陽就要升起來了。可是我並不在乎，而我也知道它還沒有要升起，還有一點時間。那是一種美妙而平靜的感覺，擦傷與割傷燒炙著我的皮膚，我的心因為饑渴而發痛，可是我的腦袋卻感覺到奇妙的飄然。直到我看見旅館和教堂尖塔的灰色形狀，輪廓太清楚了，而且頭頂上的星辰正迅速隱沒。

「片刻之後，我站在旅館前面擂門，大門打開前，我特別用披風帽緊緊圍住我的臉，也把克勞蒂亞裹進披風。『你們的村子已經擺脫吸血鬼了！』我對那女人說，她驚異萬分地盯著我。『感謝上帝，他已經死了，妳可以在那座廢墟找到他的屍體，馬上把這個消息告訴妳的村民。』我衝過她身邊進入旅館。

「那批人立刻騷動起來。可是我堅稱我已經累得撐不下去了，我必須祈禱和休息，他們得從馬車上把我的箱子搬進個像樣的房間，讓我在那個房間裡休息。法那的主教會差人捎來訊息，只有等到他抵達時才可以叫醒我。『那個神父到的時候，告訴他吸血鬼已經死了，然後給他食物和飲料，要他等我起來。』我說。

「那個女人在胸前劃了個十字。『妳也知道，』我對她說，一面匆匆走上樓梯，『我沒辦法向妳透露我的任務，直到吸血鬼被……』

「『是的，是的，』她對我說，『可是你不是神父……那個小孩！』

「『不是，只是專門處理這種事的人，那些妖魔不是我的對手。』我對她說。突然我停下了腳步，因為看到那個小客廳的門開得大大的，橡木桌上只有一方白布。『你的朋友，』她的視線落在地板上，『他衝進黑夜裡……他瘋了。』我只是點點頭。

「我關上房門時聽到他們的大叫聲，似乎正從四面八方跑來，然後聽見教堂鐘聲連珠跑般地尖銳告警。克勞蒂亞已經溜下了我的臂彎，我門上門時她憂鬱地望著我。我很慢地打開窗戶的遮板，一線寒光洩進房裡，她仍舊站在那裡望著我，然後我感覺她來到我身邊，我低頭看到她正把手伸向我。『這裡，』她一定看出了我的困惑，我覺得如此虛弱，以致於她的臉似乎在我眼前搖晃，她眼裡的湛藍在她白色的臉頰上舞動。

「『吸，』她輕聲說，同時靠近過來，『吸啊。』一面將她柔軟細嫩的手腕伸向我。『不，我知道要怎麼做，我以前不是做過了嗎？』我對她說。她緊緊地關上窗，還閂上厚重的門。我記得我跪在小小的窗欄前，摸著老舊的窗框，在油漆的外表下，裡面其實已經腐朽了，在我的手指壓力下剝落。突然間，我一拳打穿它，感覺到圍繞在手腕四周的銳刺缺口，然後我記得我在黑暗中摸索，接著抓住了一個溫暖而律動的東西。一陣寒冷潮溼的空氣襲上我的臉頰，我看到黑暗在我周圍升起，又冷又溼的空氣像沉默的水，流進破裂的牆灌滿整個房間。房間消失了，我正啜飲著一條永不止歇的溫暖血河，它流過我的喉嚨，流過我的心臟，流過我的血管，讓我的皮膚在這寒冷黑暗的水中發熱。

「現在我啜飲的血流律動變慢了，我整個身體都狂叫著請它不要慢下來，我的心臟跳動著，試圖要那顆心一起跳動。我感覺自己冉冉升起，彷彿在黑暗中漂浮，然後黑暗連同那個心跳聲一起逐漸消失。在昏迷中，我彷彿看見有個東西發出光芒，它是如此輕微地顫動著，和樓梯上的踏步、地板上的足聲、外面車輪和馬匹的吵聲結合在一起，而且它在顫動時發出一種叮噹的聲音。它四周有一個木頭的框框，在那之中有一道人影從光芒裡現身。這個人很眼熟，我認識他修長的身形，黑色的長髮，然後我看到他綠色的眼睛注視著我。而他的牙齒、他的牙齒裡夾著一個巨大柔軟的褐色東西，他用手緊緊抓住它。那是隻老鼠，一隻醜陋的大老鼠，腳直直伸出，嘴巴張得大大的，長長捲捲的尾巴凍結在空中。他大叫一聲丟下老鼠，驚恐地瞪著，鮮血從他大開的嘴邊流下。

「一道光線灼燒我的眼睛，我掙扎著想睜開雙眼，恍惚中卻看到整個房間都在發光。克勞蒂亞就站在我面前，她已經不再是個小孩子了，變得大得多，她用雙手把我拉近過去。她跪著，我伸臂抱住她的腰，接著黑暗降臨，我緊擁著她，鎖扣上了，麻木侵襲我的四肢，接著我便完全不醒人事了。」

「整個外西凡尼亞、匈牙利和保加利亞都是這樣，在這些國家裡，鄉下人都知道死掉的人會再爬起來，吸血鬼的傳說比比皆是，在其中幾座村莊裡真的讓我們找到了吸血鬼，但結果都一樣。」

「沒有智慧的活死人？」男孩問道。

「都是，」吸血鬼說，「當我們真的找到的時候，都是那種東西，我記得頂多只有三、五個。有時我們只是遠遠看著它們，太熟悉它們笨拙搖擺的頭、萎頓的肩膀和破爛的衣服了。在某座村莊裡，那吸鬼血是個女人，才死了也許幾個月，村裡的人看到過她，知道她的名字。在經歷了外西凡尼亞的那個怪物後，她是唯一讓我們燃起希望的對象，但是這個希望還是落空了。我們在森林裡找到她，但她馬上逃跑了，我們緊追不捨，伸手抓她的黑色頭髮。她白色的壽衣滿是乾涸的血漬，手指上都是墳墓裡的泥土，而她的眼睛……完全沒有意志，只是兩個反射月光的水池。沒有祕密，沒有真相，只有絕望。」

「但這些東西是什麼呢？它們為什麼會這樣？」男孩問道，嘴唇因為噁心而抿起，「我不了解，它們怎麼跟你和克勞蒂亞這麼不同，卻仍然存在？」

「我有我的理論，克勞蒂亞也是。可是當時我心中最多的是絕望，而且在絕望中一再擔心我們已經殺掉了唯一和我們相同的吸血鬼——黎斯特。然而，這些似乎難以令人置信，如果他擁有如同魔法師的智慧，女巫的魔力……我也許會相信他是從控制這些怪物的力量裡轉化出一種有知覺的生命。可是他只是黎斯特，如我對你所描述過的，全無神祕之處。而且，在東歐的那幾個月裡，他的不足之處和他的魅力一樣，對我而這都是如此熟悉。

「我想要忘掉他，可是似乎卻一直想到他，彷彿那些空虛的夜晚是為了想他而生。有時候，我發現自己對他的意念如此清晰，好像他才剛離開房間、聲音還在空氣裡迴盪一樣。有時候，這樣反而會有些安慰感，但這也令人不安。我不自覺地想像他的臉——不是最後那晚在火場裡的臉，而是其他時候，他和我們在家的最後那個晚上，手指懶懶地彈著琴鍵，頭偏向一邊。當我看出我為什麼懷想著這種夢境時，內心升起一種與其說是苦悶，不如說是可憫的悲哀，因為我希望他還活著！在東歐的陰暗夜晚裡，黎斯特是我唯一找到的吸血鬼。

「可是克勞蒂亞的想法就實際得多了。一遍又一遍地，她要我回溯那晚在紐奧良的旅館裡，她是怎麼變成吸血鬼的。一遍又一遍地，她在其過程中尋找線索，希望能解釋我們在鄉間墳場遇見的東西為何會沒有智慧。如果黎斯特的血注入她體內後，她被放進棺材裡關起來，直到對鮮血的饑渴使她打破墳墓的石門，屆時餓到了臨界點，她的心靈會變成怎樣？她的身體也許能倖存，但心智已經破壞殆盡。所以也許她會冒冒失失地到處遊盪，破壞所經過的地方，就像那些我們見到的怪物一樣。這就是她的解釋。

「可是誰是他們的父親？他們是怎麼開始的？這是她無法解釋的，也帶給她去探索的希望。而我因為全然的精疲力竭，對此已經不抱一絲希望了。『它們製造出同類，這很明顯，可是它是從哪裡起源的？』她問道。後來在接近維也納的郊外時，她第一次這樣問我：我為什麼不能做黎斯特對我們所做的事？我為什麼不能製造出另一個吸血鬼？我不知道為什麼一開始我甚至沒聽懂她的意思，因為我非常憎惡自己，所以對那個問題有一種特別的恐懼，更甚對任何其他問題。

「你知道，我並不了解自己心中有一種強烈的意念。在很多年前，寂寞曾經使我想像這個可能性，尤其是當我被芭貝・法蘭尼爾的魅力所迷惑時。可是我將它深鎖在心房中，像一個還沒擺脫的激情，在她之後，我躲著凡人，我殺的都是陌生人。而那個英國人摩根，因為我認識他，因此他和芭貝一樣不會得到我致命的擁抱。他們都為我帶來太大的痛苦，我無法想像給他們帶來死亡，以及死後的生命——這太荒誕怪異了。我轉過頭去，無法回答克勞蒂亞的問題。雖然她非常生氣，耐心繃到了極點，她卻不能忍受我掉頭而去。於是她靠近我，用雙手和雙眼安慰我，好像她是我親愛的女兒。

「『別想這個，路易。』後來當我們舒適地安置在一個小小的郊區旅館時，她這麼對我說。我正站在窗前望著維也納遙遠的燈火，深深嚮往這個城市、它的文明和它的廣大。夜色澄澈，那個城市的光華映在天際。『讓我安撫你的心靈，雖然我永遠不能完全了解它。』她在我耳邊輕訴，小手撫摸我的頭髮。

「『好，克勞蒂亞。』我回答她，『讓我的心得到平靜吧，告訴我，妳永遠不會再對我提到製造吸血鬼。』

「『我不要製造像我們一樣的孤兒！』她回答得太快了，我的話激怒了她，我的感受激怒了她。『我要的是答案，知識。』她說，『可是告訴我，路易，你怎麼如此確定，你從來沒有在不知情的情形下做出這種事？』

我又出現那種明顯的愚鈍。我當時一定是像沒聽懂般瞪著她，我希望她能靜靜待在我身邊，同時希望我們留在維也納。我把她的頭髮拂到身後，指尖撫過她長長的睫毛，然後目光投向遠處的燈光。

「『總歸一句話，要怎樣才能製造那些東西？』她繼續說道，『那些流浪的怪物？要多少你的血和一個人的血混合……還有要什麼樣的心臟才能撐過第一次攻擊？』

「『那個臉色蒼白的愛美莉，那個悲慘的英國人……』她繼續說，無視於我臉上流露的痛苦，『問題不在於他們的心臟，除了被吸血之外，還要再加上對死亡的恐懼，他們才會喪命，是那種恐懼殺了他們。可是活下來的又是什麼樣的心呢？你確定你沒有養育出一隊的怪物，它們不時地、徒勞地憑本能追隨著你的腳步？那些你留下來的孤兒，它們的壽命有多長？這裡一天、那裡一星期，直到太陽把它們燒成灰燼，或者被某個獵物反擊打倒？』

「『別再說了，』我求她，『如果妳知道我是如何清楚地想像妳所描述的一切，妳就不會開口了。我告訴妳，這種事從來沒有發生過！黎斯特把我吸到瀕死的臨界點，然後把所有血還回來，那些血已經混合他的血了，就是這麼做的！』

「她移開視線，似乎低頭看著她的手。我想我聽到她嘆了口氣，但無法確定，然後她的眼睛打量著我，慢慢地，上上下下地，最後終於和我的視線相遇，然後她好像笑了。『不要被我的幻想嚇到，』她輕柔地說，『畢竟，最後的決定還是要你來，不是嗎？』

「『我不懂。』我說。她隨即發出一陣冰冷的笑聲，接著轉身走開。

「『你能想像嗎？』她的聲音輕得我幾乎聽不見，『一隊吸血鬼娃娃？這就是我能貢獻的……』

「『克勞蒂亞。』我喃喃地說。

「『好好休息吧，』她突然說道，聲音仍然低柔，『我告訴你，雖然我這麼恨黎斯特……』她頓了頓。

「『我這麼恨他，可是有他在，我們就是……完整的。』她看著我，眼皮不住顫動，彷彿音調輕微的提高讓她困擾，就像讓我困擾一樣。

「『不，只有妳是完整的……』我對她說，『因為一開始就是我們兩人在妳身邊，一人一邊。』

「我想我看到她的微笑了，但我不太確定。她低垂著腦袋，我可以看到她的雙眼在睫毛下轉動，來來回回，來來回回，然後她開口了：『你們兩個在我身邊，你這麼說的時候是不是也這麼想像，就像你想像其他事情一樣？』

「在好久以前的某天晚上，那對我來說仍然鮮明得彷彿昨日，但我沒有告訴她。那天晚上，她非常沮喪地從黎斯特身邊逃開。他要她殺掉路上的某個女人，那個女人顯然已經警覺地向後退了，我確定那個女人長得很像她母親。最後克勞蒂亞乾脆從我們身邊逃走，我在衣櫥裡找到了她，在外套和大衣之下緊緊抱著她的娃娃。我把她抱到她的小床上，在她身邊坐下，唱歌給她聽。她抱著娃娃看著我，好像正盲目而神祕地安撫某種她自己都還不了解的痛苦。你能想像嗎？漂亮的家具，陰暗的燈光，吸血鬼爸爸唱歌給吸血鬼女兒聽？只有她懷裡的那個娃娃有張人的臉，只有那個娃娃。

「『可是我們必須離開這裡！』眼前的克勞蒂亞突然說道，好像這個念頭剛剛才十萬火急地出現在她腦中，她雙手捂住耳朵，彷彿正抵擋著什麼可怕的聲音。『擺脫我們身後走過的路，擺脫現在你眼裡的那種神情，剛才我把我的思緒說出來時，那些對我來說不過是一些想法而已……』

「『原諒我。』我盡可能地溫柔說道，慢慢從好久以前的那個房間、那個鑲著荷葉邊的小床、那個嚇壞了的小怪物和詭魅的歌聲裡退出。還有黎斯特，那時黎斯特到哪裡去了？隔壁房間裡有人劃了根火柴，一道影子突然躍出，彷彿在全然的漆黑中，光明與陰暗活躍了起來。

「『不，你才應該原諒我……』她對我說，在這個接近西歐第一首都的小旅館房間裡。『不，讓我們原諒彼此吧，可是我們不原諒他。現在沒有了他，你看我們之間變成了什麼樣子。』

「『現在只是因為我們太累了，而且那些事都太令人厭煩……』我對她說，也對自己說，因為在這世界上，我再也沒有其他可以說話的人了。

「『啊，是的，所以我們不能再這樣了。我告訴你，我已經了解我們一開始就做錯了，我們必須繞過維也納，我們需要屬於我們的語言、屬於我們的民族。現在我想直接去巴黎。』」

第二部

「我想，光是巴黎這個名字，就能為我帶來一陣強烈的喜悅，一種幾近安寧的紓解。這令我十分驚異，不只因為我有此感受，還因為我幾乎已經忘記了這種感覺。

「我不知道你是否能了解這其中的涵義，我現在無法表達出來，因為巴黎對於現在的我，和對於當時，在那些日子、那段時刻的我有很大不同。我當時感受到一種很接近快樂的感覺，而且我現在比任何時候都有資格指出，我永遠不會知道快樂的真正滋味，也永遠不配知道。我現在並不那麼熱愛快樂了，然而聽到巴黎的名字，卻仍然讓我感受到它。

「凡人的美麗經常讓我心痛，凡人所構築的宏偉壯麗景觀，則讓我心中盈滿在地中海時所感受到的希望。但是巴黎，巴黎卻把我拉向她的心房，讓我完全忘了自己，忘了陷溺在凡人鮮血與凡俗衣飾的自己，忘了那個受到詛咒卻仍不斷追尋答案的怪物。巴黎凌駕了、照亮了所有承諾，也比任何承諾提供更多的豐富回報。

「首先要了解的是，她是紐奧良的母親，她給了紐奧良生命和最初的居民，也是紐奧良長久以來努力想變成的都市。可是紐奧良——雖然美麗而且生氣盎然——卻非常脆弱，那裡永遠有些野蠻和原始的東西存在，威脅著——從內在及外在兩方面——那裡奇異而複雜的生活。那些木板街道上每一吋、擁有的西班牙房子裡每一磚，都是來自周圍殘酷的荒野，而這片荒野永遠環伺著那座城市，隨時準備吞沒她。颶風、洪水、熱病、黑死病——還有路易安那本身的潮溼氣候，毫不倦怠地侵蝕每個堅固的木板和石雕門面。因此，紐奧良永遠像是其奮戰不懈的居民心中想像的一個夢，這個夢在一種頑強——雖然是不自覺的——的集體意志下永遠不受打擾。

「可是巴黎，巴黎是一個自我絕對完整的個體。由於歷史的虛飾裝點，她好像還停留在拿破崙三世的時代。因為她有高聳的建築、壯麗的大教堂、寬闊的大街、古老曲折的中世紀街道——像自然本身一樣龐大而不可毀滅。這些都在她的懷抱裡，在她活躍而著迷的居民懷抱裡。他們塞滿了畫廊、劇院、咖啡館，不斷地生產出天才和聖人，哲學和戰爭，粗糙的東西和最好的藝術。似乎即使外面的世界將沉入黑暗中，所有美好的、漂亮的、必須的東西仍然會在這裡綻放出最美的花朵。連遮蔽她街道的高大樹木也與她氣息相通，還有塞納河的河水——美麗地環繞過她的心臟，以致於這片土地——曾如此頻繁地受到鮮血及良知的洗禮——不再只是一片土地，而變成了巴黎。

「我們又活過來了，宛如墜入情網。經過在東歐流浪的那些無助夜晚後，我是那麼地陶醉於巴黎。當克勞蒂亞把我們安置進卡布琴大道的聖蓋伯爾旅館時，我完全目眩神馳了。據傳它是歐洲最大的旅館之一，寬大的房間讓我們以前城裡的房子如小巫見大巫，同時卻也以舒適的華麗喚起了過去的回憶。我們住進了一間最上等的套房，窗戶面對亮著煤氣燈的大道，晚上柏油路上擠滿了散步的人，還有永不歇息的車水馬龍，帶著衣著奢華的女士和她們的男伴到歌劇院、芭蕾、劇院和圖勒希通宵達旦的舞會與酒會。

「克勞蒂亞溫柔而合理地向我說明她花錢的理由，但我可以看出，她對採購任何東西都要透過我，已經愈來愈不耐煩，她覺得很厭倦。她說旅館會安靜地提供我們完全的自由，在來去不斷的歐洲觀光客壓力下，讓我們不受打擾地維持夜生活的習慣。我們的房間由某位工作人員私下負責清理得乾乾淨淨，而我們所付的昂貴代價則保障了我們的隱私及安全。但這只是表面的理由，她的採購裡隱藏了一種狂熱。「『這是我的世界，』她坐在陽臺上的小絲絨椅，望著旅館門口接踵而至的馬車時對我解釋說，『我要把它變成我喜歡的樣子。』她彷彿在自言自語。而所有安排都照她的喜好，有玫瑰和金色圖案的刺眼壁紙，一大堆綢緞和絲絨的家具，刺繡精美的枕頭，有四根柱子的床裝飾著絲綢帷幕。幾十朵玫瑰每天出現在大理石的壁爐架和嵌花的桌面上，簇擁在她穿衣間裝著簾幕的衣樹旁，也層層反射在傾斜的鏡子裡。

「最後，她把高高的法國窗布滿真正的山茶花和羊齒植物。『我懷念那些花，比起其他東西，我最懷念花。』她若有所思地說。然後到處尋找花朵，甚至在我們到店舖和畫廊裡買畫時。我在紐奧良時從沒見過如此大規模的搜尋，從傳統的人造花束，桌布上引誘你去觸摸的立體花瓣，到新潮而花俏的圖樣。那些色彩如此驕狂火熱，似乎摧毀了舊有的線條與舊的完整，形成一種很像我在狂亂時所感受到的視覺——花朵在我眼前生長，像燈火一樣劈啪作響。就這樣，巴黎注入了那些房間。

「我發覺自己在其中生活得十分愜意，再度擱下過去的夢想。因為那裡的空氣和羅雅路庭院一樣甜美，一切都在揮霍的煤氣燈火照耀下生氣勃勃，甚至連華麗高聳的天花板上也找不到一點陰影。光線在大吊燈的鎏金花紋上追逐，在燈泡裡顫動。黑暗並不存在，吸血鬼並不存在。

「雖然我這麼專注於我的追尋，但想到花一個小時的時間出去逛逛還是覺得很美好。父親和女兒從那麼精緻的奢華裡走出來上馬車，駛過塞納河畔，過橋到拉丁區，去輾過那些黑暗狹窄的街道，只為了搜尋歷史，而不是受害者。接著回到滴答作響的時鐘和壁爐架旁，玩著擺在桌上的紙牌。周圍是詩人的詩集，一場表演的節目表，還有一切在這巨大旅館四周的輕柔聲音：遙遠的小提琴聲，一個女人在琴弓的嗡嗡聲中輕快地說話，頂樓有個男人不斷對夜空重複：『我了解，我才剛開始，我才剛開始了解……』

「『你是不是也想要這樣？』克勞蒂亞問我。也許這只是讓我知道她並沒有忘記我，因為她已經安靜了幾個小時，絕口不提吸血鬼的問題。可是有點不對，那不是以往的平靜與記憶裡的凝思，而是醞釀著一種積鬱的不滿。雖然在我叫她或回答她時，那種神情會在她的眼裡消失，可是她的憤怒似乎就徘徊在離表面非常近的地方。

「『噢，妳知道我想要什麼。』我回答她，堅持我自己的意志。『在靠近巴黎大學的地方找個閣樓，近得可以聽到聖米夏爾路的聲音，又遠得有足夠的距離。可是我基本上還是會照妳喜歡的方式生活。』我看到這話讓她覺得溫暖，可是她把視線移開，彷彿在說：『你沒有解決的辦法。不要太逼我。不要拿我要求你的來要求我。你滿意了嗎？』

「我的記憶太清楚、太鮮明了。世間萬事都應該會漸漸磨去稜角，而沒有解決的問題也應該會緩和。但這些景象和我的心房如此接近，就如同項鍊墜裡的相片一樣，然而那相片嬌異得不是任何畫家或相機所能捕捉的。一次又一次地，我看見克勞蒂亞站在鋼琴的一旁，那是黎斯特彈著琴、而且即將赴死的最後一夜。我看見當他嘲笑她時她的表情，扭曲的臉龐在瞬間變成了面具。多點注意力也許會挽救他自己的生命——如果他真的死掉了的話。

「克勞蒂亞逐漸出現一些變化，並且慢慢向世界上最不願目睹的人顯現。她開始喜歡小孩子不會戴的戒指和手鐲，她輕盈挺直的步伐也不屬於孩子。而且她經常帶著我進入時裝店，命令的手指指向香水或手套，然後自己付帳。我總是不會離開太遠，也總是覺得不舒服——不是因為我害怕這個大都市，而是因為我害怕她。對她的受害者來說，她一直是個『走失的小孩』或『孤兒』，現在看來她要變成別的角色了，在被她擒住的人眼中，她一定顯得怪異而可怕。不過這種事她多半單獨進行，我常被丟在外面一個小時，只好在聖母院的雕刻前遊盪，或者把馬車停在公園角落，坐在裡面痴痴等著。

「某天晚上，我在旅館套房華麗的床上醒來，壓在身體下面的書讓我感到不適，我立即發現她不見了。我不敢問門房有沒有看到她，因為我們一向不在他們面前現身，也不透露我們的名字。我沿著外廊尋找她，接著是旁邊的街道，甚至舞廳——想到她一個人在那裡，還讓我升起一種無以名狀的恐懼。最後我終於看到她從大廳的側門走進來，小帽沿下的頭髮因為細雨閃耀，她腳步匆匆，彷彿在惡作劇之後溜之大吉。她登上寬闊的階梯，視若無睹地走過我身邊時，在場的男女眼睛都為之一亮。她的動作令我無法置信，是一種奇特而優雅的輕盈。

「我關上門時，她正脫下披風，然後在金色雨點的紛紛潑灑中，她抖抖披風，抖抖頭髮，小帽上的緞帶鬆脫了。我突然感到一陣安心，因為我看到她孩子氣的衣服、那些緞帶，還有一個安放在她臂彎的東西——一個小小的姿娃娃。她仍然對我不發一言，專心忙著那個娃娃，鑲著荷葉邊衣服下的身體，好像是用鉤子或線連結的，小小的腳像鈴鐺一樣作響。『這是個淑女娃娃，』她仰望著我說，『看到了嗎？一個淑女娃娃。』她把它放在梳妝臺上。

「『是啊。』我輕聲說。

「『一個女人做的，』她說，『她本來是做小孩娃娃的，千篇一律，全是小孩娃娃，一整個店舖的小孩娃娃，但我告訴她我要一個淑女娃娃。』

「這些話充滿了嘲諷與神祕感。接著她坐在那裡，溼嗒嗒的瀏海一縷一縷地貼在高高的前額上，專注地看著娃娃。『你知道她為什麼替我做這個嗎？』她問我。我開始希望這個房間有點陰影，讓我能從亮得過分的火爐旁躲開，藏到某個黑暗的角落。我更希望我不是坐在床上，彷彿置身一座打著燈光的舞臺中心，同時眼裡看著她，以及在鏡子裡的她，一朵又一朵的蓬蓬袖。

「『因為妳是個美麗的孩子，她想逗妳開心。』我回答她，聲音在我的耳中聽來既微小又陌生。

「她無聲地笑了。『一個美麗的孩子，』她抬眼望著我說，『你還以為我是這樣？』接著當她繼續玩著娃娃時，她的臉色變暗了，手指把鑲著花朵葉片的小領口壓向瓷製的胸膛。『是的，我像她的小孩娃娃，我就是她的小孩娃娃。你應該看看她在那間店裡工作的樣子，趴在她的娃娃上面，每個都是一樣的臉、一樣的嘴唇。』她的手指撫摸自己的嘴唇。

「房間好像有些變了，承載著她影像的鏡子開始顫抖，彷彿大地也在地基下面嘆息。馬車在街上轆轆行走，但它們何其遙遠。然後我看到她靜止的兒童身形在做什麼：她一手抓著娃娃，另一手掩住嘴，抓著娃娃的手正使勁捏它，把它捏得破裂四濺。她張開流血的手指，玻璃碎片紛紛掉落在地毯上。她撕扯那小小的衣服，零落的布片到處飛散。我移開視線，卻在壁爐上傾斜的鏡子裡又看到她，看到她的眼睛從頭到腳地掃視我。她從那鏡子裡消失走到我身旁，坐在床邊。

「『你為什麼看旁邊？你為什麼不看我？』她的聲音非常柔和，像枚銀鈴。可是接著她輕輕笑了，是一種女性的笑聲，她說：『你以為我會永遠是你的女兒？你是傻子的父親？還是父親中的傻子？』

「『妳的語氣不太友善。』我回道。

「『嗯……不友善。』我想她當時點了頭。她是我眼角裡的一團火，藍色的火焰，金色的火焰。

「『他們又是怎麼看妳的？』我盡可能地溫柔，『外面那些人？』我指向敞開的窗子。

「『很多解釋，』她笑了，『很多種解釋，他們解釋的功力很高。你看過公園和馬戲團裡的「小矮人」嗎？那種人們付錢取笑的怪物？』

「『我只是巫師的學徒！』我無法自制地爆發出來，『學徒！』我說。我想摸摸她，輕拍她的頭髮，可是我害怕她，她的憤怒就像支即將點燃的火柴。

「她又笑了，然後把我的手拉到她大腿上，盡可能用她的小手蓋住。『學徒，沒錯，』她發出笑聲，『可是告訴我一件事，高大的你請告訴我，做愛……到底是怎樣的？』

「我的頭腦還沒動，身體就已經自己動起來，離開她身邊，像個愚蠢的凡人一樣，慌慌張張地尋找披風和手套。『你不記得了？』當我的手落在銅門把上時，她以無懈可擊的平靜問道。

「我停下來，感覺到她的視線盯在我背上，心中羞窘萬分。然後我轉過身，彷彿在思索我要去哪裡、做什麼、為什麼我會站在這裡？

「『那是很匆促的，』我現在試著面對她的眼睛，那是如此完美、冰冷的湛藍，如此急切。『而且……那很少有情趣……是某種激烈但一瞬即逝的東西，我想那只像殺戮的影子。』

「『啊……』她說，『就像我現在這樣傷害你……這也是殺戮的影子。』

「『是的，女士。』我對她說，『我大致認為這句話是正確的。』然後迅速鞠躬，向她道了晚安。

「離開她之後好久，我才放慢腳步，當時已經遠離了塞納河。我想找個黑暗的地方，來躲避她和我心中高漲的情緒，以及那個腐蝕人心的恐懼——害怕我完全不能讓她快樂，或不能藉著取悅她而讓我自己快樂。

「我願意獻上整個世界來取悅她，但這個我所擁有的世界，已經在一瞬間變得空虛而又亙古。她說的話和眼神傷了我的心。我離開聖米歇路，一路走向拉丁區古老陰暗的街道，各種解釋的話出現在腦海中，有些甚至在我的唇上成形。可是沒有任何解釋能安撫她強烈的不滿，以及我的痛苦。

「最後這些說詞漸漸變成一段奇特的詩章。我走到了一條黑暗沉寂的中世紀巷道，盲目地隨著它曲折而行，兩邊高而狹窄的房屋給予我安慰感，它們好像隨時都會接合起來，在漠然的星光下覆蓋住整個巷道。

「『我不能讓她快樂，我沒有讓她快樂，而她愈來愈不快樂。』這就是我的詩章。我像念經一樣反覆吟唱，祈望能改變事實，改變她無法擺脫的失望。我們的追尋導致我們陷入地獄邊緣，我感覺她正漸漸離開我，而我在她強大的要求下像個侏儒。我甚至對那個做娃娃的女人——克勞蒂亞訂製淑女娃娃的那女人——產生了強烈的嫉妒。因為她給了克勞蒂亞一樣東西，而克勞蒂亞在我面前緊緊抱著它，完全忘了我的存在。

「這裡有多大，路會走到哪裡？

「從我數月前抵達巴黎以來，我從來沒有如此地感受到它驚人的幅員，感受到我可以隨意走過這些蜿蜒黑暗的巷道，進入一個充斥各種歡愉的世界，而我也從來沒有如此感受到它的無用。因為如果克勞蒂亞不能舒緩她的憤怒，巴黎對她而言就沒有任何用處。我完全無能為力，她也完全無能為力，但她卻比我堅強。而我知道，當我在旅館對她背轉過身時就已經知道，在她眼眸的後方，是對我持續不滅的愛。

「我昏亂疲倦而自在地迷失在那些巷道中，突然，我吸血鬼無可置疑的感應告訴我，我被跟蹤了。

「我第一個念頭不太合理，以為她跟來了，而且因為比我聰明得多，所以她能從遠處追蹤到我。可是這個念頭馬上就被另一個所取代，我的腦海裡原本盈滿了剛才的交談，現在浮現的是一個比較嚴酷的想法——這些腳步太重了，不會是她的，只是某個凡人在同一個巷子裡走來，毫無警覺地走向死亡。

「所以我繼續向前，就在幾乎要再度陷入我應得的煎熬中時，我的理智提醒我：你是個蠢貨，仔細聽好。然後我突然發覺，這些腳步在我身後很遠處與我的腳步如出一轍地迴響著。巧合吧？因為凡人是聽不到這麼遠的。可是當我停下來思考時，腳步聲也停了。而當我轉身一面說：『路易，你搞錯了。』一面跨步向前時，腳步聲也同樣繼續，步步皆與我一致。當我加快速度時，對方也加快速度。接著一件驚人卻無可否認的事情發生了。對身後腳步聲相當勇敢的我，竟然不小心絆到一片落瓦而撞到牆上。在我身後，那些腳步聲完美地回音出我跌跌撞撞的節奏。

「我完全愣住了，警覺心更甚於害怕。我兩旁的巷道非常暗，閣樓窗戶上不見一絲微弱的光線，而我唯一有的安全防護，是我們之間的遙遠距離，但這卻充分證明對方不是人類。我不知道該做什麼，一時間，我幾乎無法遏抑地想向對方打招呼，歡迎他前來，盡快源源本本告訴他我一直在等待、尋找他。可是我又很害怕，似乎繼續走下去，等他來找上我是比較合理的對策。而當我這麼做時，我再度被自己的步伐所嘲弄，我們之間的距離也並未改善。緊張的情緒在我內心高漲，周圍的黑暗愈來愈顯得威脅。我衡量著那些步伐時不斷喃喃自語：你為什麼跟蹤我，為什麼讓我知道你在哪裡？

「然後我繞過一個尖銳的轉角，看到眼前出現下一個轉角照來的光線，街道的坡度朝它上升，我非常緩慢地走過去，心跳聲在我耳中震耳欲聾，萬分不願讓自己暴露在那道光線下。

「當我在轉角前猶豫不定時——事實上是停下來了，忽然上頭有東西拍打翻撲，彷彿兩旁房子的屋頂都快倒塌下來了。我連忙往後一躍，千鈞一髮地躲過一堆從天而降的瓦片，其中一片還擦到我肩膀。現在四周再度安靜下來。我注視著那些瓦片，傾聽著，等待著，然後慢慢走過轉角，進入光線之中。赫然看見在街道上坡盡頭的煤氣燈下，站著一名無可置疑的吸血鬼。

「他非常高——雖然和我一樣瘦削，蒼白的長臉在燈下發亮，大大的黑眼以未掩飾的好奇盯著我；他的左膝微彎，好像在走到一半時停了下來。突然間我發現，不只他黑色濃密的長髮梳理得和我完全一樣，不只他穿的外套與披風和我的相同，他還澈底模仿了我的站姿和表情。我嚥了嚥口水，視線慢慢地打量對方，而在他的眼睛以相同的目光掃過我時，我拚命隱藏自己飛快的心跳。當我看到他眨眼時，才發覺自己剛剛眨了眼。接著我慢慢將手臂交叉在胸前，他也慢慢地有樣學樣。

「這真叫人抓狂，比被抓住還糟，因為當我唇角微動時，他也唇角微動，我想說話，卻發現聲音已經哽死在喉頭，而我找不到其他能面對這種局面、停止這種局面的話。我茫然失措地面對那個高大的男子，面對他尖銳的黑眼珠和超強的注意力，雖然那絕對是無懈可擊的嘲弄行為，卻也完全鎖定了我。他是吸血鬼，我似乎反而成為了一面鏡子。

「『很聰明。』我簡短而緊張地對他說。當然，他立即覆述了這句話。這比其他事情更讓我抓狂，我慢慢露出笑容，抗拒著渾身冒出的冷汗和雙腿的顫抖。他也笑了，但眼中有一種野獸般的殘忍，不像我的眼神，而全然機械性的微笑更是顯得邪惡。

「現在我跨前一步，他照做了；然後我停下來看著他，他也照做了。可是接著他慢慢地，非常慢地，舉起他的右臂握指成拳，而我則保持不動。他快速地擊胸，取笑我的心跳，笑聲自他唇間爆出，他仰起頭露出猙獰的牙齒，笑聲似乎塞滿了整個巷子，我討厭他，徹頭徹尾地厭惡他。

「『你想傷害我嗎？』我問他。卻只見那些話被惡意地忽視。

「『騙子！』我尖銳地指責，『小丑！』

「這話讓他停了下來，話停在他唇上沒說出來，他的臉變得僵硬。

「我當時做的都是出於衝動。我轉身走開，也許是想要他追上來問我是誰，可是在電光火石間，我根本沒有看見他是怎麼動的，他就又站在我面前了，好像他是從哪裡冒出來的一樣。我再度轉過身去——卻又一次在燈下面對他，黑色鬈髮輕落原位，是他唯一曾動過的跡象。

「『我一直在找你！我來巴黎就是為了找你！』我強迫自己說這些話。他沒有覆述或移動，只是站在那裡望著我。

「然後他緩慢而優雅地向前，我看出他已經不再模仿我了。他將手伸出，好像要我也伸手似的，但是他突然推我一把，讓我失去了重心。我努力維持平衡，可是感覺到溼透了的襯衫貼在我身上，抵著潮溼牆壁的手也弄髒了。

「而接著當我轉過來面對他時，他撲了上來。

「但願我能向你描述出他的力量。如果我攻擊你。用你永遠看不到動作的手臂給你一記重擊的話，你就會懂的。

「可是我內心有個聲音說：讓他看看你的力量，於是我很快躍起，雙手前伸地衝向他，結果打著的卻是夜色，在燈柱下盤旋的夜色。我站在那裡環顧四周，一個孤伶伶的傻瓜。我開始體會到這是某種測試，意識仍然全神貫注於黑暗的街道門口的玄關及任何他可能躲藏的地方。我一點也不想接受這個測試，但也找不到可以脫身的方法。當我正考慮如何清楚說明我的立場時，他又出現了，在我四周跳躍，並且把我撞倒在剛才已經倒過的碎石路上，還踢我的肋骨。我火冒三丈，伸手抓他的腿，在抓住那些布料和骨頭時，連我自己也幾乎不敢相信，他撞到對面的石牆，立即發出了一聲憤怒的咆哮。

「接著發生的事對我來說是一團混亂。我緊抓著那條腿不放，即使對方腳上的靴子拚命想踢我。然後他翻到我上方，掙脫我的手，我被一雙強勁的手舉到空中。我可以想像接下來會發生什麼事，他可以把我丟到幾碼開外，這對力量如此強大的他來說簡直輕而易舉。我可能會被痛打一頓，甚至嚴重受傷而失去知覺。連在那種混戰當中，我都還在思考著自己能不能失去知覺的問題。可是我永遠不必做這個實驗，因為雖然我如此困惑，但還是能確定有另外一個人介入了我們之間。有一個人正堅決地與他搏鬥，強迫他鬆手。

「最後我爬了起來，抬高視線，卻只匆匆看到兩個身形，像眼睛閉上後遺留的殘像，然後只剩下黑衣的翻攪及靴子在石板上的敲打聲，接著黑夜便陷入一片空虛。我坐在那裡氣喘吁吁，汗珠如注地流過臉頰，星星在腦袋周圍閃爍，接著飛到上方窄窄的一條昏暗天空。慢慢地，因為我的眼睛如此凝神細望，我發現前方牆上有個身影顯現出來。他蹲在窗楣突出的石簷上，現在轉過來了，光線先後投射在他的頭髮及僵硬蒼白的臉孔上。那是一張奇特的臉，比較寬闊，而且不像另外那個那樣瘦削，一雙大大的暗色眼睛緊緊盯著我，他發出一聲低語，雖然雙唇似乎根本沒有移動。『你沒事了。』

「我不只是沒事，還已經站穩身體準備攻擊，可是那個身形仍然蹲在那裡，彷彿是牆的一部分。我看到一隻白晰的手在背心口袋裡摸索，然後掏出一張卡片，和遞給我的手指一樣雪白，我沒有伸手去接。『來找我們，明天晚上。』同樣的細語發自那平滑而無表情的臉孔，現在仍然只在燈光下露出一隻眼睛。『我不會傷害你，』他說，『另外那個也不會，我不會允許的。』接著他的手做出吸血鬼才能做到的事，彷彿脫離了身體般把卡片放在我的手中，上面紫色的筆跡立即在燈光下閃耀，而那個人像牆上的貓一樣輕靈疾行，朝著上坡很快就消失在前方的牆後面了。

「我知道現在我是獨自一人了，我可感覺得到。站在燈下讀著卡片時，我的心跳聲似乎充斥了整個空蕩蕩的小巷。我知道那個地址，因為我曾經不只一次地經過那條街去戲院，可是那個名字卻令人大吃一驚：吸血鬼劇院，而時間則註明了是晚上九點。

「翻過面，我發現上面寫著：帶那個小美人一起來，誠摯地歡迎你們——阿曼德。

「無疑地，這是給我卡片的那個吸血鬼寫的。在黎明前，我只有很短的時間能回到旅館，告訴克勞蒂亞這件事。所以我飛奔前進，大街上的人甚至看不清掃過他們身邊的黑影。」

「只有持邀請函才能進入吸血鬼劇院。第二天晚上，門房看了看我的邀請函就放行了。細雨在我們四周輕灑，灑在關閉的售票口前的男男女女身上；灑在海報上，海報裡的吸血鬼伸出雙臂，像蝙蝠翅膀一樣的斗篷正要包圍住一個受害者亦裸的肩膀；也灑在擠過我們身邊進入壅塞大廳的那一對賓客身上。我很容易就看出來，那些人都是人類，其中沒有一個吸血鬼，包括引導我們到衣帽間的小廝。衣帽間裡充斥著淋溼的毛大衣，女士們戴著手套的手指匆匆整理鑲著羊毛邊的帽子和打溼了的頭髮。

「我帶著狂熱的興奮走到陰暗處。我們很早就『用餐』過了，這樣在劇院前熱鬧的街道上，我們的皮膚才不會顯得太過蒼白，眼睛太過發亮。因為心有所繫，我並沒有好好享受所嘗鮮血的滋味，這讓我更不舒服，但我沒時間再耗下去了。這不是殺人的夜晚，這是揭露謎底的夜晚——不論是何種結局，對此我十分確定。

「然而在我們四周的都是普通凡人，現在劇院的大門打開了，有個年輕男孩擠過人潮向我們示意，從人潮的肩上指著一道階梯。我們的座位是在包廂，劇院裡最好的包廂之一。就算那些血沒有完全暈染我的皮膚、或讓坐在我臂彎的克勞蒂亞像個人類孩子，這個帶位侍者似乎也完全不曾注意到，甚至並不在乎。事實上，當他為我們拉上兩把椅子和銅欄杆後的簾幕時，他的笑容太職業了。

「『你會蓄養這些人做奴隸嗎？』克勞蒂亞悄悄問道。

「『可是黎斯特從來不信任人類奴隸。』我回答她，一面望著觀眾席逐漸被填滿，望著綴滿漂亮花朵的帽子在我下方航行過絲墊座位的走道，雪白的香肩在我們旁邊的觀眾席上發亮，鑽石在煤氣燈下熠熠生輝。『記住，就這麼一次，要謀定而後動，』細語來自克勞蒂亞低垂的金色腦袋，『你太君子了。』

「燈光正漸漸撲熄，先是樓上觀眾席的，然後沿著大廳兩側牆壁。一群樂師進入舞臺前的樂隊池，綠絨舞臺幕下緣的煤氣燈閃了閃，然後放出光芒。觀眾彷彿被一片灰雲封閉了，只有手腕上、脖子上和手指上的鑽石在閃閃發光。聲音像那片灰雲一樣逐漸沉寂下來，直到最後一聲咳嗽的回音歇止後，便是完全的寂靜。

「接著，小手鼓的聲音緩慢而規律地響起，輕薄的木笛旋律加了進來，與手鼓鈴鐺的尖銳金屬聲響相呼應，迴盪成一種中世紀的蠱惑旋律。隨後，絃樂器的樂音強調了手鼓的節奏，笛聲揚起，吟唱著感傷與哀戚。音樂裡有一種迷人的力量，全體觀眾似乎都靜止而且被凝聚起來了，彷彿那笛聲是一條在黑暗中慢慢伸展的發亮緞帶。

「簾幕升起時，並未發出任何聲音打破寂靜，燈光變亮了，舞臺好像不是舞臺，而是一座濃密的樹林。在漆黑的天穹下，光線在樹幹粗糙的表面及密集的葉片裡閃耀，在樹叢間隙裡露出了一條小河的河岸與燦閃河水。這整個立體的世界其實都畫在一張薄絲幕上，偶爾微微地掀動波紋。

「這幕幻景受到此起彼落的掌聲激賞，接著掌聲從場內各角落響起，逐漸累積到頂點，然後沉寂下來。一個陰暗的身影開始在舞臺上的樹幹之間移動，速度之快，當他進入燈光時，彷彿是用魔法在舞臺中央現身。斗篷裡有隻手拿著銀色的大鐮刀，另一隻手用細棒舉著面具蓋在臉上，面具上顯現死神的臉孔——一個骷髏。

「觀眾堆裡發出驚喘聲，在他們面前的是死神，拿著鐮刀，站在一個黑暗森林的邊緣。現在我內心有一部分是和觀眾一起反應的，不是害怕，而是以凡人的方式來感受那脆弱手繪布景的神奇，感受燈光下那個世界的神祕。這個身影行動時，黑斗篷翻騰如浪，在觀眾面前以巨豹般的優雅來回移動，吸引出那些驚喘、那些嘆息、那些尊敬的低語。

「那個身影的每個姿勢，似乎都和搭配的音樂旋律一樣，有種擄獲人心的力量。現在，自這個身影之後的側翼，出現了另一個身影。那是一個老女人，背駝得很厲害，灰白的頭髮好像霉斑，臂彎裡沉甸甸的是一大籃鮮花。她蹣跚的腳步在舞臺地板上磨蹭，點頭的節奏和音樂旋律及死神的迅捷步伐一致。她看到他時嚇得倒退，接著慢慢放下花籃，伸出雙手作祈禱狀。她很累了，頭靠著手好像要睡覺似的，接著她向他伸手懇求。他走過木叢彎身直視她的臉，現在她的臉在白髮下只是一團陰影，他突然向後退，一手猛揮著好像想讓空氣清新些。觀眾席上傳出不太肯定的笑聲，可是當老女人起身追趕死神時，笑聲襲捲了整個劇院。

「音樂轉為捷格舞曲來配合臺上的追逐，老女人在舞臺上一圈圈地緊跟在死神背後。最後，他挺直身體躲到一根樹幹的陰影裡，像鳥一樣地把戴著面具的臉藏進斗篷。而老女人既迷惘又頹喪，音樂逐漸慢下來配合她的步伐，她拾起她的花籃，蹣跚地走出舞臺。我不喜歡，不喜歡那些笑聲。

「現在我看到其他人移進舞臺，音樂描繪著他們的身形，拄著拐杖的跛子和穿著灰暗襤褸衣服的乞丐，都伸手向死神苦苦哀求。而死神則如旋風般打轉，背脊突然一聳躲過這個，再以誇張的厭惡姿態越過另一個，最後以做作的疲倦與厭煩揮手趕走他們。

「此時我才發覺，那個擺出有趣弧度的無力白手不是粉塗出來的白，激起觀眾笑聲的，是隻吸血鬼的手。其他人終於下場了，那隻吸血鬼的手伸向獰笑的面具，像是要制止一聲呵欠一樣。然後這個吸血鬼——仍然拿面具遮住臉——以誇張的姿態斜倚著絲幕上畫的樹，好像即將沉沉入睡似的。音樂如鳥聲啁啾，如水波漣漣，籠罩著他的燈光像個黃色的池，開始慢慢昏暗，一切隨著他的沉睡而消逝。

「另一道光線穿透了絲幕，似乎讓它變得混沌矇矓，露出單獨站在上層舞臺的一個年輕女人。她非常高，有一頭發亮的金黃色秀髮。當她似乎在聚光燈裡摸索著前進時，我能感受到觀眾對她的驚嘆，黑暗的森林高聳於四周，因此她像是在森林裡迷路了。

「她確實是迷路了，而且她不是吸血鬼。她的破舊上衣和裙子上的泥土都不是舞臺油彩，完美無瑕的臉蛋一片光潔。她凝望著光線，面容像大理石聖母像一樣美麗精緻，頭髮如發光的面紗。她在強光裡看不見觀眾，雖然所有人都看得見她，她掙扎邁步時發出的呻吟，似乎與正浪漫輕唱笛聲相呼應，而笛聲正對這位美女衷心禮讚。吸血鬼在他蒼白的光圈裡猛然驚醒，轉過頭來看她，然後在驚嘆中舉起手來讚美她。

「零星的笑聲一閃即逝，她太美了，她灰色的雙眸太沮喪了，演技太精湛了。突然間，骷髏面具被丟向側翼，死神向觀眾露出了他發亮的白臉，他匆忙的手梳理著漂亮的黑髮，拉直背心，再拍了拍衣領上想像的灰塵，這是一個墜入情網的死神。掌聲開始為他明亮的面容，發光的顴骨與閃爍的黑眼睛響起，好像這都是偉大的幻影，其實這只是——而且絕對是——一張吸血鬼的臉。是那個在拉丁區找上我的吸血鬼，那個睨視獰笑的吸血鬼，在黃色的燈光照耀下刺眼萬分。

「我的手在黑暗中伸向克勞蒂亞的手，然後緊緊壓住它，可是她坐得紋風不動，好像陷入了恍惚。那無助的女孩正盲目地盯著笑聲來源，舞臺上的森林布景在那時分裂成兩半移開，讓那吸血鬼能接近她。

「她走近臺前的腳燈，突然看到他，頓時停下腳步，發出了像孩子一樣的呻吟聲。不錯，她的確很像個孩子——雖然明顯地是個發育成熟的女人，只有細嫩的眼睛周圍有些輕微的皺紋背叛了她的年齡。在她的上衣之下，乳房雖然嬌小卻形狀美好；她的臂部儘管狹窄，但讓她灰污的長裙有一種鮮明性感的俏麗線條。當她往後倒退時，我看到淚珠在她的眼眶中像燈下的玻璃一樣閃耀，而我的靈魂既替她害怕，也對她渴望。她的美太令人心折了。

「在她身後的黑暗中，突然出現一群畫出來的骷髏頭，戴著這些面具的人穿著黑衣隱去身形，只露出抓著披風邊緣及裙襬的白手。裡面有女吸血鬼，和男吸血鬼一同逼近那個受害者。現在他們一個個把面具丟成一排，面具的細棒像骨頭，上面的骷髏頭對著頭頂的黑暗獰笑著。然後他們就站在那裡，七名吸血鬼，其中三位是女性，像模子鑄造出來的雪白雙峰在黑禮服的緊身束腰上閃耀光輝，她們的臉孔僵硬而發亮，黑色的眼睛在黑色的捲髮下凝望著。她們彷彿飄向了那個美麗的倩影，這些女吸血鬼完美無瑕，但與那發亮的金髮和花瓣般粉紅的皮膚相比，她們卻顯得蒼白而冰冷。

「我可以聽到觀眾的呼吸聲、屏息聲和輕柔的嘆息聲，這真是令人目眩神馳的畫面。那個由白色臉孔組成的圓圈不斷收攏，領頭的那個死亡紳士轉向觀眾，雙手交叉在心窩上，頭在渴望中低垂以博取觀眾的同情。她不就是如此令人難以抗拒嗎？一陣含糊的笑聲與嘆息響起。

「最後是她打破了這神奇的沉默。

「『我不想死……』她喃喃地說，聲音悅耳如鈴。

「『我們就是死亡。』他回答她。接著她四周傳來一聲聲細語，『死亡。』她轉過身，甩髮時揚起一片金雨，對比在舊衣的灰塵上，顯得如此濃密鮮活。『救我！』她輕聲叫道，彷彿連提高音量都害怕。『誰……』她對著觀眾叫喚，知道那邊有人。一聲輕笑發自克勞蒂亞唇間。舞臺上的女孩只隱約地知道她在什麼地方，發生了什麼事，但比這劇院的人都更了解那些對她張開狼喙的傢伙。

「『我不想死！我不想！』她細緻的聲音顫抖了，眼睛定定地瞪著那高大的邪惡吸血鬼首領，那個惡魔般的騙子開始跨出圓圈，朝她走來。

「『我們都會死，』他回答她，『妳和所有人共享的一件事就是死亡。』他的手揮向樂隊、觀眾席及包廂裡的遙遠面孔。

「『不，』她不信地抗議，『我還有那麼多年，那麼多……』在痛苦中，她的聲音變得很小，話說得很快。使得她更令人無法抗抗，一如她赤裸頸項及在其上舞動的玉手給人的感覺。

「『幾年！』吸血鬼首領說，『妳怎麼知道妳有那麼多年？死神並不特別尊敬年齡！妳現在身體裡就可能有某種疾病，已經開始從內部吞噬妳了。或者，從外在來說，也許有個男人只是為了妳的金髮就要殺掉妳！』他的手伸向她的金髮，低沉而詭魅的聲音正夸夸其言。『要我告訴妳可能會有什麼命運嗎？』

「『我不在乎……我不怕，』她抗議道，清亮的聲音在他的話之後顯得如此脆弱。『我可以試試我的運氣……』

「『如果妳真的試過運氣而且活下去了，活了好多年，妳會有什麼收穫？直不起來的背和牙齒掉光的老臉？』現在他舉起她背後的頭髮，露出白皙的脖子，接著慢慢拉開她上衣寬鬆開口的繫帶，廉價的布料張開了，袖子從她窄小粉紅的香肩滑落，她抓住衣服，他卻抓住她手腕猛然拉開。觀眾似乎眾口一聲地發出嘆息，女士們從小望遠鏡裡凝望，男士們甚至身體前傾。我看到衣服落了下來，看到雪白無瑕的皮膚隨她的心臟跳動，看到她小小的乳頭攔住了滑落的衣服。吸血鬼緊緊把她的右腕壓在她身側，淚水從她發紅的臉頰滾下，她的牙齒深深咬進嘴唇。『就像這如此粉紅的皮膚會在歲月下變灰發皺一樣。』

「『讓我活下去，求求你。』她哀求他，同時把臉轉向一邊。『我不在乎……我不在乎。』

「『可是這樣的話，妳為什麼又要在乎現在死掉呢？如果這些事情不會讓妳害怕……這種恐懼？』

「她為之語塞，只有無助地搖搖頭。我感覺自己的血管裡盈滿了憤怒，還有激情。垂下了頭的她承擔了求生的全部責任，而這是不公平的，如此地不公平，因為她竟要和他辯論她神聖而美麗的生命。可是他讓她啞口無言，讓她機敏的直覺變得微不足道而且混淆。我可以感覺到她的內心開始失去生命，漸漸軟弱下去，而我恨他。

「上衣滑到了腰際，她嬌小渾圓的雙峰完全暴露出來，興奮的觀眾傳出一陣騷動聲。她拚命想掙脫手腕，可是他緊握不放。

「『假設我們放妳走……假設死神的心能抗拒妳的美麗……他能將他的激情轉向誰？一定要有人代替妳死，妳願意替我們挑出這個人嗎？這個人要站在這裡和妳現在一樣受苦。』接著也指向觀眾席，這話讓她非常困惑。『妳有姊妹……母親……或孩子嗎？』

「『不，』她喘著氣說：『不……』同時搖晃著她的頭髮。

「『一定有人可以取代妳吧？某個朋友？選一個人！』

「『我不能，我不要……』她在他的魔掌裡拚命掙扎。周圍的吸血鬼木然地望著她，臉上毫無表情，好像那些不同於凡人的血肉只是面具。『妳做不到嗎？』他嘲諷她。我知道，如果她說她可以講出個代替她的人，他只會譴責她，說讓別人去死的她和他一樣邪惡，說這樣的她就算死也是應該的。

「『死亡可能在任何地方等著妳，』他嘆了一口氣，彷彿突然感到挫折。觀眾感覺不出來，但是我可以，我可以看出他平滑的臉繃緊了起來，他正努力要她的灰眸注視他的眼睛，可是她絕望而無助地移開視線。在溫暖的上昇空氣裡，我可以聞到她皮膚上的灰塵和香味，聽到她微微的心跳聲。『沒有感覺的死亡……所有凡人必然的命運。』他朝她俯下身，她在迷惑中仍然努力掙扎。『嗯……可是我們是活死人！妳就是我們的新娘，妳知道被死神愛上是怎麼回事嗎？』他幾乎要親吻到她的臉和晶亮的淚水了，『妳知道被死神知道妳的名字會怎樣嗎？』

「她克服恐懼轉頭望他，然後她的眼睛似乎變得矇矓，嘴唇鬆弛了，目光越過他，投向另一個正慢慢從陰影中出現的吸血鬼。他已經在那一群吸血鬼的外圍站了好了一陣子，雙手交握，大大的黑眼睛非常沉靜。他的態度並不饑渴，看來也沒有蠱惑的力量，可是她現在正凝視著他的眼睛，痛苦以絕美的光輝籠罩了她的全身，這種光輝讓她更是誘人，而這種可怕的痛苦也擄獲了觀眾。我可以感覺到她的皮膚，感覺到她小而尖挺的乳房，感覺到我的手在愛撫她。我閉上眼想封閉這種畸念，卻在那屬於我的黑暗中又見到了她；這也就是那群吸血鬼對她的感受，她沒有脫身的希望了。

「我又睜開眼睛，看到她在煙霧繚繞的燈光裡顫抖，看到她的淚水閃耀如金線。吸血鬼在旁呢喃著：『沒有痛苦。』聲音和她的淚水一樣輕柔。

「我見到那個騙子的身體突然僵直，其他人都沒看到，因為他們只注意到那女孩光滑如幼兒的臉蛋和張開的雙唇。嘴唇在天真的好奇下放鬆了，她凝視著那個站在遠處的吸血鬼，同時輕輕覆述他的話，『沒有痛苦？』

「『妳的美麗是賜予我們的禮物。』他厚實的聲音輕易籠罩了整個劇院，似乎立即掌握而且征服了觀眾高漲的興奮情緒。然後他的手輕輕動了，輕得幾乎無法察覺，這個騙子開始往後退，成為那些耐心的白臉之一，他們的饑渴與平靜奇異地合而為一。另外那個吸血鬼則緩慢而優雅地走向她。她已經茫然失神，忘記了自己的赤裸，眼皮掀動著，溼潤的嘴唇發出一聲嘆息，沒有痛苦……」

「我簡直無法忍受看著她被他蠱惑，在這吸血鬼的魔刀下一步步走向死亡，我想對她大叫，以喚醒她的神智；但同時我心中渴望她，想要她。他走到她身旁，她傾身過來時，他伸手抓住她的裙帶，她將頭往後仰，黑色的布料滑過她的臀部，滑過她兩腿間的金色光芒——那些細緻陰毛有著最精緻的捲曲，最後裙子落到腳邊。這個吸血鬼張開雙臂，背對著閃亮的舞臺腳燈，當她金黃的長髮散落在他黑色的外套上時，他褐色的頭髮似乎也在顫抖。『沒有痛苦……沒有痛苦……』他對著她喃喃低語，而她已經完全投降了。

「現在他把她轉過來一點，讓觀眾能看到她平靜的表情，接著把她捧起來，她的背因此而朝後仰，赤裸的乳房碰到了他的鈕釦，她雪白的手臂摟住他的脖子。當他咬下去時，她僵了僵，痛呼一聲，而當黑暗的劇院因為共同的激情而騷動時，她的面容反而毫無變化。他擱在她豐潤臀部上的手白得發亮，她搖擺的金髮則不斷輕觸自己的臀部。

「他一面啜飲，一面把她舉離地板，她的脖子在他白色臉頰的襯托下散發光澤。我覺得虛弱而昏眩，饑渴在我體內上升，讓我的心和血管絞成一團。我緊緊抓著包廂的銅欄杆，直到它的連結處發出嘰嘎聲。這些一般人聽不到的小小聲音，似乎多少把我拉回了現實環境裡。

「我低下頭，想要閉上眼睛，空氣也彷彿因為她帶著鹹味的皮膚而變得芬芳，讓我感覺如此接近，如此火熱、如此甜美，周圍的吸血鬼開始靠近過來，緊握住她的手顫抖了，然後那個褐髮的吸血鬼抬起頭，把她轉過來展示給觀眾看。他把她交給後面一位僵硬而美麗的女吸血鬼，女孩的頭無力地後仰，那個女吸血鬼彎下身來吸血。他們現在包圍著她，在著迷的觀眾面前，一個傳一個地吸她的血。現在她的頭向前靠在一個男吸血鬼的肩上，頸背是如此地誘人，一如她小小臀部、修長大腿的無瑕肌膚，和膝窩的細肉。

「我向後靠在椅背上，嘴裡充滿了她的味道，全身血管都痛苦萬分。而在我的眼角餘光中，征服她的那個褐髮吸血鬼現在正站在一旁，黑色的雙眼在黑暗中搜尋著我，在溫暖的氣流中鎖定住我。

「吸血鬼一個接一個退下，那幅森林又無聲地回到舞臺的原位，最後那個赤裸的女孩柔弱而蒼白地躺在那神祕的森林中，捲曲在一具黑色棺架的絲墊上。此時音樂再度響起，怪異而且充滿了警告意味，燈光漸漸暗淡，音樂聲則慢慢轉強。除了那個騙子外，其他吸血鬼都離開了。他在黑暗中拿起鐮刀和面具，然後蜷曲地在女孩的身旁躺下。燈光慢慢熄滅，音樂在黑暗中展現控制觀眾的魔力，接著也漸漸沉寂下去。

「全體觀眾木然不動了好一陣子。

「掌聲先在這裡響起，接著在那裡響起，突然間便盈滿了我們四周，牆上的燈光大亮，觀眾彼此轉頭相顧，到處都傳出嗡嗡的交談聲。在一階座位中央處，有個女人起身從椅子上抽起狐皮大衣，可是還沒人讓路給她。接著有人迅速擠到鋪著地毯的走道上，然後觀眾紛紛站起來，彷彿被驅趕般離開劇院。

「觀眾的嗡嗡聲逐漸移到了大廳及玄關處，蠱惑他們的符咒已經解開了。大門在芳香的雨滴中敞開，馬蹄噠噠，呼喚馬車的聲音此起彼落，在下方的一片椅海中，有隻白色的手套靜靜躺在綠色的絲墊上發亮。

「我坐在那裡注視著、傾聽著，一隻手圍住我低垂的臉，不讓別人看見我，卻同時也不在乎讓誰看見。我的手肘擱在欄杆上，體內的激情開始平息，但唇間仍然縈繞著那女孩的滋味，彷彿雨滴中帶有她的香味；在空盪盪的劇院裡，我還可以聽到她心臟的跳動。我深深吸了一口氣，品嘗到雨滴的氣味，同時瞥到克勞蒂亞靜止不動的身形，她戴著手套的小手仍然安穩地擺在大腿上。

「我嘴中嘗到一種苦澀的滋味，以及困惑。接著看到一個帶位侍者走過下面的走道，放正座椅，拾起散落在地毯上的節目表。我知道如果我閃進他身旁的布幕後，迅速在黑暗中抓住他並吸他的血，讓他像剛才那女孩一樣的話，此時在我體內執著不去的痛苦、混亂與激情才會消失。我想這麼做，卻同時也什麼都不想。克勞蒂亞靠過來在我耳邊說：『耐心點，路易，耐心點。』

「我張開眼睛，眼角餘光處看到有人已經很靠近我們了。我的敏銳聽力和強烈期待像觸角一樣，即使在如此心煩意亂的狀態中，仍然靈敏地掃描著——至少我是這麼認為，結果有人卻更勝一籌。他靜靜地站在包廂入口的簾幕外，就是那個褐髮而且卓爾不群的吸血鬼，正站在舖著地毯的階梯上凝視我們。我想他就那個給我入場券的吸血鬼——阿曼德。

「如果不是因為他的平靜，以及遙遠而夢幻的表情，我可能真的會被嚇一跳。他好像已經靠著牆站了好久好久，而且當我們看著他、走向他時，他也沒有移動分毫。如果他不是這麼懾人的話，看到他不是那個高大的黑髮吸血鬼時，應該會讓我覺得放心，可是我當時並沒有想到這個問題。現在他的目光慵懶地掃過克勞蒂亞，沒有像一般凡人那樣企圖掩飾對別人的審視。我把手放在克勞蒂亞的肩膀上。

「『我們已經找了你好久了。』我對他說。現在心情比較平靜了，彷彿他的平靜帶走了一些我的畏懼與憂慮，像浪潮從陸地上帶走一些東西。我無法誇大他的氣質，但也無法描述出來，連在當時也沒辦法。事實上，當我的思緒想要描述他時——即使是對我自己——也會讓我覺得不舒服。他給我的感覺是，他完全知道自己在做什麼，而安靜的姿勢和深邃的褐眼似乎也正告訴我，我在想的或者正努力想說的話都是沒有用的。克勞蒂亞則沉默不語。

「他離開牆，開始走下樓梯，同時以歡迎的手勢示意我們跟著他，一切的動作都如此輕滑迅速。和他相比，我的姿勢只是在拙劣地模仿人類而已。他打開了一扇門，帶我們進入劇院下面的一個房間，腳步只在石階上輕輕一掃。他背對我們，顯示出對我們的完全信任。

「我們進入了一個隱藏的大廳，是一個比上面建築更古老的地窖，我們剛通過的門此時突然關上，我還沒有看清這個房間，光線就消失了。我聽到他的衣服在黑暗中沙沙沙作響，接著是火柴爆出火苗，他露在火柴上方的臉像枚大火焰，然後有個人影靠近他旁邊，是個年輕的男孩，他正拿支蠟燭給那名吸血鬼。

「一看到這男孩，我又回想起那舞臺上赤裸女人帶給我的歡愉，這感覺如同電流一樣竄過我的全身，我回想起她俯臥的身體和流動的血液。接著他轉過來看我，態度很像那個褐髮的吸血鬼。那個吸血鬼正點燃蠟燭，並在他耳邊細語：『去罷！』光線伸展到遠處的牆壁，那個吸血鬼舉起蠟燭。沿著牆走過去，同時示意我們跟著他。

「我看到周圍環繞的都是壁畫，深沉的色彩隨著躍舞的火焰顫動，然後四周的景象漸漸變得清楚，原來是布魯吉爾所繪的『死亡的勝利』。這幅壁畫的規模非常驚人，一個個巨大的身形在幽暗中聳立在我們之前。可怕的骷髏正接引茫然無助的死者渡過發臭的護城河，或拖著一車的頭骨，或把一具四肢僵直的屍體頭顱割下，或把人吊上絞刑架。有具大鐘運過到處是焰火與煙霧的無邊地獄，和成列可怕的士兵一同朝著一大群民眾前進，走向即將發生的一場大屠殺。

「我掉轉過頭，可是那個褐髮的吸血鬼碰碰我的手，引導我繼續沿著牆走過去看『天使的殞落』。圖畫中，被譴責的天使從高處的天庭被趕到一群正在舉行祭典的怪物中，到處是燒灼與混亂。這個畫面如此生動、如此逼真，讓我不禁為之顫抖。他那隻手又碰碰我，可是我靜靜站著沒理他，一直抬頭望向壁畫最高處，我可以在陰影中看到兩個美麗的天使，正把喇叭舉到嘴前。在這一瞬間，蠱惑我的符咒解除了，我又有第一次進入聖母院時的那種強烈感覺。可是這種感覺很快就消失了，像某種飄渺而珍貴的東西突然被人搶走一樣。

「他舉起蠟燭，我的恐懼也隨之上揚，因為我看到麻木而被詛咒的包士、在棺材裡發黑的屍體是柴尼、像怪物的馬夫是杜爾，最讓我無法忍受的，是一大片中世紀的雕塑與紋飾躍入眼簾，整個天花板都扭曲著骷髏和腐爛的屍體，其中還有惡魔及酷刑的工具，好像這裡是死亡的殿堂一樣。

「最後我們終於來到房間的中央，燭光似乎讓周圍的人物都活了起來。瘋狂似乎要再度襲捲我，房間開始搖晃，我又有那種可怕的墜落感。我伸手握住克勞蒂亞的手，她若有所思地站在那裡，臉龐一片沉靜，我看看她，她的視線十分搖遠，彷彿不希望我去打擾她。突然間，她從我身邊跑開，急速敲打在石板地上的腳步聲，讓整個牆壁都盈滿了回音，也像手指在敲打我的太陽穴、我的頭。

「我捂住太陽穴，眼睛麻木地盯著地板想尋找遮蔽，好像一抬起頭，便會看到我不願也無法忍受的恐怖折磨。然後我又看到那吸血鬼的臉漂浮在火焰之上，看不出歲月的眼睛環著一圈黑色的睫毛。他的嘴唇非常平靜，但當我看著他時，他似乎在沒有絲毫動作的情形下笑了。所以我更專心地凝視他，相信這是某種強大的幻覺，而我可以用敏銳的注意力來破解。

「可是我愈看他，他愈是像在笑，最後還彷彿是在無聲地低語、沉思、歌唱。我甚至聽得到，那就像某個在黑暗中翻騰捲曲的東西，如同壁紙在火焰裡捲起，或娃娃臉上的彩繪在火中剝落。我感到有股衝動，想要抓住他猛搖，想要撼動他平靜的臉，要他承認發出了那些輕柔的歌聲。突然，我發現他正抵著我，手臂環繞我的胸口，睫毛如此靠近，我可以看到它們在他白熾的眼球上糾結閃耀，感覺到他輕而無味的氣息吹拂在我的皮膚上，這一切真讓人發狂。

「我想走開，但馬上被他擁住，絲毫無法動彈。他的手臂緊緊施壓，燭火在我眼前發亮，近得讓我能感覺到熱度。我全身冰冷的血肉都渴望那熱度，但是卻突然揮手想拍熄火苗，然而我的手沒有找到蠟燭，只看到他閃耀的五官，如此蒼白光滑、肌肉發達而且非常男性化。我看著他，好像以前從沒看過黎斯特的臉一樣。這是另一個吸血鬼，還有所有其他的吸血鬼，這一大群都是我的同類。

「然後，這親密的片刻消逝了。

「我伸手想摸他的臉，卻發現他遠遠站在一旁，好像從來沒靠過來一樣，也沒有要拂開我的手。我反而紅了臉，驚訝地後退一步。

「遠方，有座鐘在巴黎的深夜裡響起，沉悶而金黃的回音彷彿穿透了牆壁，木板將聲音傳遞到地下，像大型管風琴的風管一樣。我再一次聽到了他的低語和含糊的歌聲，同時在陰暗中，我注意到那個男孩正在看我，還聞到他血肉的火熱氣味。那個吸血鬼揮手向他示意，於是他對我走過來，毫無怯色的目光中充滿興奮，在燭光中靠過來擁住我的肩。

「我從來沒有感受過或經歷過這種事——一個清醒的人類竟心甘情願被吸血。可是我還沒推開他，就看到他光滑脖子上有藍色的瘀痕。他把脖子伸給我，同時全身貼近過來，陽具堅硬地隔著衣服抵住我的大腿。一聲扭曲的喘息發自我唇間，但他靠得更近，嘴唇輕吻著我既冰冷又無生氣的皮膚。我終於把牙齒插進他的皮膚，全身立即繃緊，感覺到他堅硬的陽具緊緊頂著我，接著在激情中，我把他抱了起來。他的心跳一波波傳入我體內，而我飄飄然地和他一同款擺，狂飲著他，也享用他的神迷、他的歡愉。

「突然間，他離開了我，我的懷中頓時空空如也。嘴裡卻還充滿了他的鮮血滋味。虛弱而喘著氣的我，看到他躺在那個褐髮吸血鬼的身邊，手臂纏在吸血鬼的腰上，同時凝望著我，目光和那個吸血鬼的一樣寧靜，而且因為生命耗損而顯得迷矇衰弱。

「我沉默地走向他，無法自制地被他吸引過去。他的凝視在嘲弄我，那個清醒的生命正對我挑釁。他應該要死但卻不肯死，他會繼續活下去；不但了解，而而還安然度過了那致命的親密！

「我轉過身來，看見那群吸血鬼在陰暗中移動，手中的蠟燭在涼冽的空氣裡搖曳。他們上方是一大群黑筆畫的人像。一隻人面禿鷹正啄食一個女人的屍體，樹上綁著一個赤裸的男人，旁邊還吊著一個人的軀幹，切下來的手臂則緊緊綁在另一根樹枝上，而掛在一根長釘上的，是那兩眼圓睜的頭顱。

「歌聲又來了，那輕柔靈妙的歌聲。慢慢地，我體內的饑渴退卻了，順服了；可是我的腦袋裡像有錘子在擊打，那些燭光似乎要融合成一個明亮的光圈。有人猛然推我一把，害我幾乎跌倒。穩住身子後，我看見那個討厭的吸血鬼瘦削的臉。他對我伸出白色的手，但另外那個站在遠處的吸血鬼突然閃進我們之間，然後好像打了那個傢伙。我似乎看到他動，卻又和剛才一樣，沒看見他的動作。接著他們就像雕像一樣靜靜對峙，眼睛鎖住彼此，而時間一分一秒地過去，像一波波浪潮自寂靜的沙灘上退去。

「我說不出我們三個在陰暗中站了多久，他們完全紋風不動，只有身後微弱的光線才似乎是有生命的。然後我跌跌撞撞地沿著牆走，最後癱在一張大橡木椅中。克勞蒂亞好像就在附近，而且正壓低了甜美的聲音和別人說話。我的前額開始充血發熱。

「『跟我來。』褐髮的吸血鬼對我說。我拚命尋找他在發聲前一定會有的嘴唇動作，但卻根本追不上任何蹤跡。接著我們三人走下一條長石梯，更深入地下，克勞蒂亞走在我們前面，影子在牆上拖得長長的。空氣愈來愈冰涼。而且因為流水的香味而變得清新。我看見水滴從石縫中落下，在那個吸血鬼手中的燭光照耀下，宛如粒粒金珠。

「我們進入了一個小房間，石牆中有個壁爐正冒出火光，另一端有張嵌進石壁的床舖，兩旁還有銅柵門。起先我還能清楚地看到這些，還看到壁爐對面的一排排書本、前面的書桌和擺在另一邊的棺材。可是接著房間開始搖晃起來，褐髮的吸血鬼攬住我的肩，把我帶到一張皮椅坐下。火焰的熱度燙著我的腿，可是我喜歡這種感覺，因為它既銳利又明確，可以把我從混亂的狀態中拉出。

「我靠著椅背，眼睛半睜半閉，試著再看看四周。矇矓中好像遠處那張床變成了舞臺，而麻布枕頭上躺的是那男孩，黑色的頭髮在頭頂中央分開，鬈髮散布在耳朵旁，在發熱而且神智不清的狀態下，他就像波提西里筆下雌雄同體的柔弱動物。而躺在他身邊的是克勞蒂亞，她白色的小手僵硬地擱在他紅潤的皮膚上，小臉則深埋在他的頸間。

「那個似乎主宰一切的褐髮吸血鬼在一旁觀看，雙手交握在身前。接著當克勞蒂亞抬起頭時，男孩顫抖了一陣。那個吸血鬼抱起她，動作和我抱她時一樣溫柔。她雙手摟住他的脖子，眼睛因為暈眩而半閉，嘴唇染上殷紅的血跡。他輕輕把她放在書桌上，她向後靠著皮面的書本休息，小手優雅地落在腿上。床舖的銅欄門關上了，男孩把臉深埋在枕頭裡沉沉睡去。

「房間裡有某件事讓我感到不安，但我還不確知是什麼，甚至也不確知我是哪裡出了毛病，除了有兩件尖銳而且折磨人的事正在撕扯我；對那些可怕畫面的著迷，以及我全然忘我、猥褻地吸吮——當著別人面前。

「我不知道是什麼事情在威脅我，但我的心一直想要躲避它。我始終盯著克勞蒂亞，看她靠著書本，看她坐在書桌上，身旁散放著打磨過的白色骷髏頭、燭臺，還有一本攤開的羊皮紙書，上面手寫的字句在光線的照耀下熠熠生輝。我的視線移到她頭上，躍入眼瞼的是雕塑和彩繪，以中世紀的畫風描繪長著角和蹄的惡魔，野獸般的身形聳立在一群舉行祭禮的女巫上方。

「她的頭就在畫的下面，敞開的一綹鬈髮剛好碰到它，她正睜大好奇的眼睛看著那褐眼的吸血鬼。我突然想去把她抱起，而且在狂野的想像中，我驚駭地看到她像個娃娃一樣摔下去。我好像看的是一個惡魔，牠故意以她的外表出現，而她的靜止看來何其詭異。

「『你說話不會吵醒那男孩的，』褐眼的吸血鬼說道，『你從那麼遠的地方來，又旅行了那麼久。』我的困惑開始逐漸消退，宛如煙霧在新鮮空氣的氣流裡上升遠去。他在我對面的椅子坐下，我清醒而平靜地看著他，克勞蒂亞亦然。他則來回注視我們兩人，光滑的臉孔及寧靜的雙眸和剛才完全一樣，彷彿他身上從來不曾有過絲毫變化。

「『我的名字是阿曼德，』他說，『我派聖地亞哥去送邀請函給你，我知道你們的名字，也歡迎你們到我的屋裡來。』

「我鼓起勇氣回話，告訴他我們原先很害怕我們是僅存的吸血鬼，但我的聲音聽來十分怪異。

「『那你們又是如何誕生的？』他問道。克勞蒂亞擱在腿上的手輕輕抬起，眼睛僵硬地從他的臉移到我的臉。我看到這一切動作，知道他也一定看到了，但他依舊沒有任何反應，我馬上明白她想告訴我什麼。『你不想回答？』阿曼德說，低沉的聲音比克勞蒂亞的聲音更謹慎，比我的聲音更不像人類。我覺得自己再度被他的聲音和雙眼吸引，必須用很大的力量才能拉回自我。

「『你是這一群的領袖嗎？』我問道。

「『不是你所謂的領袖。』他回答說，『可是如果這裡要有個領袖的話，那就是我。』

「『我不是來──請原諒我──討論我是怎麼出現的，因為這對我而言並不神祕，也沒有疑問，所以如果你沒有可以讓我尊敬的力量，我就不想談那些事情。』

「『如果我告訴你我真的有那種力量，你會尊敬它嗎？』他問道。

「我希望我能形容出他說話的樣子。每次他說話的時候，都像是從沉思中醒來，很像我陷入其中，而且正在撕扯我的那種沉思狀態。可是他紋風不動，似乎始終保持著警覺。這讓我分心，雖然同時也強烈吸引著我，就像那整個房間吸引著我一樣。房間非常簡樸，但基本配備卻豐富而溫暖地組合在一起：書本、書桌、火爐邊的兩張椅子、棺材、畫像。旅館房間的豪華在此刻變得俗麗，而且比起這個房間，那種奢華顯得毫無意義。我清楚地了解這一切，除了那個沉睡的男孩，對他我完全不能了解。

「『我不確定。』我說，視線無法離開壁畫上那可怕的中世紀撒旦。『我想知道我們是從什麼……從誰那裡衍生出來的，究竟是從別的吸血鬼……還是從其他地方。』

「『其他地方……』他說，『什麼其他地方？』

「『那裡！』我指向那幅中世紀壁畫。

「『那是壁畫。』他說。

「『就這樣？』

「『就這樣。』

「『那麼不是撒旦……或某種邪惡的力量給你魔力——不論是成為這裡的領袖還是成為吸血鬼？』

「『不是。』他平靜地回答，平靜得我無法了解他對我的問題作何感想——如果他曾以我所知道的方式去想的話。

「『其他的吸血鬼呢？』

「『也不是。』他說。

「『那麼我們就不是……』我傾身，『……撒旦的孩子？』

「『我們怎麼會是撒旦的孩子？』他問道，『你相信撒旦製造了這個世界？』

「『不，我相信是上帝造的——如果它是由某人製造的話。可是祂一定也製造了撒旦，而我想知道我們是不是撒旦的孩子！』

「『確實，就這種推論來看，如果你相信上帝製造了撒旦，你一定會了解，所有撒旦的力量都來自於上帝，所以撒旦只是上帝的孩子，因此我們也都是上帝的孩子。我是說真的，沒有什麼撒旦的孩子。』

「我無法掩飾自己的感受，靠著皮椅背，注視著小小的惡魔雕像。我暫時忘卻了阿曼德的存在，迷失在自己的思緒裡，迷失在他不可辯駁的簡單邏輯中。

「『你為什麼關心這個呢？我剛才說的當然不會讓你意外，』他說，『你為什麼會被影響？』

「『讓我說明一下，』我開始說，『我知道你是個吸血鬼，我尊敬你，可是我做不到你的疏離。我知道那是什麼，但我沒有這種特質，也懷疑將來會不會有，我只能承認這個現實。』

「『我了解，』他點點頭，『我在劇院裡看到你，看到你的痛苦、你對那女孩的同情，當我把丹尼斯送給你時，也看到你對他的同情。在你殺人時，你自己也死了一次，好像你認為自己該死一樣。可是為什麼，你有這種熱情和悲憫，卻要稱呼自己為撒旦的孩子！』

「『因為我邪惡，和所有吸血鬼一樣邪惡！我一次又一次地殺人，而且還會繼續殺下去，當你把丹尼斯送給我的時候，儘管當時我不知道他能不能活下去，我還是吸了他的血。』

「『這又為什麼讓你和其他吸血鬼一樣邪惡呢？邪惡不是有不同的層級嗎？邪惡是不是一個深淵，犯了第一個罪就墜入萬劫不復之地？』

「『是的，我想是的，』我對他說，『這並不合邏輯，不像你的說法，可是邪惡就是那麼黑暗、那麼空虛，而且得不到任何撫慰。』

「『可是你這麼說並不公平，』他的聲音首度顯現情緒的痕跡，『你一定對善良有不同的程度分級。孩子的純真是一種善良，僧侶捐出一切給別人、自己過著簡陋生活服務人群則是另一種善良。聖人的善良、賢妻良母的善良，這些都是一樣的嗎？』

「『不，可是它們都絕對和邪惡不一樣。』我回答道。

「當時我不知道我想過這些事，現在我敘述時，這些都像是我的想法，當時它們卻是我最強烈的感受化為言語。如果我沒有說出來，如果我沒有在與人交談時思索這個問題，這些感受都不會成形為想法。

「當時我認為自己非常消極——就某種意義而言。我的意思是，當我的心靈接觸到另一個心靈、接受它的滋養、深深為它感到興奮、並在逼問下作出結論時，其實我的心智是只能在渴望與痛苦的泥中勉維持運作、形成思想而已。

「此時我才感覺到，我的寂寞第一次有了顯著的舒解。我能清楚地回想及體驗那些痛苦的時刻，當我站在芭貝的階梯下的痛苦，還有感受到那些年和黎斯特共處時的強烈挫折。然後是對克勞蒂亞激烈而宿命的戀慕，使得寂寞退縮到我對各種感覺的沉醉下，同時那些感覺讓我渴望殺戮。我也看到東歐孤寂的山峰，就在那裡我遇見了那個毫無心智的吸血鬼，而且在修道院的廢墟裡殺了他。我心中強烈的渴求好像再度覺醒，儘管我自己說過：『可是邪惡就是那麼黑暗、那麼空虛，而且得不到任何撫慰。』

「我看著阿曼德，看著他光潔而不見歲月的臉孔上大大的褐色眼睛。他也看著我，又像個畫像裡的人物一樣。接著我感覺繪彩畫的大廳逐漸出現變化，剛剛消退的昏亂瘋狂也回來拉扯著我。覺醒過來的需求如此強烈，強烈到每個滿足它的承諾似乎都隱藏著失望的可能；可是那個問題仍然存在，那個可怕、古老而又鍥而不捨的追尋——對於邪惡的疑問。

「我把手放在頭上，一如凡人在深深困擾時會直覺地遮住臉，手撫著頭，彷彿能伸進腦殼把憤怒抹消一般。

「『怎麼會變得邪惡呢？』他問道，『人怎麼會一下子變得邪惡？邪惡得像法國大革命的人民法庭，或者最殘忍的羅馬帝王？人類是不是只要沒參加週日彌撒，或啃下聖餅，或偷一條麵包……或者睡了鄰居的配偶，就變成邪的人？』

「『不……』我搖搖頭，『不是。』

「『可是如果邪惡沒有分層級，而且也會真的存在，那麼只需要一種罪就可以稱其為邪惡，這不就是你的說法嗎？上帝存在，所以……』

「『我不知道上帝是不是存在，』我說，『而且就我所知……祂不存在。』

「『那麼犯罪就無所謂了，』他說，『沒有罪行會導致邪惡。』

「『這是不對的，因為如果上帝並不存在，而我們是宇宙間最高層次的生物，只有我們了解時光的流逝與人類生命的每一分鐘價值，那取走別人的生命才是邪惡，真正的邪惡。這和一個人是明天會死、後天會死、還是終究會死沒有什麼關連，因為如果上帝並不存在，那麼生命——其中的每一秒鐘——就是我們僅有的一切。』

「他靠到椅背上，好像暫時停止了談話，大大的眼睛收窄了，定定地凝視火焰深處。從今晚他來找我開始，這是他第一次把視線自我身上移開，我發現自己在沒有視線的回應下看著他。他這樣坐了好久，我可以感受到他的思緒，彷彿它們像煙霧般清晰可見。你知道，我不是能讀出他的思想，而是能感受到它們的力量。他似乎有一種靈氣，雖然他的臉看起來很年輕——我知道這不代表什麼——卻也顯得非常古老、非常睿智。我沒辦法描述出來，因為我沒辦法解釋他臉上年輕的線條和眼睛如何能同時表露出純真、歲月和滄桑。

「他站起來望著克勞蒂亞，雙手在身後輕握。我了解她此時的沉默，這些不是她要問的問題，可是她對他非常著迷，所以一直等著；而且無疑地，在他和我說話時，她也一直從他身上學到一些東西。

「然而，當他們現在看著彼此時，我也發現了另外一件事。他站起來的姿勢顯示著對身體的完全控制，徹底擺脫了人類姿態的習慣，那些姿態根源於需要、禮俗及心智的活動，他現在的靜止姿勢則不屬於凡世。至於她，也擺出相同的靜止姿勢。他們心領神會地凝望著對方，而我則完全被摒除在外。

「對他們來說，我只是某種會打轉顫動的東西，就會凡人對我來說一樣。而且當他再度轉過來對著我時，我知道他已了解，她並不相信或同意我對邪惡的看法。

「毫無預警地，他說話了：『所以這是唯一真正的邪惡？』他對著火苗說。

「『是的。』我回答道。感覺到這個折騰人的問題在心頭再度揚起，如往常一般地掩蓋了所有思緒。

「『沒錯。』他說。這個回答震撼了我，加強了我的悲傷、我的絕望。

「『那麼上帝並不存在……你對祂的存在毫無所悉？』

「『毫無所悉。』他說。

「『沒有其他神祕的知識？』我繼續追問，無畏於自己的單純及和凡人一樣的痛苦。

「『沒有。』

「『沒有其他吸血鬼見過上帝或魔鬼？』

「『我認識的吸血鬼沒有，』他若有所思地說，火光在他眼中跳舞。『而且就我所知，到今天為止的這四百年裡，我是世界上最古老的吸血鬼。』

「我瞪著他，愣住了。

「然後世界彷彿開始沉沒，就像我一直害怕的那麼孤寂、那樣地完全失去希望。一切事物都會照常繼續，不斷繼續下去，我的追尋結束了。茫然地，我倒在椅背上，盯著吞吐的火光。

「沒有必要離開他繼續追尋了，沒有必要再行遍世界來尋找同樣的答案了，這些都將是白費心力。『四百年——』我重複這幾個字，『四百年。』目光投注在火焰之中。有根木柴緩緩地在火中下陷，大概要花上一個晚上的時間才會慢慢垮下去，上面布滿了小洞，其中的柴質已經燒掉了，一簇簇小火苗在其中跳躍，穿插在大火焰之間。而所有這些小洞都有張黑色的嘴，在我看來似乎成了一隊合唱團，正無聲地吟唱著。這個合唱團沒有發聲的必要，在持續不斷的火焰中同聲一氣，唱著無聲的歌曲。

「突然，在響亮的衣服沙沙聲中，在顫動的陰影與光線中，他在我面前跪下，伸出雙手抱住我的頭與頸子，目光灼灼。

「『這個邪惡、這個想法，都是源自於失望，源自於痛苦！你看不出來嗎？撒旦的孩子！上帝的孩子！這就是你要問我的唯一問題嗎？這是唯一能蠱惑你的問題嗎？所以當世界唯一存在的力量是在我們自己體內時，你還非要把我們定位為上帝或魔鬼不可？你怎麼還會相信這種陳舊而神奇的謊言、神話和超自然傳說？』他向克勞蒂亞頭上的魔鬼畫像揮手，迅速得我看不見他的動作，只看見睨視我的魔鬼和閃耀的火光。

「當他說這些話時，我的內心深處彷彿有某個東西破裂了、被撕開了。我奔流的感覺和四肢肌肉合而為一，於是我站了起來，一步步退離他身邊。

「『你瘋了嗎？』我問道，也被自己的憤怒與絕望嚇到了。『我們兩個就站在這裡，不朽、不老，晚上起來用人血餵養我們的不朽。而就在你的書桌上，在歷經歲月的知識旁，正坐著一個和我們一樣邪惡的無瑕孩子。你卻還問我怎麼會想在超自然的世界裡尋找真義！我告訴你，在看到我變成了什麼東西以後，我什麼都願意相信了！你不能嗎？我既然有這種想法，又變成了這個樣子，現在我可以接受最瘋狂的事實——就是這一切一點意義也沒有！』

「我退向門口，離開他驚愕的神情。他抬起手低聲開口：『別走！回來……』

「『不，現在別留我，讓我走，我得靜一靜……讓我走……什麼事都沒有改變，都和以前一樣，讓這些沉入我心底吧……讓我走。』

「我關門前回頭看了一眼，克勞蒂亞的臉朝向我，坐姿卻沒有改變，雙手則交握著放在膝蓋上。然後她揮揮手，和她的微笑一樣深沉，為了我要離去而帶著輕淡的哀傷。」

「當時我想逃離那座劇院，回到巴黎的街頭遊盪，讓震驚慢慢消退下去。但是當我在地窖的石壁走道間摸索前進時，我開始感到困惑。也許我沒有能力控制自己的意志，但現在想到黎斯特竟然會死——如果他死了的話，我覺得益發荒謬。再回顧他所做的，我發現他比我以為的更仁慈。其實黎斯特和我們一樣迷失無依，他並不是一個心懷妒意的守護者，不敢和別人分享吸血鬼的神祕和知識。他也是什麼都不知道，因為根本沒有什麼奧祕可以讓我們學習。

「我心中慢慢浮現出別的想法，原來我為了一些完全錯誤的理由而恨他：是的，真的是如此。然而當時我還沒有完全了解這點，我心亂如麻，最後終於在黑暗的臺階上坐下。大廳的光線把我的影子投射在粗糙地面，我雙手抱住頭，疲憊征服了我。我的心靈說：『睡覺吧。』但也以更強大的聲音說：『做夢吧。』

「我沒有做出任何起身回旅館的動作，雖然位於聖蓋伯爾的旅館現在似乎顯得非常安全、非常虛幻，是一個裝設了繁麗奢華物品的地方。在那裡，我可以倒進天鵝絨椅子，一腳擱在矮凳上，看著火舌舔噬大理石的爐架，凝望鏡子裡的自己——像個沉思中的人類一樣。我想道，就像那些吸引你的東西。可是那個想法又襲上心頭：我錯怪了黎斯特，我因為錯誤的理由而恨他。我喃喃念著這些話，想要把它們從我黑暗而不可測的心海裡拉出，話語卻在石梯的甬道中迴盪出刺耳的聲音。

「然後，有聲音輕輕傳來，細微得不可能是凡人，『是怎麼回事？你怎麼錯怪他的？』

「我猛然轉過來，驚訝得忘了呼吸。有個吸血鬼就坐在旁邊，近得鞋尖幾乎要碰到我的肩膀，他的腿縮在胸前，雙手抱住膝蓋。有一瞬間，我以為我看花了眼。這就是那個騙子吸血鬼，阿曼德叫他聖地亞哥。

「可是，他的態度一點也不像剛才的聖地亞哥——那個邪惡而且滿懷恨意的吸血鬼。幾個小時前，他還對我出手，因此而被阿曼德攻擊。現在他正從膝蓋上方凝視著我，頭髮披散，嘴唇放鬆，而且不帶嘲諷。

「『這跟別人不相干。』我對他說，心中的恐懼漸漸消退。

「『可是你說了個名字，我聽到你說了個名字。』他說。

「『那是一個我不想再覆述的名字，』我回答道，同時從他身上移開視線。現在我已經看出他是怎麼愚弄我的，為什麼他的影子沒有蓋住我的影子，因為他躲在我的影子下面。想到他溜過石階坐在我身後的景象，讓我感到有些不安。他的一切都讓我不安，我因此提醒自己，無論如何都不能相信他。當時在我看來，具有蠱惑力量的阿曼德，在表達自己的看法時還儘量做到真實，並且不用言語即揭開了我的心靈；但這個吸血鬼是騙子，我能感覺到他的力量——一種殘酷、猛烈、幾乎和阿曼德旗鼓相當的力量。

「『你為了我們而來到巴黎，然後你卻一個人坐在臺階上……』他以一種刻意示好的語氣說道，『你為什麼不和我們一起上來？你為什麼不和我們說話、不和我們談談這個你剛提過名字的人？我知道那是誰，我知道那個名字。』

「『你不知道，不可能知道。他是個普通人。』我說，這話不是出自於我的認知，而是來自於我的直覺反應。想到黎斯特，以及這個傢伙可能會探究到黎斯特的死因，便讓我心神不寧。

「『你來這裡就是要思索一個凡人？思索他有沒有得到公平的對待？』他問道，但語氣裡沒有指責或嘲諷的色彩。

「『我來這裡是想獨處一下。我無意冒犯你，事實就是這樣。』我喃喃地說。

「『可是你獨處時情緒這麼……連我的腳步聲也聽不見……我喜歡你，我想要你上樓來。』他一面這麼說，一面扶我站起來。

「就在這個時候，阿曼德的房門打開了，向走道射出一條長長的光線，我聽到他走過來，聖地亞哥放開了我。我困惑地站在那裡，看到阿曼德在臺階盡處出現，手裡抱著克勞蒂亞。她臉上依舊一片木然，在我和阿曼德交談的整個過程中，她都是這樣的表情，好像因為陷入沉思而對周圍視若無睹。我不知道這代表了什麼，但記憶裡從來沒見過她這樣。我很快從阿曼德那裡把她抱過來，感覺到她柔軟的四肢抵著我的身體，就像我們在棺材裡準備要沉入睡鄉時一樣。

「接著，以有力的一擊，阿曼德猛然把聖地亞哥推開。他似乎倒了下去，但隨即躍起，卻馬上被阿曼德拉上階梯頂端。這一切都發生得太快了，我只能看見他們衣服的模糊形貌，和聽到他們靴底的磨擦聲。最後，阿曼德獨自出現在階梯頂端，我朝他走過去。

「『你今晚恐怕不能安全離開劇院了，』他悄悄對我說，『他懷疑你，也懷疑我為什麼帶你來這裡，他認為他有權利更了解你一些。這攸關我們的安全。』他慢慢引導我進入大廳，但突然轉身把嘴唇湊到我耳邊：『我必須警告你，不要回答任何問題。提出問題時，你能為自己打開一個又一個真理的花蕊，但什麼也不要說，都不要，尤其是有關你從哪裡來的。』

「現在他走開了，但也示意要我們跟過去。陰影中，其他的吸血鬼像大理石雕像一樣聚集在一起，他們的臉、手都和我們太像了。我那時強烈感覺到，我們好像都是用相同的原料做出來的。這種想法在紐奧良的漫長歲月中只曾偶爾出現，但現在則讓我深感不安，特別是當我在鏡子裡看到他們的影像穿插在那些可怕的壁畫中時。

「我找到個雕花的橡木椅坐下，此時克勞蒂亞好像才清醒過來。她靠近過來說了些話，言詞奇怪地顯得不太連貫，意思好像是要我照阿曼德說的做：對我們的來處隻字不提。我想和她談一談，但卻看到那高大的吸血鬼——聖地亞哥——正在注視我們，目光慢慢從我們移到阿曼德身上。

「好幾個女吸血鬼圍繞在阿曼德身邊，當我看到她們摟住他的腰時，我心中產生了強烈的反應，甚至連自己也因此而驚訝不已。我驚訝的不是她們絕美的外表、玲瓏有致的身材、比玻璃還冷硬的優雅玉手，或是她們現在突然沉默下來凝視我的迷人眼眸。讓我驚訝的是我自己強烈的嫉妒，當看到她們和他那麼親密時，我覺得非常害怕，當他轉過來親吻她們每人時，我也感到害怕。而當現在他把她們帶到我身邊時，我更覺得不安與困惑。

「我記得她們叫伊絲特和西蕾絲，細瓷般的美人，像瞎子一樣地細細撫摸著克勞蒂亞，手指滑過她發亮的頭髮，甚至還摸她的嘴巴。而她，雖然目光仍舊曚曨遙遠，靜靜地忍受了這一切。她們似乎還無法領會我們都知道的一件事：活在那小小身軀裡的，是和她們一樣敏銳鮮明的女性心靈。

「我望著她轉來轉去給她們看，舉起薰衣草色的裙襬，對她們的讚美報以冷冷的微笑，我不禁想到，我一定曾不計其數地忘了她的真實年齡，把她當成個孩子說話，肆無忌憚地撫摸她，像一般成人對孩子那樣，一高興起來就隨便抱住她。

「此時我的腦海中交纏了三件事：昨晚在聖蓋伯爾旅館——現在彷彿是一年前的事了——時，她滿懷憎恨地談到做愛；阿曼德所揭露的祕密——應該說是沒有祕密——對我造成的持續震撼；以及我對四周這些吸血鬼的著迷，現在他們正在醜陋的壁畫下竊竊私語。我不用開口問任何問題，就可以知道巴黎吸血鬼的生活就是我所害怕的那樣，上面劇院那座小舞臺所發生的事已經能充分證明。

「房裡陰暗的光線令人倍感壓迫，四周的壁畫亦然，而且整個晚上都陸續有吸血鬼帶來當代藝術家的雕刻或繪畫。西蕾絲冰冷的手握住我臂彎，以輕蔑的語氣談論這些作品的作者。伊絲特讓克勞蒂亞坐到她腿上，同時向我強調，這些可怕東西並不是吸血鬼的作品，只是收集品而已；還一再保證，人類能做出比吸血鬼更邪惡得多的事。

「『畫這些畫是邪惡的事情嗎？』克勞蒂亞以她不帶起伏的聲音輕輕問道。

「西蕾絲一甩黑色的鬈髮笑了起來。『能想得出來就做得出來。』她很快地答道，但目光反映出某種壓制的敵意。『當然，不論是哪種殺戮，我們都得十分努力才能和人類競爭，可是不嗎？』她傾身向前，伸手碰碰克勞蒂亞的膝蓋。但克勞蒂亞只是看著她，看她緊張而不停地笑著。

「聖地亞哥走過來，提起了我們在聖蓋伯爾旅館的房間。他說那裡危險得嚇人，說時還配上誇張的舞臺手勢。他對那些房間的了解讓人驚異，甚至知道我們睡的那個木箱，還覺得它太不入流了。『來這裡！』他以剛才在階梯上的那種孩子似的單純對我說：『和我們住在一起，你就不需要那些偽裝了，我們有自己的警衛。還有，告訴我，你是從哪裡來的？』他抓住我椅子的扶手蹲下來，『我聽過你那種腔調，再多說些話。』

「想到我的法文裡有腔調，讓我隱約感到害怕，但這不是我當時最立即的感受。當時我最強烈感受到的，是他意志強大而且咄咄逼人的占有欲，這種占有欲的壓迫感在我心中愈來愈強烈。

「在此同時，圍在我們四周的吸血鬼仍然喋喋不休。伊絲特解釋說，黑色是吸血鬼衣服的顏色，克勞蒂亞可愛的彩色衣裙雖然漂亮，但卻缺乏格調。『我們和黑夜融為一體，』她說，『我們有一種喪禮的光輝。』然後她的臉靠近克勞蒂亞的臉頰，發出一連串的笑聲來緩和她的批評。西蕾絲也笑了，聖地亞哥也跟著笑了起來，接著詭魅而清脆而笑聲霎時讓整個房間充滿生氣，這些不屬於凡世的聲音在精細塗繪的牆壁間迴盪，搖曳了脆弱的燭火。

「『啊，可是得遮住這些捲髮。』西蕾絲說，一面把玩克勞蒂亞的金髮。我突然了解了一件明顯的事實：除了阿曼德之外，其他吸血鬼都把頭髮染黑了。就是因為這樣，再加上相同的黑衣服，更顯得我們是一批由同樣的鑿子和畫筆製造出來的雕像。這種印象讓我深深感到不安，好像觸動了我內心深處的某個東西。但究是什麼，我也還不能完全領會。

「我離開這群吸血鬼，踱步到一面窄鏡前，看他們的倒影在我肩膀上方浮現。克勞蒂亞在他們之中像珠寶一樣閃閃發光，想必那個正在樓下睡覺的男孩也會如此。此時我發覺，他們乏味得可怕。乏味，所有我看到的東西都乏味至極，他們閃亮的吸血鬼眼睛叨叨不休，他們的伶俐的言詞像是沉悶的銅鈴。

「我想知道的事情讓我先把這些想法擱到一邊。『那些在東歐的吸血鬼……』克勞蒂亞說，『簡直是怪物，他們和我們有什麼關係？』

「『那些活屍，』阿曼德在遠處輕聲回答道，玩弄著在場這些精確無誤的吸血鬼耳朵，吐露出比耳語更沉默的聲音。『他們的血液與我們不同，那是種低級卑賤的血液。

他們增加數目的方式和我們相同，但缺乏技巧及照料。在過去——』他突然住嘴，我可以從鏡子裡看到他的臉，他的臉繃得很奇怪。

「『喔，那就跟我們談談過去的事吧。』西蕾絲刺耳的聲音帶著人類的尖銳，語氣有些惡毒。

「現在聖地亞哥同樣擺出咄咄逼人的姿態。『對呀，跟我們談談那些會讓我們失明的藥草，』他露出笑容，『還有綁在木樁上被火燒！』

「阿曼德的眼睛定定望著克勞蒂亞。『小心那些怪物，』他一面說，視線一面估量地巡過聖地亞哥和西蕾絲，『那些活屍會把妳當成人類一樣攻擊。』

「西蕾絲顫抖了，輕蔑地咕噥些字眼，一個貴族在談到他粗鄙的表親時也會用同樣的字眼。可是我看的是克勞蒂亞，因為她的眼睛好像再度顯得矇朧，她突然把目光自阿曼德身上移開。

「其他人的聲音又揚起了，有如矯揉造作的宴會聲浪。他們談論著當天晚上的殺戮，絲毫不帶情緒地形容一樁樁遭遇的細節，其他的吸血鬼不時對其殘酷程度提出質疑。一個高瘦的吸血鬼在某個角落受到引誘時，竟然表露出不必要的浪漫。這真是缺乏吸血鬼精神，當機會從天而降的時候，竟然拒絕做最愉快的事。他很單純，肩膀高聳，說話很慢，而且會長期地陷入愚蠢的沉默中，好像剛才差點被血嗆到的他寧可回到自己的棺材也不願待在這裡。但他還是在這個團體的壓力下留下來了，而這個不朽的團體已經變成一種特別的信徒俱樂部。

「黎斯特會怎麼看待這個團體？他曾經來過這裡嗎？是什麼讓他離開的？沒有人能駕馭黎斯特，他是他小圈圈裡的主宰。但如果他們聽到他的創意、他如何像貓一樣玩弄受害者，他們會怎樣誇讚他？

「浪費……這個字……當我剛成為吸血鬼時，這個字的價值對我來說非常重要，現在他們則不斷提到這個字。例如：你『浪費』了殺這個小孩的機會，你『浪費』了嚇這個窮女人或逼那個人發瘋的機會，這些都只需要一些小戲法。

「我的腦袋發昏，和普通人一樣抽痛，真想離開這批吸血鬼，但是遠處阿曼德的身影留下了我。現在他似乎躲在一旁，和其他吸血鬼保持疏遠，雖然他經常點頭稱是，不時插句話地顯得好像也有參與話題，但他放在獅爪椅子扶手上的手只偶爾抬起。

「我看到他這樣子，看到這一小群吸血鬼裡沒人像我一樣注意到他的目光，沒有人和我一樣不時和他互望，我簡直心花怒放。然而他依舊遠遠坐在一旁，只是眼睛不斷回到我身上。他警告我的話在我耳中迴盪，可是我置之不理。我很想離開劇院，帶著終於尋得的資訊，而這些資訊既無用又無趣。

「『可是對吸血鬼而言，沒有事情算是犯罪嗎？沒有什麼是不能容忍的罪行嗎？』

克勞蒂亞問道，雖然我背對著她，但她紫羅蘭般的眼珠仍然在鏡子裡鎖住了我。

「『犯罪？無聊！』伊絲特高聲叫道，而且對阿曼德伸出一隻白色的手指，他自房間的盡頭遙遙對她輕笑。『無聊就是死亡！』她高叫著，還露出她的長牙，於是阿曼德配合地把慵懶的手擱在前額，做出舞臺上表達害怕和墜落的姿勢。

「可是一直雙手背在身後旁觀的聖地亞哥插嘴了，『犯罪！』他說，『沒錯，有一種行為是犯罪，我們會因此而捕捉到其他吸血鬼，最後並且消滅對方，妳能猜到那是什麼事嗎？』他的視線從克勞蒂亞移到我身上，再回到她像面具一樣的臉。『對於把妳變成吸血鬼的那個吸血鬼，妳一直三緘其口，妳應該知道我說的是什麼事。』

「『為什麼我就應該知道？』她反問。眼睛只輕微張大了一些些，雙手依舊安靜地放在腿上。

「一陣寂靜襲來，逐漸地，然後全面地，所有的白色臉孔都轉過來望著聖地亞哥。他一腳前一腳後，雙手在背後交握，像高塔一樣矗立在克勞蒂亞之前。當他發現他的發言已經引起大家注意時，眼睛發出了閃光，然後悄悄走到我身後，一手擱在我肩頭。『你能猜出那是什麼罪嗎？你的吸血鬼主人沒有告訴你嗎？』

「他用帶著侵略性的手把我慢慢轉過來，並且輕敲我的心頭，速度和它加快的頻率一致。

「『這種罪，對任何地方的任何吸血鬼來說，犯下了就等於死亡——那就是殺了自己的同類！』

「『啊——！』克勞蒂亞誇張地叫道，接著爆出珍珠般的精巧笑聲。現在她走了過來，帶著薰衣草色絲裙的飛揚與清脆迴盪的足音，她牽著我的手說：『我還真害怕你們是和維納斯一樣是從泡沫裡誕生的呢，就像我們一樣！吸血鬼主人咧！來吧，路易，我們走！』她一面拉我，一面向其他吸血鬼致意。

「阿曼德笑了，聖地亞哥則不發一語。我們走到門口時，阿曼德站起身來。『歡迎你們明天晚上再來，』他說，『還有往後的每天晚上。』

「直到步上了外面的街道，我才隱住呼吸。雨還在下，雨中的街道顯得溼漉漉而且孤寂，但是很美，零落的紙片在風中翩騰，一輛加高的馬車帶著沉重的馬蹄聲慢慢經過。天空是薄淡的紫羅蘭色，我快步飛奔，克勞蒂亞在旁邊帶路，最後因為跟不上我的步伐，而改為坐在我臂彎裡。

「『我不喜歡他們。』當我們接近聖蓋伯爾旅館時，她帶著鋼鐵般的憤怒對我說道。即使大廳廣大明亮，也在黎明前的此時沉睡，我像幽靈一樣越過打瞌睡的服務員，和櫃檯前的那張馬臉。『我走遍千山萬水尋找他們，現在卻瞧不起他們！』她仍下披肩，走進房間中央。

「雨幕傾洩在法國窗上，我發現自己像黎斯特或克勞蒂亞那樣，一盞盞地點亮燈光，再把大吊燈的瓦斯火苗點燃。然後，找到一張曾在地窖裡懷想的那種天鵝絨椅子，精疲力竭地坐下。有一瞬間，當我凝視著一幅鑲著金框、繪樹木及寧靜水流的圖畫時，整個房間彷彿著火了，而那種吸血鬼的咒語終於解除了。他們不會來這裡找我們，然而我也知道這是謊話，是個傻子自我安慰的謊話。

「『我有危險了，有危險。』克勞蒂亞以那種壓抑的怒氣說道。

「『他們怎麼會知道我們對他做了什麼？此外，是我們有危險！妳以為我會不承認自己的罪行嗎？而且，即使只是妳一人做的……』她靠過來，我對她伸出手，可是在她銳利的凝視下，我的手頹然地垂落。『妳想我會讓妳置身危險嗎？』

「她笑了，有一瞬間，我不敢相信自己的眼睛。『不，你不會，路易，你不會。危險會讓你留在我身邊……』

「『愛讓我留在妳身邊。』我輕聲說。

「『愛？』她沉思道，『你說愛是什麼意思？』接著好像因為看出了我臉上的痛楚，她靠近過來，雙手捧著我的臉頰。她很冷，沒有吸夠血，我也一樣，被那個男孩挑逗卻又沒有得到滿足。

「『就是妳一直把我的愛視為當然，』我對她說，『就彷彿我們結了婚……』可是就在說這些話的時候，我感覺到自己原有的信念動搖了，又感覺到昨晚她拿凡人的激情來嘲笑我時的痛苦，因此我轉身走開。

「『如果阿曼德向你招手，你就會離開我去找他……』

「『絕不會……』我對她說。

「『你會離開我，而且他想要你就像你想要他一樣，他一直在等待你……』

「『絕不會……』我站起來走向那個木箱，箱蓋鎖上了，但這是防不了那些吸血鬼的，我們只能在光線許可下儘量早起，以防範他們。我轉身叫她過來，於是她來到我身邊，我很想把臉埋進她的秀髮，也很想懇求她的原諒，因為事實上她說得沒錯。而且我愛她，和以往一樣愛她。

「當我將她擁進懷裡時，她說話了：『你知道他可以不用說一個字，就能一遍又一遍地告訴我什麼嗎？你知道他讓我陷入什麼樣的蠱惑？讓我的眼睛只能看著他。他控制我，就像我的心被繩子綁住了一樣。』

「『那妳也感覺到了……』我喃喃道，『是同樣的感覺。』

「『他讓我變得毫無力量！』她說。我眼前再度浮現出她靠著書本躺在書桌上的樣子，癱瘓的頸項，和死寂的雙手。

「『可是妳剛才說什麼？他對妳說話，他……』

「『不用言語！』她重複一次。我看到煤氣燈光逐漸暗炎，燭火則寂寂不動，雨點兀自敲打著窗框。『你知道他說什麼嗎……我該去死！』她輕聲說道，『他說我應該讓你走。』

「我聞言搖搖頭，然而在澎湃翻騰的心海裡，我感覺到有一股激情的浪潮。她坦白說出她相信的事實，美麗的眼眸上有一層薄霧，晶瑩透亮。『他吸走我的生命力，』她的可愛的嘴唇如此顫抖，簡直令人無法忍受，我抱緊她，但淚水已經盈滿了她的眼眶。『他吸走那男孩的生命力，男孩是他的奴隸；他吸走我的生命力，還會把我變成他的奴隸。但他愛你，他愛你，也想要得到你，而他不要我擋了他的路。』

「『妳不了解他！』我抗辯著，一面親吻她，想用親吻灑遍她，吻她的臉頰，她的嘴唇。

「『不，我就是太了解他了。』她對著我的嘴唇低語，即使我正在親吻她。『不了解他的是你，愛讓你變得盲目，你深深迷上了他的知識，還有他的力量。如果你知道他是如何噬飲死亡的，你會比恨黎斯特還要恨他。路易，你絕對不能再回去找他，我告訴你，我有危險了！』」

「第二天晚上我很早就離開她了，堅信在那批劇院的吸血鬼中，阿曼德是唯一可以信賴的人。她萬分不願地讓我走，眼中的表情深深使我不安。她從來不知道什麼是軟弱，可是在她讓我走的時候，我看到了恐懼和挫敗。我急急忙忙步上行程，在劇院外面等待，一直等到帶位侍者都離開了，而門房出來鎖門。

「我不知道他們以為我是誰，我像其他人一樣是個演員，只是還沒卸下油彩？這不重要，重要的是他們讓我進去。我經過他們身邊，也經過大廳上的幾個吸血鬼，沒有誰搭理我，最後來到阿曼德敞開的門前。他立刻就看到我，一定在我還很遠時就聽到腳步聲了。他隨即歡迎我，邀我坐下。

「當時他正忙著照料那個男孩。男孩在書桌前用晚餐，銀盤裡有肉也有魚，一瓶白酒站在一旁。雖然在昨晚的遭遇後，那男孩現在既發熱又衰弱，他的皮膚仍然紅潤，熱氣和香味對我來說簡直是折磨，但阿曼德卻沒有類似的反應，他坐在我對面火爐邊的皮椅上，兩手在皮質扶手上交疊，身體對著男孩。男孩將酒杯注滿後高高舉起，『我的主人。』他說，微笑時還瞥了我一眼，但致敬的對象是阿曼德。

「『你的奴隸。』阿曼德深情地輕聲回應，並且凝視男孩大口喝下酒。我可以看得出來，他正在欣賞那雙溼潤的唇，還有酒嚥下時喉頭肌肉的動作。接著男孩舉起一片白色的肉塊，作出同樣的致敬動作，然後慢慢咀嚼，眼睛直鉤鉤地盯著阿曼德。阿曼德彷彿也品嘗了這場盛宴，豪飲著他除了眼睛之外不能再享受的美酒；而雖然他似乎已經心亂神迷，但那是經過仔細算計的，不同於多年前我在芭貝窗外渴望她生命時所感受的痛苦。

「吃完後，男孩跪下來抱住阿曼德的脖子，好像他真的喜歡那冷冰冰的肌膚一樣。我回想起黎斯特第一次來找我的那晚，當時我的眼中，他的眼睛如此熾亮，白色的臉孔如此閃耀，就像現在你眼中的我。

「終於，一切都結束了。男孩上床睡覺，阿曼德為他鎖上床前的銅柵門，吃得飽飽的男孩在幾分鐘內就開始打盹。阿曼德坐到我對面，大而美麗的眼睛寧靜如海，看來似乎天真無邪。但當我感覺它們開始把我拉向他時，我垂下了眼簾，希望在爐裡能看到火，可是那裡只有灰燼。

「『你叫我不要說出我從哪裡來，為什麼？』我抬眼問他。他好像能感覺到我剛才的退縮，但並沒有不高興，只是帶著輕微的好奇注視我。可是我很軟弱，不堪承受他的好奇，於是我又把視線挪開。

「『你殺了製造你的吸血鬼嗎？這就是你沒有和他一起來這裡、不肯說出他名字的原因？聖地亞哥就是這麼想的。』

「『如果是這樣，或者我們不能讓你相信這不是事實，你會消滅我們嗎？』我問道。

「『我不會對你做任何事，』他平靜地說，『但我已經告訴過你，我在這裡的地位，並不是你所意味的那種領袖。

「『可是他們認為你是個領導人，不是嗎？還有聖地亞哥，你兩次為我架開他。』

「『我比聖地亞哥有力，也較老，聖地亞哥比你還要年輕，』他的語調平鋪直敘，不帶絲毫傲氣，這些都是事實。

「『我們不想和你們衝突。』

「『已經開始了，』他說，『但不是和我，是和上面那群。』

「『可是他有什麼理由要懷疑我們呢？』

「此時他好像在思索，眼睛垂下，下巴擱在拳頭上，經過了似乎好長的一段時間，他抬起頭來。『我可以給你理由。』他說，『因為你太沉默了。因為吸血鬼的數量稀少，非常害怕內鬥，所以會很小心地選擇門徒，確定他們會衷心尊敬其他的吸血鬼。這間屋子裡有十五位吸血鬼，這個數量是刻意維持的，而我可以這麼說，他們害怕力量弱的吸血鬼。我也應該提到，你的缺陷在他們眼中非常明顯：你感受得太多、想得太多。如你自己說的，吸血鬼的疏離對你而言並不重要。

「然後是這個神祕的孩子：一個永遠不會長大的小孩，一個永遠不能自立的小孩。即使現在那個男孩珍貴的生命陷入危險，我也不會把他變成吸血鬼。因為他太年輕了、手腳還不強壯，才剛剛淺嚐生命的滋味。可是你帶來了那個孩子，他們於是會問，什麼樣的吸血鬼會這麼做？是你把她變成吸血鬼的嗎？所以你應該了解，你帶著這些缺陷和神祕而來，卻一句話也不說，因此你是不能信任的。聖地亞哥想找個藉口出手，但在這些事情之外，他還有一個真正的理由，那就是當你第一次在拉丁區碰到聖地亞哥時……不幸的是……你罵他是小丑。」

「『啊——』我靠到椅背上。

「『如果你什麼都沒說，也許情況會好得多。』他看出我體會到話中的諷刺時笑了。

「我坐在那裡思索他的話。在他說話時，克勞蒂亞怪異的警告沉甸甸地壓在我的心頭，這個眼神溫和的年輕人曾經叫她『死』；同時我對樓上大廳裡的吸血鬼也逐漸感到憎惡。

「此時，我有股強大的衝動，想告訴他這些事情，她的恐懼。不，還不行。雖然當我看著他的眼睛時我無法相信他曾以魔力駕馭她，因為現在他的眼睛說：活下去，他的眼睛說：學習。噢，我多麼想對他吐露心聲，告訴他我無法了解的事情有多少，在尋找了這麼多年後，竟發現那群不朽的吸血鬼不過是個虛矯低俗的俱樂部時，我有多麼震驚。

「然而在這些瘋狂、混亂的意念裡，我逐漸得到一個清晰的認識：為什麼不應該是這樣？我要期待什麼？我有什麼權利對黎斯特那麼失望，甚至讓他死！只因為他不肯告訴我將來我一定會自己發現的事？阿曼德是怎麼說的？唯一存在的力量是在我們自己體內……

「『聽我說，』他開口了，『你得離他們遠一點，你的臉藏不住任何事。如果我質問你的話，你現在就會屈服，看著我的眼睛。』

「我沒照做，反而將視線鎖定在書桌上的幾張小幅圖畫，直到它們在我的眼中變成聖母聖嬰像，所有的圖畫都融成和諧的色彩及線條，因為我知道他剛才說的是真的。

「『如果你願意的話，阻止他們，告訴他們我們並沒有惡意，你為什麼不能這麼做？你自己說過我們不是你的敵人，不論我們做過什麼……』

「我聽到他微微嘆了口氣。『我一直在阻止他們，』他說，『可是我不想對他們施出可以完全阻止他們行動的力量。因為如果我施展出這種力量，那我就必須保護它，我會為自己製造敵人，而且今後將永無寧日地必須面對敵人。但我在這裡只想要有一點空間、一點平靜，否則就根本不必待在這裡了。我接受他們交給我的領導權，卻無意統治他們，只是想讓他們和我保持一點距離。』

「『我早該知道的。』我說，眼睛仍然盯住那些畫。

「『那麼，你一定得走遠點。西蕾絲是最老的吸血鬼之一，力量非常強，而且她嫉妒那孩子的美貌。還有聖地亞哥，你看得出來，他只是在等待一丁點你已經失去保護的證明而已。』

「我慢慢轉過來看他，他以吸血鬼那種詭異的安靜一動也不動地坐著，好像根本不是活的東西一樣。我仍然凝視著他，我又聽到了他的話，彷彿他再說了一遍似的，『我在這裡只想要有一點空間、一點平靜，否則就根本不必待在這裡了。』

「我感覺到自己對他的渴望，強烈到要使盡全力才能壓制它。光是坐在那裡看著他、抗拒我的渴望，就要耗費我所有的力量。我希望的安排是這樣的：克勞蒂亞安然地和他們相處，他們不會從她或任何人那裡發現她曾犯下罪行，如此我便能自由，能夠永遠留在這個房間裡，只要他還歡迎——或容忍——我在任何情況下待在這裡。

「我眼前又浮現出那個男孩，他跪在阿曼德身邊，摟住阿曼德的脖子，對我來說這個幅愛的畫像，也是我所感受到的愛。不是肉體的愛，你必須了解，我根本不會提到它，雖然阿曼德既漂亮又純真，和他做愛絕對不會不愉快。但是對吸血鬼而言，肉體的愛只在一件事情上會達到高潮及滿足，就是殺戮。我說的是另一種愛，它讓我完全對他傾心，而黎斯特這個老師則從來沒有過。阿曼德永遠不會對他的知識有所藏私，我知道這點，我可以像穿過玻璃窗一樣進入他的知識領域，沐浴其中，儘量地吸收他的心靈。我閉上眼，彷彿聽到他在說話，模糊得讓我無法確定，好像是說：『你知道我為什麼待在這裡嗎？』

「我再度抬眼望他，不知道他是不是了解我的想法，就像可以讀出來一樣——如果他有這種力量的話。經過這麼多年以後，現在我終於可以原諒黎斯特了，他不過是個平凡而且無法教我使用自己力量的吸血鬼。可是，我依舊渴望這種力量，會毫不抗拒地追求它。一陣悲哀襲來，是對我自己的軟弱及兩難僵局的悲哀；克勞蒂亞正在等我，克勞蒂亞，我的女兒，我的愛。

「『我要怎麼辦呢？』我喃喃說道，『離開他們，離開你？在這麼多年的……』

「『他們對你而言無關緊要。』他說。

「我笑了，並且點了點頭。

「『你想做什麼呢？』他問道，聲音裡有最溫柔同情的語氣。

「『你不知道？你不是有那種力量嗎？』我問他，『你不能像讀一本書一樣讀我的思緒嗎？』

「他搖搖頭。『不是你說的那樣，我只知道你和那孩子真的有危險，因為它對你來說是真實存在的。而且我知道，即使有她的愛，你的寂寞仍然強勢到讓你幾乎無法承受愛。』

「接著我站起來。起身、走到門口、迅速步下走廊。這似乎都是簡單的事，可是卻費盡我每一分的力氣，費盡每一分那個我稱為『疏離』的神祕力量。

「『我請求你，別讓他們來打擾我們。』我在門邊說。可是無法回頭看他，甚至不想被他輕柔的聲音干擾。

「『別走。』他說。

「『我別無選擇。』

「我走到走廊時，身旁突然傳來他的聲音，把我嚇了一跳。他就站在我旁邊，眼睛直視著我，把一隻鑰匙塞進我手裡。

「『這裡有扇門，』他指著黑暗的盡頭說，我以為那只是面牆而已。『有樓梯通往街邊的巷子，這條通道只有我在用，現在從裡離開，你就可以避開其他的吸血鬼。你現在心裡七上八下的，他們會看得出來。』

「我立刻轉身想走，雖然全身每一部分都希望留在這裡。『我要告訴你，』他說道，一面輕輕將手背壓在我的心口。『發揮你體內的力量，不要再憎恨它了，運用那股力量！如果你在街上遇見他們，用那種力量讓你的臉變得像面具，看著他們的時候，要想像自己什麼也沒在看。要小心，把這句話當成我給你掛在脖子上的護身付。當你的眼睛遇上聖地亞哥的眼睛——或任何一個吸血鬼的眼睛時，你可以禮貌地和他們說話，可是心裡一定要記住這句話，而且只想著這句話。記住我說的話，我會對你說，是因為你能夠尊敬單純的事情，你了解其真義，這就是你的力量。』

「我拿了鑰匙，之後開鎖和上樓梯的詳細情形，我已經記不得了；也不記得他當時在什麼地方或做了什麼。只記得當我走到劇院後面陰暗的街道時，聽到他在附近輕輕對我說：『當你能來的時候，來這裡找我。』我轉頭四顧，卻沒看見他，但這並不讓我意外。他也曾經告訴我，我必須離開聖蓋伯爾旅館，而且不能給那些吸血鬼一丁點他們想要的犯罪證據。『你要了解，』他說，『殺死別的吸血鬼是件很刺激的事，所以才要以死刑來嚇阻。』

「最後我終於清醒了，看見巴黎的街道在雨中閃耀，看見兩旁高聳狹窄的建築，看見那扇門已經關上，只剩下一片堅實黑暗的牆壁，也看見阿曼德已經不在那裡了。

「我知道克勞蒂亞在等我，經過旅館的窗口時，我看到她小小的身影站在花朵之間，但我依舊走出大街，讓黑暗的巷子吞噬我，就像我經常在紐奧良所做的。

「不是我不愛她，而是因為我知道我太愛她了，我對她的熱情和對阿曼德的一樣強烈，而我現在只想躲開他們兩個，讓殺戮的欲望在體內上昇，像一陣高熱，我歡迎它壓制我的知覺，壓制我的痛苦。

「在雨後的霧氣裡，有個人朝我走了過來。我記得他彷彿是在夢中之境遊盪，因為周圍的深夜既黑暗又不真實，那些山丘可以是世界上的任何一隅，而巴黎輕柔的燈光在霧中只是一片搖曳光華。喝醉了的他睜著晶亮的眼，盲目地走入了死神的懷抱，他顫動的手指伸過來，觸摸我的臉。

「我還沒有陷入瘋狂或焦急的情緒中，說不定會叫他『走開』，其實我已經準備要對他講出阿曼德給我的忠告『要小心』了。然而，我還是讓他酒醉後大膽的手圍住我的腰身，屈服在他親切的眼睛和聲聲懇求下。他懇求我讓他畫張像，保證他那裡會很溫暖，我聞到他鬆垮襯衫上的油漬發出濃郁的甜味。

「於是我跟著他，走過了蒙馬特區，一路還低聲對他說：『你不是要死的人。』他帶著我經過一座蔓雜的花園，腳下是芬芳潮溼的草地，我又對他說：『活下去，活下去。』他卻笑了起來，摸摸我的臉頰，再輕拍我的臉龐，最後捏捏我的下巴。他引導我進入低矮的門，通紅的臉被油燈照得十分光亮。門關上了，溫暖悄悄滲入我們四周。

「我看到他閃亮的大眼睛，上面細細的紅色血管延伸向黑色的虹膜。他帶領我到一張椅子坐下，熱烘烘的手燒灼著我冰冷的饑渴。然後，我發現四周圍都是發亮的臉孔，臉孔出現在油燈的煙霧和火爐搖曳的光線裡。在這窄小傾斜的屋簷下，擺滿了畫布，宛如一個由色彩組成的奇妙世界，美麗的光輝彷彿正在顫動。『坐下，坐下……』他對我說，發熱的手擱在我胸口。我抓住他的手，但它仍然溜走了，我的饑渴如浪潮般高漲。

「然後他站到遠處，目光變得深沉，一手拿個調色板，一張巨大的畫布遮住了另一隻在作畫的手臂。我茫然無助地坐在那裡，迷失在他畫筆的揮舞和他迷人的眼睛裡。就讓這種狀態一直持續下去，直到腦海中阿曼德的眼睛消失，直到彷彿聽見克勞蒂亞以清脆的足聲跑過石板路離開我，離開我。

「『你還活著……』我喃喃地說。『骨架，』他回答我，『你的骨架……』我眼中浮現成堆的骨頭，從紐奧良的墓穴裡挖出來放到小窖裡，好讓墓穴空出來裝其他屍體。我閉上眼，饑渴變成了憤怒，我的心嘶吼著要一顆活的心，此時他走過來調正我的臉——這是致命的一步、致命的錯誤。一聲嘆息發自我唇間，『救救自己，』我輕輕對他說，『要小心。』

「突然，他臉上的溼潤光澤出現了變化，脆弱皮膚下的血管好像被什麼東西吸乾了。他踉蹌後退，畫筆從手中跌落。我站了起來，感覺到牙齒抵著嘴唇，眼中只見到他臉上的顏色，耳中只聽到他掙扎的叫聲，手中緊握的都是那堅強奮戰的肌肉。最後我把無助的他抓過來，撕破皮膚，飲下賦與它生命的鮮血。

「良久之後，我鬆開了他，『死吧，』我低聲說道，他的頭垂向前靠著我的外套，『死吧。』我感覺到他掙扎著想抬頭看我，我再度吸他的血，他也再度抗拒，最後還是滑落到地板上。麻木而且嚴重受驚的他，已經瀕臨死亡邊緣，可是眼睛仍然不肯閉上。

「我退到畫架前，雖然虛弱，但終於得到了平靜。我低頭看著他，看著他的眼睛變得矇矓灰暗，而我自己的手則紅潤了起來，皮膚煥發出溫暖的光華。『我又變成人了，』我喃喃地對他說，『我活過來了，藉著你的血我得以復活。』他的眼睛終於闔上，我向後靠著牆，卻赫然發現自己正凝視著自己的臉。

「他其實只畫了個草圖，幾筆大略的黑線，卻仍然傳神地描繪出我的五官和肩膀，而且已經刷上一些色彩：我眼睛的綠光、臉頰的白色。可是最恐怖的事情，是看到我自己的表情！因為他完全捕捉到它，而其中毫無任何恐怖之處。在隨手畫就的身形中，那對綠眼珠正以一種無心的純真與不帶表情的好奇望著我，其中隱藏了他還不了解的強大渴望。這是路易，正在一百年前的一場彌撒裡，聽著神父長篇大論而神遊太虛，嘴唇鬆弛微啟，頭髮不經心地披散著，一隻手安然擱在腿上，手指彎曲。這個路易是個普通的凡人。我笑了，將手掩在臉上大笑，笑到淚水幾乎要湧出。當我把手放下時，看到上面有淚水的痕跡，還染著人類的血液。我體內那個已經一殺再殺，而且還會繼續殺戮的怪物又抬頭了。拿起那幅畫，我邁步走出那間小屋。

「突然間，那個人發出野獸般的咆哮，從地上起身抓住我的靴子。他的手在皮革上滑脫，但卻隨即以驚人的意志力撐起身子，伸出發白的手緊緊抓住他的畫。『還我！』他對我咆哮：『還我！』我們兩個就這樣相持不下，我凝視著他，也凝視著自己的手。我輕鬆抓住的，是他如此不顧一切搶救的東西，好像不論他要去天堂還是地獄，都要帶著它去一樣。他的血不能讓我變成人類，我的邪惡也沒有擊敗他。最後，我失去了自制，猛然從他手中裡搶走畫，同時一手把他抓過來，在憤怒中咬開了他的喉嚨。」

「走進聖蓋伯爾旅館的房間後，我把畫放在壁爐的爐架上，然後愣愣注視了好長一段時間。克勞蒂亞也在房裡，還有別的東西干擾了我，彷彿有人站在樓上陽臺似的，傳來陣陣清楚的香水味。

「我不知道為什麼要拿這幅畫，為什麼要搶奪它，和他爭奪畫比殺他更讓我感到羞恥，我也不知道為什麼我還把它擺在大理石的爐架上。低著頭，雙手明顯地顫抖，我慢慢地轉頭，想看看房間，想再看看那些花朵、那些絲絨、那些燭臺上的蠟燭，想再度回歸到平凡與安全之中。突然，我看見了一個女人。

「她正平靜地坐在克勞蒂亞梳頭的那張華麗梳妝臺前，坐得那麼安靜，那麼不帶一絲恐懼。綠色的絲綢袖子反映在傾斜的鏡子裡，裙子也映在鏡子裡，使得她彷彿不是一名安靜的女人，而是一群女人的集合。她暗紅色的頭髮從中分開，梳到耳後，但髮際的小鬈髮仍然為她蒼白的臉孔鑲了邊。她正以兩隻沉靜的紫羅蘭色眼睛注視著我，如嬰兒般的嘴唇非常柔軟，上唇的弓形不帶顏料及個性的痕跡。這張嘴笑了，眼睛似乎燃起了火苗，『沒錯，他就像妳說的那樣，我好喜歡他，他就像妳說的。』接著她站起身來，輕輕攏起層層的暗色絲綢衣裳，梳妝臺上的三面小鏡子頓時變得空虛。

「我對這個狀況驚愕萬分，連話都說不出來。轉過頭，我看到克勞蒂亞躺在遠處的大床上，板著的小臉非常平靜，手卻緊緊抓住絲簾。『麥德琳，』她低聲說，『路易很害羞的。』聽到她的話，麥德琳只是笑了笑，然後走過來，雙手把領口上的蕾絲邊往後推，讓我看看上面兩個小傷口。克勞蒂亞冰冷地望著這一切。接著，麥德琳的笑容消失了，雙唇突然變得沉鬱性感，眼睛輕瞇了起來，沉重地吐出了一個字：『喝吧。』

「我轉身想躲開她，拳頭在無可名狀的狼狽中舉起，可是克勞蒂亞過來抓住我的拳頭，並且以冷酷無情的目光仰視著我。『照做，路易，』她命令我，『因為我做不到。』她的聲音平靜得非常痛苦，所有情緒都壓抑在僵硬規矩的音調下，『我沒有那種體型，我沒有那種力量！你把我變成吸血鬼的時候就應該看得出來！照做！』

「我甩開她的掌握，抓住自己的手腕，好像被她燙著了一樣。我看到門，立刻離開這裡似乎是上上之策。我能感覺到克勞蒂亞的力量，感覺到她的意志，而那個女人的眼睛彷彿也在相同的意志下燃燒。可是克勞蒂亞仍然掌握住我，不是用溫柔的懇求，不是用哀切切的哄勸，這些會讓她的力量消逝，讓我憐憫她但同時也鼓起自己的力量。她用冰冷眼中洩漏出的情感牽住我，她好像被擊敗了，立刻轉過身去，這幅身影也牽住了我。我不了解為什麼她會倒在到床上，頭垂下去，嘴唇拚命蠕動，視線在牆上掃來掃去。我很想摸摸她，告訴她，她的要求是不可能的，我想安撫那團好像正在內部蠶食她的火焰。

「那個柔潤的女人已經坐進火爐邊的一張絲絨椅子裡，發出珠光的絲綢衣裳沙沙作響地包裹著她，彷彿屬於她祕密的一部分。她不帶激情的眼睛現在注視著我們，蒼白的臉散發出熱氣。我記得我轉過來看她時，她孩子氣的嘴巴在脆弱的臉上噘著，除了那兩個傷口外，吸血鬼之吻並未在她身上留下明顯的痕跡，蒼白的粉紅肌膚沒有嚴重化。『妳覺得我們怎樣？』我問道。她的眼睛盯著克勞蒂亞，好像為那個小美人感到興奮。在那雙點著小渦的小手裡，絞纏著一個女人可怕的激情。

「她挪開視線抬頭望我，我說：『我問妳……我們看起來怎樣？妳覺得我們白色的皮膚、銳利的眼睛美麗嗎？神奇嗎？噢，我還清清楚楚記得凡人的視力是怎樣的，那種含糊朦朧，還有吸血鬼的美麗如何在朦朧中燃燒，多麼誘惑人，多麼蠱惑人！妳要我吸妳的血，可是這個要求意味了什麼，妳根本一點概念也沒有！』

「克勞蒂亞從床上起來走向我，『你怎麼敢？』她低聲說，『你怎麼敢替我們兩人做這個決定？你知道我有多鄙視你嗎？你知道我對你的鄙視，強烈到像爛瘡一樣啃噬我自己嗎？』她小小的身體不住顫抖，雙手在黃色禮服打褶的衣襟前揮舞。『你不准看旁邊，我打心底恨死了你移開視線，恨死了你的痛苦。你什麼也不懂，你的邪惡在於你沒辦法邪惡，而我卻必須因此受折磨。我告訴你，我再也不要受折磨了！』她的手指掐進我手腕，我掙扎著後退，在那滿懷憎恨的表情前踉蹌。憤怒像蟄伏的野獸般，逐漸在她體內覺醒，從她的眼裡向外瞪視。

「『像惡夢般的神話故事裡的兩個恐怖怪物，把我從人類的手上搶來，你們這兩個怠惰、瞎了眼的雙親！爸爸！』她鄙夷地丟出這些話，『讓淚水充滿你的眼睛吧，你的淚水永遠抵不上你對我做的事。再多過六年凡人的生活、七年、八年……我也許就會有那樣的體型！』她的手指向麥德琳。麥德琳的手已經捂住臉，眼前彷彿籠罩了一片烏雲。她好像呻吟了克勞蒂亞的名字，但克勞蒂亞沒聽見。『沒錯，那樣的體型，那我就也許可以知道並肩走在你身邊是什麼感覺了。主人！你給了我不朽，卻是這種無可救藥的外表，這種無助的形體！』淚水在她的眼眶裡打轉，話語吞吐在她胸口的起伏間。

「『現在，你把她給我！』她說，垂下頭，顫抖的鬈髮形成了面紗，『你把她給我。你要不就這麼做，要不就完成那晚在紐奧良旅館裡沒做完的事。我不要再帶著這種恨活下去，我不要再帶著這種憤怒活下去了！我不能、我不要再忍受了！』她一甩頭髮，兩隻手蓋住耳朵，好像想阻止自己的聲音一樣，呼吸變成急促的喘息，淚珠彷彿燙炙著她的臉頰。

「我已經在她身旁跪下來，雙臂伸出，彷彿想擁住她。可是我不敢碰她，甚至不敢呼喚她的名字，更別提我一開口，自己的痛苦就如河水決堤般奔洩，化成不可辨識的嘶吼。『噢。』她搖搖頭，將眼淚擠到臉頰上，牙齒緊緊咬著。『我還是愛你，這就是折磨人的地方。我從來不愛黎斯特，可是你！我恨你的程度就是我愛你的程度，兩者是一樣的！你現在知道我有多恨你了嗎？』透過眼前那層紅色薄霧，她瞥了我一眼。

「『是的。』我喃喃地說，將頭低下，可是她已經投入麥德琳的雙臂中了。麥德琳焦急地抱住她，好像她能保護克勞蒂亞不受我的傷害——真是諷刺，多麼可憐的諷刺——和不受她自己的傷害似的。她對克勞蒂亞呢喃著：『別哭，別哭了！』雙手拍著克勞蒂亞的臉和頭髮，力道之大，足以讓一個人類的小孩瘀血。

「可是克勞蒂亞好像突然迷失在她胸前似的，眼睛閉上，表情舒緩，彷彿所有的激情都被抽離了。她抬起手臂圍住麥德琳的脖子，頭倚在絲綢衣裳和蕾絲上。她靜靜地躺著，淚水沾染了她的臉頰，好像這些湧現的情緒讓她感到虛弱，所以迫切地需要忘卻一切。不論是周圍的房間還是我，她好像都不在乎了一樣。

「她們就那樣互相倚偎。那溫柔的女人不時哭泣，溫暖的手臂擁著她不可能了解的東西，她還以為她深愛這個蒼白、尖銳、妖異而且像個小孩的東西。如果不是我同情她——這個正在挑逗魔鬼的魯莽女人，如果不是我為她感到哀傷，我會從她手裡把那個妖異的東西抓過來，緊緊抱住它，一遍又一遍地否認我剛才聽到的話。可是我只是靜靜跪在那裡沉思。她對我的愛和恨相等，我背靠著床，反覆在心中咀嚼這段話。

「過了好長一段時間，在麥德琳還沒有察覺時，克勞蒂亞停止了哭泣，像雕像一樣靜靜坐在麥德琳腿上，晶瑩溼潤的眼睛凝視著我，絲毫沒有注意散落在她身旁的柔軟紅色頭髮，也沒有注意那女人的手還在拍著她。我麻木地靠著床柱坐在地上，回望那雙吸血鬼的眼睛，不能也不願說出自衛的話。麥德琳在克勞蒂亞的耳邊低語，眼淚滴落在克勞蒂亞濃密的頭髮上。然後，溫柔地，克勞蒂亞告訴她：『妳走吧。』

「『不要。』她搖搖頭，緊緊抱住克勞蒂亞，接著閉上眼，在強烈的焦躁與嚴重的痛苦之下全身顫抖。可是克勞蒂亞仍然領著她站起來，她現在很聽話，蒼白著臉，彷彿受到了驚嚇，綠色的絲綢衣料在小小的黃絲衣裳周圍蓬得鼓鼓的。

「她們在客廳的門口停下，麥德琳好像很困惑的樣子，抓著喉嚨的手像翅膀一樣拍動，後來才安靜下來。然後她轉頭四顧，就像那個吸血鬼劇院舞臺上的無助受害者一樣，不知身在何處。克勞蒂亞離開她去拿東西，接著我看到她在陰影裡出現，手裡拿著一個大娃娃。

「我站起來看過去，那是個娃娃，有漆黑的頭髮和綠色的眼睛，裝飾著花邊和緞帶，甜臉蛋，大眼睛。克勞蒂亞把它放進麥德琳臂彎時，它瓷做的雙腿還叮噹作響。麥德琳抱著娃娃，目光變得冷硬，手摸著娃娃的頭髮，她的嘴唇扭曲地咧開，接著低聲笑了起來。

「『躺下來。』克勞蒂亞對她說，她們彷彿一起沉入了沙發的軟墊。克勞蒂亞躺在她身邊，雙臂環抱著她脖子，綠色的絲綢衣料被壓得沙沙作響。我看見那娃娃滑下來，跌到地板上，可是麥德琳的手仍然抓著它晃盪，她自己的頭則往後仰，眼睛緊緊閉起，克勞蒂亞的鬈髮正輕觸她的臉龐。

「我又坐回地上，背靠著床柔軟的側邊。現在克勞蒂亞開始輕聲說話，音量不比耳語大多少。她要麥德琳別動，要忍耐。我害怕克勞蒂亞走在地毯上的腳步聲，害怕麥德琳離開我們的關門聲，更害怕像致命瘴癘一樣橫亙在我們之間的仇恨。

「可是當我抬起頭來看她時，克勞蒂亞只是站在那裡，好像嚇呆了，或是正陷入沉思。所有的怨恨與尖酸都從她臉上消失，以致於她的表情和那個娃娃一樣空洞。

「『妳說的都沒有錯，』我對她說，『妳應該恨我，從黎斯特把妳放在我手裡的那一刻起，我就活該被妳憎恨。』

「她似乎並未察覺我的存在，但現在眼睛裡注入了一股輕柔的光芒，她的美麗燃燒著我的靈魂，令我幾乎無法承受。然後她說話了：『那時候你就可以殺掉我了，不管他怎麼說，你本來可以的。』她的眼睛平靜地落在我身上，『你現在想這麼做嗎？』

「『現在？』我伸手摟住她，拉她靠過來，她軟化了的聲音讓我感到溫暖。『妳瘋了嗎？對我說這種話！問我現在想不想這麼做。』

「『我要你這麼做，』她說，『彎下身來，像你當時做的，一滴一滴地把我的血吸走，盡你全部的力量，把我的心臟逼到死亡邊緣。我很小，你可以取走我的生命，我不會抵抗。對你來說，我是很脆弱的，像一朵你可以捏碎的花。』

「『妳是說真的？妳對我說的話都是認真的？』我問道，『妳為什麼不乾脆把刀子插進我胸口？然後再轉一轉刀柄？』

「『你願意和我一起死嗎？』她帶著一抹狡猾嘲弄的微笑問道，『你會真的和我一起死嗎？』她繼續逼問。『你不懂我是怎麼回事嗎？你不了解他要殺我嗎？那個已經擄獲你的吸血鬼首領，他不要和我分享你的愛，一滴也不要。我可以在你的眼裡看到他的力量，我看得見你的悲哀、你的沮喪，還有你對他無法隱藏的愛。轉過來，我要你用嚮往他的眼睛看著我，我要你認真聽聽我的話。』

「『不要再說了，不要……我不會離開妳的，我已經對妳發過誓，妳看不出來嗎？可是我不能把那個女人給妳。』

「『我是在為自己的生命作戰！把她給我，這樣她就能照顧我，補足我活下去所必須的偽裝！然後他就可以把你帶走！我在為自己的生命作戰！』

「我推開她。『不，不，這是妳的狂想，』我想反駁她，『是妳不想和他分享我，是妳要得到全心全意的愛，如果不能從我身上，那就從她身上得到。他的力量比妳大，他對妳置之不理，是妳希望他死，就像妳想要黎斯特死一樣。可是，妳不能再讓我參與這場死亡了，我告訴妳，我不參與這場死亡！我不會把她變成我們的一員，我不會讓大批人類死在她手裡！妳對我的控制力已經瓦解了，我不會這麼做！』

「噢，要是她能了解……

「我從來沒有一刻真的相信她對阿曼德的指責，相信在那種不帶報復心的平和疏離下，他竟然會自私地希望她死。可是這對我已經不重要，有件更可怕的事情發生了，可怕得超過了我的理解，我才剛知道這件事。和它一比較，我的憤怒不過是個笑話。不過是想要反對她頑強意志的軟弱嘗試。她恨我！她討厭我！這是她自己說的。我的心開始乾枯萎縮，好像取走支持了我一生的愛時，她也給了我致命的一擊。

「她果真是向我心口捅了一刀。我渴望她渴望得要死，渴望那份愛渴望得要死。就像那天晚上黎斯特把她交給我，把她轉過來看我，告訴她我的名字時我的感受。在我對自己的憎恨中，那份愛溫暖了我，讓我能繼續活下去。噢，黎斯特真是洞悉一切啊，現在他的計畫終於被破壞了。

「但是，讓我震驚與痛苦的還不止於此。我在房裡走過來又走過去，走過來又走過去，兩手垂在身旁張開又握緊，覺得自己彷彿正逐漸萎縮。在她淚汪汪的眼睛裡，我感覺到的不只是她的憎恨，還有她的痛。她讓我看到了她的痛苦！『你給了我不朽，卻是這種無可救藥的外表，這種無助的形體。』我用力捂住耳朵，好像她還在指責我，淚水不禁奪眶而出。」

「這麼多年來，我一直依賴她的冷酷，相信她完全不會感覺到痛苦。而剛才她向我顯露出來的就是痛苦，無可否認的痛苦。噢，黎斯特會怎麼嘲笑我們？這就是為什麼她會把刀子插進他身體，因為他要是在這裡的話，一定會哈哈大笑。只要向我顯露出她的痛苦，她就能徹底摧毀我。被我變成吸血鬼的那個孩子一直在受苦，她的痛苦就像是我的一樣。

「另外一個房間裡有個棺材，還有一張給麥德琳的床，克勞蒂亞現在退到房間裡去了，留下我單獨面對難以忍受的折磨。我歡迎這種寂靜，在接下來的幾個小時裡，我一直站在敞開的窗前，感覺著雨霧的緩慢移動。雨滴在羊齒植物的葉片上閃爍，在芬芳的白花上閃爍，花瓣被雨滴敲打得垂下了頭，最後離枝委地。小小陽臺上灑落了一地的花朵，細雨輕敲著花瓣。我現在覺得非常軟弱，而且萬分孤獨。今晚在我們之間所發生的事不可能消除，而我對克勞蒂亞所做出的事也不可能消除。

「然而，在我困窘為難的同時，我卻並不感到後悔。也許是因為那樣的一個夜晚——夜空中不見星辰，煤氣燈光在霧中凝結——給了我某種我沒有要求、也不知如何要求的安慰。在這種空虛與孤寂中，我是全然孤獨的。我在心中思量著：我是孤獨的。這似乎非常公平，也是我罪有應得，因此它反而受到了我的歡迎。

「我想像自己永遠都是孤獨的，彷彿自從獲得吸血鬼力量的那晚以後，我就離開了黎斯特，從來不曾回頭再看他一眼似的。彷彿我當時真的離開了黎斯特，擺脫了自己對他和對其他人的需要。彷彿那個夜晚告訴我：『你就是黑夜，只有黑夜了解你，只有黑夜會以它的雙臂擁抱你。』我形單影隻，不再有惡夢。在這樣的想像中，我得到了無法言喻的平靜。

「然而，我還是感覺到這種平靜即將結束。我很確定，就如同我確定自己曾短暫降服於它一樣，現在它和天上的烏雲一樣開始露出縫隙。克勞蒂亞的失落讓我感到強烈的痛苦，這份痛苦在我身後壓迫著我，像一個從這個混亂怪異房間各角落裡匯聚組成的形體。可是，即使夜晚彷彿要被強大的風勢瓦解掉，我仍然感覺到外面有某個東西在呼喚我，某個毫無生氣而且我從來不曾認識的東西，我體內好像也有個力量在回應它，不是在抵抗，而是以不可理解的可怕力量回應著。

「我靜靜走過房間，輕輕打開那扇門。在身後煤氣燈射出的微弱光線下，那個女人睡在沙發上，就在我的陰影裡，娃娃則擱在胸口。我在她身旁跪下來，她先一步張開了眼睛，在黑暗中，我可以感覺到有另一雙眼睛在她身後注視著我，那張小小的吸血鬼臉孔正屏息等待。

「『妳會照顧她嗎，麥德琳？』我看到她的手抓住娃娃，把它的臉轉過來對著她胸口，我自己的手也伸過去抓它。但我不知道自己為什麼這麼做，即使她已經回答了我。

「『是的！』她焦急地再說了一次。

「『妳以為她和這個一樣，是個娃娃？』我問她，同時手握住娃娃的頭。她則一把抽走娃娃，咬牙怒視著我。

「『一個不會死的小孩！這就是她。』她說，彷彿在下咒語一樣。

「『啊……』我低聲嘆息。

「『我受夠娃娃了。』她把它推進椅墊堆裡，一面在胸前摸索某個東西，某個她想讓我看的東西，可是似乎又不想讓我看。她的手指找到它，然後緊緊覆蓋著它。我知道那是什麼，剛才就已經注意到了，那是一個卡著金扣的小盒子。我真希望我能形容出她對那個小盒子的激烈情緒，以及這種情緒如何影響了她圓潤的身軀，還有她像孩子一樣的柔軟嘴唇扭曲成什麼樣子。

「『那麼，那個會死的小孩是誰呢？』我猜測地問道，同時想像出一間娃娃店，每個娃娃都有同樣的長相。她搖搖頭，手拚命扯著盒子，扣針都把衣服刮破了。我現在從她臉上看到的是害怕，是一種啃噬人的恐懼。最後她拿下了盒子，破損的扣針刺得她手指流血。我從她手指上拿過那盒子，『我女兒。』她喃喃地說，嘴唇顫抖。

「小小的瓷片上有一個娃娃的臉，是克勞蒂亞的臉、是嬰兒的臉、是畫家對純真做的甜蜜嘲諷，一個擁有漆黑頭髮的孩子，就像那娃娃一樣。而那個母親已陷入恐懼之中，瞪著面前的陰暗處。

「『如此悲哀……』我溫柔地說。

「『我已經受夠了悲哀，』她抬起眼來看我，『如果你能了解我有多想要你的力量。我已經準備好了，我渴望它。』接著她轉向我，深深吸一口氣，胸部在衣服裡膨脹起來。

「然後，一陣強烈的沮喪占據了她的臉，她轉過身去，搖搖她的頭、她的鬈髮。『如果你是個普通人，像野獸一樣的男人！』她憤怒地說，『如果我能向你施展我的吸引力……』接者她對我露出陰險而挑逗的笑容，『……我可以讓你想要我，渴望我！可是你不是凡人！』她的嘴角垂了下來，『我能給你什麼？我要做什麼才能讓你給我你的力量？』她的手在胸前移動，彷彿是男人的手在愛撫。

「那真是奇怪，因為我一點也沒預料到她的話竟然挑動了我。我開始注意到她纖細誘人的腰肢、圓滿而膨脹的胸部曲線，還有那兩片精緻微翹的嘴唇。她完全想像不到我內心裡還留存了什麼樣的人性，以及剛剛才喝下的血如何讓我感到痛苦。我的確渴望她，比她知道的還強烈，因為她並不了解殺戮的本質。基於一個男人的驕傲，我想要對她證明自己，為她剛才對我說的話而羞辱她，為她挑逗裡低俗的自誇，為她現在在厭惡中將視線移開。可是這麼做是瘋狂的，這些都不是給予永恆生命的理由。

「我冷酷而肯定地問她：『妳愛這個孩子嗎？』

「我永遠不會忘記她的表情、她內心的狂暴和那種絕對的憎恨。『是的，』她根本是在斥責我，『你竟敢這樣問！』接著伸手要拿我手上的小盒。在內部啃噬她的是罪惡感，不是愛，是罪惡感——克勞蒂亞對我形容過她的娃娃店，一排又一排的架子上都是那死去孩子的複製品，罪惡感讓她徹底了解死亡的終極本質。在她的內心深處有某種東西，和我的邪惡一樣堅硬、一樣強大。她的手伸向我，碰到我的背心，然後張開手抱住我。我跪了下來，慢慢靠近她，她的頭髮輕刷著我的臉。

「『我吸血的時候抓緊我，』我對她說，她的眼睛睜大了，嘴巴張開了。『當妳覺得虛弱得受不了時，要一直聽我的心跳聲，要堅持下去，然後一遍又一遍地說「我會活下去」。』

「『好，好。』她點點頭，心跳隨興奮而加快。

「她的手燙著我的脖子，手指鑽進我衣領裡。『看我後面的燈光，不要把視線移開，一秒鐘也不行，而且要一遍遍地說「我會活下去」。』

「我咬破她的皮膚時，她倒抽了一口氣，溫暖的血流湧向我，她的胸部擠壓著我，躺在沙發上的身體無助地向上拱起。即使我閉上眼，也彷彿能看見她的眼睛，看見她嘲諷挑逗的嘴唇。我用力地吸，把她舉了起來，而且感覺到她愈來愈虛弱，雙手無力地垂落身側。『撐住，撐住。』我在她滾熱的血流間低語，她的心跳在我的耳中有如雷鳴，她的鮮血讓我飽足的血管發脹。『那盞燈，』我呢喃著，『看著它！』她的心跳開始慢下來，即將停擺，頭向後仰，眼神呆滯得瀕臨死亡。

「有一瞬間，我好像連動都不能動了，可是我知道我得趕快行動。有人把我的手腕舉到我嘴邊，房間好像在旋轉，我像剛才告訴她的那樣盯著燈光看，咬破手腕，我嚐到自己的血流出，然後把手腕放在她嘴邊。『吸，喝下去！』我對她說，但她躺在那裡好像死了一樣，於是我把她擁過來，血液灑到她唇上，她立即張開眼睛，我感覺到她嘴唇輕柔的壓力，然後她緊緊抓住我的手臂，開始吸吮。

「我抱著她搖晃，對她低語，拚命想擺脫自己的暈眩。接著我感覺到她強大的吸力，每根血管都感覺到了。在她的拉力下，我被千萬根線一遍又一遍地穿透，不得不緊抓沙發。她的心臟猛烈地跳動，手指深深掐進我的手臂和張開的手掌，插進我的手、弄痛了我，而且緊緊不放。我在劇痛下叫了一聲，想要後退，她卻緊攀不放。

「我的生命正從我的手臂和她的呼吸中流失，隨著吸吮的節奏，她間歇地發出呻吟。我的血管變成了千萬條線，千萬條炙人的線，它們愈來愈用力地拉扯我的心臟。最後，在茫無意識的狀態下，我猛然掙脫了她，倒在一旁緊抓住流血的手腕。

「她凝視著我，血染紅了她張開的嘴唇，她凝視我好久好久，久得如永恆一樣漫長。在我矇矓的視界裡，她變成了兩個，又變成了三個，然後混淆成一個顫抖的形體。她的手摸索向自己的嘴唇，但視線並未移開，只是眼睛顯得更大。然後她慢慢起身，不像藉由自己的力量站起，反而像被一股看不見的力量整個從沙發上托起，這股力量現在好像仍支持著她。她轉身，凝視四周，寬大的裙子硬梆梆地移動，好像她整個是一塊的，就像音樂盒裡雕刻的娃娃，隨著音樂無助地一圈圈舞動。

「突然她低頭盯身上的絲綢衣服，抓住它，再用手指揑揑，衣料發出沙沙聲，她立刻放手，迅速捂住耳朵，雙眼緊緊閉上，接著又睜得大大的。她看到了燈光，另外那個房間裡的煤氣燈從門縫裡射來脆弱的光線，她跑向煤氣燈，站在它旁邊，一直盯著看，好像那是活的東西一樣。『別碰……』克勞蒂亞對她說，並且溫柔地把她帶開。可是麥德琳現在又看到陽臺上的花了，伸手撫摸那些花瓣，然後把雨滴貼在自己臉上。

「我在房間周圍踱步，眼睛一直盯著她的每個動作，看她拿起花，放在手裡壓碎，再讓花瓣灑落在身旁，看她把指尖壓在鏡子上，凝視自己的眼睛。我的疼痛漸漸消失，傷口已經綁上了手帕，我在等待，等待，而克勞蒂亞則不知道接下來會發生什麼事。她們開始翩翩起舞，麥德琳的皮膚在搖曳的金色光線裡愈來愈蒼白，她一把抄起克勞蒂亞，克勞蒂亞便坐在她的臂彎裡隨她轉圈，在她小臉蛋的微笑背後，藏著戒備與警覺。

「最後麥德琳開始顯得虛弱，腳步向後踉蹌，好像要失去平衡似的。可是她迅速穩住，輕輕把克勞蒂亞放到地上。克勞蒂亞踮起腳尖抱她，『路易，』她低聲叫我，『路易……』

「我揮手要她退開，麥德琳好像根本沒看到我們，只顧著看自己伸出的手。她的臉色慘白，眉頭皺起。突然，她刮刮自己的嘴唇，然後瞪著指尖上的暗色污漬。『不，不要！』我溫柔地提醒她，同時執起克勞蒂亞的手，拉她到我身邊來，麥德琳則發出一聲長長的呻吟。

「『路易。』克勞蒂亞用麥德琳還無法聽見的聲音叫我。

「『她要死了，妳不記得這些事，死亡不曾在妳身上留下痕跡。』我悄悄對她說，輕攏她掠到耳後的頭髮，眼睛則從未離開麥德琳。她正從一面鏡子走到另一面鏡子，淚水泉湧而出，軀體正逐漸失去生命。

「『可是路易，如果她死掉的話……』克勞蒂亞叫了起來。

「『不會的，』我跪了下來，看見小臉上的沮喪，『血液的力量夠強，她會活下去的，可是她會害怕，非常害怕。』接著溫柔地、堅定地，我握住克勞蒂亞的手，親吻她的臉頰。她注視我的目光裡混雜了驚異與畏懼，並且用相同的表情看著我走向麥德琳。麥德琳叫了起來，而且不住打轉，雙手直直向前伸。我抱住她，看到她的眼睛裡已經燃燒著妖異的光芒，淚水裡反映出紫羅蘭色的火焰。

「『這是凡軀的死亡，只是凡軀的死亡，』我輕柔地對她說，『妳看見天色了嗎？我們得離開了，妳要和我睡在一起，緊緊抓住我，如死亡一般的沉睡會麻痺我的肢體，所以我無法再安慰妳。妳得躺在那裡，並且得和死亡搏鬥，可是記得要在黑暗裡抓緊我，聽到了嗎？妳抓住我的手，只要我還有知覺，我就會握住妳的手。』

「她似乎迷失在我的目光下，我感覺得到她的驚異，驚異於我眼中的光輝蘊藏了各種顏色的光芒。我溫柔地帶領她到棺材那裡，再度告訴她不要害怕，『當妳醒過來時，妳就成為不朽之軀了。』我說，『自然界致命的東西再也不能傷害妳了，來，躺下。』我看得出她對棺材的恐懼，看到她對那個窄盒子的畏縮，它漂亮柔軟的綢襯也不能安撫她。她的皮膚已經開始發亮，出現我和克勞蒂亞都有的那種光輝。我知道，除非我和她躺在一起，否則她是不會進去的。

「我抱住她，回頭看看在房間另一端的克勞蒂亞。她站在那個怪異的棺材旁望著我，目光沉靜，卻因為不明的懷疑、冰冷的不信任而顯得陰暗。我把麥德琳放在她的床旁邊，然後走向那對眼睛，平靜地跪下來，我擁住克勞蒂亞。『妳不認識我了嗎？』我問她，『妳不知道我是誰了嗎？』

「她看著我，『不。』她說。

「我笑了，點點頭。『別猜忌我，』我說，『我們扯平了。』

「聽到這句話，她把頭側向一邊，仔細研究我，然後似乎不自然地微笑起來，同意地點點頭。

「『妳看得出來，』我以同樣的平靜語氣對她說，『今晚在這個房間裡死掉的不是那個女人，她要死還得經過好多晚，也許好多年。今晚在這個房間死掉的，是我內心的最後一點人性。』

「一層陰影蒙上了她的臉，非常明顯，彷彿她的沉著像面紗一樣露出縫隙。她的嘴唇張開了，但只是短短吸了一口氣，然後她說：『那麼，你是對的，沒錯，我們扯平了。』」

「『我想燒掉娃娃店！』

「麥德琳一面對我們這麼說，一面把過世女兒的衣服丟進爐架裡的火焰中，那些白色的蕾絲、毛呢襯衣、皺巴巴的鞋子、帶著樟腦和薰香味的緞帶。『它已經沒意義了，一點也沒有。』她退後幾步望著火苗高竄，接著以帶有勝利意味的強烈摯愛眼神注視克勞蒂亞。

「我不相信她，非常不信。一晚又一晚，我得把她從受害者身邊帶開，因為她之前已經吸得飽飽的了，根本無法再吸乾那些人的血。她常常在激情中舉起她的獵物，用象牙般的手指捏破他們的脖子，動作和她的吸血一樣毫不遲疑。我相信，這種瘋狂的行為遲早會減少，她會感覺自己被這個惡夢困住了，被她自己發亮的皮膚、被聖蓋伯爾旅館華麗的房間困住了，然後哭喊著要醒來，想得到自由。她還不了解，這不是什麼實驗——對著鑲金框的鏡子露出她剛長成的牙齒——她根本是個瘋子。

「可是我還不知道她有多瘋狂，有多麼習慣做著不切實際的夢，她不會哭喊著要求回到現實，反而會把現實帶入夢境中。一個小惡魔，將世界的紗線送入她轉動的紡車，織成屬於她自己、像蜘蛛網一樣的宇宙。

「我才剛開始了解她的貪婪、她的魔術。

「她有一套做娃娃的工具，用來和以前的愛人一個又一個地做出她死去孩子的複製品，這些娃娃排滿了店裡的架子，現在她又增添了吸血鬼的技巧和吸血鬼的執著。某天晚上，我又得把已經吸得太飽卻還想繼續殺戮的她帶走。之後，她懷著那種貪得無厭的需求，拿出幾根木頭來，在她的鑿子和刀子下，做出了一個完美的搖椅，形狀和比例完全為克勞蒂亞而設計。因此，當克勞蒂亞在火爐邊坐在那張搖椅上時，她看起來就像個成熟的女人。

「當然還得加上其他的配件。一天天過去了，又出現一張同樣大小的桌子，上面有一個從家具店找來的檯燈，一套瓷製的杯盤，還有專門放在女士皮包裡的一種皮面小記事本，在克勞蒂亞手上變成了一本厚厚的書。

「在這個小空間裡，外面的世界粉碎消失了。小空間很快就變成配合克勞蒂亞體型的穿衣間：一張柱子只頂到我胸口鈕釦的床，小鏡子的位置只照到我這個笨拙巨人的腿，牆上的畫都掛在較低的位置，以適合克勞蒂亞的視線。最後，在她小小而華麗的梳妝臺上，有特別為小手設計的黑色晚宴手套；和天鵝絨的低胸禮服，天鵝絨上染著午夜的色彩；還有從兒童化裝舞會借用來的頭飾。

「克勞蒂亞頭戴珠寶，像童話故事裡的女王，露出白色的肩膀，披著一頭閃亮濃密的秀髮，漫步在她小小世界裡琳瑯滿目的物品中。至於我，則目瞪口呆地站在門口，看著這一切。接著我在地毯上坐下，手支著頭，仰望我情人的雙眸，我看到它們因為這座聖殿的完美而暫時軟化。身穿黑色花邊的她是多麼美麗啊！一個冰冷而髮色淡黃的女人，有著娃娃一般的五官及水汪汪的眼珠，它們平靜地注視著我，看得那麼久。久得她一定已經忘了我，那雙眼睛一定不是在看我，不是看躺在地板上做夢的我，不是看我周圍的笨拙世界。這個世界現在已經被劃掉、被廢除了，被一個曾經在其中受苦、一直在受苦的人，現在那個人看來已經不再受苦了。她傾聽著玩具音樂盒的叮嚀樂聲，一手放在玩具鐘上，時間變成一個個的小時和分鐘在我眼前浮現，一小時縮水了，一分鐘變成永恆，我覺得我也瘋了。

「我把手墊在腦後，凝視著大吊燈，要脫離一個世界進入另一個是很困難的。麥德琳坐在沙發上，以慣常的熱切工作著，好像不朽絕不意味著休息。她正把奶油色的花邊縫到小床薰衣草色的綢罩上，只偶爾停下來，將白色額頭上染著血色的汗水擦去。

「我那時在想，如果我把眼睛閉上的話，這個由小東西構築的世界，會不會把我周圍的房間吞噬掉？我會不會像格列佛，醒來時發現自己從頭到腳都被綁起來，成了一個不受歡迎的巨人？我彷彿看見一個為克勞蒂亞而造的房子，老鼠在花園裡會變成小怪獸，還有小小的馬車，花朵盛開的灌木叢成了樹林。凡人看到這些一定會目眩神馳，跪下來窺視小窗戶。就像蜘蛛的網，它也會誘捕獵物。

「我真的被從頭到腳被綁在那裡了，不只是因為那種童話的美麗——包括克勞蒂亞雪白雙肩的纖巧、串串的珍珠、蠱惑人的懶洋洋神態、一小瓶香水，還有一個玻璃酒瓶，逸出了承諾會讓你進入伊甸園的咒語——而是被恐懼所綁住了。

「在旅館的這些房間裡，我教導麥德琳各種殺戮的方式和吸血鬼的本質——其實如果克勞蒂亞有表露出絲毫意願的話，她會教導得比我更輕而易舉。同時，在這些房間裡，克勞蒂亞每晚都以輕柔的吻和滿意的神情向我保證，她不會再對我發洩憎恨的情緒了。

「令我恐懼的是：我想，對房間外面的世界而言，我已經變了。

「我內心會愛人的那一個部分，其實也就是屬於凡人的那一部分，這點我很確定。那麼現在我對阿曼德會有什麼樣的感覺呢？為了他，我把麥德琳變成吸血鬼；為了他，我想獲得自由。現在，我會不會反而對他感到好奇與疑慮，因而和他保持距離？我還是會感到那種沉鬱的痛苦嗎？會產生那種無名的戰慄嗎？即使眼前面對的是這個繁麗的世界，我還是看到了他像僧侶一樣的小屋，看到他暗褐色的眼眸，更強烈意識到他詭魅的磁性。

「但我仍然沒去找他，不敢去發現我內心深處究竟失去了什麼，也不敢試著去把這些失落和另外一個令人難過的事實分開：在歐洲，我找不到任何真理能減輕我的孤獨，挽救我的絕望。反之，我發現只有我靈魂的自我探尋、克勞蒂亞的痛苦、和對這個可能比黎斯特更邪惡的吸血鬼的激情，才能舒解我的孤獨和絕望。為了她，我變得和黎斯特一樣邪惡；但也在她身上，我看到唯一能從邪惡裡激發神聖的希望。

「最後，這些思緒都漸漸遠離了。時鐘在爐臺上滴答作響，麥德琳要求去看看吸血鬼劇院的表演，還發誓一定會保護克勞蒂亞——如果有哪個吸血鬼膽敢侵犯她的話。克勞蒂亞盤算地說：『還不行，不是現在。』我向後靠，望著麥德琳對克勞蒂亞的愛，和對她盲目而貪婪的感情，感到某種程度的解脫。

「噢，我心裡對麥德林的同情及記憶那麼少，認為她才剛看到一點點痛苦的內涵，完全不了解什麼是死亡。她那麼容易就發怒，那麼容易就胡亂施暴。我想，在我強大的自滿與自欺中，對死去弟弟的哀傷，才是我唯一真正的感情。我完全忘了自己曾如何愛上黎斯特閃爍的眼睛，把自己的靈魂賣給一雙多彩而發亮的東西，一心還以為那種晶瑩反光的表面藏有在水上行走的力量。

「如果換做是基督，祂要怎麼做才能使我像馬休或彼得那樣追隨祂？先打扮得一身光鮮，然後還要有個金髮叢生的漂亮頭顱。

「我恨我自己，當我在她們的交談裡昏昏欲睡時——克勞蒂亞低聲敘述殺人、速度和其他吸血鬼的技巧，麥德琳則俯身做著針線——這似乎是我唯一還能出現的情緒：對自己的憎恨。我愛她們，我也恨她們，我不在乎她們是不是在那裡。克勞蒂亞把手放在我的頭髮上，照著舊習慣告訴我她的心情很平靜，但我不在乎。還有阿曼德的幽靈，他的力量，那種令人心碎的單純，好像只隔了層玻璃一樣。執起克勞蒂亞可愛的手，我終於了解她說她原諒我——只因為我是這樣的個性，而她對我既恨又愛——時是什麼樣的感覺了：幾乎毫無感覺。

「我們還陪麥德琳完成了她想做的事，用火把點燃玻璃窗後的娃娃世界。但這件事之前的一個禮拜，我在路上漫步，轉彎進入一道狹窄的黑暗中，耳中唯一的聲響是雨聲。突然，我看見襯著烏雲的紅色火光，鐘聲響起，人們大聲呼叫，身旁的克勞蒂亞則輕聲對我談起火的本質，閃爍的火舌上竄起濃煙，讓我感到害怕。那不是一種狂野的、人類的害怕，而是冷森森得像我體內的一個鉤子。我想起我們在羅雅路那座舊房子的火，黎斯特正躺在燃燒的地板上。

「『火能淨化……』克勞蒂亞說。而我說：『不，火只能毀滅……』

「麥德琳已經走到我們前面了，正在街道前頭徘徊，像個雨中的幽靈。她白色的手在空中揮舞，向我們示意，彷彿白色螢火蟲劃出的一道弧光。克勞蒂亞離開我走向她，同時叫我跟過去。我看見她乾燥翻飛的黃色頭髮，看見有條緞帶掉到腳下，再翻滾落河，在黑色的水面上載沉載浮。她們都走了，而我還彎下去想撿回那條緞帶，可是有另一隻手伸過來，把它拾起來給我。那是阿曼德。

「我極為震驚，看到他那麼近，宛如站在門前的死神，黑披肩和絲領帶讓他如此像死神，但全然的沉靜又讓他像影子一樣輕靈超凡。他眼裡反映出一抹微不可辨的火光，紅光溫暖了原來的漆黑，讓它們變成濃郁的褐色。

「我突然清醒過來，好像剛才是在做夢似的。清醒過來感覺他的存在，感覺他的手圈住我的手，感覺他的頭傾向一邊，好像要我跟著他，也再度感覺到自己見到他時的興奮，這種興奮像在他的小房間時一樣噬人。

「接著我們並肩走在一起，速度很快，逐漸接近塞納河，迅速而優雅地經過了一群人。他們根本看不清我們，我們也幾乎沒看到他們。我能輕易跟上他，這讓我非常驚異。他強迫我認識自己的能力，我平常走的路都是人類走的，以後不需要再照這樣走了。

「我熱切地想和他說話，想用雙手抓住他的肩膀讓他停下腳步，只為了再像那晚那樣凝視他的眼眸，把他暫時定格在某個時間和空間裡，好像我能先對付一下內心的激動。我有那麼多話想告訴他，那麼多事想對他解釋。可是，我卻不知道要怎麼說，也不知道我為什麼想說，只知道內心強烈豐富的情緒澎湃不息，讓我幾乎落淚，這就是我一直擔心自己已經失去的東西。

「我不知道這是那裡，只是以前漫步時曾經經過這裡：一條兩旁有古老房舍的道路，路旁有庭院圍牆和馬車門，有高聳的塔，石拱下是玻璃窗。這些房子是另一個世紀的產物，長著節的樹佇立四周，突如其來的濃重寂靜，顯示外面的人群被阻隔了。只有幾個人住在這一大片有高聳房間的莊園裡，石頭吸收了所有呼吸的聲音、所有生命的空間。

「阿曼德在一堵牆前停了下來，手臂抵著頭上的一根樹枝，手向我伸過來。在片刻之間，我就站在他身旁了，潮溼的葉叢刷著我的臉。在上方，我看到一層層的樓延伸向一座孤立的高塔，在黑暗的瀟瀟夜雨中只隱約現出輪廓。『聽我說，我們要爬上這座塔。』阿曼德說。

「『我不行……不可能的！』

「『你還不了解自己的力量，你可以輕易爬上去的。記住，就算掉下來，你也不會受傷。照我做的去做，可是要注意，這房子裡的人知道我在這裡出沒已經有一百年了，他們以為我是幽靈。所以萬一他們看到你的話，或者你從窗戶看到他們的，別忘了他們以為你是幽靈，所以裝作沒看到他們，免得讓他們失望或困惑。你聽到了嗎？你現在很安全。』

「我不確定什麼比較讓我害怕，是爬上去？還是被人當成鬼？可是我沒時間說什麼能減輕害怕的俏皮話，即使是對自己。阿曼德已經開始了，靴子在石塊裡尋找縫隙，攀在石頭上的手堅定得像爪子一樣。我則跟他後方，緊緊攀著牆壁，不敢往下看。我吊在一面窗戶厚重的雕花石拱上休息片刻，同時向裡面瞥了一眼，看到閃爍的火苗，一片黑色的肩膀，一隻手拿著撥火棒敲打爐火。這個人完全不知道正被窺視，然後走出了我的視線。我們愈爬愈高，一直爬到高塔的窗戶，阿曼德很快扭開它，長腿在窗臺後消失，我跟他身後，感覺到他的手臂抱住我雙肩。

「我站在房間裡，不由自主地嘆了一口氣，一面揉搓手臂外側，一面四下環顧這個潮溼奇異的地方。窗外，房舍的屋頂在下方泛著銀光，東一個、西一個的小角樓在簇擁的廣大樹叢間隙裡露出。遠處斷斷續續的一條金鍊，是亮著街燈的大道。這房間好像和外面一樣潮溼，阿曼德開始升火。

「他從一堆腐朽的家具裡挑出椅子，不費吹灰之力就把它們拆成木條，儘管它們都非常粗重。此時他顯得有些詭魅，他的優雅與白色臉孔上的寧靜，使得他的詭魅感更為鮮明。他正在做任何吸血鬼都會做的事，扯裂這些粗重的木頭做成木柴，然而，這也只有吸血鬼才做得到。他渾身找不出一絲絲人的痕跡，他俊秀的身形和黑色的頭髮，彷彿是個可怕的天使，和我們其他人只是神祕地相似。剪裁合身的外套似乎只是個幻象，雖然我被他所吸引，其強度是前所未有——除了克勞蒂亞之外，但他也以另一種方式讓我興奮——很類似恐懼。生好了火，他替我擺了一張橡木椅子，自己卻在大理石的壁爐前坐下烘熱他的手，火焰在他臉上投下了紅色的影子。

「『我聽得到房子裡那些人的聲音。』我對他說。火焰的溫暖非常宜人，我可以感覺到靴子的皮革逐漸乾燥，感覺到手指裡的溫暖。

「『那麼你知道我也可以聽得到。』他輕輕地說。雖然話裡不帶一點反駁的暗示，但我馬上發現自己話裡的意味。

「『如果他們來的話呢？』我繼續發問，同時研究著他。

「『你從我的態度看不出來他們不會來嗎？』他問道，『我們可以整個晚上都坐在這裡，連提都不提到他們一句。我要你知道，如果我們談到他們，那是因為你要談。』當我沉默不語、也許顯得有些挫敗時，他又溫和地說，他們很早以前就封死這座塔了，讓它完全不受打擾。就算他們真的看到煙囪冒煙或窗戶裡有光線，在明天以前，都不會有人冒險上來查看。

「我看見壁爐的一邊有幾個擺著書的書架，和一張書桌，上面的紙張已經乾枯了，可是還有墨水槽和幾支筆。我可以想像得到，在沒有風雨時、或等火焰讓空氣乾燥以後，這裡會是個很舒適的地方。

「『你看，』阿曼德說，『你真的不需要旅館的那些房間，你需要的其實非常少，可是我們每個人都得決定自己究竟要多少。這房子裡的人為我取了個名字，和我碰面引起了他們二十年的傳言。對我而言，這些只是偶發而且毫無意義的事件，他們不能傷害我，我借用他們的房子來獨處。吸血鬼劇院裡沒有任何人知道我來這個地方，這是我的祕密。』

「他說話時我一直仔細注視著他，在劇院地下室裡的念頭又再度湧上心頭。一個不會隨著歲月變老的吸血鬼，我不禁猜想，他年輕的五官及舉止在上個世紀、還有再上個世紀會有什麼不同。因為他的臉雖然沒有刻上風霜，卻也絕不像面具。它顯得表情非常豐富，和他謙和的聲音相同，我想要分析清楚，但最後卻迷失了自己。只知道自己和以往一樣，強烈地被他吸引，在某種程度上，我接下來說的話只是種閃避：『那是什麼讓你留在吸血鬼劇院呢？』

「『一種需要，當然，可是我已經找到我需要的了。你為什麼躲避我？』

「『是的……』

「『可是現在克勞蒂亞已經解放你了，你卻還留在她那裡，依附在她身邊，好像她是你的情人一樣。』他說。

「『不，她不是我的情人，你不了解。』我說，『應該說，她是我的孩子，而我還不知道她能解放我……』這些是我曾反覆思量的念頭，『我不知道孩子是不是擁有可以解放父母的力量，我知道我會一直待在她身邊，只要……』

「我陷入沉默，本來是想說『只要她活著一天』，可是我發現這不過是凡人的陳腔濫調。她會永遠活下去，就像我會永遠活下去一樣。可是普通的父親不也是如此嗎？對他們而言，他們的女兒會永遠活著，因為他們自己會先死。我突然感到迷惘，可是一直注意著阿曼德，他是如此地傾聽著我說的話。那是我們大家最期待的方式，表情彷彿深思著每一句話：他並沒有想要逮住我些微的停頓，在我思緒表達完以前就認為他已經了解了；或者不可自抑地提出反駁——這些是經常讓對話無法進行的行為。

「在很長的一段沉默後，他說：『我想要你，在這世界上我最想要你。』

「我不敢相信自己的耳朵，乍聽之下好像令人無法置信，這句話卻讓我完全撤除了心防，我腦中浮現我們在一起生活的景象，其他的念頭都被拋在腦後。

「『我說我想要你，在這個世界上我最想要你。』他再重複一次，只有表情有些微的不同。然後他坐在那裡等待著、注視著，表情和往昔一樣平靜，褐髮之下的額頭光滑又白皙，不見絲毫關切的痕跡，大大的眼睛對我閃耀，嘴唇安靜沉穩。

「『你想從我這裡發掘一些東西，可是又不來找我，』他說，『你想知道一些事情，可是又不問。你看到克勞蒂亞與你漸行漸遠，卻又似乎沒有能力阻止，當你可以加快它的發展時，你又什麼都不做。』

「『我也不了解自己的感覺，也許你看得比我清楚……』

「『你還不了解你是怎樣的一團謎！』他說。

「『可是至少你完全了解自己，我可不能這麼說，』我說，『我愛她，可是我和她並不接近。我的意思是，當我和你在一起的時候——就像現在，我知道我一點也不了解她，一點也不了解任何人。』

「『她是你的一個階段，你人生裡的一個階段。如果你和她分開，那麼你就和唯一曾與你分享那個階段而且還活著的人分開了。你害怕這樣，害怕那種孤獨，那種負擔，那種無盡的永生。』

「『是的，這是真的，但這只是一小部分。對我來說，那個階段並沒有太大意義，是她讓它有意義。其他的吸血鬼必然也曾經歷過這種事，而且安然度過，度過上百個階段。』

「『可是他們也沒有安然度過，』他說，『否則這個世界會被吸血鬼給擠死，你以為我是怎麼變成這裡或世界上最老的吸血鬼？』

「我想了想，然後大膽提出了假說：『他們死在暴力之下？』

「『不是，幾乎從來不是，那不需要。你認為多少吸血鬼有應付永生的精力？剛開始的時候，他們對永生有最不切實際的構想，變成不死之軀後，他們希望生活各方面都維持原先的方式：馬車要做成相同的牢固款式，衣服要照著最能烘托他們格調的式樣剪裁，他們以他們心目中認為最得當的方式穿著談話。事實上，除了吸血鬼之外，所有事情都會改變；除了吸血鬼之外，所有事情都不能免於腐化與扭曲。此時，如果想法不夠靈活——經常連想法最靈活的人也一樣，這種不朽就成為監禁在瘋人院裡的漫長苦刑，裡面都是些愚蠢得無可救藥而且價值觀念完全破碎的人。

「『例如：某個吸血鬼在某天晚上醒來，突然發現一件他擔心了幾十年的事終於發生了——他發現自己完全失去了生存的欲望。曾經讓不朽引人入勝的種種生活方式，已經徹底從地球上消失了。除了殺人之外，沒有其他東西能趕走絕望。於是這個吸血鬼便出去尋找，沒有人會找到他的遺骸，也沒有人會知道他到哪裡去了。而且，常常他身旁的吸血鬼——如果他還有其他伴侶的話——也不知道他已經處於絕望狀態。他其實早就已經不再談自己的事，或任何事。於是，他就這樣消失了。』

「我倒在椅背上，這個明顯的事實讓我大受衝擊，可是在此同時，我體內的每一部分都在反抗這種觀點。我認清了自己內心希望與恐懼的深度，這些感覺和他剛才描述的瘋狂狀態如此不同，和那種可怕而徒然的絕望如此不同。我突然覺得那種絕望非常荒唐而可憎，我沒辦法接受它。

「『可是，你不會讓自己陷入那種狀態，看看你自己，』我發現自己正在回答他，『如果世界上連一件藝術品都沒有——其實是成千上萬——如果世界上沒有一處自然的美景……如果世界縮小成一間空曠牢房和一根蠟燭，我想你還是會在那裡研究那根蠟燭，全神貫注於光線的閃爍與色彩的變化中……這能滿足你多久？這又意味了那些可能性？我錯了嗎？我是不是一個瘋狂的理想家？』

「『不，』他說，臉上浮現短暫的微笑，和在愉快之下一抹稍縱即逝的醉人紅暈，但他只繼續說下去。『可是，你對你深愛的世界感覺到有份義務，這是因為對你而言，這個世界還沒有改變，將來也許你的敏感會導致瘋狂，這是可以想像的。你談到藝術品和自然之美，我希望我有藝術家的魔力，讓你能活生生地看到十五世紀的威尼斯，我主人的宅邸，還是凡人的我對他的愛，還有當他把我變成吸血鬼時他對我的愛。噢，如果我能讓那些時光倒流，為你或為我……只要一下子！那會多麼珍貴？而歲月並沒有讓那些時光暗淡，又多麼令我哀傷。在今天，在我所看到的世界對照下，它甚至變得更加豐富神奇。』

「『愛？』我問道，『你和將你變成吸血鬼的那個吸血鬼之間有愛？』我向前靠了過去。

「『是的，』他說，『這份愛強烈到他無法忍受我老化死亡，這份愛讓他耐心地等待我長到夠強壯，足以在黑暗世界裡誕生。你是想告訴我，在你和轉化你的吸血鬼之間沒有愛的存在？』

「『沒有。』我很快地回答，連抹苦笑也擠不出來。

「他審視我，『那他為什麼給你這些力量？』

「我又倒向椅背，『你把這些力量看成禮物！』我說，『當然你會這樣，原諒我說這種話，可是這讓我很驚訝，看似複雜的你竟然如此單純。』我笑了起來。

「『我該被取笑嗎？』他也笑了。整個神態讓我更確定剛才的感覺，他顯得如此天真，我才剛開始了解他而已。

「『不，不會由我。』我說，當我望著他時，脈搏不由自主地加快，『當我變成吸血鬼時，你這種吸血鬼是我夢想中的典範。你把這些力量看成一種恩賜！』我又說了一次，『可是，告訴我……你現在還愛著賜予你永生的吸血鬼嗎？現在你還有這種感覺嗎？』

「他似乎陷入沉思，然後慢慢地說：『這有什麼相關呢？』可是他還是回答了我：『我想我沒有幸運到能對很多人或事感到愛，但，是的，我愛他。也許不像你所指的那種愛，你好像已經讓我有點困惑了，而且還不費吹灰之力，你真是個謎。我不需要他，現在我再也不需要這個吸血鬼了。』

「『我得到永生，以及高超的知覺和對於殺戮的需求，』我很快地解釋，『是因為那個吸血鬼想要我的財產和房子。你了解這種事嗎？』我問道，『噢，可是在我這段話的背後還隱藏了許多事情，我了解得太慢、太不全面了！你好像為我打開了一條門縫，使得光線洩出，而我開始渴望把門打開，走進你剛才提到的世界！雖然事實上我並不相信它的存在！我認為那個轉化我的吸血鬼是邪惡的代表：他很可怕、粗暴和無知、沉悶無趣，因此永遠地令人失望，就像我心目中的邪惡化身！現在我已經了解這點了，可是你，你完全和我認知的不同！替我打開那扇門吧，把它完全推開，告訴我那個在威尼斯的宅邸，還有與天譴魔物的愛，我想了解這一切。』

「『你矇騙了你自己，那棟宅邸對你毫無意義，』他說，『而現在那扇門則通向我，以及我們能擁有的共同生活，而我的邪惡無邊無際，不帶一絲罪惡感。』

「『是的，的確。』我喃喃地說。

「『而這讓你難過，』他說，『可是是你，在我房間裡，是你自己說只有一種罪惡存在，就是蓄意奪取無辜人類的生命。』

「『是的……』我說，『你一定覺可笑至極……』

「『我絕對不會笑你，』他說，『我付不起嘲笑你的代價。經由你，才能讓我自己免於絕望，那種剛才我向你形容過讓我們死亡的絕望。經由你，我才得以和十九世紀建立聯繫，了解它，從而讓它恢復我的生機，這是我最迫切需要的。我之所以待在吸血鬼劇院，就是為了等待你來，如果我知道有哪個人類擁有這種敏感、這種痛苦、這種觀點，我會馬上把他變成吸血鬼。可是這種可能性太小了，不，我必須等待你。現在我會為你而戰，你看得出陷入愛河的我有多暴虐嗎？你說的愛是不是就是指這樣？』

「『噢，可是如果是這樣的話，你就大錯特錯了。』我凝視著他的眼睛說。他的話慢慢沉入我心底，我從來沒有感覺到這麼強烈的沮喪過，我是不可能滿足他的，我不能滿足克勞蒂亞，更從來不曾滿足過黎斯特，還有我自己的弟弟保羅，我是如何地讓他失望啊？

「『不，我必須和這個時代取得連繫，』他平靜地對我說，『藉著你能夠達到這個目的……不是從你那裡學習，那些事情我可以去藝廊逛逛或花一個小時讀一本最厚的書就知道了……你是這個時代的精神，是它的心靈。』他仍然堅持。

「『不，不，』我激動地抬高雙手，幾乎要苦澀地狂笑，『你看不出來嗎？我不是這個時代的精神，我和每件事都格格不入，而且一直如此！我從來沒有在任何時候和任何人一起屬於任何地方！』這太痛苦了、太正確了。

「可是他的臉卻在不可自抑的微笑中發亮了，他似乎就要對我發出嘲笑，最後肩膀終於在笑意下顫動了。『可是，路易，』他說，『這就是你這個時代的精神哪，你看不出來嗎？每個人的感覺都和你一樣，道德和信仰在你心中的殞落，也就是這個世紀的殞落。』

「這番話讓我驚訝萬分。我坐在那裡，望著火焰良久，火已經把木柴都燒盡了，剩下的只是銷融的灰燼，一團火紅間雜的東西，只要撥火棒一碰就會崩潰。可是它還是非常暖和，仍然發出強大的光芒，我清楚地看到自己的生命全貌。

「『劇院裡的那些吸血鬼呢？』我輕聲問道。

「『他們反映了犬儒主義的時代，這個時代的人無法了解，當一切可能性都已然幻滅是怎麼回事，他們自我陶醉在世故而頹廢的愚蠢言行中，最後陷溺在自我欺騙裡，變成一群言行合宜但其實無可救藥的人。你看過他們，你這輩子太了解這種人了。可是你以不同的方式反映你的時代，你反映了它破碎的心靈。』

「『那是不快樂，你還不了解這種不快樂。』

「『這點我不懷疑，告訴我你現在的感受，什麼事情讓你不快樂。告訴我，為什麼這七天以來，雖然你渴望來找我，可是卻始終沒來？告訴我，是什麼東西把你牢牢繫在克勞蒂亞和那個女人身邊？』

「我搖搖頭，『你還不了解你問的是什麼問題。你要知道，把麥德琳轉化成吸血鬼，對我來說是極端困難的事，我打破了自己絕不做出這種事的誓言——我絕不因為寂寞而做這種事。我並不將我們的生命視為力量或恩賜，反而視之為一種詛咒。我沒有尋死的勇氣，可是再去製造另一個吸血鬼？把這種痛苦帶給另一個吸血鬼，還有因此而連帶害死那麼多男男女女？我打破了自己立下的誓言，而在此同時……』

「『可是——如果這對你有點安慰效果的話——你想必也知道，我曾經助你一臂之力。』

「『我這麼做是為了脫離克勞蒂亞，才能自由地來找你……是的，我了解這點，可是我還是要承擔最後的責任！』我說。

「『不，我是說直接的力量，是我讓你這麼做的！你做的那晚我就在附近，向你貫注我全部的力量，說服你去做那件事，你不知道嗎？』

「『不！』

「我低下了頭。

「『我可以把這個女人變成吸血鬼，』他輕聲說，『可是我想最好還是由你自己來，否則你不會放棄克勞蒂亞的，你必須認為這是你自己所要的……』

「『我憎厭我做的事！』我說。

「『那麼就憎厭我，不要憎厭你自己。』

「『不，你不了解。當時你幾乎摧毀掉你認為我具有的珍貴特質！雖然我不知道對我使力的是你，我還是盡全力抗拒了你。當時我內心有種東西幾乎死掉了！那是我的激情，我內心的激情幾乎因此而死亡！當麥德琳變成吸血鬼時，我也幾乎要被摧毀了！』

「『可是它沒死，你的激情，你的人性——不論你想叫它做什麼。因為如果它已經不存在的話，你現在眼裡就不會有淚水，聲音裡就不會有憤怒了。』他說。

「我無言以對，只能點點頭，然後才掙扎著再度開口，『以後你絕對不可以強迫我做任何事！你絕對不可以再施展這種力量……』我結結巴巴地說。

「『不，』他立刻說，『我不會，我的力量在你心裡的某個地方被擋住了，彷彿一道門檻，我的力量在那裡不起作用。無論如何……麥德琳還是變成吸血鬼了，你也自由了。』

「『因此你很滿意，』我現在已經恢復了自制，『我沒有刻薄的意思，但是你擁有我，而我愛你，可是我很複雜，你滿意嗎？』

「『我怎麼會不滿意？』他反問，『我很滿意，當然。』

「我站起來走向窗口，最後的餘燼即將熄滅，灰色的天空漸漸明亮。我聽到阿曼德跟著我來到窗臺前，可以感覺到他就在我身邊。我的眼睛逐漸適應發亮的天空，所以現在可以看見他襯著夜雨的側面和眼睛。雨聲在四面八方作響，但也都有些不同：傾洩在屋頂上的，敲打在瓦片上的，輕柔穿過樹叢的，濺在我面前窗臺的傾斜石板上的。這些雨聲的混音浸染了整個夜晚。

「『你原諒我嗎？……原諒我想讓你把那女人變成吸血鬼？』他問道。

「『你不需我的原諒。』

「『你需要，』他說，『因此，我就需要。』他的臉和往常一樣平靜。

「『她會照顧克勞蒂亞嗎？她受得了嗎？』我問道。

「『她無懈可擊。雖然瘋狂，可是就目前而言，她是很完美的。她會照顧克勞蒂亞的，她一輩子都沒單獨過日子過，很自然地就會為伴侶衷心奉獻，不需要特別的理由來愛克勞蒂亞。然而，除了共同生活的需要之外，她也的確還有其他理由——克勞蒂亞美麗的外表，克勞蒂亞的沉默、克勞蒂亞的主宰和控制力。她們恰好能夠契合，可是我想……她們應該儘快離開巴黎。』

「『為什麼？』

「『你知道為什麼，因為聖地亞哥和其他吸血鬼懷疑她們，他們都看過麥德琳了，他們害怕她，因為她知道他們的事，而他們卻不清楚她。他們不會放過知道他們事情的人。』

「『那個男孩呢？丹尼斯？你打算把他怎麼樣？』

「『他死了。』他回答說。

「我愣住了，不僅是因為他的話，還因為他的平靜。『你殺了他？』我倒抽了一口氣。

「他點點頭，一句話也沒有說，可是大大的棕眼似乎被我毫不掩飾的情緒與震驚所迷惑了。他溫柔深沉的微笑，彷彿正將我牽引到他身邊，手蓋住我擱在潮溼窗臺上的手。我轉過身來面對他，靠近他，彷彿是他在拉動我的身體而不是我自己動似的。『那樣最好，』他溫柔地承認，然而說：『我們必須走了……』接著瞥了下面的街道一眼。

「『阿曼德，』我說，『我不能……』

「『路易，跟我來。』他輕聲說，隨即爬上窗臺，然後停下來對我說：『即使你跌到下面的碎石地上，也只會短暫地受傷，然後你會迅速癒合，幾天之內就一點也看不出痕跡了。當你皮膚上的傷口痊癒時，裡面骨頭的傷勢也跟著痊癒。知道了這個以後，你就可以放心地做你本來就能輕鬆做到的事。現在，爬下去。』

「『那麼什麼東西會殺死我呢？』

「他頓了頓，『摧毀你的身體，』他說，『你不知道嗎？火、斧頭……陽光的熱焰，只有這些。沒錯，你可能會出現某些傷痕，可是馬上就會恢復，你是不朽的。』

「我正透過下方寂靜的銀色雨絲窺視黑暗，看見搖曳的樹枝之間出現一閃燈光，蒼白的光線讓街道原形畢露——溼漉漉的碎石、掛馬車鈴的鐵鉤、爬上了牆頭的葡萄藤。一輛巨大的黑色馬車拂過葡萄藤而去，然後燈光漸漸微弱，街道從黃色變成銀色，最後完全消失，宛如被黑色的樹林吞噬了一樣，或者像是被黑暗所淹沒。我覺得頭昏，房子好像在晃動，阿曼德已經坐在窗臺上了，正回頭俯視著我。

「『路易，今晚和我一起走。』他突然低語，語調急切。

「『不行，』我輕聲地說，『太快了，我還不能離開她們。』

「我看見他轉過頭去望著黑暗的天空，似乎在嘆息，可是我沒聽到，只感覺到他握住我擱在窗臺上的手。『好吧……』他說。

「『再等一陣子……』我說。他點點頭，並且輕拍我的手，好像在說沒關係，然後兩腿一躍就消失了。我只猶豫了片刻，激烈的心跳好像在嘲笑自己，可是我接著便越過窗臺，匆匆跟著他爬下去，一眼也不敢向下看。」

「當我把鑰匙伸進旅館的房門鎖時，已經快要天亮了。房裡，煤氣燈在牆上閃耀，麥德琳手拿著針線，已經在火爐前睡著了。克勞蒂亞站在窗前的陰暗處，從盆栽的羊齒葉片縫隙裡靜靜地望著我，手裡拿著梳子，頭髮閃耀光澤。

「我站在那裡，讓驚愕稍微消退。這些房間裡的歡樂與困惑像潮水般沖刷我，滲入了我的軀體，和阿曼德的符咒與塔頂那個房間截然不同。這裡有一種令人舒適的感覺，但也因此而令人不安。我找到我的椅子，坐下來，將雙手蓋住兩邊太陽穴。接著我感覺到克勞蒂亞走到我身邊，嘴唇輕觸我的額頭。

『你見過阿曼德了，』她說，『你想和他一起走。』

「我抬起頭來看她，她的臉是多麼柔軟美麗啊，而且是屬於我的。我伸手撫摸她的臉頰，輕觸她的眼簾，這種熟悉自在的氣氛是自我們爭吵之後就再沒有過的。『我們會再見面的，不是在這裡，在其他地方，不管妳到哪裡去，我都會知道。』我說。

「她將雙臂環繞我的脖子，緊緊抱住我。我閉上眼睛，把臉埋在她的秀髮裡，吻遍她的頸項；接著握住她又圓潤又結實的小手臂，我親吻那雙手臂，臂彎的凹處、手腕、張開的手掌。我感覺到她的手指輕撫我的頭髮、臉頰。『就依你的意思，』她承諾，『就依你的意思。』

「『妳高興嗎？妳想要的都有了嗎？』我懇求她回答。

「『是的，路易，』她抱緊我，手指抓住我的頸背，『我想要的都有了，可是你真的知道你要的是什麼嗎？』她舉起我的臉，讓我正視她的眼睛。『我擔心的是你，你可能正在做件錯誤的事，為什麼你不和我們一起離開巴黎呢？』她突然說，『我們可以擁有整個世界，和我們一起走吧！』

「『不行，』我拉開身子，『妳想要的是黎斯特還在時的生活，那是不可能的，永遠不會再回到那個時候了。』

「『在麥德琳加入之後，我們的生活方式當然會有所不同，我不會要求再回到過去，結束它的是我自己。』她說，『可是你真的了解自己為什麼選擇阿曼德嗎？』

「我轉過身去，她對他的厭惡，以及始終不能了解他，在我看來是既頑固又令人費解的。她會再提起他希望她死，而我根本不相信。她不了解我所了解的阿曼德：他不可能希望她死，因為我不希望這樣。可是我如何能向她解釋，同時還不會讓她覺得我對他的愛已經矇蔽了我自己？『必須如此，那幾乎是一種方向。』我說，這些意念好像是在她懷疑的壓力下才成形的。『他能給我回歸自我的力量。我不能再活在分裂與悲哀的侵蝕裡了，我如果不是和他一起走，就是死。』我說，『另外還有其他原因，不合理、也無法解釋的原因，只有我能接受……』

「『那是……？』她說。

「『我愛他。』我說。

「『確實如此，』她沉思著，『不過話說回來，你連我都能愛了。』

「『克勞蒂亞，克勞蒂亞。』我把她抱過來，放在我膝上，她倚向我的胸膛。

「『我只希望當你需要我的時候，你能找到我……』她呢喃著說，『而我能回到你身邊……我傷了你那麼多次，為你帶來那麼多痛苦。』她的話語漸漸低沉，安靜地靠著我休息。我抱著她思索，只要再過片刻，我就不再擁有她了，現在我只想抱著她，這件單純的事情總是能帶來莫大的快樂。她的重量壓在我身上，小手棲息在我的後頸。

「某處好像有盞燈熄滅了，在清涼潮溼的空氣中，彷彿光線突然無聲地消失了。我坐在那裡，徘徊在夢鄉的邊緣，如果我是個凡人的話，就會在那裡睡著的。在那種懶洋洋的舒適之中，我又有了一種奇異而屬於凡人的感覺——待會太陽就會溫柔地把我喚醒，我會看到盆栽沐浴在陽光下，看到雨滴裡閃耀的陽光。我半閉眼睛，沉醉在這種幻想中。

「後來我不斷嘗試回憶那段時光，一遍又一遍地想要回想起我們在那房裡休息的點滴。可是這卻讓我難過。應該讓我難過的，因為我竟然失去警覺心，忽略了當時必然有的一些細微變化。過了很久之後，當我遭遇想像不到的傷害與悲慘變故後，我仔細回憶那段時光，那段慵懶寂靜的時光，鐘在爐架上的滴答幾乎不可聽聞，天色愈來愈白。我所能憶起的——除了我渴望延長及凍結那段時光，所以伸手按止了鐘——只有光線的輕柔變化。

「當我心存警戒時，絕對不會無視於那些跡象，可是我當時全神貫注於其他的事情，以至於完全不曾注意。有盞燈熄滅了，一枚燭火滅在自己熱蠟的小池中。我的眼睛已經閉上了一半，矇矓中感覺到黑暗逼人而來，彷彿我將被黑暗所包圍。

「突然我睜開眼睛，把剛才的檯燈和蠟燭都拋到腦後，可是已經太遲了。我猛然站起來，克勞蒂亞的手在我的手臂上滑落，我看到一群穿著黑衣的男女在房裡移動，他們的衣服好像吸收了每個金框和漆器表面的光澤，抽乾了所有的光線。我對他們大叫，也對麥德琳大叫，看到她突然醒來，驚慌失措地抓住沙發的扶手，然後他們撲向她，她掙扎地跪落地上。聖地亞哥和西蕾絲對著我們走來，後面是伊絲特和其他我不知道名字的吸血鬼。他們的身影塞滿了鏡子，也讓牆壁覆蓋上一層移動的惡毒黑影。我高叫著要克勞蒂亞快跑，她從門邊被拉回，但我接著把她推出門外，並且對著上前來的聖地亞哥猛踹。

「我在拉丁區遇見他時的軟弱防禦和現在的力量完全不能相比，我的缺陷也許讓我無法強悍地保衛自己，可是現在保護麥德琳和克勞蒂亞的本能力量太強大了。我記得我把聖地亞哥踢得往後退，然後猛擊那個力量驚人而美麗的西蕾絲，她本來想把我壓制住。克勞蒂亞的腳步聲在遠處的大理石階梯上響起，西蕾絲被打得在原地旋轉了一圈，然後鐵爪擒住我，抓破了我的臉頰，血流下我的衣領，我的眼角餘光也看到血光在閃耀。

「接著我和聖地亞哥搏鬥起來，兩人扭打在一起，那雙抓住我的鐵臂力量強大得可怕，他的手還試圖扼住我的喉嚨。『和他們拚了，麥德琳！』我對她大叫，可是聽到的只是她的啜泣。然後我看到她正轉來轉去，像一個凍僵、嚇壞了的東西，被其他吸血鬼包圍住。他們發出吸血鬼特有的空洞笑聲，就像是金屬磨擦或銀鈴的聲音。

「聖地亞哥捂著臉，我的牙齒剛剛讓它冒出血來。接著我痛擊他的胸口、他的頭，痛楚穿透我的手臂。兩隻手臂從後鎖住我，可是被我甩脫了，後面隨即發出玻璃破碎的聲音，可是另外又有人以雙臂擒住我的手臂，以驚人的力道硬生生地把我架開。

「我沒有軟化，沒有任何吸血鬼擊敗我，我只是寡不敵眾，無望地被他們的數目和持續攻擊所擊敗。最後我在他們的包圍之下，逐漸被推出房間，在這批吸血鬼的推擠下，我被迫穿過走廊，跌下樓梯，得到暫時的自由，但在旅館的後門前又被逮住，再度被緊緊箝制。我看見西蕾絲的臉非常靠近，如果做得到的話，我會對她咬下去的。

「我出血很嚴重，一隻手腕被緊緊抓住，緊得那隻手都麻木了。麥德琳也被抓在我旁邊，仍然不住哭泣，我們都被帶上一輛馬車。在裡面，拳頭不斷落在我身上，可是我始終沒有失去知覺，我頑強地不肯放棄知覺，感覺到後腦不斷受到重擊，感覺到後腦被血浸溼，當我躺在車廂地板上時，血液流下了我的脖子。我只是拚命在想：我能感覺到馬車在走，我還活著，我還醒著。

「而當我們被拉進吸血鬼劇院時，我馬上高聲呼叫阿曼德。

「抓住我的手放鬆了，但我只能在地窖的樓梯上跌跌撞撞，前後都是大群的吸血鬼，一雙雙強有力的手推著我。有一瞬間，我抓住了西蕾絲，她尖叫了起來，另一個吸血鬼隨即從後面給了我一擊。

「然後，我赫然看見了黎斯特——這比任何痛擊都讓我招架不住，黎斯特筆直地站在大廳中央，灰色的眼睛銳利有神，嘴唇拉長成狡猾的微笑。他打扮得無懈可擊，一如往昔，黑色的斗篷加上精緻的襯衣，看來神采奕奕。可是疤痕仍然刻劃著他每一吋蒼白的肌膚，嚴重扭曲了他帶著嘲諷意味的英俊臉孔。細密深刻的線條割進他上唇、眼皮和前額的細緻皮膚，而他的眼睛則燃燒著無聲的憤怒光火，現在這股憤怒彷彿還增加了點自誇，一種可怕殘忍的自誇，彷彿在說：『瞧瞧我變成什麼樣子了。』

「『就是這個嗎？』聖地亞哥問道，一面把我往前推。

「可是黎斯特突然轉向他，用嘶啞低沉的聲音說：『我告訴過你我要的是克勞蒂亞，那個小孩！她才是凶手！』他的頭在激動下不由自主地甩動，雙手伸出好像想抓住旁邊椅子的扶手，接著控制住情緒，他將視線轉向我。

「『黎斯特，』我開口了，感覺到自己已經瀕臨崩潰邊緣，『你還活著！你活下來了！告訴他你是怎麼對待我們的……』

「『不，』他怒氣沖沖地搖頭，『你回到我身邊來，路易。』他說。

「我無法相信我的耳朵，立即爆發出瘋狂的笑聲。『你瘋了嗎？』可是我內心比較理智、比較焦急的那部分，卻叫我和他講道理。

「『我會讓你活下去！』他的眼皮在這句話的壓力下顫動，他的胸膛不住起伏，手又舉了起來，在空中無力地握緊。『你答應過我的，』他對聖地亞哥說，『我可以把他帶回紐奧良。』然後，當他的目光從一個吸血鬼移到另一個吸血鬼時，他的呼吸開始變得狂亂，最後他爆發了：『克勞蒂亞，她在哪裡？是她對我下手的，我告訴過你了！』

「『等一下。』聖地亞哥說，接著將手伸向黎斯特。黎斯特猛然後退，差點失去平衡，還好找到了椅子的扶手，站在那裡緊緊抓住它，他閉上眼睛，重新控制自己的情緒。

「『可是他幫助了她，在一旁出力……』聖地亞哥說，一面走近黎斯特。黎斯特抬起頭來看他：『不！』。

「黎斯特又望著我說：『路易，你得跟我回去，有些事情我一定要告訴你……有關那晚在沼澤裡的事。』他陷入沉默，再度四下環顧，好像他正被關在籠子裡，既受傷又絕望。

「『聽我說，黎斯特，』現在換我開口了，『你讓她走，你釋放她……然後我就……我就回到你身邊。』這些話在我耳中顯得空洞尖銳。我想走近他，想讓自己的目光變得冷硬而不可測，讓自己的力量像兩條光柱一樣從雙眼射出。他凝視著我，同時也在研究我，一面和他自己的脆弱掙扎。接著西蕾絲過來抓住我的手腕。『你必須告訴他們，』我繼續說，『你是怎麼對待我們的，告訴他們我們不知道那條戒律，她也不知道還有其他的吸血鬼。』我的聲音像機械一樣僵硬，我也同時想到：阿曼德今晚一定會回來，阿曼德一定會回來，他會制止這一切，他不會坐視不管的。

「此時地板上傳來一陣東西拖過的聲音，我聽到麥德琳精疲力竭的哭泣聲，回過頭，我看到她坐在一張椅子上。當她看到我時，似乎更加害怕了，她想站起來，但他們阻止了她。『黎斯特，』我說，『你究竟想要我的什麼呢？我都會給你……』

「有東西發出聲音，接著我看到了它，黎斯特也看到了。原來是一個裝置了大型鐵鎖的棺材正被拖進房裡，我馬上懂了。『阿曼德在哪裡？』我絕望地問道。

「『是她對我下手的，路易，她對我下手，你沒有！她必須死！』黎斯特說，他的聲音變得單薄粗糙，好像連說話都很困難。『把那個東西拿走，他要和我一起回去！』他憤怒地對聖地亞哥說。可是聖地亞哥卻笑了起來，西蕾絲也笑了，笑聲好像傳染到了他們每一位。

「『你們答應過我的。』黎斯特對他們說。

「『我什麼也沒答應你。』聖地亞哥回答道。

「『他們要了你。』我尖酸地對黎斯特說，而他們開始打開棺蓋，『你是個傻瓜！你必須去找阿曼德，阿曼德是這裡的領袖。』我對他大吼大叫，可是他似乎聽不懂。

「接著發生的事情既混亂又模糊又悲慘，我猛踹他們，拚命想掙脫被擒的手臂，對他們破口大罵，高叫著說阿曼德會阻止他們的惡行，他們最好別碰克勞蒂亞。可是他們仍然強迫我進入那個棺材，我瘋狂的反抗並未能撼動他們的力量，只不過是讓我的神智暫時擺脫麥德琳的哭泣，她可怕的哀號，讓我暫時擺脫對克勞蒂亞的擔心——擔心會突然聽見克勞蒂亞的哭聲加入麥德琳的悲泣。當棺材蓋闔上，我起身阻擋了一下，但它馬上就強力關上，在鉸鍊和鑰匙的磨擦聲中鎖死了。

「我回想起很久以前的一句話，一個嘲弄而微笑的黎斯特正站在個遙遠、無憂無慮的地方——我們三個曾經在那裡爭吵過的地方——說：『一個饑餓的小孩是個可怕的景象……一個饑餓的吸血鬼則更糟，連全巴黎的人都可以聽到她的尖叫。』我汗溼發抖的身體在悶窒的棺材裡逐漸麻木，然後我對著自己說，阿曼德不會讓這種事發生的，而他們沒有安全的地方藏匿我們。

「棺材被舉起來了，我聽到靴子在地上磨擦的聲音，棺材像船一樣晃來晃去。我用手撐住棺材兩側，也許還閉上了眼睛，同時告訴自己不要伸手觸摸，不要發現我的臉和棺材蓋之間的空間及空氣有多麼少。當他們走到階梯上時，棺材強烈地傾斜搖擺起來。

「無能為力的我，只能試圖分辨出麥德琳的哭叫，因為她好像在叫喚克勞蒂亞，呼叫她的名字，宛如她能拯救我們似的。我心焦如焚地想道：叫阿曼德，他今晚一定會回來。可是想到我如果叫喊的話，聲音只會羞辱地和我鎖在一起、充塞我自己的耳朵，因此我沒叫出來。

「然而，我又想到其他問題：萬一他不回來呢？萬一他在那個高塔裡藏了個棺材……？突然，毫無預警地，我的身體好像不再受我的理智控制了，我拚命敲打周圍的木頭，掙扎著想轉身用背去頂棺材蓋，可是我做不到，裡面太窄了，最後我的頭頹然跌落在木板上，冷汗流下了我的背脊和身側。

「麥德琳的哭聲消失了，我聽到的只有腳步聲和自己的呼吸聲。那麼，明天晚上他就會來了——是的，明天晚上——然後他們會把這件事告訴他，然後他會找到我們並且釋放我們。棺材搖搖擺擺，水的氣味盈滿了我的鼻孔。它的清涼滲入了棺材裡封閉的燥熱，接著還加入了土壤深處的味道。他們粗魯地放下棺材，震得我四肢發疼，我揉揉手臂外側，盡量不去碰觸棺材蓋，不去感覺到它有多近，以免我自己的恐懼因此而一發不可收拾。

「我以為他們要離開了，可是沒有，他們還在附近忙著。我的鼻孔聞到另一種味道，以前沒聞過這種刺鼻的氣味。我靜靜躺了一陣子，突然發現他們是在把磚塊堆到棺材上，而那個味道就是灰泥的味道。慢慢地，小心地，我舉起手擦擦臉。好吧，那麼，明天晚上，我安慰自己，我的肩膀好像在棺材裡變大了。好吧，那麼，明天晚上他就會來找我，在那以前這裡就算是我自己的棺材吧，這是我為自己的行為所付出的代價。

「可是淚水開始湧現在我的眼眶，我好像看見自己又拚命捶打棺材壁，我的頭轉來轉去，腦海裡想到明天、第二天、第三天。然後，彷彿是為了將自己從瘋狂裡轉移出來，我想到了克勞蒂亞，感覺到她的手臂環抱著我，在聖蓋伯爾旅館房間的陰暗光線裡，看到她臉頰的曲線顯露在燈光下，她睫毛輕柔慵懶的拍動，她嘴唇如絲的接觸。

「我的身體再度繃緊，兩腿對著木板猛踢。磚塊落下的聲音消失了，接著模糊的腳步聲也消失了，於是我高叫著她，『克勞蒂亞！』我拚命甩頭，直到脖子絞痛不已，指甲深陷進手掌裡。最後，慢慢地，像條冰冷的河流般，睡眠的麻痺感漸漸襲來。我想要呼叫阿曼德，這既愚蠢又絕望。當我的眼皮愈來愈沉重，手也麻木地垂落身邊時，才依稀想到，現在在某個地方，睡眠也正開始襲捲了他，他會在休息的地方靜靜安眠。我做了最後一次的掙扎，睜眼看見了黑暗，伸手摸到了木板，可是我太虛弱了。然後，我就不醒人事了。」

「有個聲音吵醒了我，雖然遙遠卻絕對明確，它叫了兩聲我的名字。剛開始我還不知道置身何處，我在做夢，是某種急切的事情，似乎馬上就要不留痕跡地消逝無蹤，也是某種可怕的事情，可怕到我非常願意盡快讓它消逝。

「然後我張開眼睛，摸到面前的棺材，馬上憶起這是哪裡，同時也發現呼喚我的是阿曼德。我回答他，但聲音被鎖在棺材裡，響亮得震耳欲聾。一時間我恐懼了起來，害怕他在找我，我卻沒辦法告訴他我在這裡。可是接著我聽到他在對我說話，叫我不要害怕。然後是很大的一聲，再一聲，隨後是破裂的聲音，如雷的磚塊崩落聲繼之而來。

好像有幾塊打在棺材上，我聽到它們一個個地被拾起來，聽起來彷彿他正徒手扯開鎖似的。

「上方的硬木板破裂了，一線針眼大的光芒在我眼前閃耀，我對著它深呼吸，感覺到臉上汗水涔涔流下。棺材蓋打開了，我突然失去了視覺，接著坐起來，從指縫裡看到油燈的明亮光線。

「『快點，』他對我說，『別發出聲音。』

「『我們要到哪裡去？』我問道。從他打破的門外，有一條粗糙的磚路向外延伸，兩旁都是封閉的門，就像這邊的門一樣。我馬上想像到這些門後面都有棺材，都有吸血鬼在裡面挨餓至死，在裡面腐朽。

「阿曼德拉我起來，再度叮嚀我不要發出任何聲音，我們於是躡手躡腳地沿著那條磚路走。他在一扇木門前停下來，熄滅了燈火。我眼前突然陷入一片漆黑，接著門縫下的光線才逐漸明亮起來。他輕輕打開門，輕得鉸鍊完全沒有發出聲音。我連自己的呼吸聲都可以聽得見，因此還試圖停住呼吸。

「我們走到通往他寢室的巷子，可是當我跟著他疾行時，我了解了一件嚴重的事情——他要救我，可是只救我一個。我伸手想拉住他，可是他卻拉我繼續跟他走。我們走到劇院旁的巷子時，我才讓他停下腳步，可是即使如此，他也仍然急著要走。我還沒開口，他就開始搖頭了。

「『我不能救她！』他說。

「『你不會以為我會丟下她自己逃走吧？他們把她關在那裡！』我嚇壞了，『阿曼德，你一定得救她！你沒有選擇！』

「『你為什麼這麼說？』他回答道：『我沒有那種權力，你必須了解，他們會群起反抗我，他們沒有理由不這麼做。路易，我告訴你，我沒辦法救她，卻只會冒著失去你的危險，你不能再回去了！』

「我不肯接受這種解釋，除了阿曼德之外，我沒有別的指望。可是，坦白說，我已經將害怕拋到腦後，只知道我必須救出克勞蒂亞，或因此而喪命。事情真的非常簡單，根本不是什麼勇氣的問題。而我也知道，從阿曼德的被動態度和說話方式看來，如果我回去的話，他也會跟著我，不會阻攔我的。

「我對了。我匆匆趕回去，而他就緊緊跟在後面。走到通往大廳的樓梯時，我聽到那些吸血鬼的聲音，也聽到其他各種聲音——巴黎的車水馬龍，聽起來很像上面劇院觀眾的人聲鼎沸。接著，走到樓梯頂端時，我看到西蕾絲站在大廳門口，手裡拿著一個舞臺上用的面具。她只是看著我，完全沒有警戒的樣子，事實上，她顯得漠不關心，這實在令人訝異。

「如果她對我衝過來，如果她有發出適當的警告，這樣我反而可以理解，可是她什麼反應都沒有。她向後退到大廳裡去，然後轉身，好像在欣賞她裙子的細緻旋動。好像因為喜歡看到她裙襬高揚而轉身，接著她愈轉愈大圈，逐漸轉向大廳中央，她把面具放到臉上，從那個骷髏臉後面輕聲地說，『黎斯特……你的朋友路易來了，當心點，黎斯特！』她丟下面具，別處傳來陣陣笑聲。

「我看到他們都在那裡，像陰影一樣的東西，分散地坐著，有些則站在一起。黎斯特坐在一把有扶手的椅子上，肩膀頹然下垂，臉別了過去，手裡好像拿著個東西，但我看不見那是什麼。

「慢慢地，他轉過來看我，濃密的金黃頭髮散落到眼睛裡面，他的眼中充滿了恐懼，無可否認的恐懼。現在他的視線移向阿曼德，阿曼德正以無聲的步伐穩健地走進大廳，所有其他吸血鬼都向後退，同時注視著他。『晚安，先生。』西蕾絲在他經過時欠身為禮，手裡的面具好像權杖一般。他並沒有特別注視她，只是低頭望著黎斯特，『你滿意了嗎？』他問他。

「黎斯特注視阿曼德的灰眼似乎帶著些古怪，他的嘴唇掙扎著想說出些話，我看到他的睛裡充滿了淚水。『是的……』他喃喃地說，黑斗篷之下的手仍然捏著那個東西。然後他望著我，眼淚流下了面頰，『路易，』他說，聲音在他無法承受的掙扎下顯得低沉而富情感。『拜託你，你一定得聽我說，你必須回來……』接著他垂下頭，表情因為羞慚而扭曲。

「聖地亞哥發出了笑聲，阿曼德則溫和地對黎斯特說，他必須離開這裡，離開巴黎，他已經被放逐了。

「黎斯特閉著眼睛坐在那裡，臉在痛苦之下都變形了。那好像是另一個黎斯特，一個受傷而擁有感情的東西，一個我從來不認識的黎斯特。『拜託。』他開口，懇求我的聲音既動人又溫柔。

「『我沒辦法在這裡跟你談！我沒辦法讓你了解，你得和我一起走……不用太久……等我平靜一點？』

「『這太瘋狂了，』我的雙手突然捂住太陽穴，『她在哪裡？她在哪裡？』我環顧四周，環顧他們寂靜木然的臉、深不可測的微笑。『黎斯特！』我轉過身，一把抓住他的衣領。

「然我看見他手裡的東西。我知道那是什麼，立刻把它搶過來，愣愣地凝視著它，凝視著那個脆弱的絲料——克勞蒂亞的黃色洋裝。他抬起手捂住嘴，臉別了過去，接著靠到椅背上，發出了輕柔壓抑的啜泣聲。我瞪著他，瞪著那片布料，手指慢撫過上面的淚痕、血漬，我顫抖地緊握它，把它壓在我心口上。

「好長的一段時間，我只是站在那裡，那些四處移動的吸血鬼發出了輕快詭魅的笑聲，充塞我的耳朵，我想要用手捂住耳朵，可是又不願放下手裡的那一小塊布，我不住地緊捏它，讓它深深陷入我手心。

「我記得周圍有成列的蠟燭在燃燒，在畫著壁畫的牆上一個個地點燃，有扇門對著雨絲打開了，所有燭火被風吹得都搧動了來，好像要脫離燭芯而去，可是最後它們還是安然停留在燭芯上。

「我知道克勞蒂亞就在那條走道的後面，蠟燭動了，因為那些吸血鬼舉起了它們。聖地亞哥手持一根蠟燭，向我欠身，指示我走向那扇門，我幾乎沒有注意到他，也完全不在乎他或其他的吸血鬼。我內心裡有個聲音說：如果你在意他們，你就會發瘋的，而他們無關緊要，真的，她才是最重要的。她在哪裡？去找她！他們的笑聲如此遙遠，彷彿有具體的色彩和形狀，卻又絕對地空洞虛無。

「赫然，在那扇敞開的門後，我看見了我曾經見過的一幕。在很久、很久以前，除了我自己之外沒人知道這一幕，不，黎斯特知道，但這不重要，他現在也無法憶起或理解的。他和我曾經看過這一幕，站在羅雅路那座房子的廢棄廚房門口，兩個曾經是活生生、當時卻變得潮溼萎縮的東西，那是一對互擁的母女，躺在廚房地板上的一雙被害者。

「可是現在躺在無邊細雨下的兩具屍體，是麥德琳和克勞蒂亞，麥德琳可愛的紅髮夾雜了克勞蒂亞的金髮，金髮在風中攪動閃耀。但是，原來活生生的東西都被燒燬了，沒有燒掉的是頭髮，是空盪盪的絲絨長衣裳，是有白色花邊的染血小襯裙。那個曾經是麥德琳的黑焦乾枯東西，還帶著她五官的痕跡，抓著孩子的手也完整得像木乃伊。但是那孩子，那個蒼老的孩子，我的克勞蒂亞，已經化成灰燼。

「我發出一聲哭喊，一聲瘋狂、噬人的哭喊，來自我的軀體深處，像這座狹窄庭院裡的風一樣升起。狂風翻攪著雨絲，淋溼了那些灰燼，敲打著磚地上一隻小手的痕跡，金髮被風吹起，鬆散的鬈髮飄入空中。

「突然，就在我哭叫的時候，有人打了我一拳。我回身抓住了某樣東西，應該是聖地亞哥，我拚命捶打他，想要毀滅他，扯住他獰笑的白臉轉圈。他無法掙脫我的手臂，在我的力量下他不由自主地打轉、叫喊，叫聲裡混雜了我的哭喊。他的靴子竟然踩到了那些灰燼，我立刻把他推開。我的眼睛因為雨水和淚水而一片模糊，聖地亞哥倒在地上，雖然他向我伸出雙拳，我仍舊撲了上去。接著我們搏鬥的對象變成了阿曼德，他強迫我離開那個小墓地回到大廳中，回到那些旋轉的色彩、叫喊、混雜的聲音、痛楚和銀鈴般的笑聲中。

「此時，黎斯特高叫著：『路易，等等我，路易，我必須和你談談！』

「我看到阿曼德深邃的褐眼靠近，同時感到全身虛脫，只模糊地知道麥德琳和克勞蒂亞都死了。他突然輕輕地說，『我沒辦法阻止，我沒辦法阻止……』她們死了，就這麼死了。我逐漸失去知覺，聖地亞哥還在她們旁邊，她們無聲陳屍的地點。她們的髮絲乘風飛起，飄過那些磚塊和打開的門鎖，可是我已經快失去知覺了。

「我不能收拾她們的遺骸，不能帶她們出去。阿曼德從身後抱住我，一手抓著我的臂膀，一路把我抱了出來，穿過某個空洞、木造、發出回音的地方，街道上的氣味逐漸浮現，有馬車和皮革的新鮮味道傳來，一輛閃亮的馬車停在一旁。

「在我的眼中，我清楚地看見自己順著卡布辛大道跑下去，臂彎裡抱著一個小棺材，人們見到我都嚇得趕快閃避，露天咖啡館的桌子邊有幾十個人站了起來，有個男人還舉起了手臂。

「此時我絆了一跤，那個被阿曼德扶在懷裡的路易絆了一跤。我又看見他褐色的眼睛注視著我，又有了那種昏昏欲睡、那種下沉的感覺。然而，我還是繼續邁步，繼續前進，一直低頭看著靴子上的光澤。

「『他瘋了嗎？才會對我說那些話？』我是指黎斯特，我的話既顫抖又憤怒，可是這些聲音給了我一些撫慰。我接著笑了，大聲地笑了。『他簡直是瘋得不能再瘋了，才會那樣對我說話！你聽到他說的話了嗎？』我命令阿曼德回答，可是他的眼睛卻說：睡吧。我想談談麥德琳和克勞蒂亞，告訴他我們不能讓她們擺在那裡，可是我感覺到哭喊又在我體內升起，把其他一切都推擠開。我咬緊牙關想擋住它，因為它太響亮太強烈了，如果我讓它發洩出來的話，就會被它摧毀的。

「我終於能認清周遭的事物了，我們正並肩而行，我踩著殺氣騰騰而盲目的步伐，一如人們在爛醉如泥時，以及人們在滿懷著對他人的恨意卻無計可施時。我第一次遇見黎斯特時，我就是這樣在紐奧良的街頭走路的。那種跌跌撞撞的步伐比起現在還算是穩健，而且還能找到方向。

「我看到一個醉漢摸索著火柴，奇蹟般地順利點燃，火焰移到菸斗上，接著吸了口菸。我正站在一家咖啡館的窗前，那個人吸著菸斗，他其實沒有醉。阿曼德站在我身旁等候，當時我們正在擁擠的卡布辛大道上，還是鄧普大？我不確定，我對她們的遺體留在那個猥瑣的地方感到非常憤怒。眼前又浮現聖地亞哥的靴子踩到那片發黑燒焦的東西，那曾經是我的孩子！我從咬緊的牙縫裡發出哭聲，那個人站了起來，他眼前的玻璃突然布滿了霧氣。

「『走開！』我對阿曼德說，『你去下地獄吧，不要過來，我警告你，不要靠過來。』我離開他走向大道盡頭，還看見一對男女匆匆閃開，男人還伸出手來保護女人。

「接著我開始拔足狂奔，人們看見我在跑，不知道在他們眼裡，那會是什麼景象。

一個瘋狂、蒼白的東西，速度快得讓他們無法看清楚。我記得，當我終於停下來時，已經是又虛弱又反胃，全身血管都在翻攪，好像餓得太久似的。我想到了殺人，可是這個念頭卻引起我強烈的憎惡感。

「我當時坐在一間教堂旁的石階上，就在石雕的側門邊，門已經上門鎖好了。雨勢變小，或者至少是看來如此。街道既荒涼又死寂，有個人撐著發亮的黑傘經過。阿曼德站在遠處的樹下，身後好像還有一大片的樹林和溼草地，霧氣冉冉上升，彷彿那塊地是熱的一般。

「我努力只想著一件事——胃裡欲嘔的感覺、頭部的難受和喉嚨的緊縮，這才讓我回復平靜。當這些感覺逐漸消失，我的神智恢復清明後，我再度體會到所有一切發生的事，體會到我們走了多遠，體會到麥德琳和克勞蒂亞的遺骸還在那裡，在一場浩劫裡死於彼此的懷抱。我有一種破釜沉舟的感覺，感覺自己也快要毀滅了。

「『我沒辦法阻止，』阿曼德輕輕對我說，我抬起頭來，看到他臉上有一種無法言喻的悲傷。他把視線移向別處，好像覺得這句話不可能讓我相信，而我能感受到他深重的哀傷，和他幾乎遭遇的挫敗。我有一種感覺，如果我要對他發洩所有怒氣的話，他不會認真低抗我的。我還能感覺到，他的疏離與被動是一種影響力相當強的特質，也是那句話的根源：『我沒辦法阻止。』

「『噢，可是你做得到的！』我輕聲說，『你清清楚楚地知道你做得到，你是領袖！你是唯一知道吸血鬼力量極限的人，他們不知道，他們不了解，你的了解讓你超越了他們。』

「他仍然望著別處，但我可以看出，這番話已經對他產生了影響。我在他臉上看到疲憊，在他眼中看到陰暗的哀傷。

「『你對他們有影響力，他們怕你！』我繼續說下去，『如果你願意的話，你可以運用你的力量來阻止他們，即使那已經超越了你所說的極限。你不願打破你對自己的認知，打破你對現實的寶貴看法，做非理性的一搏！我太了解你了，在你身上我看到了自己的影子！』

「他的眼睛溫柔地轉過來對著我，但仍然一語不發，臉上的痛楚令人心驚。他臉龐的線條在痛苦下變得軟化而絕望，某種他無法控制的情緒正瀕臨爆發邊緣。他害怕那種情緒，我卻不會。他的力量在我之上，而他正以那種力量感受到我的痛苦，而我卻沒有感受到他的痛苦，它對我並不重要。

「『我太了解你了……』我說，『我的消極與被動就是一切的根源，它才是真正的邪惡。那種軟弱，頑固地拒絕放棄那些破碎而愚蠢的道德，那種愚蠢的傲慢！因為這種心態，我讓自己成了現在這個樣子，雖然我知道那是不對的。因為這種心態，我讓克勞蒂亞變成那樣的一個吸血鬼，雖然我知道那是不對的。因為這種心態，我袖手旁觀而讓她殺了黎斯特，雖然我知道那是不對的。她會步上毀滅之路，可是我不曾舉起一根手指頭來阻止她。還有麥德琳，麥德琳，我讓她變成了吸血鬼，雖然我根本不該把她變成像我們一樣的東西。我知道那是不對的！現在，我告訴你，我不再是那個消極、被動、軟弱、無能的東西了。我以前從這種邪惡牽引到另一種邪惡，直到整個蜘蛛網又大又密，我成了它愚蠢的獵物。結束了！我現在知道我該做什麼，因為你今晚把我從那個墳墓救了出來，所以我警告你：不要再回到吸血鬼劇院的寢室去，不要再靠近那裡。』」

「我並不想聽他要說的話，也許他也沒打算回答，我不知道。我頭也不回地走了，即使他跟著我，我也完全沒有注意，我不想注意，我不在乎。

「我躲到蒙馬特的墳場裡去。為什麼去那裡呢？我也說不上來，除了它離卡布辛大道不遠外。蒙馬特當時還是一片鄉野，比起都市來是很黑暗安靜的。我走過有廚房和花園的低矮房舍，毫無滿足感地殺了一個人，然後找到供我在白天睡覺的棺材。我徒手把裡面的屍體清出來，然後躺到棺材裡的腐爛、潮溼和屍臭中。我不能說這有給我一些安慰，應該說它給了我我想要的東西。封閉在那個黑暗腐臭的地底，遠離所有人類和貌似人類的東西，我向所有侵犯我的感覺、而且讓它窒息的東西投降。同時，也向我自己的悲傷投降。

「可是那很短暫。

「當冰冷灰暗的冬日陽光在第二天晚上消逝時，我醒了過來，感覺麻木漸漸離開我的身體。冬季時都會如此，棲息在棺材裡的黑暗生物正在周圍匆匆流竄，在我的復甦下四散奔逃。我慢慢在昏暗的月光下起身，欣賞了一下被我推開的冰冷光滑石板，接著漫步走出墳場。我腦中進行著一個計畫，一個我樂意用性命作賭注的計畫。我既然一點也不在乎性命，又非常樂意死亡，自然因此有強大的力量與自由來進行這場豪賭。

「在某間房子的廚房裡，我看到了一個東西，在我的手握住這東西以前，對於要找什麼，我還只有些模糊的概念。那是把小鐮刀，鋒利而彎曲的刀刃還布滿上次收割沾上的青草。我把它清乾淨，手指撫過它鋒利的刀刃，我的計畫清楚地浮現成形。

「於是我立即進行其他工作：雇一輛馬車和一個車夫，供我作幾天的驅使——在我給他的現金和承諾更多酬勞的利誘下。我把我的木箱從聖蓋伯爾旅館移到馬車裡，還購了所有我需要的物品。然後在晚上，我花好幾個小時假裝和車夫喝酒聊天，贏得他昂貴的合作，同意在黎明時把我從巴黎送到方登布魯。我會在車上睡覺，而且因為健康的關係，在任何狀況下我都不能受到一丁點的打擾——這點隱私重要得讓我樂意再多加一些酬勞，雖然我已經付了一筆錢，條件是他在我露面以前連馬車門把都不能碰一下。

「當我確定他已經同意了，而且醉到只能記得拾起韁繩啟程向方登布魯時，我們便慢慢地小心駛到吸血鬼劇院的那條街上，在一段距離之外停下來，等待天空開始發白。

「劇院的門鎖上了。當空氣及天色告訴我，我最多只有十五分鐘來執行我的計畫時，我躡手躡腳地走向劇院，我知道，那些藏在裡面的吸血鬼都已經躺在棺材裡了，即使有個晚睡的吸血鬼還在準備就寢中，也不會聽見我剛開始動手的聲響。

「我很快把一片木板放在閂好的門上，迅速敲下釘子，把門從外面封死。有個路人看了一眼，然後繼續他的行程，大概認為我是屋主派來的吧？我不知道，我知道的是，那些售票員、帶位侍者和清潔工可能會在我完成以前就發現我，那些人還可能留在裡面，擔任沉睡中的吸血鬼的守衛。

「我讓馬車駛到阿曼德的巷子時，腦中想的還是那些人。接著我拿出兩小桶煤油，走向阿曼德的祕門。

「如我所期盼地，鑰匙輕易打開了門。我走進底層走道，打開他的寢室門，卻發現他不在裡面，棺材也不見了。事實上，所有東西都不見了，除了家具之外——包括那男孩那張有圍欄的床。

「我連忙打開一桶煤油，把另一桶滾在我前面，走向樓梯，一面匆匆把煤油潑灑在橫樑和其他寢室的木門上。它的味道很強，比我能發出的任何聲音都更有力。可是當我筆直地站在臺階上，手裡拿著煤油桶和鐮刀傾聽時，卻什麼也沒聽到。我以為這裡會有守衛，可是沒聽到任何守衛的聲音，也沒有任何吸血鬼的聲音。

「我緊緊抓著鐮刀柄，慢慢往上走，一直走到大廳，那裡一個人都沒有。我把煤油灑在椅子和布幕上，然後，在她們遇害的那座小庭院門口前，我遲疑了片刻，只有片刻。噢，我多麼想打開那扇門，這個念頭如此誘人，讓我一時忘了我的計畫，幾乎要丟下桶子去開門。可是我從老舊木門的裂縫裡看到光線，發現我必須趕快，麥德琳和克勞蒂亞已經不在那裡了，她們已經死了。如果我打開那扇門，再度面對那些遺骸、那些零亂散落的金髮時，我又能做什麼呢？這毫無意義，我也沒有時間了。

「我跑過以前沒走過的陰暗走道，將煤油淋遍古老的木門，那些吸血鬼一定睡在裡面。接著我無聲無息地溜進劇院裡，上門的前門透進一線寒冷灰色的光線，讓我加快行動，向巨幅的絲絨舞臺幕、柔軟的座椅和大廳簾幕灑滿陰暗的油漬。

「最後，桶裡的煤油終於倒光了。我拿出事先準備的火把，用火柴點燃上頭浸了煤油的破布，然後將座椅點成一片火海，火焰咬噬著它們厚重的絲料和裡襯。我接著跑上舞臺，讓火苗一路竄燒，從暗色的布幕一直燒到上方的通氣孔。

「在幾秒鐘裡，劇院就閃耀得如同白晝一般，火舌在牆上怒吼，舔噬著舞臺和包廂的雕花，整個建築好像都在解體呻吟。可是我沒時間讚美這壯麗的一幕，欣賞烈焰騰空的聲音和氣味，觀察角落和裂縫在強烈的光線下現形。我再度飛奔下底層，用火把點燃大廳上的沙發、布幔和一切可以燃燒的東西。

「有人在樓上大吼——在一個我沒有看過的房間裡，接著我聽到清楚的開門聲，但一切都太遲了，我一面告訴自己，一面抓緊鐮刀和火把，整個建築都起火了，馬上就會被摧毀。我跑到臺階上，聽到在東西破裂和火焰的怒吼聲中，傳來遙遠的一聲叫喊。我的火把掃過頭上已經澆過煤油的屋樑，火舌立即包裹了整根木頭，接著襲捲上潮溼的天花板。

「那是聖地亞哥的叫聲，我很確定。接著當我點燃地板時，看到他出現在我後面的臺階，正走下樓梯，濃煙布滿了樓梯間，他兩眼流淚，不住嗆咳，一隻手指著我結結巴巴地說：『你……你……該死！』

「我僵在那裡，在濃煙裡瞇起眼睛，感覺淚水已經在裡面上升、滾沸，可是一刻也沒有放鬆他的身影。那個吸血鬼以全部的力量對我撲來，速度快得讓人看不見。當那個其實是他衣服的黑東西衝下來時，我揮下鐮刀，看到它砍到他的脖子，也感覺到他脖子的重量，接著看到他側身倒地，兩手伸向切開的傷口。

「空中充滿了叫喊及尖叫聲。有張白色的臉孔在聖地亞哥上方的走道徘徊，臉孔變成了一個恐怖的畫面。其他幾個吸血鬼倉皇奔逃過我前面的走道，跑向那道祕門。但我依舊站在那裡瞪著聖地亞哥。他雖然負傷了，卻還是掙扎著爬起來，於是我再度揮下鐮刀，輕易地逮到他。現在他已經沒有傷口了，只有兩隻手伸向已經不見了的頭。

「那顆頭的兩隻眼睛在燃燒的屋樑下睜得大大地，血從脖子切口流出，黑色光滑的頭髮被血浸溼，它掉在我腳邊。我舉起靴子，全力踢出一腳，把它踢得一路飛過走道。接著我自己也跑過去，同時將鐮刀和火把都丟掉，雙臂高舉著保護自己，因為通往條祕密出口的樓梯已經全部著火了。

「外頭的雨勢已經減弱成閃耀的銀絲，灑進我的眼睛，我瞥見馬車在天色下的陰暗輪廓。在我嘶吼的命令下，原本萎頓的車夫立刻打直身子，笨拙的手本能地抓住馬鞭。我打開車門，馬車隨之踉蹌了一下，我揭開木箱蓋，飛快地跳進去，馬匹們已經開始飛奔了。匆忙間我還只是側躺著，被灼傷的手迅速伸進冰涼的絲襯裡，蓋子隨即闔上，把我埋在黑暗中。

「一轉過街角，馬匹的速度就加速了起來，可是我還是聞得到煙味，它讓我嗆咳不已，燒炙我的眼睛和肺部，我的雙手被火燒傷，第一道晨光甚至灼傷了我的額頭。

「但我們終究是一路絕塵而去了，遠離那些濃煙和哭喊，我們即將離開巴黎．我做到了！吸血鬼劇院已經灰飛煙滅了！

「然後，當我躺在那裡時，眼前又浮現出了麥德琳和克勞蒂亞互擁著，陳屍在那個淒涼庭院的情景。對著她們在燭光裡閃耀的亂髮，我低下頭，輕輕地對她們說：『我不能帶妳們走，我沒辦法帶妳們走，可是他們會在妳們身旁死亡、毀滅。即使火焰沒有消滅他們，陽光也會。如果他們沒有被燒死，來救火的人也會讓他們暴露在陽光下。我向妳們保證，他們都會死掉，像妳們一樣：現在躲在裡面的每個吸血鬼都會死掉。』在我漫長的生命中，製造了不計其數的死亡，但他們的死，卻是唯一經過細膩設計而且應當的。」

「過了兩天，我又回來了，我一定得看看那個地方。我看見雨水灌滿了地窖，裡面的每塊磚頭都焦黑破裂，幾根枯骨般的樑柱伸向天際。原來圍繞著大廳的妖異壁畫，現在成了碎石地上散落的碎片。這裡一張臉孔，那裡一片天使的羽異，整個劇院只留下了這些東西還依稀可以辨識。

「夾著晚報，我擠進了街面一間擁擠的小咖啡館裡，在陰暗燈光和煙霧的遮掩下，我仔細地閱讀有關那件慘案的報導。在燒燬的劇院裡，找到了幾具遺骸，可是衣服和劇裝散落得到處都是，好像那些著名的吸血鬼演員在起火前就已經搬空了劇院。顯然只有年輕的吸血鬼有留下骨骸，比較古老的吸血鬼則完全毀滅了。報導沒提到有任何目擊者或倖存者，當然，怎麼可能會有呢？

「可是有件事情讓我很困擾。我不怕有任何吸血鬼逃出來，如果有，我也無意再去獵殺他們，大部吸血鬼都死了，這點我很確定。可是當時為什麼沒有一個守衛？我記得一清二楚，聖地亞哥提到過他們用普通人來擔任守衛，我猜想應該是那些帶位侍者和門房，而且本來還準備用鎌刀對付他們的。可是他們沒有一個人在，這太奇怪了。這件奇怪的事，讓我一直感到不安。

「但是，當我終於把報紙放下，從頭到尾把整個事件再回想一遍時，那件奇怪的事情變得不重要了。重要的事，在這一生當中，我從來沒有像現在這麼孤獨過。克勞蒂亞已經渺不可尋，我沒有理由再獨活在人間，也沒有這欲望。

「然而，悲傷並沒有征服我，並沒真的降臨到我身上，並沒有把我變成真正頹廢絕望的東西。也許因為我的心不能再承載目睹克勞蒂亞化成灰燼時的折磨，也許是因為我不能再活在這種天崩地裂的痛苦中。

「我默默思索，時間一分一秒過去，咖啡館裡的煙霧愈來愈濃，亮著燈的小舞臺布幕起起落落，健美的女子在臺上婉轉高歌。燈光在她們的珠寶上閃耀，她們豐厚而輕柔的聲音多半非常哀傷——細膩而悲悽。我隱隱約約地想到，如果在這種失落與傷害下，我的作為能夠被認為是合理的，並且得到同情和撫慰的話，那會是怎樣的光景？但是我不會把我的哀傷告訴任何活著的東西，而我的眼淚對自己毫無意義。

「那麼，如果不死的話，我能去哪裡呢？答案非常奇怪。我走出咖啡館，繞過已成一片廢墟的劇院，最後漫步到拿破崙大道，一路走向羅浮宮，好像那個地方在呼喚我一樣，可是我從來沒有進去過裡面，它寬廣的前門我經過了不下千次，每次深深希望我能做一天的普通人，能夠信步走過那些展示廳，觀賞那些令人目眩的繪畫。我隱約地認為，那些藝術作品會給我一些撫慰，它們本身雖然沒有生命，卻蘊含了生命的精髓。

「在拿破大道上，我聽到阿曼德的腳步聲在我身後響起。他在暗示我，讓我知道他就在附近。可是我除了放慢步伐，讓他跟上來之外，並沒有其他的反應。我們走了很長一段時間，彼此都沉默不語。我不敢看他，當然不敢。我一直想著他，還想像到，如果我們都是普通人，而克勞蒂亞是我的情人，我最後還是會無法自制地倒向他懷中。因為我希望有人能與我分享同質的哀傷，這種欲望是那麼強烈、那麼噬人。心中的水壩似乎即將崩潰，然而，它終究沒有崩潰。我已經完全麻木了，而且就像個麻木的人一樣走著。

「『你知道我做了什麼，』我終於開口了，我們已經轉出大道，眼前是皇家博物館高柱成列的前廊。『你聽從我的警告搬走了你的棺材……』

「『是的。』他回答道。聲音裡有一種突然而清楚的安撫意味，這讓我軟化了，可是我已經離痛苦太遠，也太疲憊了。

「『而你現在來找我，你是想替他們復仇嗎？』

「『不是。』他說。

「『他們是你的部下，你是他們的領袖，』我說，『你卻沒有事先警告他們，我要來對付他們？』

「『沒有』他說。

「『可是你一定會為了這件事而鄙視我，對自己的同類，你一定會堅持一些規定和忠誠。』

「『不。』他輕輕地說。

「他的回答如此自成邏輯，讓我驚異萬分，雖然我無法解釋，也無法了解。

「接著，在我混亂的思緒中，一個念頭逐漸浮現出來，『本來這裡有守衛，本來也有帶位侍者睡在劇院裡，我進去時為什麼沒有？為什麼沒有人保護沉睡的吸血鬼？』

「『因為他們是我雇用的，我解雇了他們，叫他們離開。』阿曼德說。

「我戛然停下腳步，驚訝地面對著他，他顯得毫不在意。我望著他的眼睛。噢，我多麼希望這世界不是這樣一片只有灰燼和死亡的黑暗廢墟，我多麼希望它能既鮮活又美麗，而我們都和普通人一樣，活著，並且還擁有可以給予對方的愛情。『你知道我想做什麼，卻還是這麼做？』

「『是的。』他說。

「『但你是他們的領袖！他們信任你，他們相信你，他們和你生活在一起！』我說，『我不了解你……為什麼……？』

「『隨便想一個你喜歡的理由，』他平靜而敏銳地說道，好像不想以任何指責或鄙視來傷害我，只想讓我單純地思考這件事。『我就能想到不少，找一個你需要而且相信的理由，它和任何其他理由一樣有可能。我可以給你真正的理由——但卻不真實：我要離開巴黎了，劇院是我的，所以我解雇了他們。』

「『可是既然你知道……』

「『我告訴你了，那是真正的原因，但也最不真實。』他耐心地說。

「『你會像讓他們被毀滅一樣地毀滅我嗎？』我要求他回答。

「『我為什麼要這樣？』他問道。

「『我的上帝。』我喃喃自語。

「『你變了很多，』他說，『可是就另一方面來說，你還是和以前一樣。』

「我繼續走了一陣子，到了羅浮宮的入口時，我停下腳步。起先只見那些窗戶一片黑暗，在月光和細雨下閃著銀光，接著我看到裡面有一盞昏暗的燈光在移動，似乎是警衛在巡視寶藏。我太嫉妒他了，一直想像著他，估量著我能不能抓到他，取走他的性命、燈籠和鑰匙。這個計畫讓我想得腦袋發脹。我對構思計謀是相當低能的，一生中只作出了一個真正的計畫，而且已經結束了。

「最後我投降了。我再度轉向阿曼德，將眼神投入阿曼德的雙眼，讓他靠過來，好像要吸我的血似的；我低下頭，感覺到他的手臂圍繞著我的肩膀。突然，我清楚地憶起克勞蒂亞的話，那句幾乎是她最後對我說的話——她說她知道我可以愛阿曼德，因為我甚至能愛她——我頓時驚覺那句話的遠見與諷刺，比她想像的還要富含深意。

「『是的，』我輕輕對他說，『那是邪惡中的最邪惡，你和我，我們甚至還能彼此相愛，否則誰還會對我們展示一丁點的愛、一丁點的悲憫、一丁點的慈悲？誰在像我們對彼此一樣地了解後，還不會毀滅我們？然而，我們還可以彼此相愛。』

「他站在那裡看了我好久，然後慢慢靠近，頭逐漸傾向一邊，嘴唇微啟，好像要說話的樣子。然後，他只是露出了微笑，輕輕搖搖頭，承認他不懂我的話。

「可是我已經沒有在思考他的問題了，此時我什麼也不想，腦中一片空白澄澈。我看到雨停了，我看到空氣既清新又涼冽，街道閃閃發光。我想進到羅浮宮裡面去，我告訴阿曼德我的念頭，問他能不能讓我在黎明以前好好看看裡面的珍藏。

「他認為這是一個非常簡單的要求，只是奇怪我怎麼會拖這麼久才問。」

「之後我們很快就離開了巴黎。我告訴阿曼德我想回地中海去，過去我一直夢想要去希臘，但現在我想去的是埃及。我想看看那裡的沙漠，更重要的，是看看金字塔和那些帝王的陵寢。我想找到那些盜墓賊，他們對古墓的了解遠超過學者。我想進入那些沒被挖掘的墳墓，看看自從下葬之後就不曾被動過的帝王屍體，和周圍的器具與藝術作品，以及牆上的壁畫。阿曼德欣然同意，於是我們在某天晚上，華燈初上時，搭乘馬車離開了巴黎，完全沒有任何告別的儀式。

「不過，我畢竟還是做了一件事。我回聖蓋伯爾旅館的房間裡走了一趟，本來是想拿一些克勞蒂亞和麥德琳的東西，好放到棺材裡，在蒙馬特墳場裡為她們造兩座墳墓。可是最後我沒有這麼做。我在房間裡待了一下，旅館傭人把一切都整理得有條不紊，好像麥德琳和克勞蒂亞隨時都會回來一樣。麥德琳的繡花框和線團擺在椅子旁邊的一張矮桌上，我凝視著那裡，也凝視著其他的東西，我本來想做的事似乎頓時顯得毫無意，所以我離開了。

「此時，我清楚地發現——或者應該說，這件我原本隱約知道的事情終於明白地浮現在我腦中——我那晚到羅浮宮去，是要放鬆自己的靈魂，去尋找一些快樂，讓我忘記痛苦、甚至忘記自己。這段時間以來，我其實一直在它的支撐下生活。

「站在旅館門前，等候馬車來接我去和阿曼德碰面時，我看到路上的人群——永不歇息的街道擠滿了衣著光鮮的男男女女、叫賣報紙的、提行李的、還有車夫——我以嶄新的眼光看著他們。以前，藝術品之所以吸引我，是因為它們保證能讓我更了解人心，現在人心對我已毫無意義。我並不鄙視它，只是將它遺忘。羅浮宮裡那些偉大的繪畫並沒有讓我和畫者建立親密的聯繫，相反地，它們彷彿是被切割下來的死朽斷肢，像故事裡小孩變成了石像一般。它們就像克勞蒂亞——和自己的母親隔離，在珍珠和金箔裡保存了幾十年；就像麥德琳的娃娃；更像是克勞蒂亞、麥德琳和我自己，我們都可能枯萎消逝，融為一堆火燼。

第四部

「這就是故事的結局了，真的。」

「當然，你很想知道我們後來怎樣了，阿曼德變成怎樣？我去了哪裡？做了什麼？可是我告訴你，真的沒有發生什麼，後來的事情都是本來就註定會發生的，我那趟羅浮宮之旅只不過預言了未來的遭遇而已。

「自此之後我就不曾改變過，改變的最大根源是人性，而我已不再追尋它。即使當我全神貫注於世界上各種美麗的景物，並且熱愛它們的時候，我也不想尋求任何會喚回人性的東西。我像一個真正的吸血鬼，啜飲著世界上的美麗景物，因此而心滿意足，因此而收穫豐碩。可是我的心已死，我不再改變，我的故事在巴黎就已經結束了，如我剛才說的。

「有很長的一段時間，我認為是克勞蒂亞的死導致了一切的終結，如果我能看到麥德琳和克勞蒂亞安全地離開巴黎，現在我和阿曼德的心境與相處可能就會截然不同。我也許會再度愛人、再度心懷渴望，尋求某種類似普通凡人的生活，雖然不很自然，但卻是豐富而多樣的。

「可是現在我已經看出來了，那些都是錯誤的想法。就算克勞蒂亞沒有死，就算我沒有輕視阿曼德坐視她死亡，結果還是會和現在一樣。慢慢地了解他的邪惡，或是一頭栽進他的邪惡懷抱裡……其實都一樣。到了最後，二者我都不想要，而我也不配有更好的處境，於是就像火焰裡的蜘蛛，我整個緊縮封閉了起來。即使阿曼德是我我朝夕相處的同伴，也是我唯一的同伴，我仍舊和他保持了相當的距離。我的心和所有感覺間彷彿隔了層紗幕，這層紗幕就像我的壽命一般，而阿曼德就隔絕在那層紗幕之外。

「我知道，你很想知道阿曼德後來怎樣了。黎明即將來臨，我會把這部分告訴你，因為這非常重要，沒有了它，我的故事就不算完整。

「離開巴黎之後，我們到世界各地遊覽，如我剛才告訴你的。先是埃及，然後希臘，然後義大利、小亞細亞——任何我想去的地方，事實上，是任何我想去追尋藝術的地方。在這些年裡，時間變得毫無意義，我經常長時間地專注於某些很單純的事情——諸如博物館裡的一幅畫、教堂的一扇窗、或一個美麗的塑像。

「可是在這些年裡頭，我一直有個隱約但持續的願望，想要回到紐奧良去。我從來沒有忘記紐奧良，當我們置身熱帶地區，或者長有路易安那相同花朵樹木的地方時，它的一切都歷歷如繪地浮現在我腦海裡。於是我會懷念我的家，除了對藝術的不斷追尋外，這是我唯一還有的些許渴望。

「而且，阿曼德不時要求我帶他去那裡。我知道我很少做取悅他的事，也很少和他好好談話，或在我們分開後去尋找他，所以既然他提出了要求，我也願意照辦。我害怕重回紐奧良會讓我感覺痛苦，讓我再度品嘗過去的憂鬱和渴望，但他主動提出要求，卻讓我忘卻了這種害怕。

「可是我仍然把這件事擱延下來，也許是那種害怕比我想像的還要強烈。我們來到了美國，在紐約住了很長一段時間，我一直擱延這件事。最後，阿曼德終於改用不同的方式催促我，他透露了一件他一直隱瞞我的事。

「那就是——黎斯特並沒有死在吸血鬼劇院裡。我以為他已經死了，我當時問阿曼德那些吸血鬼怎樣了，他說他們都被毀滅了。但現在他告訴我，事實並非如此。在我跑出劇院躲到蒙馬特墳場的那晚，有兩個吸血鬼替他買了回紐奧良的船票，這兩個和黎斯特都是同一名吸血鬼的門徒——是這個吸血鬼將他們轉化成吸血鬼的。

「我無法向你表達出我聽到這個消息時的感受。當然，阿曼德說他沒告訴我這件事，是不想讓我為了復仇而步上漫長的旅程，在這段旅程中我會既痛苦又悲傷。但其實我並不是非常在意他沒死，在劇院放火時我根本沒想到黎斯特，我想的是聖地亞哥、西蕾絲和其他殺了克勞蒂亞的吸血鬼。事實上，當時黎斯特在我心底激起的複雜感受，是我不願對任何人透露的，也是我希望能忘卻的。儘管克勞蒂亞因為他在那次事件裡喪生，但那種感受裡並不包括憎恨。

「可是當我聽到阿曼德的話後，一向保護著我的那層紗幕好像突然變得薄弱透明了，雖然它還隔阻在我和感覺之間，我還是透過它看到了黎斯特，而且我還想再見黎斯特一面。因此，就在這個期待的鼓勵下，我們回到了紐奧良。

「那已經是春末時分，我一從火車站走出來，就有一種回到家的感覺，好像連空氣都既芬芳又特殊。我從熟悉的橡樹下走過來，腳下是溫暖平坦的人行道，聆聽著夜晚無休的各種熙攘聲，頓時感覺到一種絕無僅有的寧靜平和。

「當然，紐奧良變了很多，但我一點也不悲嘆那些改變，反而感謝那些還保存原貌的事物。我在城裡的花園區——以前叫法伯聖瑪麗——找到一間在我那個時代就存在的房子，安然地座落在寂靜的街道旁。月光清明，我漫步在旁邊的玉蘭樹下，那種芳香和寧靜一如往昔，不僅是我在維克斯卡雷區的窄巷裡曾經品味過，更是我在龐度萊的鄉野所沉醉其中的。那是忍冬和玫瑰的芬芳濃郁，星光下隱約可見哥林多式的華麗建築，鐵門外是夢幻一般的街道和其他的宅邸……這裡一切都如此優雅莊重。

「我帶著阿曼德經過擁擠的觀光區、古董店和燈火輝煌的時髦餐廳，來到位於羅雅路的舊家。驚訝地發現這個黎斯特、克勞蒂亞和我曾經居住的房子竟然沒有什麼改變，除了正面加了一些浮雕裝飾，內部大概也有做些改裝：兩扇法國窗依舊對著小陽臺打開，樓下則依舊是店鋪。我看見裡面的大吊燈已經是用電燈泡的了，正發出柔和的光輝，牆上的高雅壁紙是以往常見的風格。我突然有一種強烈的感覺，覺得黎斯特就在裡面。此時我對黎斯特的感覺比對克勞蒂亞還要強烈，而且我也確定，雖然他不在這附近，我仍舊能在紐奧良找到他。

「同時我還有其他的感受。阿曼德離開我之後，一股哀傷向我襲來；但這哀傷並不痛苦，也不激情，而是豐富甚至近乎甜蜜的。我從鐵柵門裡看見庭院長滿了茉莉和玫瑰，這種哀傷就像它們的香味一樣，帶來某種微妙複雜的滿足感，讓我在那裡駐足良久，它還跟著我進城，那天晚上，當我離開時，它也沒有真的離開我心頭。

「這股哀傷會產生什麼影響呢？會讓我做出什麼行為呢？啊，我已經超越故事的進度了，我們再回到故事裡來吧。

「過後不久，我在紐奧良看到了一個吸血鬼。那是一個臉部蒼白光滑的年輕人，黎明前獨自走在聖查爾斯大道的人行道上。我馬上確定黎斯特還住在這裡，那個吸血鬼可能認識他，還可能引導我去找到他。

「當然，那個吸血鬼沒看到我。長期以來，我已經學會如何在大城市裡跟蹤同類而不被發現。因為阿曼德和倫敦、羅馬的吸血鬼曾經短暫會面，獲悉火焚吸血鬼劇院的事件已經舉世皆知，我們兩個都被逐出吸血鬼社會了。為此事和他們作戰，這麼做對我是毫無意義的，因此我一直避著他們。但我現在開始跟蹤這個吸血鬼，雖然他經常帶著我到劇院或其他打發時間的地方，而我一點也不感興趣。最後，某天晚上，事情終於有了變化。

「那是個很暖和的晚上，我一看到他出現在聖查爾斯大道上，就知道他要去某個地方。因為他不但走得很快，而且還顯得有些沮喪。當他走進一條破落陰暗的窄巷時，我馬上肯定他正走向某個會讓我感興趣的地方。

「但他隨即走進一道門，在那裡殺死了一個女人，他動作很快，絲毫看不出享受的樣子。結束後，他抱起她放在搖籃裡的孩子，輕輕用一條藍毛毯包好，接著再走回街道上。

「走過一兩個路口，他在一道長滿蔓藤的鐵圍籬前停下來，裡面是一座廣大而茂密雜亂的庭院。我看到樹叢後面有棟房子，黑漆漆的，油漆都剝落了，長廊上華麗的欄杆蓋滿了厚厚的橘色泥土。宛如一間受到詛咒的房子，擱淺在周圍無數的小木屋之間，它高聳的窗戶面對的景觀，必然是一片陰沉雜亂的低矮屋頂、街角的雜貨舖和小酒吧。可是裡面寬廣陰暗的腹地，多少將這個房子和外界的雜亂隔離開來，我沿著圍籬走了好幾呎，才從濃密的樹叢裡看到有扇窗戶裡發出昏暗的光線。我聽到那嬰兒的哭聲，接著就是一片沉寂。於是我跟進去，輕易地越過老舊的圍籬，落在庭院裡，然後一聲不響地走到前廊上。

「我躡手躡腳溜到一扇落地窗外，見到的景象讓我驚異萬分。因為在這無風夜晚的熱氣裡，長廊雖然殘破，對任何人或吸血鬼來說，恐怕都是唯一還能忍受的地方，可是裡面客廳竟然燃著壁爐，所有窗戶也都緊緊閉上。那個年輕的吸血鬼坐在火邊，正和旁邊一個吸血鬼說話，對方穿著拖鞋的腳伸向火熱的爐架，顫抖的手指一遍又一遍地拉扯破舊藍睡袍的衣領。雖然在天花板的玫瑰雕花環中，有一條破舊的電線吊在那裡，但除了爐火之外，房裡就只有一盞油燈的昏暗光線。這盞油燈佇立在附近一張桌子上，旁邊就是那個哭泣的孩子。

「我的眼睛睜大了，仔細打量這個駝背發抖的吸血鬼。他濃密的金髮鬆散地蓋住臉，我真想抹開玻璃窗上的灰塵，它讓我無法確定我的猜想。『你們都滾開！』現在他發出薄弱尖細的抱怨聲。

「『你不能把我們鎖在你身邊！』那個年輕的吸血鬼反唇相譏，他翹著腳，兩手交叉在狹窄的胸前，鄙夷地環顧滿布灰塵而且空蕩蕩的房間。嬰兒發出了一聲尖銳的哭聲，『噢，噓！』他對嬰兒說，『閉嘴，閉嘴。』

「『木柴，給我木柴。』金髮的吸血鬼虛弱地說道。當他指示那個年輕的吸血鬼把椅子旁的木柴遞給他時，我清清楚楚而且毫無疑問地看見黎斯特的側面，光滑的皮膚上完全看不到一點舊疤的痕跡。

「『如果你肯出去，』另外那個吸血鬼氣沖沖地說道，一面把木頭丟進火裡，『如果你能獵殺一些其他的東西，而不是這些悲慘的動物……』接著他憎惡地環顧四周。我也看到了，陰影裡橫陳了幾隻貓的屍體，狼狽零亂地躺在塵土上。這太讓人意外了，因為吸血鬼無法忍受待在死掉的獵物旁邊，就像哺乳動物不肯待在牠排泄的地方一樣。『你知道現在是夏天嗎？』那個年輕的吸血鬼質問道，而黎斯特只顧著搓揉自己的雙手。嬰兒停下哭聲，年輕的吸血鬼接著說：『去吧，吸了血你就會暖和起來了。』

「『你可以替我帶些別的！』黎斯特尖酸地應道，然後望向嬰兒。在油燈沉鬱的燈光裡，我看見他斜睨的雙眼。他的雙眼如此熟悉，即使藏在金髮的陰影裡，仍然對我產生巨大衝擊。可是我聽到的卻是咕噥嗚咽的聲音，看到的竟是彎曲顫抖的背脊！幾乎想也沒想地，我猛然敲打玻璃。年輕的吸血鬼立刻跳了起來，露出冷硬敵視的表情。但我只是向他示意，要他打開窗栓。黎斯特則緊緊把睡袍抓在脖子前，然後站了起來。

「『是路易！路易！』他說，『讓他進來。』他瘋狂地打手勢，像一個病人一樣，要那個年輕的『護士』聽他的話。

「窗戶一打開，觸鼻的是房裡薰蒸的臭氣與熱氣，腐爛動物上盤旋的成群小蟲讓我渾身不舒服。雖然黎斯特萬分急切地要我過去，我還是不由自主地退縮了。遠處角落擺著他睡覺的棺材，油漆都剝落了，一半被發黃的報紙堆蓋住；角落裡散布著骨頭，上面只剩一些零星的皮毛。

「黎斯特乾燥的手已經抓住我的手，把我拉向他和溫暖的壁爐。我看見他淚水盈眶，嘴唇在近乎痛苦的如焚快樂下，拉出一道奇怪的笑容，此時我才看到他舊疤的淡淡痕跡。這個景象多麼怪異可怕啊，一個臉孔光滑發亮的不朽之軀，卻佝僂著背咕噥嗚咽，就像個乾癟的老太婆一樣。

「『是的，黎斯特，』我溫和地說，『我來看你了。』同時輕輕推開他的手，慢慢走開，來到那嬰兒身旁。孩子現在不僅因為害怕而哭，也因為饑餓。我把嬰兒抱起，打開毯子，孩子安靜了一些，接著我輕輕拍撫和搖晃他。此時黎斯特正低聲對我說話，話語又快又含糊，我根本聽不懂，只見淚水流下了他的臉頰。年輕的吸血鬼站在窗邊，臉上帶著厭惡，一隻手還擱在窗栓上，好像隨時準備關窗似的。

「『你就是路易啊。』年輕的吸血鬼說。這句話似乎更加強了黎斯特無以言傳的興奮，他慌慌張地舉起袖子擦去眼淚。

「有隻蒼蠅落在嬰兒的額頭上，我不由自主地抓住它，兩指一捏，再讓死蒼蠅跌落地板。孩子不哭了，他正以罕見的藍眼珠凝視著我，是種暗藍的顏色。圓臉在熱氣裡發亮，唇角有朵微笑在流連，接著像火焰般閃耀了起來。我從來不曾殺死過這麼小、這麼天真的孩子，但在我抱著他的此時，我才注意到這個事實。現在我有一種奇異的悲傷之感，比在羅雅路時的那股哀傷還要強烈。我一面輕搖著孩子，一面拉過年輕吸血鬼剛才坐的椅子，在火爐前坐下。

「『不必說什麼……沒關係了。』我對黎斯特說。他感激地倒進椅子，並且伸出雙手拍著我的衣領。

「『我好高興看到你……』淚汪汪的他結結巴巴地說道，『我夢想著你會來……』接著他的臉扭曲了起來，好像感受到一種他無法辨識的痛苦，細密的疤痕短暫顯現了一下。他的視線空茫，一手舉到耳邊，彷彿想阻擋某種可怕的聲音。『我沒有……』他開口了，但接著搖搖頭，睜大而努力凝神的眼睛顯得灰濛陰霾。『我沒有要他們那麼做，路易……我是說聖地亞哥……那個，你知道，他沒有告訴我他們打算怎麼做。』

「『事情已經過去了，黎斯特。』我說。

「『對，對，』他拚命點頭，『過去了，她不應該……噢，路易，你知道的……』接著他又搖頭，聲音變得比較有力，和他的努力相呼應。『她根本不應該成為我們的一員，路易。』他的拳頭輕擊胸口，再度輕聲說道：『我們。』

「聽到他的話，我覺得她好像從來不曾存在一樣。她就像一場不合邏輯但美妙至極的幻夢，太珍貴，太私密，讓我不願對任何人吐露。而且太久了，我看著他，凝視著他，試著回想我們三個在一起的時光。

「『別怕我，黎斯特，』我說，但彷彿是自言自語，『我對你沒有惡意。』

「『你回到我身邊了，路易，』他再度用那種薄弱尖細的聲音低語，『你又回家了，路易，對不對？』咬著下唇，他焦急地看著我。

「『不，黎斯特。』我搖搖頭。他慌了起來，雙手揮了揮，再揮了一下，最後終於沮喪地掩住臉。另外那名吸血鬼一直冷冷地研究我，現在問道：『你是……你要回到他身邊嗎？』

「『不，當然不是。』我回答。他不自然地笑了起來，好像這就是他所希望的，所有東西又復歸於他，於是他走到陽臺上。我聽到他就停在附近，等待著。

「『我只想看看你，黎斯特。』我說。可是黎斯特似乎沒聽見，別的事分了他的心。他眼睛睜得大大地凝視遠處，一隻手在耳邊揮舞，接著我也聽到了，那是警笛聲；它愈來愈大聲，從城裡的方向駛了過來。

「『黎斯特！』我叫喚他，壓過嬰兒被嚇哭了的聲音。可是他的恐懼讓他無視於我的叫喚，嘴唇向後拉扯，五官在痛苦之下全部扭曲，牙齒露了出來。『黎斯特，那只是警笛而已！』我笨拙地對他解釋，突然他撲過來緊緊抱住我，我不由自主地握住他的手。他彎下來把頭靠到我胸口，用力握緊我的手，緊得讓我發痛。房間映滿了警笛的閃爍紅光，然後逐漸消逝。

「『路易，我受不了，我受不了了！』他一面哭一面咆哮，『救救我，路易，留下來陪我。』

「『可是你在怕什麼？』我問道，『你不知道那是什麼嗎？』然而，當我低頭望著他，看見金黃的頭髮壓在我外套上時，眼前又浮現出多年前的景象：那個英挺體面的紳士，穿著黑披肩，頭高高揚起，渾厚無瑕的聲音輕哼著我們剛才觀賞的歌劇曲調，手杖配合節奏敲打著碎石地。他明亮的大眼睛捕捉到路旁的年輕小姐，他是如此地興高采烈，嘴唇上的歌聲消逝後旋即露出笑容。有一瞬間，當他和她四目交會的那一瞬間，他似乎忘卻了邪惡——為了歡樂的浪潮，為了能夠活在世上的單純喜悅。

「這是那件事的代價嗎？在劇變和恐懼震驚之中凋零？我靜靜地想著所有我可以對他說的話，例如提醒他，他是不死之軀；除了自己，沒有誰能逼他躲在這個地方；他周圍都是註定要死的東西等等。可是我終究什麼都沒說，而且知道我也不會說。

「房裡的寂靜好像又湧回來包圍我們，彷彿一片剛剛被警笛趕跑的黑色海洋。蒼蠅在腐爛的老鼠屍身上盤旋，孩子正靜靜看著我，大概以為我的眼睛是兩顆明亮的電燈泡。我把手指伸到花瓣般的小嘴巴前，他肉肉的小手立刻握住我的手指。

「黎斯特坐起來，想挺直身體，結果仍然萎頓回椅子裡。『你不想和我在一起。』他嘆口氣，接著望向遠處，似乎突然集中了精神。

「『我好想和你談談，』他說，『那天晚上我回羅雅路，只是想和你談談！』他閉上眼睛猛烈地顫抖，喉嚨似乎糾結在一起，彷彿我當時對他的重擊現在又落在他身上一樣。他盲目地凝視前方，舔了舔嘴唇，低沉的聲音幾乎像個普通人。『我跟到巴黎去找你……』

「『你想告訴我什麼呢？』我問道，『你想談什麼？』

「我記得他剛才一直執拗地堅持要談吸血鬼劇院的事。可是多少年來，我想都沒有想過它，不，自從離開巴黎後，我就再也沒想過它了。我也發現，即使是現在提到它時，我也很不舒服。

「可是他只是對我笑了笑，那是個有點無精打采、幾乎是帶著歉意的微笑，接著搖搖頭，眼裡充滿了輕柔矇矓的絕望，沒有再提起它。

「我頓時有一種強大而無可否認的解脫感。

「『但是你會留下來？』他還在堅持。

「『不。』我回答。

「『我也不會！』年輕的吸血鬼在外面的黑暗中開門了，然後走到敞開的窗戶前看了看。黎斯特抬頭看了他一眼，就怯懦地移開視線，下唇似乎在顫抖。『關起來，關起來。』他說，一面對著窗戶揮手，然後發出一聲啜泣，手捂住嘴，低下頭哭了起來。

「那個年輕的吸血鬼離開了。我聽到他的腳步聲迅速響過走道，接著是鐵門沉重的撞擊聲，然後就只剩下我們面對著黎斯特，而他正嚶嚶哭泣。

「他哭了很久。在這段時間裡，我只是一直看著他，回想我們之間所發生過的事情，甚至憶起我以為已經完全忘記了的事情。我看到羅雅路舊家時的那股強烈哀傷又回來了，那不是為黎斯特所感到的哀傷，不是為曾住在那裡的那個既精明又愛享樂的吸血鬼，而是為了其他的事情，其層次超越了黎斯特，但也包括他在內。現在的這股哀傷，是原在我心中的沉重哀傷——對所有曾經失去、曾經摯愛、曾經認識的事物——的一部分。

「恍惚間，我彷彿置身在另外一個地方、另外一段時間裡，而這個時空非常真實。那是一個小蟲嗡嗡作響的地方，和這個房間一樣，空氣也因為腐臭和花香變得濃濁，我就差點要認出那個地方。和那個地方會帶給我的痛苦了。那種痛苦強烈得讓我的心靈閃避著它，高叫說：不要，不要帶我回那裡。突然，它漸漸消逝，我又回到這裡面對著黎斯特。我驚訝地看到自己的眼淚落在那孩子的臉上，看到它在他臉頰上閃耀，臉頰因為孩子發笑而高高鼓了起來，大概是他看到了眼淚的閃光吧。我舉手擦拭淚水，它真的在我臉頰上，我驚異地瞪著它。

「『可是，路易……』黎斯特開口輕聲說道，『怎麼能像現在這樣呢？你怎麼能忍受呢？』他抬頭望著我，嘴巴還保持剛才扭曲的形狀，臉上涕泗縱橫。『告訴我，路易，告訴我要怎樣才能懂！你怎麼能都了解？你怎麼受得了？』從他眼裡的絕望與沉重的聲音中，我可以看得出來，他也正把自己逼向一件非常痛苦的事，一個他很久不曾碰觸的地方。接著，雖然我還在注視著他，他的眼神開始變得朦朧困惑，抓緊了睡袍。他搖搖頭，望向爐火，在一陣顫慄中發出了呻吟。

「『我得走了，黎斯特。』我對他說。我覺得疲憊不堪，對他，也對這股哀傷。我渴望外面的寂靜，那種已經完全習慣了的徹底安靜。我站起來，才發現孩子還抱在手上，而且我要帶他走。

「黎斯特抬起頭來看我，大而苦楚的眼睛，平滑而不見歲月痕跡的臉。『可是你還會回來……你還會回來看我……路易？』他說。

「我轉過身，聽到他在身後叫喚我，同時靜靜地離開了那間房子。走到街上時，我回顧那裡，見到他在窗戶旁徘徊，好像害怕走出來一樣。我突然了解，他已經很久很久都沒有出來過了，而且我想，他可能永遠不會再踏出那裡一步。

「我回到那個吸血鬼帶走孩子的小屋，把他放回搖籃裡。

「過了一陣子，我告訴阿曼德我見到黎斯特的事。也許過了一個月吧，我不確定，當時時間對我已經沒有什麼意義，就像它現在對我沒有什麼意義一樣。可是它對阿曼德卻有重大意義，他非常驚訝於我沒有早點提到這件事。

「那晚我們一起散步，在城邊接近奧都朋公園的地方。堤防已經變成雜草叢生的荒廢斜坡，伸向泥濘的河灘，灘上散布著漂流而來的木頭，河水一波波起起落落。對岸是工廠和公司的微弱燈光，樓頂的紅綠燈光在遠處如星辰般閃爍，月光照映出兩岸間強勁快速的流動河水。

「這裡絲毫不見暑熱的蹤影，涼爽的清風自水面吹來，輕輕拂起橡樹上垂落的苔蘚。我們就坐在橡樹下，我拔起野草嚐嚐，雖然味道苦澀而不自然，但這個動作卻似乎顯得很自然。我覺得我可能永遠也不會離開紐奧良，但是，當你能永遠活著時，這句話又有什麼意義呢？永遠不『再』離開紐奧良？『再』好像是個人類的用語。

「『可是你一點也不想報復嗎？』阿曼德問道。他躺在旁邊的草地上，手肘支起身子，眼睛凝視著我。

「『為什麼呢？』我平靜地反問。暗自希望他不在這裡——我常常有這種想法，希望我現在是獨自一人，獨自在昏暗的月光下與眼前清涼的滾滾河水相對。『他已經得到應得的報復了，他要死了，死於頑固，死於恐懼。他的頭腦無法接納這個時代，那一點也不像你在巴黎對我形容過的死法，不像那些吸血鬼那麼莊嚴優雅。我想他會死得和人類一樣笨拙醜陋……老人在這個世紀裡常常是這樣告別人世的。』

「『可是你……你當時覺得如何呢？』他溫和地追問，但問話裡的關切讓我深受衝擊，我們有多久沒有這樣和對方交談了？於是我鮮明地意識到他的存在，一個不同的個體，一個平靜沉著的東西，有褐色的直髮，大大的、有時顯得感傷的眼睛，這對眼睛好像經常沉陷在自己的思緒中。可是今晚它們卻燃燒著兩簇沉鬱的火焰，顯得很不尋常。

「『什麼感覺也沒有。』我回答道。

「『一點也沒有？』

「我回答說沒有，同時清楚地憶起當時的那股哀傷，好像它並沒有離開我，反而一直跟在我身邊，呼叫我：『過來！』可是我不會把這個告訴阿曼德，不會把這個吐露出來。而且我有一種非常奇特的興奮，因為感覺到他需要我告訴他這件事……這件事，或某件事……，那種需要非常奇怪，和他對人血的需要竟相當類似。

「『那他有沒有告訴你任何事，讓你以往的恨意又再度出現……』他喃喃地說。直到此時，我才清楚地了解他有多麼沮喪。

「『怎麼了？阿曼德，你為什麼問這些？』我問道。

「可是他頹然倒回傾斜的堤防上，有好長一段時間，他似乎只是在看星星。星星喚回了我太清晰的回憶，那艘載著克勞蒂亞和我去歐洲的船，在海上的那些夜晚，還有彷彿與海浪相會的點點繁星。

「『我想，也許他會告訴你一些關於巴黎的事……』阿曼德說。

「『他會說什麼呢？說他也不想讓克勞蒂亞死去？』我問道，又是克勞蒂亞，這名聽起來很奇怪。克勞蒂亞把紙牌排開在桌子上，桌子正隨著波浪搖擺，燈籠吊在掛鉤上嘰嘰響，黑色的舷窗外亮滿了星星。她低下頭，手指放在耳朵上面，好像要鬆開髮辮。此時我突然有一種極端不安的想像：她會從紙牌上抬起頭來，而兩個眼眶空空如也。

「『你可以告訴我任何關於巴黎的事，阿曼德。』我說，『早在此時之前就告訴我，那不會有什麼影響。』

「『即使是我……？』

「我轉過頭來，他仍然注視著天空，我在他的臉上、眼中看到強烈的痛苦。一時間，他的眼睛好像變大了，變得太大了，其下的白色臉孔則變得太瘦削、太憔悴。

「『即使是你殺了她？強迫她進入那座庭院，然後把她鎖在裡面？』我問道，並且微微一笑，『別告訴我這些年來你一直為了這件事而痛苦，你才不會。』

「他閉上眼睛，把臉轉向一邊，舉手捂住胸口，好像我突然狠狠打了他一拳。

「『我不相信你會在乎這件事。』我冷冷地對他說，同時將目光移向水面。那種感覺又回來了——希望獨處的感覺。我知道再過片刻我就會起身走開……前提是，如果他沒有先離開的話。其實我反而想自己留在這裡，這是個靜謐而且與世隔絕的地方。

「『你什麼也不在乎……』他開口了，然後慢慢坐起來轉向我，於是我又看見那兩簇幽暗的火焰。『我以為你至少會在乎那件事，我以為你會有以往的激情，再看見他時會喚回過去的憎恨，我以為你看見他後，你內心有些東西會復甦……如果你回到紐奧良的話。』

「『我會活回來嗎？』我輕輕地說，同時感覺到自己話語裡的冷硬，那些冷靜自制的抑揚頓挫。好像我整個人從頭到腳都是冰冷的，都是由金屬做成的；而他突然變得脆弱了。脆弱，是的，其實自很長的一段時間以來，他已經變得非常脆弱了。

「『是的！』他大叫，『是的，活回來！』然後他好像迷惘了，非常地困惑，接著發生了一件奇怪的事：他低下了頭，好像被擊敗了一樣。他的挫敗感和臉上一閃即逝的表情，讓我想起某人曾經有相同的反應。隔了好久，我才想到那是克勞蒂亞，要花這麼久的時間才想起，這點讓我很驚訝。克勞蒂亞站在聖蓋伯爾旅館房間的床邊，懇求我把麥德琳變成我們的一員，那種相同的無助精神，那種沉重的挫敗，使得所有其他事情都被遺忘了。然後他——和克勞蒂亞一樣——好像逐漸恢復了，鼓起殘存的力量，可是卻只是輕輕說了一句：『我要死了！』

「而我，在那裡注視著他，傾聽著他，是世界上唯一聽見這句話的東西，也清清楚楚地知道他說的是真的，卻一語不發。

「一聲長長的嘆息逸出了他唇間，他垂下了頭，右手疲憊地癱在旁邊的草地上。

『憎恨……那是種激情，』他說，『那也是種激情……』

「『我可不……』我喃喃著說，『現在不要。』

「然後他的眼睛定定盯住我，臉色似乎非常平靜。『我以前相信你會渡過這一切的，當所有痛苦都過去之後，你會再度變得溫暖而充滿熱愛，充滿了無法滿足的好奇心，就像你最初來找我的時候。還有把你從世界的另一端帶到我房間的那種根深蒂固的良知，與對知識的渴求。我以為那是你內心不會死去的一部分，我以為等到痛苦過去之後，你就會原諒我害死了她。

「她從來不曾愛過你，你知道的，不像我那樣愛你，以及像你那樣愛我們兩個。我知道這點！我了解這點！我相信我能緊緊擁抱著你，未來展現在我們眼前，我們能彼此學習，所有能帶給你快樂的東西也能帶給我快樂，而我能保護你免於痛苦，我的力量就是你的力量。可是，對我，你的心已經死了，它既冰冷又遙不可及！就好像我不在這裡，不在你身邊一樣，而我因此產生了一種可怕的感覺，覺得我根本就不存在。你既冰冷又遙遠，就像那些奇怪的現代畫，冷硬的線條和形狀，我完全無法喜愛或領會，和這個時代那些硬梆梆又不具人形的金屬雕塑一樣陌生。當我靠近你時，會不寒而慄，我凝視你的眼睛，卻看不見自己的倒影……』

「『你的要求是不可能的。』我很快說道，『你看不出來嗎？打從一開始，我也是在要求不可能的東西。』

「他抗議了，但還沒說出口，就舉起手來，好像想把反駁的話推走。

「『我想要在這個活死人的身軀裡尋找愛與善良，』我說，『打從一開始這就是不可能的。因為你不可能一面做著你明知是邪惡、是錯誤的事，一面還能擁有愛與善良。你只會絕望地困惑、渴望，拚命追逐善良的幽靈——而它以人的形貌出現。在我抵達巴黎以前，就已經知道我問題的真正答案了，當我第一次殺人來餵養我的饑渴時就知道了，那就是我自己的死亡！可是我不肯接受這個答案，無法接受它，因為和所有生物一樣，我也不想死！所以我尋找其他的吸血鬼，尋找上帝，尋找惡魔，尋找各種東西，結果得到的答案都是一樣的，我的存在都是邪惡、都是錯誤的。真正的事實我早已經了然於胸，就是因為這樣的心智與靈魂，我被詛咒了。

「『當我到巴黎時，我以為你力量強大、美麗，而且從來不會後悔，我熱烈地也想要如此。可是你是個毀滅者，就如同我是個毀滅者一樣，甚至比我還要殘忍狡猾。你向我示範了我唯一能希望變成的樣子，告訴我必須變得多麼邪惡冰冷，才能結束自己的痛苦。於是我接受了這個，所以你在我身上看到的那些激情與愛都消失了。你現在看到的，不過是鏡子裡的自己。』

「隔了良久良久，他才再度開口。他已經站起來了，背對著我凝望河水，頭和剛才一樣低著，雙手垂落身側。我也注視著河水，靜靜地思量，我已經沒有什麼好說的了，也沒有什麼可做的。

「『路易。』他說，同時抬起頭，聲音非常沉重，不像平常的他。

「『是的，阿曼德。』我說。

「『你還想從我這裡得到什麼東西嗎？還有什麼要求嗎？』

「『沒有了。』我說，『你是什麼意思？』

「他沒有回答，開始慢慢走開。起先我以為他只是想走走，也許是到下面泥濘的河灘上獨自散散步，等到我了解他是要離開我時，他已經是遠處的一個小點了，在月光下踽踽獨行於閃爍的河水旁。從此，我再也沒有看過他了。

「當然，過了幾天，我才了解他不會回來了。他的棺材還在，可是他沒有再回來睡覺。過了幾個月，我才把他的棺材拿到聖路易墳場，放進我墳墓旁的土穴裡。因為我的家族已經搬走了，那座墓穴長期不曾打掃，它接納了他唯一遺留下來的東西。可是我後來對這件事覺得很不舒服，醒來時想到它，閉上眼睛睡覺前也想到它。於是某天晚上，我把那棺材挖了出來，把它拆成碎片，丟在雜草茂盛的墳場小徑上。

「之後不久的某天晚上，那個黎斯特最新收的門徒找到我，懇求我告訴他這個世界的一切，做他的同伴和導師。我告訴他，我只知道如果我再看到他，就會殺掉他。

『你要知道，在我活著的每個夜晚，都得死掉一個人，直到我有足夠的勇氣結束自己為止。』我告訴他，『而你是獵物的絕佳替代品——一個和我一樣邪惡的殺手。』

「第二天晚上我就離開紐奧良了。因為那股哀傷一直縈繞不去，而我不願再想到那座黎斯特在裡面漸漸死去的老房子，或者沒命奔逃的那個冷酷而現代的吸血鬼，或者阿曼德。

「我想去某個地方，在那裡沒有一樣東西是我熟悉的，也沒有一樣東西是我在乎的地方。

「故事結束了，沒有別的了。」

男孩坐在那裡一語不發，定定地盯著吸血鬼。吸血鬼一派泰然自若，雙手交疊放桌上，泛紅的眼睛瞇起，凝視轉動中的錄音帶。他的臉是如此瘦削，太陽穴上的血管因此明顯浮現。他一動也不動，只有墨綠色的眼睛顯露出生氣，但卻只對錄音帶的轉動表示興趣。

接著男孩靠上椅背，右手梳了梳頭髮。「不，」他急促地吸了一口氣之後開口，然後再大聲說一次：「不！」

吸血鬼好像沒聽見的樣子，視線從錄音帶移向窗戶，再移向暗灰的天空。

「結局不一定非要這樣！」男孩說道，一面向前傾身。

吸血鬼仍然望著天空，但發出了一聲短促而乾澀的笑。

「那些你遺留在巴黎的東西！」男孩繼續說，聲音愈來愈大，「對克勞蒂亞的愛，你的情感，甚至包括對黎斯特的！那些都不需要結束，不需要結束於絕望！這就是你僅存的，對不對？絕望！」

「住口。」吸血鬼突然說，同時舉起右手，雙眼機械般地移向男孩的臉。「我已經告訴過你了，不可能有其他的結局。」

「我不接受，」男孩把雙臂交叉在胸前，一面強調地搖搖頭。「我不能！」情緒好像愈來愈激動，他不自覺地把椅子猛然推開，站起來回踱步。可是當他轉身再度望著吸血鬼的臉時，張口想說的話仍然停留在喉間。吸血鬼只是凝視著他，皺起眉頭的臉表達了不悅，也顯示男孩的反應讓他覺得有趣——一種苦澀的趣味。

「你不知道你讓這故事變成了什麼樣嗎？這些我一輩子也不會知道的神奇經歷！你提到激情，你提到渴望！你提到的事情是我們千千萬萬人永遠無法經歷或者了解的。然後你卻告訴我它是這種結局。我告訴你……」現在他走到吸血鬼的面前，雙手向前伸出，「如果你能給我那種力量！那種能看、能感覺、能永垂不朽的力量！」

吸血鬼的眼睛慢慢睜大，嘴唇張開。「什麼？」他輕聲質問，「什麼？」

「給我！」男孩的右手緊握成拳，敲擊自己的胸口，「把我變成吸血鬼！」他說，吸血鬼驚訝地瞪著他。

在電光石火間，吸血鬼起身抓住男孩的肩膀，男孩汗溼的臉因為恐懼而扭曲，吸血鬼怒瞪著他。「這就是你要的？」他低聲問道，蒼白嘴唇的動作幾不可辨。「這個……在我告訴你整個故事之後……你要的還是這個？」

男孩低喊一聲，全身開始顫抖，額頭和上唇都冒出了冷汗，他戰戰兢兢地伸手握住吸血鬼的手臂。「你不知道什麼是人的生命！」他快要哭出來了，「你已經忘記了，你甚至不了解自己的故事有什麼意義，還有它對一個像我這樣的人類有什麼意義。」一聲啜泣打斷了他的話，他的手指緊抓住吸血鬼的手臂。

「老天。」吸血鬼喃喃地說，接著轉過身去，差點把男孩推到牆上。他背對男孩站著，眼睛凝視灰色的窗戶。

「我求求你……再給它一次機會，在我身上再給它一次機會！」男孩說。

吸血鬼回過身來，臉和剛才一樣因憤怒而扭曲。接著，慢慢地，他的表情開始恢復平和，眼瞼慢慢垂下，嘴角拉長出一抹微笑。他再度望向男孩，「我失敗了，」嘆了口氣，他仍然微笑著，「我徹底失敗了……」

「沒有……」男孩想抗議。

「別再提了，」吸血鬼斷然說道，「我只剩下一次機會，你看到錄音機了嗎？它還在轉，只有一種方法能讓你了解這故事的意義。」

他突然撲向男孩，速度快如閃電。男孩又抓又推，卻發現自己只碰到了空氣，因此當吸血鬼抱住他、把他的脖子彎近自己的嘴唇時，男孩的手臂還直愣愣地向前伸。

「你看到了嗎？」吸血鬼輕聲問道，光滑的嘴唇張開，兩枚獠牙對著男孩的脖子咬了下去。男孩嚇呆了，喉間發出一聲低沉的叫喊，手慌張地想要抓住什麼，可是隨著吸血鬼的啜飲，他圓睜的眼睛漸漸變得呆滯灰暗。

吸血鬼看起來卻寧靜得彷彿沉睡，纖細的胸膛隨著嘆息輕輕起伏，彷彿正以那種夢遊般的優雅慢慢從地上升起又落下。男孩嗚咽一聲，吸血鬼抬起頭，雙手仍然抱著男孩，凝視他蒼白的臉孔、垂軟的雙手和半閉的眼睛。

男孩開始呻吟，微張的下唇顫抖得好像快吐出來了。呻吟聲變大了，他把頭往後仰，眼睛張了開來。吸血鬼輕輕把他放在椅子上，男孩掙扎著想開口，淚水在眼眶中湧現，也許是因為拚命想說話，也可能是為了任何一種理由。接著，他的頭沉重地向前垂下，彷彿喝醉了一般，手掌擱在桌面上。

吸血鬼站在那裡俯視他，皮膚從蒼白轉變成一種發亮的粉紅，好像有一道粉紅色的光線正照耀著他，而他整個身體都反射著那種光芒。他的唇色變深了，幾乎是玫瑰紅的顏色，太陽穴和手上原本浮出的血管，現在只是皮膚上的紋路而已，他的臉既年輕又光滑。

「我會……死嗎？」男孩慢慢抬起視線，他的嘴唇變得溼潤而鬆軟。「我會死嗎？」他呻吟著，嘴唇不住顫抖。

「我不知道。」吸血鬼回答道，並且露出了詭異的笑容。

男孩好像還想說什麼，可是擱在桌上的手向前一滑，頭顱頹然地倒在手臂旁，他失去了知覺。

當他再度睜開眼睛時，陽光已籠罩毫無遮掩的骯髒窗戶，燙著他的側面和手。他在那裡躺了片刻，臉頰仍然貼在桌面上。然後他使盡全力坐直，深呼吸一口氣，他閉上眼睛摸摸吸血鬼吸血的地方。另一隻手無意間碰到被太陽曬到的錄音機，他突然叫了起來，因為金屬表面居然十分滾燙。

然後他站了起來，笨拙地移動步伐，幾乎快要跌倒，最後終於走到白色的洗手臺前，兩手扶住邊緣。他迅速轉開水龍頭，用冷水沖沖臉再用掛鉤上一塊骯髒的毛巾擦乾。

現在他的呼吸已經恢復正常，放開手，他不用扶持便能平穩地站著凝視鏡子。接著他看看手錶，嚇了一跳，好像手錶比陽光、冷水都更能讓他清醒。他連忙搜尋了一下房間和走廊，卻沒看到任何東西和任何人。

他又坐回椅子上，從口袋裡拿出小筆記本和一支筆，放在桌上，再按下錄音機的按鈕。錄音帶立刻快速倒轉，接著他按停再播放。他靠前聽得非常仔細，再度快轉尋找另外一段話，聽一聽，再找一找，最後他的臉發亮了，錄音機傳出吸血鬼有些變調的聲音：「那是個很溫暖的夜晚，我一看到他出現在聖查爾斯大道上，就知道他要去某個地方……」

男孩連忙記下：「黎斯特……聖查爾斯大道旁，傾頹的老房子……破落的社區，尋找生鏽的鐵欄杆。」

然後，他迅速把筆記本塞進口袋，再把錄音帶和小型錄音機收進手提箱，匆匆忙忙越過長長的走廊，步下樓梯走到街道上。他的車就停在街角的酒吧前。

高寶書版集團
gobooks.com.tw

TN 248
夜訪吸血鬼
Interview with the Vampire

作　　者　安・萊絲（Anne Rice）
譯　　者　張慧英
主　　編　謝夢慈
編　　輯　林雨欣
美　　編　林政嘉
排　　版　彭立瑋

發 行 人　朱凱蕾
出　　版　英屬維京群島商高寶國際有限公司臺灣分公司
　　　　　Global Group Holdings, Ltd.
地　　址　臺北市內湖區洲子街 88 號 3 樓
網　　址　www.gobooks.com.tw
電　　話　(02) 27992788
電　　郵　readers@gobooks.com.tw（讀者服務部）
　　　　　pr@gobooks.com.tw（公關諮詢部）
傳　　真　出版部　(02) 27990909　行銷部 (02) 27993088
郵政劃撥　19394552
戶　　名　英屬維京群島商高寶國際有限公司臺灣分公司
發　　行　希代多媒體書版股份有限公司 /Printed in Taiwan
初版日期　2019 年 6 月

國家圖書館出版品預行編目 (CIP) 資料

夜訪吸血鬼 / 安 . 萊絲 (Anne Rice) 著 ; 張慧英譯 . -- 初版 . -- 臺北市 : 高寶國際 , 2019.06
　面；　公分 . --
譯自 : Interview with the vampire

ISBN 978-986-361-561-3(平裝)

874.57　　107010307